LORNA COOK lebt gemeinsam mit ihrem Mann, zwei kleinen Töchtern und dem Familienhund in einem Häuschen an der englischen Küste. Früher arbeitete sie als Journalistin, doch nun hat sie ihren Traum wahr gemacht und konzentriert sich ausschließlich aufs Schreiben von Romanen. Wenn sie nicht selbst schreibt, dann liest sie – gern mit einem Glas Wein neben sich. Nach *Die Sternenbucht* ist *Der Mondscheinsee* ihr neuer Roman in deutscher Sprache.

Lorna Cook in der Presse:

»Mitreißender Debütroman, der durch zwei Zeitebenen Spannung erzeugt.«
HÖRZU/GONG über *Die Sternenbucht*

»Packend und gefühlvoll!«
Frau von Heute über *Die Sternenbucht*

Außerdem von Lorna Cook lieferbar:

Die Sternenbucht. Roman

Lorna Cook

Der MONDSCHEINSEE

Roman

Aus dem Englischen von
Charlotte Breuer und Norbert Möllemann

PENGUIN VERLAG

Die Originalausgabe erschien 2020
unter dem Titel *The Forbidden Promise*
bei Avon, London.

FSC www.fsc.org MIX Papier aus verantwortungsvollen Quellen FSC® C014496

Klimaneutral* Druckprodukt ClimatePartner.com/14044-1912-1001

Penguin Random House Verlagsgruppe FSC© N001967

1. Auflage 2022

Redaktion: Carolin Müller
Umschlaggestaltung: Favoritbuero
Umschlagabbildungen: © Susan Fox/Trevillion Images;
© Shutterstock.com (James Scollan,
Kamenetskiy Konstantin, Photobac, FUN FUN PHOTO, pxl.store)
Satz: Uhl + Massopust, Aalen
Druck und Bindung: GGP Media GmbH, Pößneck
Printed in Germany
ISBN 978-3-328-10573-2
www.penguin-verlag.de

Für Mum, Dad und Luke.
Dafür, dass ihr meine Familie seid.
Dafür, dass ihr für mich da seid.
Und einfach so.

Kapitel 1

Invermoray House, Schottland, Ende August 1940

Manchmal sind es nicht die großen Unwahrheiten, sondern die kleinen Notlügen, die besonders einschneidende Veränderungen auslösen. Allerdings konnte Constance nicht ahnen, dass das Vortäuschen einer Migräne als Vorwand, das Haus zu verlassen, derartige Konsequenzen nach sich ziehen würde.

Constance saß am Rand eines Felsens, der am Ufer des Sees über das Wasser hinausragte, das Abendkleid auf eine Weise gerafft, die ihre Mutter als unschicklich bezeichnet hätte. Sie streifte ihre Satinschuhe ab, zog sich die Seidenstrümpfe aus und tauchte ihre Beine in das angenehm kühle Wasser. Ihre Füße brannten vom Tanzen. Sie brauchte sich nicht vorzusehen; das Ufer war so weit vom Haus entfernt, dass niemand sie hören konnte, und so streng, wie die Haushälterin sich an die Verdunkelungsvorschriften hielt, konnte sie auch von niemandem gesehen werden.

Constance schloss die Augen und riss sie sofort wieder auf. Die Migräne war zwar nur ein Vorwand gewesen, aber der Lärm war wirklich ohrenbetäubend gewesen und immer lauter geworden, je mehr die Kapelle sich ins Zeug legte, und die Gäste sich von der Begeisterung der Musiker anstecken ließen. Wenn sie jetzt die Ohren spitzte, konnte sie den Partylärm sogar bis hier draußen hören. Sie hatte weder ihre Geburtstagsparty noch Henry länger ertragen und schließlich die kleine Notlüge genutzt, um sich davonstehlen zu können.

Im Lauf der vergangenen Monate hatte sie Gefallen an Henry gefunden. Sie kannte den Freund ihres Bruders Douglas noch nicht lange und sah ihn nur, wenn die beiden Männer ein paar Tage auf Heimaturlaub nach Invermoray kamen. Henry war nur wenige Jahre älter als sie, und sie hatte zu ihm aufgeblickt, sie hatte ihn verehrt und ihren Eltern recht gegeben, die meinten, er würde gut zu ihr passen. Auch Henry mochte sie, das vermutete sie zumindest. Constance hatte außerdem den Eindruck gewonnen, er wäre anders, nicht so wie all die Männer mit ihren anzüglichen Bemerkungen und ihrem ungebührlichen Benehmen, die sie bisher kennengelernt hatte – wobei das nicht viele waren, wie sie sich eingestehen musste. Aber dann hatte er sie schockiert, als sie sich beim Tanzen an ihn geschmiegt und die Nähe genossen hatte. Seine Hände waren an ihrem Rücken immer weiter nach unten gewandert, bis seine Fingerspitzen auf ihrem Po gelegen hatten. Sie war vor Schreck wie versteinert gewesen, aber er hatte sie nur noch fester an sich gezogen. Es hatte sie all ihren Mut gekostet, seine Hände wegzuschieben, als ihr klar geworden war, dass seine Absichten alles andere als romantischer Natur waren.

»Henry«, hatte sie ihn flüsternd ermahnt, als er sie an sich gedrückt hatte. Sein unschuldiges Lächeln hatte sie noch mehr verunsichert. War sie vielleicht einfach zu prüde? Ihr silbergraues, seidenes Abendkleid schmiegte sich eng an ihren Körper, und sie hatte mehr als einmal bemerkt, wie Henry ihr auf den Busen gestarrt hatte. Er hatte sichtlich Mühe gehabt, den Blick zu heben und sich auf das Gespräch mit ihr zu konzentrieren. Sie hatte sich mit anderen Gästen unterhalten, versucht, sich ihre Betroffenheit und ihre Enttäuschung nicht anmerken zu lassen. Doch als sie ihm gesagt hatte, sie wolle sich kurz die Nase pudern, unsicher, was vor sich ging und wie sie sich dazu verhalten sollte, hatte er sich ihr in den Weg gestellt und sie in den Wintergarten gezogen, der ebenso wie alles andere abgedunkelt war.

Constance wusste, dass Männer Bedürfnisse hatten, sie lebte schließlich nicht hinterm Mond. Sie wusste auch, welcher Art diese Bedürfnisse waren. Zwar hatte man ihr beigebracht, dass eine Frau sich für ihren Ehemann aufheben sollte, aber in ihrem Schweizer Internat hatten viele Mädchen fröhlich damit angegeben, dass sie mit dem anderen Geschlecht schon alles Mögliche ausprobiert hatten. Aber obwohl sie viel darüber nachgedacht hatte, ob sie das auch mit Henry haben wollte, war sie sich doch nicht ganz sicher. Noch nicht. Sie wollte ihn nicht verprellen, aber was auch immer zwischen ihnen passieren sollte, musste erst wachsen. Sie brauchte einfach noch Zeit. Bis sie sich wirklich sicher war.

»Du siehst wunderschön aus heute Abend«, hatte er gesagt, während sein Blick gierig über ihren Körper gewandert war.

Und dann hatte er sie geküsst, hatte seine Lippen auf ihre gepresst und sie mit den Händen an den Schultern gepackt. Sie hatte versucht, ihm ihre Arme um die Taille zu legen, hatte sich mit geweiteten Augen gefragt, ob sie alles richtig machte, und was sie alles zulassen sollte. Seine Augen waren geschlossen, und er bugsierte sie ganz langsam immer weiter in den dunklen Wintergarten hinein, bis sie eine riesige Palme in ihrem Rücken spürte, die ihre Mutter seit fast zehn Jahren züchtete.

Sie roch seine Whiskyfahne, während er sie immer stürmischer küsste, und sie wusste nicht mehr, ob sie deswegen erstarrte oder weil sie spürte, wie ihr Rock hochgeschoben wurde.

»Henry!«, schalt sie ihn, während sie sich aus seinem Griff befreite und versuchte, sein Verhalten mit einem Lachen zu überspielen.

»Komm her.« Henry hielt ihr die Hand hin. Zögernd nahm sie sie. Vielleicht hatten die Partylaune und ein bisschen zu viel Alkohol diesen kleinen Anfall von Übermut bei ihm ausgelöst. Vielleicht hatte er ja jetzt gemerkt, dass er zu weit gegangen war, und lenkte ein.

»Wünschst du dir das denn nicht schon genauso lange wie ich?«, fragte er, während er sie am Hals küsste.

Eine Welle der Enttäuschung überkam sie. Hatte er ihre Reaktion bemerkt und ignorierte sie einfach? Sie wusste nicht, was sie sagen sollte. Bis zu diesem Abend hatte sie diese Seite noch nicht bei ihm erlebt, und sie war total verwirrt.

»Ich weiß es nicht«, antwortete sie aufrichtig. Es ging ihr alles viel zu schnell und es war so anders, als sie es sich vorgestellt hatte. »Ich weiß nicht … einfach so … hier?«

»Hier ist doch niemand. Wir suchen uns eine dunkle Ecke. Da drüben zum Beispiel. Ich lege meine Jacke auf den Boden, damit dir auf den Fliesen nicht kalt wird.« Dass er meinte, damit auf ritterlich machen zu können, fand sie völlig daneben.

»Nein, Henry, nicht…«

»Wenn du nicht weißt, was du tun sollst, keine Sorge, ich zeig's dir. Komm, leg dich hier hin.«

»Nein, Henry«, antwortete sie bestimmt. Sie wusste jetzt, was sie wollte, und das hier war es nicht. »Nein.«

»Wenn du mich lieben würdest …«, sagte er gereizt und sprach den Satz nicht zu Ende.

In dem Augenblick war ihr schlagartig bewusst geworden, dass sie ihn nicht liebte. Sie war zutiefst enttäuscht. Wie konnte es ein so schreckliches Ende nehmen?

Ohne ein weiteres Wort hatte sie sich umgedreht, hatte Henry in dem dunklen Wintergarten stehen lassen und sich im Ballsaal in Sicherheit gebracht.

Sie hatte nur noch möglichst weit weg von Henry sein wollen, um nachdenken zu können. Deshalb hatte sie gelogen. *Eine so schreckliche Migräne, dass sie das Gefühl hatte, ihr würde der Kopf platzen.* Ihre Mutter, blass vor Schreck über das Bild, mit dem Constance ihren Gästen ihren Zustand erklärt hatte, entschuldigte ihre Tochter – es war sowieso kurz vor Mitternacht, und die Gäste würden sich bald auf den Heimweg machen. Aber anstatt sich auf ihr Zimmer zurückzuziehen, war Constance in die kühle Nachtluft hinausgelaufen, vorbei am Brunnen und am Ziergarten, hinunter zum See, an dessen Ufer sie immer Ruhe und inneren Frieden fand. Keiner der Gäste würde sich hierher wagen, aus Angst, sich in der völligen Dunkelheit den Hals zu brechen oder nichts mehr von dem edlen Champagner abzubekommen, den ihre Eltern aus dem Keller geholt hatten und jetzt gerade entkorkten. Hier war sie ganz allein.

Die Füße im kühlen Wasser schaute Constance über die Schulter und konnte in der Dunkelheit vage die Umrisse des Herrenhauses erkennen. Im Ballsaal feierten ungefähr fünfzig enge Freunde ihrer Eltern – und nur einige wenige ihrer eigenen – noch immer ihren Geburtstag, offenbar ohne sich überhaupt für ihre Abwesenheit zu interessieren und noch weniger für den Krieg, der draußen vor Invermoray House tobte.

Immer noch hörte Constance leise die Klänge der Musikkapelle, doch dann ließ ein anderes Geräusch sie zusammenzucken und den Blick nach oben richten. Die niedrig hängenden grauen Wolken über ihr verbargen etwas, das sich am Nachthimmel zu nähern schien.

Constance brauchte ein paar Sekunden, bis sie begriff, dass sie das Motorengeräusch einer Spitfire hörte. Aber es war nicht das vertraute Dröhnen, vielmehr spuckte und stotterte der Motor, als würde er nach Luft ringen. Plötzlich tauchte das

Flugzeug aus den Wolken auf und taumelte in Richtung Wald, dessen schwarze Silhouette sich am Horizont vom Nachthimmel abhob. Der Motor verstummte fast ganz, sprang noch einmal an und ging wieder aus, während der Propeller sich immer langsamer und dann gar nicht mehr drehte. Constance begriff, dass der Pilot noch in dem Flugzeug saß und versuchte, den Motor erneut zu starten, anstatt das einzig Vernünftige zu tun und sich mit einem Fallschirm in Sicherheit zu bringen. Vielleicht konnte er, weil alles verdunkelt war, nicht abschätzen, wie nah am Boden er sich bereits befand.

Das Flugzeug sank immer tiefer, und es bestand kein Zweifel daran, dass es abstürzen würde. Constance sprang auf und lief ein paar Schritte, aus Angst, das Flugzeug könnte auf sie stürzen. Aber das tat es nicht.

Die Spitfire flog dicht an ihr vorbei und krachte in den See. Wasser spritzte hoch in die Luft, und Constance wich zurück, um nicht komplett durchnässt zu werden. Bei dem Aufprall war ein Flügel abgerissen, und das Flugzeug drehte sich im Wasser, bis Constance nicht mehr erkennen konnte, was vorne und hinten war. Wo war der Pilot? Nach wenigen Sekunden hatte das Flugzeug sich mit Wasser gefüllt und ging gurgelnd unter, bis der See es verschluckt hatte und Stille eintrat, als wäre nichts geschehen. Von dem Piloten gab es kein Lebenszeichen. Es war kein Geräusch zu hören, aus dem sich darauf schließen ließe, dass er im Dunkeln ans rettende Ufer schwamm. Nur die Wellen, die der Aufprall der Spitfire verursacht hatte, klatschten laut gegen den Felsen am Ufer.

Constance stand zitternd da und schaute mit geweiteten Augen auf das Wasser, in der Hand ihre Schuhe und Strümpfe. Sie wusste, dass sie irgendetwas unternehmen musste, doch ihr Körper gehorchte ihr nicht. Wie angewurzelt starrte sie auf die Stelle, wo eben noch das Flugzeug gewesen war. Sie war hin- und hergerissen. Um zum Haus zu laufen und Hilfe zu holen, blieb keine Zeit. In wenigen Minuten würde der Pilot tot sein, wenn er es nicht schon war. Sie musste etwas tun. Sie musste den Piloten retten.

Sie gab sich einen Ruck und kletterte von dem Felsen ins Wasser. Dabei verletzte sie sich das Bein an einer scharfen Kante, doch sie spürte nicht, wie ihr das Blut am Unterschenkel hinunterlief und sich mit dem Wasser mischte, so sehr trieb sie der Wunsch an, dem Piloten zu Hilfe zu eilen, der bestimmt verzweifelt versuchte, sich aus seinen Gurten zu befreien und die Cockpithaube zu öffnen. Das seidene Abendkleid klebte ihr am Körper, als sie so schnell sie konnte auf die Stelle zuwatete, wo das Flugzeug versunken war.

Im Haus schlug die Standuhr in der Eingangshalle Mitternacht, und immer noch spielte die Kapelle für die Gäste, die nichts von dem ahnten, was sich draußen am See abspielte. Es wurde noch einmal auf Constance angestoßen, als ihr einundzwanzigster Geburtstag endete. *Was für ein Pech, dass sie Kopfschmerzen bekommen hat. Vielleicht hat sie ja ein bisschen zu viel Champagner erwischt. Im Bett war sie sicher am besten aufgehoben.* Bald würde die Kapelle zu spielen aufhören, die Gäste würden sich verabschieden und nach Hause fahren – sie hatten alle ausreichend Benzingutscheine für den Heimweg aufgespart –, und dann würde die Haushälterin mit dem Ritual beginnen, alles Nötige für die Nachtruhe in Invermoray House vorzubereiten.

Als das Wasser Constance bis zur Taille reichte, stieß sie sich mit den Füßen ab, ließ ihre Schuhe und Strümpfe los und tauchte weiter in die Dunkelheit ein.

Kapitel 2

Schottland, August 2020

Kate hätte das Navi doch lieber mitbuchen sollen, als sie sich am Flughafen den Mietwagen genommen hatte. Der Mann am Tresen hatte ihr sogar einen Sonderpreis angeboten, aber sie hatte leicht überheblich mit ihrem Handy gewedelt und gesagt, sie habe ihr GPS bereits programmiert.

Aber sie hatte jetzt schon lange keinen Empfang mehr, und nach der einsamen Landschaft zu urteilen, durch die sie fuhr, war auch nicht damit zu rechnen, dass sich das bald änderte. Kate hielt am Straßenrand und schaute sich um in der Hoffnung, irgendwo irgendein Lebenszeichen zu entdecken. Sie konnte sich nicht mehr erinnern, wie lange sie schon auf der Landstraße unterwegs gewesen war, als sie bemerkt hatte, dass ihr Handy keinen Mucks mehr von sich gab. Wie weit war sie gefahren? Es war mindestens zehn Minuten her, seit sie das letzte Dorf passiert hatte, und sie wusste nicht einmal mehr, wie es hieß.

Die Sonne ging bereits unter. Kate breitete ihre Landkarte auf der Kühlerhaube aus und suchte nach irgendetwas, das ihr bekannt vorkam. Zum Glück hatte der Mann von der Mietwagenfirma ihr die Landkarte ins Handschuhfach gelegt. Sie würde vermutlich viel später ankommen als angekündigt. Es würde einen denkbar schlechten Eindruck machen, wenn sie mitten in der Nacht eintraf, um ihre neue Arbeitsstelle mit Unterkunft anzutreten. Im Dunkeln würde sie sich sowieso nicht zurechtfinden, also blieb ihr nichts anderes übrig, als der Straße zu folgen und zu hoffen, dass sie sie zurück in die Zivilisation führte, wo sie mit ihrem Handy wieder Empfang hatte. *Solche Probleme hat man in London jedenfalls nicht*, dachte sie. Aber London war im Moment der letzte Ort, an dem sie sein wollte. Sie schaute die leere Straße in beide Richtungen hinunter. Sie sehnte sich nach Ruhe und Frieden, aber das hier war vielleicht ein bisschen zu viel Ruhe.

Kate faltete die Karte zusammen, stellte sich dabei jedoch so ungeschickt an, dass Knicke entstanden, wo vorher keine gewesen waren. Sie ließ den Motor an und fuhr los, in der einen Hand ihr Handy, auf das sie immer wieder einen Blick warf – so riskant das auch war –, in der Hoffnung, dass das GPS wieder funktionierte. Doch sie hatte kein Glück. Vielleicht half es ja, wenn sie das Ding neu startete, es war jedenfalls einen Versuch wert. Sie schaute auf das Handy und hielt den Ausschalter eine Ewigkeit gedrückt, bis sie endlich aufgefordert wurde, mit einem Wischen zu bestätigen, dass sie das Gerät tatsächlich ausschalten wollte.

Dann hob sie den Blick und stieß einen Schrei aus. Ein Mann stand am Straßenrand und schaute ihr voller Entsetzen entgegen. Was machte der Kerl da? Er hob die Hände vors Gesicht. Kate ließ ihr Handy fallen, riss das Steuer herum und trat auf die Bremse. Der Wagen schlitterte auf die andere Straßenseite. Zum Glück kam ihr auf dieser gottverlassenen Landstraße kein Fahrzeug entgegen. Kate brachte den Mietwagen quer auf der Gegenfahrbahn zum Stehen, nur knapp entfernt von ein paar hohen Kiefern.

Sie war starr vor Schreck. Sie hielt das Lenkrad so fest umklammert, dass ihre Knöchel sich weiß abzeichneten. Sie zwang sich, einen Blick in den Rückspiegel zu werfen, um zu sehen, ob der Mann noch lebte. Er war nicht da. Aber sie hatte ihn nicht überfahren. Oder doch? Sie wusste überhaupt nichts mehr.

»Mein Gott, wo ist er?« Zitternd nahm sie ihre Hände vom Lenkrad und löste ihren Sicherheitsgurt. Als sie gerade die Fahrertür öffnen wollte, riss der Mann sie auf und funkelte Kate wütend an.

Sie lehnte sich schockiert zurück. Der Mann schien etwas sagen zu wollen, brachte jedoch keinen Ton heraus.

»Gott sei Dank, Sie leben.« Ihre Stimme zitterte, das Herz schlug ihr bis zum Hals.

Er machte einen Schritt zurück, sodass sie aussteigen konnte. »Das verdanke ich Ihnen, nicht Gott«, sagte er.

»Es tut mir leid.« Kate stand mit weichen Knien vor dem Mann.

»Sie hätten mich beinahe umgebracht.«

»Es tut mir leid. Wirklich. Sind Sie verletzt?«

»Nein«, fauchte er. Dann fragte er, als wäre ihm der Gedanke gerade erst gekommen: »Sie?«

»Nein.«

Der Fremde schaute an ihr vorbei in den Wagen und betrachtete die schlampig gefaltete Straßenkarte auf dem Beifahrersitz. Kate wartete ab in der Hoffnung, dass er sich beruhigte. Er schien etwa in ihrem Alter zu sein, Ende zwanzig, und er hatte braunes Haar und braune Augen. Er trug Laufkleidung und neongelbe Reflektorbänder an den Knöcheln und Handgelenken. In dieser Aufmachung hätte er ihr eigentlich auffallen müssen, aber sie war zu sehr beschäftigt gewesen mit ihrem –

»Waren Sie mit Ihrem Handy beschäftigt?«, fragte er sie und blickte ihr direkt in die Augen. »Haben Sie etwa beim Fahren Textnachrichten geschrieben?«

»Ich … nein … Natürlich nicht.«

Er beugte sich ins Auto, kniete sich auf den Fahrersitz und klaubte das Handy vom Boden.

»Hey, was machen Sie da?«, fragte sie.

Der Mann wischte auf dem Smartphone herum, aber das gab zum Glück kein Lebenszeichen von sich.

»Ich hätte schwören können …« Widerstrebend gab er ihr das Handy zurück.

»Sie müssen Ihren Wagen wegfahren. Es ist gefährlich, so wie er da steht.« Er blickte die leere Straße hinauf und hinunter.

Kate nickte, rührte sich jedoch nicht. Dass sie gegen das Gesetz verstoßen und um ein Haar jemanden überfahren hätte, musste sie erst einmal verdauen.

»Kriegen Sie das hin, oder soll ich es für Sie machen?« Er schaute sie an, als wäre sie debil.

»Ich … Sie … Nein, ich mach das schon. Kein Problem.«

Er hob die Brauen, als hätte sie ihm gerade den Beweis dafür geliefert, dass er ihren Geisteszustand richtig eingeschätzt hatte.

»Kein Problem? Na ja …« Er schüttelte ungläubig den Kopf, trat einen Schritt zurück und verschränkte die Arme. Kate war absolut nicht in der Verfassung, Auto zu fahren, doch sie stieg ein, und es gelang ihr, den Wagen von der Straße weg und auf den Schotterstreifen am Straßenrand zu manövrieren. Da der Wagen sich immer noch auf der falschen Straßenseite befand, schaltete sie die Warnblinkanlage ein. Dann wusste sie nicht, was sie weiter tun sollte. Der Mann stand immer noch da. Eigentlich könnten sie jetzt beide ihrer Wege gehen, doch er schaute sie nach wie vor erwartungsvoll an.

Kate stieg aus und blieb verlegen neben der offenen Fahrertür stehen. Sie hatte noch nie einen Unfall gehabt. Und eigentlich war das hier ja auch kein richtiger Unfall gewesen, aber so wie der Mann sie ansah, hatte sie das Gefühl, wenn sie jetzt wegfuhr, würde er als nächstes die Polizei anrufen und dafür sorgen, dass die sich an ihre Fersen heftete.

»Und jetzt?«, brachte sie schließlich hervor.

»Wie meinen Sie das?«, fragte er verblüfft.

»Äh … Tauschen wir jetzt Adressen aus?«

Seine Augen wurden schmal. »Warum sollten wir?«

Kate hätte im Erdboden versinken können. »Ich weiß nicht«, murmelte sie. Sie wäre am liebsten wieder in ihren Wagen gestiegen. Auch wenn sie sich nicht in der Lage fühlte zu fahren, aber alles schien ihr besser als hier mit diesem Kerl herumzustehen.

»Wir brauchen überhaupt nichts zu tun«, sagte er.

»Okay«, sagte Kate.

Sie setzte noch einmal an, sich zu entschuldigen, doch er fiel ihr ins Wort. Dann warf er einen Blick auf sein Handy, das an seinem Handgelenk befestigt war.

»Verbuchen Sie es als Erfahrung.« Er steckte sich seine Kopfhörer wieder in die Ohren, wischte auf seinem Smartphone herum, wandte sich ab und lief los.

Kate schaute ihm nach, und als er um die nächste Kurve verschwunden war, lehnte sie sich gegen den Wagen und atmete erleichtert auf. *Verbuchen Sie es als Erfahrung?* So was Scheinheiliges. Was sollte das denn heißen? Aber egal, sie war froh, dass er keine Anzeige erstattete und dass sie ihn nie wiedersehen würde. Sie schaute noch einmal in die Richtung, in die er verschwunden war.

»Mistkerl.«

Sie hätte heulen können. Was machte sie überhaupt hier?

Kapitel 3

Kate stieg wieder ins Auto und angelte ihre Handtasche aus dem Fußraum vor dem Beifahrersitz. Sie nahm ihre Glückwunschkarten heraus und las noch einmal die, die ihre beste Freundin Jenny ihr geschickt hatte. Es war ihre Lieblingskarte. Vorne drauf klebte ein Foto von ihr, wie sie eine leere Sektflasche hochhielt und so tat, als wollte sie sich den letzten Tropfen des Sekts in den Hals schütten. Dabei machte sie ein albernes, aber glückliches Gesicht. Das Foto war erst ein paar Monate alt, aber die Erinnerung an den Tag, an dem sie zur PR-Managerin befördert worden war, entlockte ihr immer noch ein Lächeln.

Das Foto klebte auf einer Doppelkarte, aber innen stand keiner der üblichen Glückwunsch-Sprüche, sondern: »Von der Mutprobe im Suff zum schlimmsten Alptraum. Zeig's ihnen!«

Gott, die Mutprobe. Was hatte sie sich nur dabei gedacht, wegen einer Mutprobe hierherzukommen. Jedenfalls konnte sie nicht Jenny allein die Schuld geben. Schließlich konnte Jenny nichts dafür, dass es ihr gereicht hatte. Wenn sie noch eine einzige Bar-Eröffnung hätte organisieren und zweitklassige Gäste – unbekannte Models und langweilige Fußballerehefrauen – hätte hofieren müssen, die sie im Gegenzug wie den letzten Dreck behandelten, hätte sie einen Schreianfall bekommen. Woher nahmen diese Möchtegernpromis das Recht,

Kate und ihre Kollegen wie Dienstboten zu behandeln? Dann hatte eine dieser Fußballerfrauen auch noch behauptet, Kate hätte mit ihrem Mann geflirtet. Die Folgen der Geschichte waren untragbar gewesen. Wenn sie auch nur ein bisschen nachdachte, wusste sie genau, warum sie jetzt hier war. Sie musste ihren guten Ruf wiederherstellen, und zwar weit weg von den grellen Lichtern Londons, von ihren Kollegen und allen, die von der unmöglichen Situation wussten, in die sie sich an dem Abend hineinmanövriert hatte. Die Scham, die sie wegen des Vorwurfs empfand, hatte sie hierher getrieben, so weit weg wie möglich. Die Abmahnung am nächsten Morgen war eine derartige Demütigung gewesen, dass sie sich mit Jenny zusammen die Kante gegeben hatte, und der Abend hatte damit geendet, dass Jenny betrunken in Kates Namen auf zwei Stellenangebote im Internet geantwortet hatte.

»Du sagst doch immer, du willst gern mehr reisen«, hatte Jenny gelallt, während sie die Webseite mit den Stellenangeboten auf ihrem Laptop angeklickt hatte. »Süden oder Norden – kannste dir aussuchen. Oder traust du dich nicht?«

»Mir egal, füll's einfach aus, häng meinen Lebenslauf an und schick's ab. Von mir aus auch Timbuktu. Solange ich mich nie wieder mit irgendeinem Reality-TV-Kandidaten rumplagen muss, der besoffen aus 'ner Bar wankt und den von ihm selbst bestellten Paparazzi direkt vor die Linse stolpert, geh ich hin, wo du willst«, hatte Kate verkündet.

Jenny hatte auf Senden geklickt, sie hatten angestoßen, und Kate hatte das Ganze vergessen. Dann war eine Woche später eine E-Mail von einem Hotel in Cornwall gekommen, in der man ihr mitteilte, dass ihre Bewerbung abgelehnt worden war. Anscheinend hatte sie nicht genug Erfahrung im Bewerben von regionalen Lebensmitteln; man hatte sie nicht einmal zu einem Vorstellungsgespräch eingeladen. Irgendwie hatte sie es bedauert, einen Job nicht bekommen zu haben, von dessen Existenz sie bis dahin nicht einmal etwas geahnt hatte. Und das hatte sie zum Nachdenken gebracht: Vielleicht war ja ein Tapetenwechsel genau das, was sie jetzt brauchte. Sie hatte all diese fürchterlichen Bars so satt, wo sich die Stars und Sternchen trafen. Sie brauchte einen Neustart an einem Ort, wo ihr Ruf noch unbeschädigt war.

Und als auf die zweite Jobbewerbung eine positive Antwort kam und die Eigentümerin von Invermoray House in Schottland Kate nach einem einstündigen Telefonat die Stelle angeboten hatte, war sie vor Freude ganze zwei Minuten lang in ihrem Zimmer umhergehüpft.

»Wir bekommen hier nicht viele Gäste«, hatte die Frau zu Kate gesagt. »Und wir hoffen natürlich, dass Sie uns helfen können, das zu ändern. Wir sind hier ziemlich weit ab vom Schuss.«

»Klingt großartig.« Kate hatte ihr Glück kaum fassen können. Von jetzt an brauchte sie keine mittelmäßigen PR-Jobs mehr anzunehmen. Und es gab auch sonst nichts, was sie in London hielt. Sie war seit einem Jahr Single, und das fand sie gut so. »Ich nehme die Stelle.«

Jetzt fühlte sich das auf einmal ganz anders an. Sie saß allein in ihrem Auto an einer verlassenen Landstraße, es wurde allmählich dunkel, und sie hatte sich noch nie so einsam gefühlt.

Irgendwann hatte sie wieder Empfang, ihr Navi führte sie zum Ziel, und als sie Invermoray House endlich erreichte, war es schon fast dunkel. Kate fuhr über die lange Einfahrt und hielt auf dem kiesbedeckten Vorplatz. Sie hob die Brauen, als sie das prächtige Gebäude betrachtete, und fragte sich unwillkürlich, warum die Eigentümerin es als »Haus« heruntergespielt hatte, obwohl es sich eher um ein Schloss handelte. Das Licht ihrer Autoscheinwerfer verlieh dem Gebäude einen goldgelben Schimmer.

Kaum hatte Kate ihr Gepäck aus dem Kofferraum gewuchtet, öffnete sich die große, hölzerne Tür, und eine Frau von etwa Mitte sechzig kam auf sie zu.

»Brauchen Sie Hilfe?« Die Frau hatte freundliche, lächelnde Augen und trug das braune Haar kinnlang.

Kate erkannte ihre Stimme sofort. »Tut mir leid, dass ich so spät bin. Sie sind bestimmt Mrs. Langley-McLay?«

»Ja, meine Liebe.« Sie warf einen Blick auf Kates Koffer. »Sie sind nicht Kate, oder?«

»Doch«, sagte Kate. Mrs. Langley-McLay zog die Brauen zusammen.

»Dann sind Sie kein bisschen zu spät, meine Liebe. Dann sind Sie einen Tag zu früh.«

Kate erbleichte. »Was? Das kann nicht sein.«

Die Frau lachte. »Wir hatten vereinbart, dass Sie morgen anfangen, deswegen war ich davon ausgegangen, dass Sie morgen *ankommen* würden.«

»Ach so. Ich dachte …« Kate sprach den Satz nicht zu Ende.

»Na ja.« Mrs. Langley-McLay nahm einen von Kates Koffern. »Ein bisschen Arbeitseifer hat noch niemandem geschadet. Nehmen Sie den anderen Koffer und kommen Sie mit rein. Nach so einer langen Fahrt wollen Sie sich doch bestimmt erst mal bei einer Tasse Tee ein bisschen ausruhen. Danach zeige ich Ihnen dann Ihr Zimmer. Oder wollen Sie lieber einen Gin Tonic? Ich wollte mir sowieso vor dem Abendessen einen genehmigen.«

»Das wäre sehr freundlich, Mrs. Langley-Mc …«

»Ach, bitte, nennen Sie mich Liz, sonst brechen Sie sich noch die Zunge.« Liz stellte Kates Koffer am Fuß einer mit aufwendigen Schnitzereien versehenen Holztreppe ab und bedeutete Kate, das gleiche mit dem andern Koffer zu machen.

Dann durchquerte Liz die schwarz-weiß geflieste Eingangshalle, wo in einem großen offenen Kamin ein heimeliges Feuer knisterte. Trotz der sommerlichen Jahreszeit war die Abendluft kühl. Liz lugte durch eine Tür in ein Zimmer.

»Ah, gut. Er ist nicht da«, murmelte sie.

»Wer ist nicht da?«, fragte Kate, als sie Liz in die Bibliothek folgte. Es war der prächtigste Raum, den Kate je gesehen hatte. Endlose Reihen mit ledergebundenen Büchern füllten die deckenhohen Regale. Eine hölzerne Leiter mit Rollen stand an ein Regal gelehnt, und einen Moment lang überkam sie das kindliche Verlangen, auf die Leiter zu steigen und damit durch den Raum zu fahren.

»Machen Sie sich darüber keine Gedanken. Jedenfalls noch nicht gleich. Wir beide werden uns jetzt erst mal einen ordentlichen Drink genehmigen. Es kann nichts schaden, sich ein bisschen Mut anzutrinken.«

Kate fragte sich, warum in aller Welt Liz sich Mut antrinken musste, aber Liz hatte bereits das Thema gewechselt und fragte Kate über ihre Fahrt nach Schottland aus, bevor sie auf den Job zu sprechen kam.

»Wir suchen schon eine ganze Weile nach jemandem wie Ihnen.« Liz trat an den Getränkewagen, öffnete den Eiswürfelbehälter und ließ mehrere Eiswürfel in zwei Kristallgläser fallen. »Wir haben hier das totale Chaos, wie ich Ihnen schon am Telefon erklärt habe, Sie werden also eine Art Mädchen für alles sein, bis wir richtig loslegen können.« Sie bedeutete Kate, auf einem der roten Knole-Sofas Platz zu nehmen, und

Kate setzte sich mit dem Rücken zur Tür. Die Sofas waren abgenutzt, an einigen Stellen ragte Rosshaar heraus, und die ehemals goldene Kordel, die die Rückenlehne zusammenhielt, war ausgefranst. Die Sofas bildeten einen krassen Kontrast zu den ledergebundenen Büchern, die extrem gut erhalten waren, und dem Schreibtisch vor der doppelflügeligen Terrassentür, der alt war, aber so gut wie neu aussah.

»Dass Sie früher als erwartet eingetroffen sind, stellt uns vor ein klitzekleines Problem. Aber das lässt sich regeln. Wahrscheinlich kriegt er erst mal einen Anfall, aber Sie wissen ja: Hunde die bellen, beißen nicht.«

Kate blinzelte, als Liz ihr ein Glas reichte. »Ihr Mann?«

»Himmel, nein. Mein armer Mann ist vor einem Jahr verstorben. Nein, mein Sohn. Aber machen Sie sich keine Sorgen, er wird sich schon damit abfinden.«

»Ihr Sohn?«

Liz nickte und setzte sich auf das Sofa Kate gegenüber. Vorsichtig bohrte Kate ein bisschen weiter.

»Womit wird er sich abfinden?«

»Damit, dass Sie jetzt hier sind, natürlich.«

»Wie bitte? Bloß weil ich einen Tag früher als erwartet gekommen bin?«

Liz lachte in sich hinein, aber es klang nervös, und ihr Blick ging in Richtung Eingangshalle, als die Haustür zugeschlagen wurde.

»Nein, weil Sie überhaupt hier sind.«

Kate hielt den Atem an, als Liz fortfuhr. »Wissen Sie, ich bin noch gar nicht dazu gekommen, ihm mitzuteilen, dass ich Sie eingestellt habe. Ich hatte vor, das heute beim Abendessen zu tun.« Schritte kamen näher. »Wir brauchen ganz dringend Unterstützung«, fügte Liz hastig hinzu. »Aber er will einfach nichts davon wissen, dass wir jemanden einstellen. Er findet, wir können uns das nicht leisten, was völliger Unsinn ist. Ihr Job hier ist eine notwendige Investition. Aber wenn er Sie sieht, kriegt er einen Tobsuchtsanfall. Ganz schlechte Manieren. Na ja … Sie werden's ja gleich sehen.«

»Ah, dachte ich mir doch, dass ich Stimmen gehört habe«, ertönte eine Männerstimme von der Tür her.

Kate erstarrte.

»James«, sagte Liz, »ich möchte dir Kate vorstellen.«

Kate stand auf und drehte sich langsam zur Tür um. Noch ehe sie ihn gesehen hatte, wusste sie, wer er war. Als Kate sich ihm mit einem höflichen, wenn auch nervösen Lächeln zuwandte, sah sie, dass auch er sie erkannte. Sein Lächeln verschwand, und er ließ die Hand sinken, die er bereits ausgestreckt hatte.

»Kate ist hier, um …«, setzte Liz an.

»… mir den Garaus zu machen?«, fiel er ihr ins Wort.

Liz schaute die beiden abwechselnd an. Kate wäre am liebsten im Erdboden versunken.

»Wir haben uns bereits kennengelernt«, fuhr James fort. »Vor ungefähr einer Stunde. Ich denke, ich kann mit Fug und Recht behaupten, dass Kate nicht Auto fahren kann.«

»Das ist nicht fair«, platzte Kate heraus. »Sie waren auf der falschen Seite. Sie waren auf der Straße.«

»Ich war nicht *auf* der Straße, verdammt noch mal. Außerdem soll man als Fußgänger dem Verkehr entgegengehen.«

Sie verstummte.

»Außerdem haben Sie auf Ihrem Handy rumgetippt«, sagte er.

»Nein, das stimmt nicht«, entgegnete Kate ernst.

»Ich fass es nicht«, fauchte James. »Sind Sie deswegen hier? Sind Sie mir etwa gefolgt? Um zu sehen, wo ich wohne? In der Hoffnung, uns Geld aus den Rippen leiern zu können, weil ich … ja, was eigentlich? Also, lassen Sie sich gesagt sein, bei uns ist nichts zu holen, das können Sie also getrost vergessen.«

»James.« Seine Mutter legte ihm eine Hand auf den Arm, um ihn zu beruhigen. »Es reicht. Bitte. Kate ist nicht deswegen hier. Sie ist hier, weil wir sie eingestellt haben. Also, das heißt, *ich* habe sie eingestellt.«

James drehte sich langsam um und schaute seine Mutter an. »Du hast *was*?« Seine Stimme klang drohend, aber zu Kates Erleichterung hielt Liz dem Blick ihres Sohnes stand. Offenbar war sie es gewohnt, sich gegen ihn zu behaupten.

»Ich glaube, das diskutieren wir am besten draußen, meinst du nicht?« Die Frage war offensichtlich rhetorisch gemeint, denn Liz marschierte entschlossen auf die Tür zu. James schaute Kate an, die verlegen lächelte, dann folgte er seiner Mutter in die Eingangshalle hinaus und schloss die Tür hinter sich.

Kate stand stocksteif da. Sie konnte es nicht fassen. Diese Frau hatte sie eingestellt, wenn auch zugegebenermaßen ohne schriftlichen Vertrag. Kate hatte ihre Wohnung an ihren Bruder untervermietet, verflixt noch mal. Sie konnte jetzt nicht wie ein begossener Pudel nach London zurück. Was, wenn James sich gegen Liz durchsetzte, was er offenbar vorhatte, und man sie wieder fortschickte? Wo sollte sie dann hin? Schließlich war schon Abend. Am Ende der Straße hatte sie einen Pub gesehen. Vielleicht hatten die ja Fremdenzimmer. Obwohl sie bezweifelte, dass so weitab vom Schuss Fremdenzimmer gebraucht wurden. Sie ließ sich wieder auf das Sofa fallen und versuchte, nicht auf den Streit draußen vor der Tür zu lauschen.

Doch James schrie so laut, dass sie unwillkürlich das eine oder andere mitbekam. »*Kein Geld… können uns keine Angestellte leisten… brauche keine Hilfe… krieg das allein in den Griff.*«

Sie atmete tief aus. Im Moment hatte er sich jedenfalls alles andere als im Griff. Sie musste einfach abwarten und sich ihrem Schicksal fügen. Sie schaute sich in der Bibliothek um. An den Wänden hingen erstaunlich moderne Gemälde. Dann entdeckte sie ein dickes Buch, das aufgeschlagen auf einem Tisch vor den Regalen lag. Sie trat näher, wenn auch mehr, um irgendetwas zu tun, als aus echtem Interesse. Es schien sich um eine alte Bibel mit hauchdünnen Seiten zu handeln. Kate war nie besonders religiös gewesen, und nachdem sie ein paar Sätze gelesen hatte, klappte sie das Buch zu, um den ledernen Einband zu betrachten. An den eingeprägten Buchstaben hafteten noch Reste von Blattgold, das schwarze Leder war stellenweise beschädigt, und der Rücken hatte sich teilweise abgelöst, sodass die Fadenbindung zu sehen war. Kate schaute sich um. Irgendwie war hier das meiste in einem bedauernswerten Zustand. Vorsichtig schlug sie das Buch wieder auf und blätterte einige Seiten um, bis sie auf eine Seite stieß, die mit *Familienstammbaum* überschrieben war. Plötzlich war der Streit draußen vor der Bibliothek vergessen. Offenbar handelte es sich bei dem Buch um die Familienbibel der Familie Langley-McLay.

Die Namen der älteren Familienmitglieder waren schon verblasst und hellbraun, bei den Namen der jüngeren war die Tinte noch schwarz. Die ältesten Daten stammten von Anfang des neunzehnten Jahrhunderts, und die Handschrift änderte sich mit jedem Familienmitglied, das neue Namen und Geburtsdaten eingetragen hatte.

Kate dachte an all die Generationen, die geboren und gestorben waren, die alt geworden, geheiratet hatten, weggezogen oder im Krieg gefallen waren, die die Familienbibel übernommen und an die nächste Generation weitergegeben hatten. Sie betrachtete die zweite Seite des Buchs, überflog die Daten vom Anfang des 20. Jahrhunderts. Ein Kind war direkt nach dem Ersten Weltkrieg auf die Welt gekommen: Constance Amelia Rose McLay, geboren im August 1919.

Der Name fiel auf, weil er durchgestrichen worden war, und zwar mit solcher Vehemenz, dass die Tinte sich durch mehrere Seiten durchgedrückt hatte.

Zuerst dachte Kate, dass jemand den Namen durchgestrichen hatte aus Kummer über Constances Tod. Aber in dem Familienstammbaum waren keine Todesdaten verzeichnet – nur Geburtsdaten –, und kein anderer Name war durchgestrichen worden.

Constance Amelia Rose McLay war die Einzige, deren Name durchgestrichen war. Kate schüttelte sich und schaute sich um. Plötzlich wünschte sie sich weit weg von diesem Ort. Draußen vor der Tür hörte sie Mutter und Sohn immer noch streiten. Sie betrachtete noch einmal den Namen.

Langsam fuhr sie mit dem Finger über die tiefe Einkerbung, die der Stift hinterlassen hatte, und fragte sich, welches Verbrechen Constance McLay verübt haben konnte, dass sie es verdient hatte, so nachdrücklich aus dem Familienstammbaum entfernt zu werden.

Kapitel 4

1940

Das laute Krachen, mit dem die Spitfire ins Wasser gestürzt war, war nichts gegen das unheimliche Gurgeln, mit dem der See das Flugzeug in die Tiefe sog. Dann war es plötzlich still, und nur noch das Plätschern der durch den Absturz verursachten Wellen war zu hören.

Constance schwamm so schnell sie konnte in die Mitte des Sees, hielt nur hin und wieder kurz an, um wassertretend auf Lebenszeichen des Piloten zu lauschen. Sie zog sich das Kleid bis über die Hüften hoch, damit ihre Beine mehr Bewegungsfreiheit hatten.

Er war bestimmt tot. Wie sollte es anders sein? Er war schon viel zu lange unter Wasser. Constance wünschte, die Wolkendecke würde aufreißen und der Mond zum Vorschein kommen und ihr etwas Licht spenden.

Obwohl es vermutlich zwecklos war, rief sie: »Wo sind Sie?«

Sie strich sich die nassen Haare aus dem Gesicht, um besser sehen zu können, aber es war einfach zu dunkel. Ihre kunstvolle Hochfrisur hatte sich aufgelöst, und ihre nassen Locken klebten ihr am Kopf.

»Wo sind Sie?«, rief sie noch einmal, als könnte sie den Piloten, wenn sie ihn nur laut genug rief, aus den kalten Tiefen des Sees an die Oberfläche locken.

Zu ihrer Linken durchbrach ein Geräusch die Stille, als der

Pilot plötzlich in einiger Entfernung auftauchte und japsend mit den Armen ruderte.

Constance rief ihm zu, sie werde ihm zu Hilfe kommen, war sich jedoch nicht sicher, ob er sie hören konnte. Er rang immer noch verzweifelt nach Luft, hustete und spuckte Wasser.

Sie schwamm in seine Richtung, während sie weiterhin beruhigend auf ihn einredete. Als er sie erblickte, stieß er vor Schreck einen Fluch aus. Es schlug mit den Armen, als kämpfe er mit sich selbst.

»Alles in Ordnung?«, fragte Constance. »Können Sie schwimmen?«

»Ja. Nein«, erwiderte er japsend. »Helfen Sie mir. Es zieht mich unter Wasser.« Er versuchte, sich aus seiner ledernen Fliegerjacke zu befreien, die ihm am Körper klebte. Constance schwamm zu ihm und zog ihm die schwere Jacke von den Armen. Jetzt musste sie wie verrückt Wasser treten, um nicht von dem vollgesaugten Kleidungsstück unter Wasser gezogen zu werden.

Während der Pilot versuchte, sich seine schweren Stiefel abzustreifen, bemerkte er Constances Notlage.

»Lassen Sie die Jacke los!«, rief er.

Constance wusste selbst nicht, warum sie die Jacke festgehalten hatte, doch jetzt ließ sie das bleischwere Teil los, das ebenso wie das Flugzeug sofort unterging.

Der Pilot schien erneut in Panik zu geraten, als es ihm nicht gelang, seine Stiefel auszuziehen. »Beruhigen Sie sich«, sagte Constance zu ihm. »Das Ufer ist nicht weit. Wir müssen schwimmen.«

Sie schwamm voraus, und der Pilot folgte ihr. Sie hörte ihn hinter sich husten und vor Anstrengung keuchen, weil die mit

Wasser gefüllten Stiefel so schwer waren. Früher war Constance gern und oft im See geschwommen, aber als sie dreizehn war, war Douglas von zu Hause ausgezogen, und allein hatte sie keinen Spaß mehr am Schwimmen gehabt. Doch sie kannte den See immer noch wie ihre Westentasche. Sie schwammen vom Haus weg, zum gegenüberliegenden Ufer, wo sich der hölzerne Steg befand. Bis dahin war es nicht so weit, und Constance fürchtete, dass der Pilot es nach allem, was er durchgemacht hatte, nicht bis zu dem Ufer schaffen würde, von wo sie gekommen war.

Sie verlangsamte ihr Tempo und schwamm neben dem erschöpften Mann her, jederzeit bereit, ihn unterzufassen, falls ihn die Kräfte verlassen sollten. Aber er hielt durch. Nur einmal fragte er, wie weit es noch sei, doch da spürte Constance schon Kiesel und scharfkantige Steine unter ihren nackten Füßen.

Sie reichte ihm die Hand, und geschwächt, wie er war, nahm er sie dankbar und stolperte hinter ihr her ans Ufer. Das letzte Stück kroch er auf allen Vieren, dann ließ er sich zu Boden sinken und blieb keuchend auf dem Bauch liegen.

Erschöpft, wenn auch nicht vom Schwimmen, so doch von der Aufregung, setzte Constance sich neben ihn. Erst jetzt merkte sie, dass sie vollkommen durchgefroren war. Zitternd vor Kälte umschlang sie sich mit den Armen, was wenig nützte, solange sie ihre nassen Sachen anhatte. Der Pilot hob den Kopf und schaute sie an, die Augen immer noch vor Panik geweitet, dann betrachtete er seine Umgebung. Sie konnte sein Gesicht im Dunkeln kaum erkennen. Die nassen Haare fielen ihm in die Augen.

Als er sich schließlich einigermaßen beruhigt hatte, fragte er: »Wo in Gottes Namen kommen Sie her?«

Constance zeigte auf die andere Seite des Sees. »Aus dem Haus. Aber ich saß schon am Ufer.«

Er nickte und schaute in die Richtung, in die sie gezeigt hatte. Aber Invermoray House war zu weit weg und wegen der Verdunkelung nicht zu erkennen. »Waren Sie allein?«

»Hier am Ufer, ja.« Sie bibberte vor Kälte.

»Sie frieren«, sagte er. Mühsam stützte er sich erst auf Hände und Knie und setzte sich dann aufrecht hin.

»Ja«, antwortete sie. »Sie nicht?«

»Doch.«

»Wir müssen ins Trockene«, sagte Constance und stand auf. Das dünne Abendkleid klebte ihr am Körper. Sie hatte eine Gänsehaut.

»Wohin wollen Sie? Zu dem Haus da?«, fragte er. »Ich gehe nicht noch mal ins Wasser.«

»Um den See herum zu gehen ist zu weit«, sagte sie zähneklappernd. Sie überlegte fieberhaft. »Hier in der Nähe gibt es eine Hütte. Bis dahin schaffen Sie es bestimmt. Sie ist gleich da hinter den Bäumen.« Sie zeigte auf ein paar hohe Fichten.

»Steht die Hütte leer?«, fragte er hoffnungsvoll. »Ist sie unbewohnt?«

Constance nickte.

»Also gut. Wenn Sie meinen. Aber zuerst … Er zog sich die Stiefel von den Füßen, schüttete das Wasser aus, klemmte sie sich unter den Arm und stand auf. Seine schwere Pilotenuniform klebte ihm am Körper. Sie mussten ein merkwürdiges Bild abgeben, dachte Constance, als sie zu der Hütte gingen.

»Ist es noch weit?«, fragte er Pilot nach ein paar Minuten.

»Nein.« Constance hoffte, dass sie auf dem richtigen Weg waren. Sie war noch nie im Dunkeln zu der unbenutzten

Jagdhütte gegangen. Bisher hatte sie noch nie einen Grund dazu gehabt.

Dann plötzlich erspähte sie die Hütte zwischen den Bäumen. Constance wollte die Tür öffnen, doch sie war abgeschlossen. »O nein«, stöhnte sie. »Daran hab ich gar nicht gedacht.«

Der Pilot lehnte sich an die Wand neben der Tür und schloss die Augen. »Sehen Sie unter der Fußmatte nach.«

Constance trat von der Fußmatte herunter und hob sie hoch. »Ja, natürlich«, sagte sie und hob den Schlüssel auf. »Wie sind Sie nur darauf gekommen?«

»Redliche Leute legen den Schlüssel immer unter die Fußmatte.« Er hatte den Kopf in den Nacken gelegt. Über ihnen war die Wolkendecke aufgerissen, und das Mondlicht erhellte die Nacht.

Zum ersten Mal konnte Constance den Mann wirklich sehen. Er hatte einen kräftigen Unterkiefer und sah überhaupt gut aus. Zwar nicht wie ein Filmstar, allerdings hatte sie, seit der Krieg ausgebrochen war, nicht viele Filme gesehen. Das nächste Kino war meilenweit weg. Aber wenn sie ihm zufällig im Dorf über den Weg gelaufen wäre, hätte sie ganz sicher zweimal hingeschaut.

Er öffnete die Augen und sah sie an. Ein Lächeln umspielte seine Lippen. »Wollten Sie nicht die Tür aufschließen?«

Peinlich berührt drehte Constance den Schlüssel und öffnete die Tür. Die Luft, die ihnen entgegenschlug, roch feucht und modrig. Die Hütte stand leer, seit der Jagdhelfer ebenso wie alle anderen Männer im kampftauglichen Alter vor neun Monaten zum Kriegsdienst eingezogen worden war. Seitdem wartete die Hütte, die als einziges Haus des Guts außerhalb des Dorfes stand, auf die Rückkehr ihres Bewohners.

Constance machte sich daran, eine Paraffinlampe anzuzünden, die auf einem niedrigen Tisch stand.

»Nicht!«, sagte der Pilot.

»Warum nicht?«

»Verdunklungspflicht«, antwortete er. Er hatte recht. In dem Moment fiel Constance auf, dass fahles Mondlicht ins Zimmer fiel, und sie wollte eilig die Fenster abdunkeln. »Das können Sie später machen«, sagte der Pilot. »Erst mal müssen wir unsere nassen Sachen ausziehen, sonst holen wir uns noch den Tod.«

Er ließ seine Stiefel fallen. Sie landeten mit einem Poltern auf dem Boden, aber Constances Blick ging nicht nach unten. Entsetzt sah sie, wie der Pilot begann, sich das nasse Hemd auszuziehen. Als er die letzten Knöpfe öffnete und seine nackte Brust entblößte, wandte Constance ihren Blick hastig von ihm ab.

»Beeilen Sie sich«, sagte er. »Ziehen Sie sich das Kleid aus. Oder wollten Sie krank werden?«

»Sie erwarten doch wohl nicht im Ernst, dass ich mir vor Ihren Augen mein Kleid ausziehe«, entgegnete sie entgeistert.

»Ich dreh mich um«, sagte er. »Ich bin grade mit meinem Flugzeug in einen verdammten See gestürzt, und ich bin in keiner Verfassung, an *so was* auch nur zu denken.«

Seine Worte ließen Constance erröten. Nach dem albtraumhaften Erlebnis mit Henry im Wintergarten hatte sie schon befürchtet, noch einmal etwas Ähnliches zu erleben, allein in diesem Haus mit dem Piloten. Aber sie konnte sich gar nicht ohne Hilfe aus ihrem hautengen Kleid befreien. Sie hatte das Gefühl, als würde die nasse Seide mehr und mehr einlaufen und sich immer fester um ihren Körper legen. Das Kleid war im Rücken geknöpft, und zwar vom Nacken bis zum Steißbein.

Der Pilot hatte sich umgedreht, aber offenbar hatte er gemerkt, dass sie sich nicht rührte. »Sehen Sie jetzt *mir* beim Ausziehen zu?«, fragte er amüsiert.

»Nein! Ich brauche Ihre Hilfe.«

Er wandte sich ihr zu und ließ sein Hemd auf den Boden fallen. Sie hatte die Freunde ihres Bruders Douglas schon oft beim Schwimmen mit nackten Oberkörper gesehen, aber diesem Mann hier in dieser dunklen Hütte gegenüberzustehen, fühlte sich ganz anders an. Das war zu intim. Er sah anders aus als die Freunde ihres Bruders – kräftiger, größer ... einfach anders.

Als sie nichts weiter sagte, fragte er: »Wobei brauchen Sie meine Hilfe?«

Constance hatte die Knöpfe völlig vergessen. Wortlos wandte sie ihm ihren Rücken zu, und er begann, ihr nasses Kleid aufzuknöpfen. Sie spürte, wie seine Hände langsam an ihrem Rücken hinunterwanderten. Es war, als würde die Zeit stillstehen.

Als ihr Kleid im Rücken aufklaffte, wandte der Pilot sich galant ab, und Constance nahm die Welt um sich herum wieder wahr. Im Haus sah es aus, als wäre der Jagdhelfer nur mal kurz vor die Tür gegangen. Abgesehen von der feuchten Luft und dem Staub, der sich auf alles gelegt hatte, befanden sich Möbel, Bücher und andere Gegenstände an ihrem gewohnten Platz. Der Pilot nahm eine karierte Decke von einem Sessel und reichte sie ihr.

Constance befreite sich aus ihrem engen Kleid und wickelte sich in die Decke ein. Ihre nasse Unterwäsche klebte ihr an der Haut, und ihr war klar, dass sie die auch würde ausziehen müssen, wenn sie sich aufwärmen wollte, denn sogar jetzt im August war die Luft im Haus kühl.

»Ich mache Feuer«, sagte der Pilot. Dann begann er, die Verdunkelungsblenden, mit dunklem Stoff bespannte Holzrahmen, vor die Fenster zu hängen.

»Sie haben immer noch Ihre nasse Hose an«, sagte Constance. »Sehen Sie doch mal oben in den Schränken nach. Der Jagdhelfer hat bestimmt ein paar Sachen hier gelassen.«

Der Pilot nickte, während er im offenen Kamin ein paar Holzscheite pyramidenförmig auftürmte und etwas zerknülltes Zeitungspapier in die Mitte schob. In einem Gefäß auf dem Kaminsims fand er Streichhölzer. Er riss eins an der Wand an und zündete das Papier im Kamin an.

»Ich geh dann mal nach oben«, sagte er. »In der Zwischenzeit können Sie sich ja schon ein bisschen am Feuer wärmen.«

Constance setzte sich auf den fadenscheinigen Teppich vor dem Kamin und zog die Decke fest um sich. Das Feuer tat seine Wirkung, sie streckte die nackten Beine aus und wackelte mit den Zehen vor den tanzenden Flammen. Sie konnte es kaum glauben, dass sie eben noch im Ballsaal ihren Geburtstag gefeiert hatte und jetzt, nur eine Stunde später, nass bis auf die Haut in der alten Jagdhütte hockte, allein mit einem Kampfpiloten, der mit seinem Flugzeug in den See gestürzt war. Nach wenigen Minuten kam der Pilot wieder nach unten, bekleidet mit einer trockenen Hose und einem dicken blauen Wollpullover.

»Die Sachen riechen nach Mottenkugeln, aber sie sind trocken«, sagte er und hielt eine Männerhose und einen warmen weißen Pullover hoch. Dann reichte er ihr eine Hand und half ihr auf die Füße. Sie bedankte sich, nahm die Sachen und ging nach oben, um sie anzuziehen. Obwohl sie den Hosenbund mehrmals umgeschlagen hatte, war die Hose immer noch zu weit, und sie musste sie mit einer Hand festhalten, als sie die Treppe hinunterging.

Sie setzte sich neben den Piloten vor das Feuer und schob sich die nassen Locken hinter die Ohren. Die Flammen verliehen dem Gesicht des Piloten einen warmen Schimmer.

»Wie heißen Sie?«, fragte er.

Sie sagte es ihm. »Und Sie?«

»Matthew.«

»Was ist passiert?«, fragte sie. »Ich habe gesehen, wie Sie abgestürzt sind. Es war schrecklich. Sie müssen furchtbare Angst gehabt haben. Ich dachte schon, Sie wären tot.«

»Ich dachte auch, dass ich das nicht überleben würde«, sagte er leise. »Ich habe nichts mehr gesehen. Ich habe immer wieder versucht, den Motor neu zu starten, aber eigentlich wusste ich, dass es keinen Zweck hatte. Im Nachhinein denke ich, ich hätte lieber gleich die Haube aufreißen und springen sollen, aber ich dachte, einen Versuch mach ich noch, dann läuft der Motor wieder. Was eigentlich allem widerspricht, was man mir beigebracht hat, denn die alte Kiste war böse getroffen worden, und es grenzt an ein Wunder, dass sie, so durchlöchert, wie sie war, überhaupt noch so weit gesegelt ist. Ich hatte keine Ahnung, dass ich in einem See landen würde. Bei Mondlicht hätte ich es sehen können. Es war ein totaler Schock, als ich auf dem Wasser aufgeprallt bin und das Cockpit sich mit Wasser zu füllen begann.«

Constance atmete hörbar aus. »Das kann ich mir vorstellen.«

»Wirklich?«, fragte Matthew mit hochgezogenen Brauen. »Sind Sie auch schon mal von feindlichem Feuer getroffen worden und abgestürzt, ohne zu wissen, wo Sie landen würden?«

Seine Frage machte sie verlegen. »Nein«, sagte sie.

Ein Holzscheit fiel um, und Funken stoben aus dem Kamin.

»Tut mir leid«, sagte der Pilot. »Ich sollte Ihnen danken, anstatt so unhöflich zu sein.«

»Ist schon gut«, sagte Constance.

»Nein, ist es nicht. Meine Mutter würde sich im Grab umdrehen, wenn sie wüsste, was aus meinen Manieren geworden ist.«

Constance lächelte. Am liebsten würde sie ihm noch einmal sagen, dass alles gut war. Warum fiel ihr nichts Besseres ein?

Eine Weile saßen sie schweigend da und schauten ins Feuer, das das sonst dunkle Zimmer erhellte. Constance fragte sich, ob wohl inzwischen jemand im Haus mitbekommen hatte, dass sie nicht da war, und ob der Pilot fit genug war, um mitten in der Nacht bis zum Haus zu gehen. Nach allem, was er hinter sich hatte, wäre es vielleicht besser, bis zum Morgen zu warten und sich erst dann auf den Weg zu machen. Auf diese Weise würde sie auch keiner der Gäste in Männersachen sehen.

»Was haben Sie vor?«, fragte er und riss sie aus ihren Gedanken.

»Wie meinen Sie das?«, fragte Constance und schaute ihn an.

»Na ja, was Sie mit mir vorhaben.« Matthew wandte sich ihr zu. Im Schein des Feuers sah sie, dass seine Augen blassgrün waren. Sie hatte noch nie Augen in dieser Farbe gesehen. Sie waren sehr hell und bildeten einen seltsamen Kontrast zu seinem dunklen Haar.

»Ich habe gerade gedacht, vielleicht, wenn es Ihnen recht

ist, könnten wir noch eine Weile bleiben, Sie könnten sich ein bisschen ausruhen, und dann, morgen früh …«

Er fiel ihr ins Wort. »Kann ich Ihnen vertrauen, Constance?«

Sie schluckte, als er ihren Namen aussprach. »Ja, ich glaube schon.«

Matthew lachte. »Wenn Sie sich nicht sicher sind, wie soll ich mir dann sicher sein?«

»Doch, doch, Sie können mir vertrauen.«

»Ich brauche Ihre Hilfe«, sagte er. »Sie müssen … mich verstecken. Nur ganz kurz, das schwöre ich Ihnen. Nur so lange, dass die glauben, ich sei tot. Würden Sie das für mich tun?«

Constance blieb vor Staunen der Mund offen stehen. Er war so mutig gewesen. Er war abgeschossen worden, und das musste ihn so traumatisiert haben, dass er jetzt ganz verwirrt war.

»Wer soll glauben, dass Sie tot sind?«, krächzte sie ungläubig.

»Alle. Das ganze verfluchte Pack.«

»Aber …«, setzte sie an, »was ist mit Ihrem Geschwader? Wollen Sie denn nicht, dass ich jemanden anrufe? Dass ich jemanden bitte, Sie hier abzuholen und sich um Sie zu kümmern?«

»Nein«, sagte er. »Ab heute will ich nichts mehr mit diesem gottverdammten Krieg zu tun haben. Und wenn das heißt, dass ich so tun muss, als wäre ich tot, dann soll es so sein.«

Kapitel 5

Er war verrückt. Anders konnte es nicht sein. Constance wusste nicht, was sie sagen sollte. Sie schaute ihn ungläubig an. Er hielt ihrem Blick stand, schien aber auf der Hut zu sein. Als rechnete er damit, dass sie jeden Augenblick aufspringen und schreiend zum Haus rennen würde. Sie hatte nicht das Gefühl, vor ihm weglaufen zu müssen, fragte sich jedoch kurz, was passieren würde, wenn sie es täte. Würde er hinter ihr herrennen und sie zurück in die Hütte zerren, weil sie ja jetzt sein Vorhaben kannte, zu … ja, was genau hatte er eigentlich vor? Er wirkte viel stärker als sie, und auch wenn er seinen Absturz offenbar noch nicht ganz verkraftet hatte, wäre er sicherlich sehr wohl in der Lage, sie aufzuhalten, falls sie versuchen würde zu fliehen.

»Warum?«, fragte sie. »Warum wollen Sie nicht mehr kämpfen?«

»Das ist die dümmste Frage, die ich je gehört habe«, erwiderte er. »Was glauben Sie denn wohl?«

Sie versuchte, nicht gekränkt zu sein, und schaute ihn einfach nur an.

»Nur ein Wahnsinniger findet Gefallen daran«, sagte er, »… am Töten.«

Constance blinzelte. »Niemand findet Gefallen daran. Aber es herrscht Krieg. Es ist Ihre Pflicht zu kämpfen.«

Seine Augen weiteten sich. »Es ist meine Pflicht, aus der

Luft auf andere Männer zu schießen?« Er war laut geworden. »Zuzusehen, wie ihre Flugzeuge abstürzen, während ich sie mit Kugeln durchsiebe?«

Constance dachte über seine Worte nach. »Ja. Es tut mir leid, aber so ist das nun mal. Mein Bruder Douglas ist übrigens auch Pilot«, fügte sie hinzu.

»Schön für ihn. Und gefällt es ihm? Das Töten?«

»Ich glaube nicht, dass er es so sieht.« Ihr Bruder hatte nie über das gesprochen, was er tat. Sie sollte ihn vielleicht einmal danach fragen, dachte sie. Andererseits war sie sich nicht sicher, ob sie es so genau wissen wollte. Sie dachte an Henry, seine Hände, mit denen er sie begrapscht hatte, deren Finger, wenn er in der Luft war, am Abzug lagen. Irgendwie hatte sie bei ihm das Gefühl, dass er an beidem Gefallen fand.

Matthew zupfte nervös an einem Faden an der Hose, die er sich geborgt hatte. »Tut mir leid«, sagte er. »Ich hätte Sie nicht bitten sollen, mir Schutz zu gewähren. Das war falsch. Sie sind nicht für mich verantwortlich.«

»Können Sie … Können Sie nicht um etwas Heimaturlaub bitten oder so?«, fragte sie. »Dann hätten Sie Zeit zum Nachdenken. Sie sind gerade mit Ihrem Flugzeug abgestürzt. Kein Wunder, dass Sie durcheinander sind. Morgen früh geht es Ihnen bestimmt wieder …«

Er lachte verbittert auf, sagte jedoch nichts. Das Schweigen wurde Constance unangenehm.

»Vielleicht könnten Sie ja den Kriegsdienst verweigern«, schlug sie vor, auch wenn es ihr unerhört erschien, dass dieser Mann die Chance hatte, das Seine zu den Kriegsanstrengungen beizutragen, und sich einfach weigern wollte, das zu tun.

Er schüttelte den Kopf. »So einfach ist das nicht.«

»Wirklich nicht?« Constance zog die Brauen zusammen.

»Würden Sie dann vors Kriegsgericht kommen? Wäre das wie Desertieren?«, fragte sie voller Entsetzen. »Würde man Sie erschießen?«

»Nein, nicht hier. Das wird nicht mehr gemacht.«

Sie atmete erleichtert auf. »Also Gefängnis?«

Es gelang ihm, den Faden zu lösen und aus der Hose zu ziehen, dann warf er ihn weg. »Höchstwahrscheinlich.«

»Aber dann bräuchten Sie jedenfalls nicht mehr zu kämpfen«, sagte Constance.

»Stimmt.«

Eine Weile schaute Constance in die tanzenden Flammen. Wenn sie zurück ins Haus ging und ihrem Vater berichtete, was vorgefallen war, was würde er dann tun? Er würde dem Mann etwas zu essen und einen ordentlichen Drink anbieten. Anschließend würde er Matthews vorgesetzten Offizier anrufen, und dann würde Matthew, der ganz offensichtlich zutiefst erschüttert war und der gerade in das Kaminfeuer starrte, als könnte er dort alle Antworten finden, innerhalb weniger Tage wieder in einem Flugzeug sitzen und seine Pflicht tun. Und dann? Würde er beim nächsten Mal dafür sorgen, dass er auf festem Boden abstürzte? Plötzlich kam ihr ein Gedanke.

»Haben Sie es mit Absicht gemacht?«, fragte sie.

»Wie bitte?«

»Sind Sie absichtlich abgestürzt?«

»Nein. Natürlich nicht.« Er sah ihr fest in die Augen. »Ich möchte nicht mehr töten, aber ich möchte auch nicht sterben.«

Constance nickte.

Er gähnte. »Ich muss schlafen.«

Er streckte die Beine aus und lehnte sich mit dem Kopf an den Sessel. Er schloss die Augen. Constance biss sich auf die

Lippe. Sie zögerte. Sie wollte sich nicht wegschicken lassen, wollte nicht, dass der Abend so endete.

Matthew öffnete ein Auge. »Finden Sie im Dunkeln zurück nach Hause?«

»Ja.«

Er öffnete auch das andere Auge. »Dann sollten Sie jetzt gehen. Sie wollen doch bestimmt nicht mit mir hier gefunden werden. Können Sie etwas für mich tun?«

Sie nickte.

»Bitte, erzählen Sie niemandem, dass ich hier bin. Wenigstens bis morgen früh, damit ich mich eine Nacht lang ausruhen kann.«

Sie nickte. »Also gut. Und was machen Sie dann?« Sie stand auf und hielt die viel zu weite Hose fest.

»Dann gehe ich«, sagte er. »Ich brauche nur ein paar Stunden Schlaf. Wenn Sie mir erlauben, die Nacht hier zu verbringen, gehe ich morgen früh. Sie werden mich nie wiedersehen.«

»Wo wollen Sie denn hin?«, fragte sie.

Er zuckte die Achseln. »Weiß ich noch nicht. Aber machen Sie sich darüber mal keine Sorgen.«

»Sie müssen sich bei Ihren Vorgesetzten melden. Sie können nicht einfach davonlaufen, falls Sie das vorhaben. Sie machen es nur schlimmer, je länger Sie warten. Wenn Sie sich gleich morgen melden, dann können Sie so tun, als wären Sie gerade erst abgestürzt und hätten sich nur ein bisschen ausgeruht. Das wäre noch nicht mal gelogen.«

Er lächelte. »Danke, dass Sie sich solche Sorgen um mich machen.«

Er würde ihren Rat nicht befolgen, das war ihr klar. Aber was würde er tun? Wo würde er hingehen?

Er schaute zu ihr hoch. Seine düstere Stimmung hellte sich

ein bisschen auf. »Danke, dass Sie in den See gesprungen sind, um mich zu retten. Das war sehr mutig. Und danke, dass Sie mich hierher gebracht haben.«

»Das war doch selbstverständlich«, sagte sie. An der Tür drehte sie sich noch einmal um. »Ich werde niemandem erzählen, dass Sie hier sind«, versprach sie ihm.

»Danke. Morgen früh bin ich weg.«

»Viel Glück«, sagte sie.

»Ihnen auch, Constance.«

Ihre Hand lag auf der Türklinke, doch sie betätigte sie nicht. Sie schauten einander in die Augen. Constance öffnete den Mund, um etwas zu sagen, doch es kamen keine Worte. Er wartete.

»Wo auch immer Sie hingehen«, sagte sie schließlich, »passen Sie auf sich auf.« Sie öffnete die Tür, schlüpfte hinaus in die kühle Nacht und zog die Tür vorsichtig hinter sich zu.

Bis zum Haus würde sie etwa eine Viertelstunde brauchen. Unter den Bäumen war es kalt, ihre Haare waren immer noch feucht. Sie schaute zum See hinüber, dessen Oberfläche spiegelglatt dalag. Auf seinem Grund lag eine Spitfire, die noch vor wenigen Stunden nicht dort gewesen war. Sie stieg die steinernen Stufen im Garten hoch und schlüpfte durch die unverschlossene Tür der Bibliothek ins Haus. Ihr Vater war auf einem der Sofas eingeschlafen. Im Aschenbecher auf dem niedrigen Tisch vor ihm lag eine qualmende Zigarre. Constance drückte sie aus. So leise sie konnte, damit ihr Vater nicht aufwachte und sie in Männerkleidung sah, schlich sie in den dunklen Flur, stieg die Treppe hoch und ging in ihr Zimmer.

Sie legte sich ins Bett, doch an Schlaf war nicht zu denken. Ihre Gedanken wanderten immer wieder zu der Jagdhütte und zu dem Piloten. Ob er wohl schon schlief? Und wenn nicht, woran mochte er denken? Vermutlich ging er seine Optionen durch. Gott, der Mann war ja so dumm. Nicht auszudenken, was ihm passieren konnte. Jetzt wünschte sie, sie wäre nicht einfach so gegangen. Sie hätte sich mehr Mühe geben sollen, ihm den Unsinn auszureden, ihm klarmachen müssen, dass es keinen Zweck hatte wegzulaufen. Zu desertieren. Dass das nicht die Antwort war. Außerdem wünschte sie, sie hätte mehr Mitgefühl gezeigt. Der Mann hatte gerade einen Flugzeugabsturz überlebt. Wie fühlte man sich wohl nach so einem Erlebnis? Sie selbst hatte keine Aufgabe in diesem Krieg, auch wenn sie noch so gern eine hätte, auch wenn sie sich noch so sehr danach sehnte, aus der Enge von Invermoray auszubrechen und etwas Sinnvolles tun zu können. Aber er hatte eine Aufgabe. Er kämpfte Tag für Tag gegen den Feind und hatte gerade mit knapper Not einen Absturz überlebt, bei dem er um ein Haar ertrunken wäre. Wie sollte sie, Constance, beurteilen, welche Gemütsverfassung nach einem solchen Schock angemessen war? Er brauchte Zeit zum Nachdenken, und sie hatte ihm ihre Hilfe verweigert. Sie machte sich große Vorwürfe. In Wirklichkeit hatte sie doch keine Ahnung, wie dieser Krieg sich anfühlte, gefangen hier draußen, von allem abgeschnitten und von Langeweile geplagt. Sie hätte mehr Verständnis aufbringen müssen.

Als es zu dämmern begann, zog Constance die schweren Samtvorhänge auf, die ihr Zimmer verdunkelten. Das Morgenlicht fiel durch die Fenster, die zum Schutz gegen das Zerbersten bei Druckwellen kreuz und quer mit Klebeband gesichert waren, seit England vor einem Jahr Deutschland den Krieg erklärt hatte. Die Haushälterin hatte darauf bestanden, auch wenn Constance es sich nicht vorstellen konnte, dass die deutschen Bomber Invermoray als lohnenswertes Ziel betrachten könnten. Die würden viel eher die Militärbasis in Kinloss und die Schiffe in Lossiemouth aufs Korn nehmen. Sie legte eine Hand an die kalte Fensterscheibe und schaute zum See hinüber, zu den Bäumen am anderen Ufer, hinter denen sich die alte Jagdhütte verbarg. In der Ferne ging langsam die Sonne über den Bergen auf, und der See glitzerte im Morgenlicht. Bald würde Matthew sich auf den Weg machen. Vielleicht war er ja auch schon fort.

Ihr Magen krampfte sich zusammen vor Schuldgefühlen. Sie konnte nicht glauben, was sie getan hatte. Wie schnöde sie diesen Mann im Stich gelassen hatte. Er hatte niemanden, der ihm beistehen konnte. Er hatte sie um Hilfe gebeten. Er hatte nichts gegessen. Nichts getrunken. War das Wasser in der Hütte abgestellt worden? Womöglich stand er noch immer unter Schock und konnte gar nicht klar denken. Wahrscheinlich hoffte er, dass sie noch einmal zurückkam und sich erbot, seinen Vorgesetzten anzurufen, sodass jemand von seinem Geschwader kommen und ihn abholen konnte. Und selbst wenn nicht, so lange wie er am Himmel über England gegen den Feind gekämpft hatte, könnte ihn das durchaus so mitgenommen haben, dass er jetzt daran dachte zu desertieren. Ganz offensichtlich war er traumatisiert. Sie musste ihm unbedingt helfen.

Constance bürstete sich die Haare, die noch nach Seewasser rochen, riss wahllos eine Bluse und einen Rock aus dem Schrank, zog sich hastig an und schlüpfte in ihre braunen Schnürstiefel. Dann eilte sie nach unten, versuchte im Laufen, sich die Haare hochzustecken, was ihr jedoch nur halbwegs gelang.

Unten angekommen hörte sie, wie die Tür zum Schlafzimmer ihres Vaters geöffnet wurde. Sie schaute kurz nach oben. Offenbar hatte er sich irgendwann im Lauf der Nacht ins Bett gelegt und würde jetzt den Tag in Angriff nehmen. Auch der Rest der Familie und das Personal würden jeden Moment aufstehen. Constance beeilte sich, sie wollte nicht gesehen werden. Wie sollte sie erklären, wohin sie unterwegs war und warum? Sie lief aus dem Haus und den schmalen Weg entlang, der am Ziergarten vorbeiführte. Es war zwar ein Umweg zur Jagdhütte, aber es war weniger wahrscheinlich, dass sie hier von jemandem gesehen wurde. Anstatt direkt am Seeufer entlang zu laufen, hielt sie sich im Schutz der Bäume. Sie rannte immer schneller, der feuchte Waldboden schmatzte unter ihren Füßen.

Womöglich war er ja schon weg. Wie spät war es überhaupt? Sie hatte ihre Armbanduhr vergessen. Vielleicht fünf Uhr? Als sie die Jagdhütte erreichte, rannte sie fast gegen die hölzerne Tür, so schnell war sie unterwegs. Außer Atem drückte sie die Klinke herunter und stolperte in die Hütte.

Kapitel 6

August 2020

Die Tür zur Bibliothek wurde so plötzlich aufgerissen, dass Kate zusammenzuckte. Sie hatte so gedankenversunken die Namen in der Familienbibel betrachtet, dass sie den Streit zwischen Mutter und Sohn, der sich in der Eingangshalle abspielte, beinahe vergessen hätte. James stand wutschnaubend in der Tür. Er hatte die Lippen zu einer dünnen Linie zusammengepresst. Wortlos klappte Kate das Buch zu. Sie rechnete damit, dass James sie nach Hause schicken würde.

Dann schob Liz sich an ihrem Sohn vorbei in die Bibliothek und brach das Schweigen. »James zeigt Ihnen jetzt Ihr Zimmer und macht eine kleine Hausführung mit Ihnen. Vielleicht wollen Sie sich ja danach ein bisschen frischmachen, immerhin waren Sie den ganzen Tag unterwegs. In ungefähr einer Stunde werden wir gemeinsam zu Abend essen. Kommen Sie einfach in die Küche. Den Speisesaal benutzen wir nur bei besonderen Gelegenheiten. Also, das heißt, Ihre Ankunft ist natürlich auch etwas Besonderes, aber … na ja … Sie wissen schon, was ich meine.« Liz errötete.

Kate konnte ihre Verwunderung kaum verbergen. Sie warf James einen Blick zu. Sie durfte also bleiben. Die Vene, die an James Schläfe pulsierte, ließ erkennen, wie sehr es ihn ärgerte, dass seine Mutter sich durchgesetzt hatte, und sein Schweigen sprach Bände.

»Danke, Liz«, sagte Kate. »Das klingt nach einem guten

Plan.« Den Sohn überging sie lieber, ehe er noch komplett ausrastete. Er durchbohrte sie mit seinem Blick, dann drehte er sich auf dem Absatz um und verschwand in der Eingangshalle.

»Kommen Sie jetzt?«, rief er. »Oder soll ich mir selber ihr Zimmer zeigen?«

Als Kate in die Eingangshalle eilte, war James bereits die halbe Treppe hochgestiegen, in jeder Hand einen Koffer, das Kinn vorgereckt. An den Wänden hingen lauter Porträts, aber Kate hatte zu große Mühe, mit James Schritt zu halten, um sie genauer zu betrachten. Zwei Gemälde fielen ihr trotzdem auf. Auf einem war eine junge Frau in einem silbergrauen Abendkleid abgebildet, das dunkle Haar zu perfekten Locken gelegt, den Blick direkt auf den Betrachter – oder auf den Künstler – gerichtet.

Das andere, das gleich daneben hing, zeigte einen jungen Mann im Profil, der eine himmelblaue Uniform der Royal Air Force trug. Beide Bilder schienen aus den Vierzigerjahren zu stammen. Kate bewunderte die Pinselführung und den freundlichen Gesichtsausdruck des jungen Mannes. Anscheinend waren diese beiden Bilder erst kürzlich aufgehängt worden. Ein Streifen Tapete um die Rahmen herum war dunkler als der Rest der Tapete, die über die Jahre verblasst war, was darauf schließen ließ, dass dort bis vor Kurzem größere Bilder gehangen hatten.

Plötzlich merkte Kate, dass sie allein war. James war verschwunden. Nicht besonders elegant rannte Kate die Treppe hoch, um ihn zu suchen. Oben wandte sie sich nach links und lief den langen Flur entlang. Ein fadenscheiniger roter Läufer bedeckte den Boden, und an den Wänden standen Topfpflanzen auf hohen Messingständern. Zwischen dunklen Holztüren, hinter denen sich vermutlich Schlafzimmer befanden, hingen gerahmte Bleistiftzeichnungen. Aber von James war keine Spur. Kate machte kehrt und lief zurück. Da sah sie ihn auf der anderen Seite der Treppe stehen und sie beobachten. Er hatte sie einfach in die falsche Richtung laufen lassen und gewartet, bis sie ihren Irrtum bemerkte. Kate lächelte schmallippig, obwohl ihr dieser James allmählich wirklich unsympathisch wurde.

Er öffnete eine Tür und ging mit ihren Koffern in das Zimmer. Kate eilte los, fragte sich jedoch dann, warum sie sich so beeilte, wo er sich so albern aufführte. Sie verlangsamte ihr Tempo und nahm sich Zeit, die Zeichnungen an den Wänden zu betrachten. Nach einer Weile streckte James den Kopf zur Tür heraus, um zu sehen, wo sie blieb. Sie sah ihn aus dem Augenwinkel, ignorierte ihn jedoch. Sie wusste selbst nicht, wieso er sie zu einem solchen Verhalten trieb. James verschränkte die Arme vor der Brust und schnaufte hörbar. Als sie immer noch nicht reagierte, hüstelte er vernehmlich.

»Das hier«, sagte er und verschwand wieder durch die Tür, »ist Ihr Zimmer.«

Kate ging hin und blieb auf der Schwelle stehen. Das war das kitschigste Zimmer, das sie je gesehen hatte. Es erinnerte sie an eine alte IKEA-Werbung, in der potenziellen Kunden geraten wurde, ihre Volants und Rüschen abzuschaffen. Aber das hier war das »Vorher«-Foto. Im Zimmer gab es geblümte Bettwäsche, geblümte Kissen und geblümte Deckchen im Überfluss, aber seltsamerweise hing an den Wänden kein einziges Bild. Zum Glück lief Kate nicht Gefahr, von Heimweh überwältigt zu werden, denn in ihrem kahlen Einzimmerappartement in London hatte sie sich eigentlich nie wirklich zu Hause gefühlt. Sie hatte so viel gearbeitet und so viel gefeiert, dass sie kaum Zeit in ihrer Wohnung verbracht hatte, die letztlich nicht mehr als ein Schlafplatz gewesen war. Wenn sie es sich recht überlegte, hatte sie auch schon, als sie noch bei ihren Eltern gewohnt hatte, ein ziemlich unstetes Leben geführt und an den Wochenenden so oft es ging günstige Last-Minute-Trips mit Freunden unternommen. Hier oben, umgeben von Bergen und frischer Luft, in einem Zimmer, das größer war als ihr ganzes Appartement in London, konnte sie sich vielleicht zu Hause fühlen, und wenn es nur für ein halbes Jahr war. Sie schaute zu James hinüber, der mit starrem Gesichtsausdruck dastand. Vielleicht auch nicht.

»Hier ist das Bad.« James öffnete eine Tür und zeigte in den Raum. Kate ging an dem riesigen Vierpfostenbett vorbei, auf dem sich geblümte Kissen türmten, und schaute ins Bad. Es war ganz in Weiß gehalten und auf viktorianisch gemacht, mit Armaturen aus Messing. Immerhin. In Anbetracht des üppigen Blumendekors im Zimmer hatte sie fast mit einem Bad in Avocadogrün gerechnet.

»Sehr gemütlich«, sagte sie ehrlich.

Aber James war schon wieder mit einem Fuß im Flur. »Ich nehme an, Sie wollen jetzt keine Führung«, sagte er. Er wich ihrem Blick aus.

»Nicht, wenn es Ihnen jetzt nicht passt«, sagte sie.

»Es passt mir jetzt nicht«, erwiderte er.

Kate lachte mehr aus Perplexität. Auf jeden Fall war der Mann ehrlich.

»Meine Mutter sagt, Sie haben einen Vertrag für ein halbes Jahr, stimmt das?«, fragte er. Diesmal schaute er sie direkt an.

»Ja«, antwortete sie vorsichtig. Die Stelle war für ein halbes Jahr angeboten worden, aber einen Vertrag hatte sie eigentlich noch nicht. Doch das wollte sie jetzt lieber nicht erwähnen, denn sie wollte nicht riskieren, dass James dieses Detail als Vorwand diente, sie wegzuschicken.

»Dann haben wir ja noch ein halbes Jahr Zeit, um die Führung zu machen, oder?«, sagte er. Damit drehte er sich um und machte sich aus dem Staub.

Kate schaute mit offenem Mund den leeren Flur hinunter. »Wahnsinn«, entfuhr es ihr. Wie konnte ein Mensch derart unhöflich sein? So war sie nicht erzogen worden, und nach Liz' überaus charmanter Art zu urteilen, war auch James vermutlich nicht so erzogen worden. Warum verhielt er sich dann so? Kate setzte sich auf die Bettkante und stützte den Kopf in die Hände. Eine weniger selbstbewusste Person würde sich von dem Mann einschüchtern lassen, da war sie sich sicher. Vielleicht würde er sich ja mit der Zeit für sie erwärmen, dachte sie. Oder vielleicht auch nicht. Wie auch immer, sie konnte jetzt keine voreilige Entscheidung treffen und einfach wieder abreisen. Sie wollte wenigstens ein paar Wochen lang durchhalten und sich ein Bild von der Situation machen, sehen, welche Rolle James überhaupt spielte und wie eng sie mit ihm zusammenarbeiten müssen würde. Vielleicht würde ja auch alles gar nicht so schlimm werden.

Irgendwo unten im Gebäude ertönte ein Gong. Kate öffnete die Augen und sah sich blinzelnd in ihrem geblümten Zimmer um, das vom schwachen gelben Schein der Nachttischlampe erhellt wurde. Sie hatte nur ein paar Minuten lang die Augen zumachen wollen, stellte jetzt jedoch erschrocken fest, dass sie eingeschlafen war. Doch leider hatte das Nickerchen nicht ausgereicht, um ihre Batterien wieder komplett aufzuladen. Sie gähnte und streckte ihre müden Glieder. Der Flug nach Inverness war zwar angenehm kurz gewesen, aber mit der Zeit, die sie auf der Fahrt zum Flughafen, am Flughafen und im Auto hierher verbracht hatte, war sie doch viele Stunden unterwegs gewesen und hatte einen anstrengenden Tag hinter sich.

Sie trat ans Fenster. Draußen war es schon fast dunkel. Ihr Blick fiel auf eine wunderschön angelegte Gartenanlage und ein Parterre mit säuberlich beschnittenen Hecken, das sich bis zu einem See hinunter erstreckte. Über den Bergen ging der Mond auf und ließ den See silbrig glitzern. Von dem Dorf, das sich, soweit sie sich von ihrer Fahrt her erinnern konnte, jenseits des Waldes befand, war nichts zu sehen. Das Herrenhaus lag völlig abgelegen.

Plötzlich fiel ihr der Gong wieder ein. Als sie ihr Zimmer verließ und die Treppe hinuntereilte, stiegen ihr bereits die köstlichen Düfte aus der Küche in die Nase.

»Ah, da sind Sie ja«, rief Liz aus, als Kate die Küche betrat. »Sie haben den Gong also gehört. Sie hätten mal die Staubwolke sehen sollen, als ich darauf geschlagen habe! Wir haben das Ding schon seit Jahren nicht mehr benutzt.«

Kate lächelte und schaute sich in der großen, gemütlichen Küche um, die aus einem anderen Jahrhundert zu stammen schien. Die Holzschränke waren vollgestopft mit Kochbüchern. Das neueste von Ottolenghi stand aufgeschlagen auf der Resopalarbeitsfläche und wurde von einer Rotweinflasche offen gehalten. Kate besaß dieses Kochbuch auch, hatte jedoch noch nie etwas daraus gekocht, weil sie viel zu viel unterwegs war. Sie hatte es sich eigentlich nur gekauft, weil eine riesige, wunderschöne Zitrone auf dem Cover abgebildet war, die perfekt zu ihrer blassgelben Kücheneinrichtung passte. Wahrscheinlich freute ihr Bruder sich über das Kochbuch, der ihre Wohnung in ihrer Abwesenheit nutzte. Allerdings fragte

Kate sich seit der frostigen Begegnung mit James, wie lange sie wohl in Schottland bleiben würde. Auch jetzt kehrte der Mann ihr den Rücken zu und blätterte in einer Zeitung, die er auf der Arbeitsfläche ausgebreitet hatte.

»Konnten Sie sich ein bisschen ausruhen?«, fragte Liz.

»Ja, danke.«

»Das freut mich. James hat eine Lasagne gemacht. Ich hoffe, Sie mögen Lasagne?«

»Klingt ganz groß…« Weiter kam Kate nicht.

James fuhr herum und fiel ihr ins Wort: »Sie sind doch hoffentlich keine verdammte Vegetarierin, oder?«

»Nein.« Kate hielt seinem Blick stand und fragte sich, was wohl passiert wäre, wenn sie »doch« gesagt hätte.

James wandte sich wieder ab, schob einen alten Labrador mit dem Fuß aus dem Weg und öffnete den Backofen, in dem die Lasagne vor sich hin blubberte. Köstlicher Duft erfüllte die Küche.

Kate bückte sich, um dem Hund, der sie neugierig beschnupperte, die Ohren zu kraulen. Der Hund setzte sich und schlug mit dem Schwanz auf den gefliesten Boden. Als ihm klar wurde, dass Kate keine Leckerli für ihn hatte, stand er auf und verzog sich in seinen Korb in der Küchenecke. Der große, schwere Holztisch in der Mitte war bereits gedeckt, und Liz bedeutete Kate, sie möge Platz nehmen.

James stellte die Lasagne auf einen Untersetzer und betrachtete sie, als müsste er überlegen, wem er als Erstes ein Stück auftischen sollte. Schließlich sagte er: »Bedient euch.«

Erst jetzt wurde Kate bewusst, was für einen Heißhunger sie hatte. Das Tütchen Salzbrezeln, das man ihr im Flugzeug gereicht hatte, war das Letzte, was sie zu sich genommen hatte.

»Danke«, sagte sie.

»Trinken Sie?«, fragte James unvermittelt.

Kate hielt inne, den Vorlegelöffel in der Hand. »Äh … wie bitte?«, fragte sie.

»Wein? Trinken Sie Wein? Da Sie in London im PR-Business arbeiten, sind Sie vermutlich extrem trinkfest, aber man kann ja nie wissen.«

Kate war sich nicht sicher, ob das ein Witz oder eine Unverschämtheit war, trotzdem musste sie unwillkürlich lachen. »Äh, ja, ich trinke Wein. Also, ich meine, nicht viel …«, versuchte sie, die Situation zu retten, »aber ich mag Wein. Wollten Sie … mir welchen anbieten?« Gott, der Mann machte es einem wirklich schwer.

Er nickte. »Rot? Passt gut zur Lasagne.« Er drehte sich zur Arbeitsfläche um, wo die Rotweinflasche stand und das Kochbuch offen hielt. »Ich mache eine Flasche auf, wenn Sie wollen.«

Kate wollte gerade sagen, sie würde das Angebot annehmen, wenn James und seine Mutter auch ein Glas tranken, als Liz sie aus ihrer Verlegenheit befreite, aufstand und die Flasche und drei Gläser auf den Tisch stellte.

»Wie schön, dass deine Manieren dir noch nicht gänzlich abhanden gekommen sind«, sagte Liz zu James, während sie die Flasche mit einem satten Ploppen entkorkte. James zuckte die Achseln und machte sich über seine Lasagne her.

Eine Weile aßen sie schweigend, lediglich die Küchenuhr tickte im Hintergrund. Schließlich besann Kate sich auf ihre PR-Ausbildung und den Wert von Small Talk.

»Sehr lecker«, sagte sie wahrheitsgemäß.

»Danke«, murmelte James.

Wieder trat Stille ein.

»James ist ein ziemlich guter Koch«, sagte Liz. »Ich sage

immer, dass er irgendwann mal eine gute Ehefrau abgeben wird.«

James quittierte auch diese Bemerkung mit einem Achselzucken und schaufelte weiter Lasagne in sich hinein.

Während Liz und Kate über das Wetter und das nahegelegene Dorf plauderten, verschlang James wortlos sein Essen. Hin und wieder riskierte Kate einen verstohlenen Blick in seine Richtung. Er sah vermutlich ziemlich gut aus, wenn er nur ab und zu lächeln würde. Als sie wieder einmal zu ihm hinschaute, erwiderte er ihren Blick. »So, ich bin erledigt«, sagte er. »Ich geh ins Bett.«

Er stellte seinen Teller in die Spüle und verließ die Küche mit seinem Weinglas in der Hand. Er wollte ihr aus dem Weg gehen, da war Kate sich sicher.

Hätte Liz nicht mit ihr am Tisch gesessen, hätte Kate einen Seufzer der Erleichterung ausgestoßen. Gott sei Dank hatte James sich verzogen. Er konnte wirklich die Atmosphäre im Raum vergiften.

»Beachten Sie ihn einfach nicht«, sagte Liz, die Kates Gesichtsausdruck richtig gedeutet hatte. »Er wird sich schon noch daran gewöhnen, dass Sie hier sind. Unter uns gesagt«, fügte sie leise hinzu, »ich glaube, er fühlt sich ein bisschen übergangen.«

»Übergangen?« Kate nahm sich noch eine Portion Lasagne, Liz ebenfalls.

»Er ist es gewohnt, das Sagen zu haben. In seinem Beruf hat er große Teams geleitet, bis er seinen Job aufgegeben hat und hierher gekommen ist, um mich zu unterstützen. Jetzt sind Sie hier, und Sie sind Expertin auf einem Gebiet, auf dem James sich überhaupt nicht auskennt. Also weiß er nicht so richtig, wie er mit Ihnen umgehen soll.«

»Verstehe«, sagte Kate. In Wirklichkeit verstand sie es nicht so richtig, und sie wusste auch nicht, wie sie James' Vorbehalte entkräften sollte. »Na ja«, versuchte sie es noch einmal. »Ich bin ja nur für ein halbes Jahr hier, um Sie … was die PR betrifft, voranzubringen – meine Kontakte in der Reisebranche auf Sie aufmerksam zu machen und dafür zu sorgen, dass sie begeisterte Berichte über Sie schreiben, Reisejournalisten hierher einzuladen und Sie mit ihnen bekannt zu machen, damit ein dauerhafter Austausch entstehen kann. Ich stelle mir das so vor, dass ich das alles so organisiere, dass Sie und James nach einem halben Jahr übernehmen können. Wenn meine Zeit hier beendet ist, werden Sie sich hoffentlich vor Besuchern kaum noch retten können, und dann reicht es vollkommen, wenn Sie jemanden hier aus dem Dorf für ein paar Tage die Woche einstellen.«

»Ja, ja, ich weiß, meine Liebe, das haben wir ja alles am Telefon ausführlich besprochen. Alle anderen Kandidaten meinten, sie müssten unbedingt dauerhaft hier wohnen, und wollten auch noch die Umzugskosten von uns erstattet bekommen.«

Kate freute sich, dass ihre Ehrlichkeit sich bezahlt gemacht hatte, und dass sie nicht so fordernd gewesen war.

»Aber machen Sie sich erst mal keine Gedanken um die Feinheiten«, sagte Liz mit einem verschwörerischen Unterton. »Erst mal müssen wir uns überlegen, wie wir genügend Besucher hierher bekommen, um die PR können wir uns dann später kümmern.«

»Na ja, das dürfte nicht so schwierig sein«, sagte Kate selbstbewusst. »Gute PR und ein Anstieg der Besucherzahlen gehen Hand in Hand.« Auf ihrem Gebiet kannte sie sich aus. Kaum ein Reisejournalist lehnte es ab, eine gute Beurteilung zu schreiben, wenn dafür ein kostenloses Wochenende für zwei Personen an einem so herrlichen Ort winkte. Und gute Beurteilungen brachten mehr Besucher – wenn es sich nicht gerade um einen Gastbetrieb handelte, mit dem irgendetwas ganz und gar nicht stimmte. Das konnte Kate im Schlaf organisieren. Und Monate im Voraus gut durchdachte Artikel zu ganz bestimmten Themen zu schreiben, die für Reisemagazine interessant waren, war nur eine Frage von guten Beziehungen und guter Planung. »Sie haben am Telefon gesagt, dass Sie nicht viele Besucher bekommen, und ich muss zugeben, dass ihr Haus wirklich sehr abgelegen ist. Sie wollten mit mir über ein Veranstaltungsprogramm sprechen, und wir wollten uns die Gästezimmer ansehen und überlegen, was sich da vielleicht verbessern lässt …«, sagte Kate. Dann kam sie direkt auf den Punkt: »Wie viele Gäste haben Sie denn so im Schnitt?«

»Überhaupt keine, meine Liebe.«

»Gar keine? Also, ich meine nicht jetzt, in der Nebensaison«, sagte Kate verwundert.

»Wir bekommen überhaupt keine Besucher. Nie«, sagte Liz. »Wir haben auch kein Veranstaltungsprogramm. Bisher haben wir das Haus noch gar nicht für zahlende Gäste eingerichtet. Also, für Übernachtungsgäste. Ich würde gern eine Art Boutique Bed & Breakfast eröffnen, aber wir wissen einfach nicht, wo wir anfangen sollen. Ich weiß nicht mal, ob man eine offizielle Genehmigung braucht, um Frühstück und Nachmittagstee anzubieten. Das hier ist nicht mehr als das, was Sie sehen: ein Familiensitz, dem Geld für die Instandhaltung fehlt. Deswegen sind Sie hier. Wir brauchen Ihre Hilfe. Wir brauchen Sie, um Invermoray House zu retten.«

Kapitel 7

Gott, worauf hatte sie sich da bloß eingelassen? Sie arbeitete seit Jahren in der Branche. Aber normalerweise lief das anders ab. Normalerweise konnte sie an einen gut ausgearbeiteten Geschäftsplan anknüpfen und bekam eine Strategie vorgegeben; so ausgerüstet wandte sie sich dann an die Redakteure von Hochglanzmagazinen, an Blogger und die Macher von Sonntagsbeilagen. Sie lud Journalisten zum Abendessen oder zu gepflegten Wochenendtrips ein. Dann lehnte sie sich zurück und wartete darauf, dass die entsprechenden Artikel erschienen. Es war immer fast wie von selbst gelaufen, das musste sie sich eingestehen, auch wenn sie das niemand anderem auf die Nase binden würde, am allerwenigsten ihren Kunden.

Aber das hier war anders. Wenn Liz ihr am Telefon deutlich gemacht hätte, wie amateurhaft das Unternehmen hier war, wäre sie dann hergekommen? Garantiert nicht. Sie war PR-Spezialistin, keine Geschäftsstrategin. Sie war die Kirsche auf dem Kuchen, nicht der Kuchen selbst.

Kate warf einen Blick auf ihr Handy. Sie lag im Bett und fand keinen Schlaf. Normalerweise verschickte sie so spät abends keine Textnachrichten, aber Jenny lag um diese Zeit sowieso nie im Bett, vermutlich machte sie gerade mal wieder irgendwas Verrücktes wie einen nächtlichen Spinning-Kurs. »*Hilfe*«, schrieb Kate. »*Die haben hier von nichts eine Ahnung.*«

Sie überlegte. »*Und ich weiß auch nicht, was ich hier machen soll.*« Energisch tippte sie auf Senden. Dann schrieb sie noch eine Nachricht, in der sie Jenny die Situation kurz darlegte.

Kurz darauf erschienen drei Pünktchen auf dem Display, Jenny war also dabei, ihr zu antworten.

»*Du hast bestimmt schon größere Probleme gelöst*«, schrieb Jenny. »*Erinnerst du dich noch an das fürchterliche Spa, für das du einen Artikel in der* Vogue *organisieren solltest? Das machst du doch mit links. Brauchst du noch mehr Ermunterung, oder kann ich jetzt zu meinem Disco-Trampolinkurs gehen?*«

Kate schickte Jenny ein Herzchen und grinste über Jennys neueste spätabendliche Fitnessmarotte.

An Schlaf war aber immer noch nicht zu denken. Sie ärgerte sich über sich selbst, dass sie vergessen hatte, Liz nach dem WLAN-Passwort zu fragen. Aber vermutlich gab es hier sowieso kein Internet, dachte sie grimmig. Nachdem sie vergeblich versucht hatte, ihren Laptop über ihr Smartphone mit dem mobilen Funknetz zu verbinden, gab sie es auf und ging direkt mit ihrem Smartphone ins Internet. Der Empfang war grottenschlecht, und es dauerte eine Ewigkeit, bis sich eine Seite aufgebaut hatte. Als es endlich so weit war, suchte sie nach berühmten Landhäusern, um sich deren Werbung anzusehen. Liz erwartete doch sicher nicht von ihr, dass sie sich eine komplette Geschäftsstrategie aus den Fingern saugte, oder? Und wenn doch, womit zum Teufel hatte James sich bisher beschäftigt? Wenn sie Liz glaubte, war er ein erfolgsverwöhnter Machertyp, der nach Invermoray zurückgekommen war, um das Geschäft auf Vordermann zu bringen. Im Moment sah es allerdings eher so aus, als würde er das Geschäft gegen die Wand fahren.

Kate dachte an all die Landhäuser, denen sie in den letzten

Jahren einen Besuch abgestattet hatte. Sie googelte Longleat in der Nähe von Bath, dann fiel ihr ein, dass das Haus seinen Erfolg einem Safaripark verdankte. Das kam hier nicht in Frage. Sie sah sich Chatsworth und Blenheim Palace an, dann Cawdor Castle, das nicht weit entfernt von Invermoray lag, musste sich jedoch schließlich eingestehen, dass sie restlos überfordert war.

Es war eine Katastrophe. Liz hatte sie unter falschen Voraussetzungen eingestellt, wobei Kate bezweifelte, dass Liz den Unterschied zwischen PR und Geschäftsstrategie überhaupt kannte. Und jetzt hatten sie den Salat.

Sie schaltete ihr Handy aus und stützte den Kopf in die Hände. Sie hatte zwei Möglichkeiten. Sie konnte das Handtuch werfen und Liz erklären, dass sie sie für einen Job eingestellt hatte, für den sie nicht qualifiziert war. Oder sie konnte tief Luft holen und die Sache pragmatisch angehen.

Sonnenlicht fiel durch einen Spalt zwischen den Vorhängen, und Kate schaute blinzelnd nach der Uhrzeit. Es war noch früh, aber nicht so früh, dass sie sich noch einmal umdrehen und noch ein bisschen schlafen konnte, bevor sie ihren ersten Arbeitstag in Angriff nahm. Sie hatte kaum ein Auge zugetan, weil sie die halbe Nacht damit zugebracht hatte, sich einzureden, dass sie zumindest in groben Zügen einen Plan erarbeiten und nicht gleich die Flinte ins Korn werfen sollte. Sie würde das hier durchziehen. Schon allein, weil sie sehr gut auf James' selbstgefälliges Grinsen verzichten konnte, wenn sie zugäbe, dass sie der Aufgabe nicht gewachsen war, und dass es für alle Beteiligten das Beste wäre, wenn sie gleich wieder abreiste. Bei der Vorstellung sträubten sich ihr die Nackenhaare. Aber es gab noch einen anderen Grund, der sie davon abhielt, die

Flucht zu ergreifen. Kate legte immer großen Wert darauf, ihren Kunden den bestmöglichen Service zu bieten. Sie erklärte den Leuten, sie werde ihr Unternehmen so behandeln, als wäre es ihr eigenes. Und das meinte sie ernst. Also hatte sie sich gefragt, was sie tun würde, wenn Invermoray House ihr gehörte?

Und so hatte sie die ganze Nacht damit verbracht, sich den Kopf zu zerbrechen, und ein ganzes Notizheft mit kurzfristigen und langfristigen Ideen gefüllt, wie man Geld verdienen könnte. Mit anderen Worten: Sie hatte etwas zusammengestellt, das vage einem Geschäftsplan ähnelte. Sie hatte sich vorgenommen, erst zu schlafen, wenn ihr nichts mehr einfiel. Und ihr war viel eingefallen, was bedeutete, dass sie nicht viel geschlafen hatte. Und jetzt stand sie unter der Dusche wie ein Zombie und bemühte sich, nicht im Stehen einzuschlafen.

»Ich kriege das hin«, flüsterte Kate, als sie in der Küche stand und Kaffee in die silberfarbene Stempelkanne löffelte. »Ich schaffe das.« Im Licht des neuen Tages sah auch alles gar nicht mehr so übel aus, wie sie befürchtet hatte. Kunden Tipps zu geben, wie sie ihr Geschäft optimieren konnten, gehörte zu ihrem Berufsalltag. Sie wusste, wie man Leuten Türen öffnete. Was die Leute brauchten. Nachdem Invermoray House so heruntergewirtschaftet worden war, konnte es nur noch bergauf gehen. Kate hatte ihr Selbstbewusstsein wiedergefunden, sie trug hautenge Jeans, dazu Stiefeletten und ihre beste Bluse, die zum Glück im Koffer nicht allzu zerknittert worden war. Sie musste unbedingt herausfinden, wo sich das Bügeleisen befand. Insgesamt hoffte sie, dass sie mit ihrem Outfit Seriosität ausstrahlte, ohne zu bieder zu wirken.

»Ich kriege das hin«, wiederholte sie.

»So kompliziert ist es gar nicht«, sagte James, als er die Küche betrat, und Kate so erschreckte, dass sie Kaffeepulver über die ganze Arbeitsfläche verstreute.

»Mit kochendem Wasser füllen, ein paar Minuten warten, dann den Stempel runterdrücken«, fuhr er fort.

»Ja, sicher.« Sie wusste, wie man Kaffee kochte.

»Prima«, sagte er trocken. »Reicht es für mich auch noch?« Sein Ton war freundlicher, wenn auch nur ein kleines bisschen, aber auf jeden Fall schien er nicht mehr auf dem Kriegspfad zu sein.

Während Kate den Kaffee für sie beide machte, setzte James sich an den Tisch. Vielleicht würde es ja heute nicht so unangenehm werden wie am Abend zuvor.

»Also …«, setzte James an und verstummte wieder.

»Also …?«, wiederholte Kate fragend. Sie hatte sich getäuscht. Es begann schon wieder, unangenehm zu werden.

»Sie sind also die Kavallerie«, sagte James mit einem schmallippigen Lächeln. »Gekommen, um uns aus der Bredouille zu helfen?«

»O nein«, sagte Kate hastig. »Nein, nein, nein. Ich betrachte uns eher als Team …«

»Pff«, machte James.

Sie wusste nicht so recht, wie sie darauf reagieren sollte. Wie sollte sie auch, schließlich hatte sie keine Ahnung gehabt, dass sie hier die Kavallerie abgeben sollte.

»Wissen Sie«, sagte er und schaute aus dem Fenster. »Ich habe meinen Job aufgegeben, um hierher zurückzukommen. Inzwischen frage ich mich, warum ich das getan habe. Mir war nach fünf Minuten klar, was hier falsch läuft … glaube ich zumindest. Ich habe mir sofort einen Plan zurechtgelegt, wie man die Sache in Angriff nehmen könnte, und ehe ich die Chance habe, meinen Plan in die Tat umzusetzen, kriege ich …«

»Ja …?«, sagte Kate.

»Kriege ich Sie … offen gesagt … vor die Nase gesetzt. Und wer hat jetzt hier das Sagen? Sie oder ich? Keine Ahnung. Aber wenn Sie glauben, Sie können einfach hier einmarschieren und Befehle erteilen, dann sind Sie schiefge…«

»Das ist wirklich nicht meine Absicht«, fiel Kate ihm ins Wort. Dann stutzte sie. »Sie meinten, Sie sind noch nicht lange hier?«

»Seit drei Monaten«, sagte James. »Drei Monate bin ich jetzt schon hier. Das war nicht geplant. Ich bin nach dem Tod meines Vaters schon mal hergekommen, um meiner Mutter unter die Arme zu greifen. Aber ich hatte einen Job. Ich hatte ein Leben. Und zwar eins, das mir gefiel, deswegen bin ich wieder abgereist. Dann hat meine Mutter zu den Waffen gerufen, und als pflichtbewusster Sohn habe ich ihr natürlich meine Hilfe zugesagt und bin wieder zurückgekommen. Ich entschuldige mich also für meine Feindseligkeit gestern Abend, aber ich möchte, dass Sie die Sache auch mal von meinem Standpunkt aus betrachten. Ich hatte nicht damit gerechnet … na ja … Sie wissen schon.« Er zeigte auf Kate und trank einen Schluck von dem Kaffee, den sie ihm hingestellt hatte. Aber er war noch nicht fertig. Er holte tief Luft. »Ehrlich gesagt, hatte ich nicht damit gerechnet, so schnell gesagt zu bekommen, dass ich ein Versager bin, vor allem, wo ich am liebsten gar nicht hier wäre.«

Kate nickte langsam. Er war also seit drei Monaten hier. Was bedeutete, dass er, als Liz vor einem Monat das Vorstellungsgespräch mit ihr geführt und sie anschließend eingestellt hatte, erst zwei Monate hier gewesen war. Das wirkte ziemlich brutal, aber vielleicht war Liz einfach klar geworden, dass alles ein bisschen schneller gehen musste.

»Das tut mir leid«, sagte Kate. »Ich weiß nicht, was ich dazu sagen soll. Aber ich glaube, dass ich das gut kann, und …«

James hob die Brauen. »Sie *glauben*, dass Sie das gut können? Was zum Teufel soll das denn heißen? Haben Sie so was noch nie gemacht?«

In dem Moment kam Liz in die Küche und ersparte Kate eine Antwort. »Guten Morgen zusammen! Kate, können wir nach dem Frühstück die Führung machen und dabei darüber reden, wie wir vorgehen wollen?«

James' Augen wurden schmal.

Kapitel 8

Während sie durch das Haus gingen und über ihre Pläne diskutierten, machte Kate sich laufend Notizen. Sie gab sich alle Mühe, sich ihr Entsetzen nicht anmerken zu lassen, als sie die Schlafzimmer inspizierten, die noch kitschiger eingerichtet waren als das, in dem sie untergebracht war. Die meisten Zimmer hatten ein eigenes Bad, was ein großer Vorteil sein würde, wenn sie hier ein Bed & Breakfast einrichten wollten. Die meisten Gäste fanden es unangenehm, mitten in der Nacht auf der Suche nach der Toilette durch dunkle Flure zu tapsen. So etwas konnte man kaum als Luxus bezeichnen, und Kate dankte den Vorfahren der McLays im Stillen für die Weitsicht, extra Bäder einzubauen.

Der blitzsaubere Ballsaal war in gutem Zustand, ebenso der schön bepflanzte Wintergarten, wo allerdings eine Scheibe durch Bretter ersetzt war. Kate verkniff sich die Frage, wie lange die Scheibe schon kaputt war. Vermutlich schon seit einer ganzen Weile. Sie machte sich eine Notiz, dass das repariert werden musste. Um so etwas hätten Liz und James sich wirklich schon längst kümmern können. Aber im Laufe des Rundgangs wurde immer deutlicher, wie schlecht der Zustand des Hauses war, und Kate begriff, dass sie eine Menge alltägliche Aufgaben würde übernehmen müssen, wenn Invermoray House soweit auf Vordermann gebracht werden sollte, dass man Journalisten und zahlende Gäste empfangen konnte.

Am Ende des Rundgangs war Kates Notizheft voll mit Dingen, die dringend erledigt werden mussten. Als Erstes musste die offizielle Genehmigung eingeholt werden, überhaupt ein Bed & Breakfast zu betreiben.

»Das können Sie James überlassen«, sagte Liz. »So was kann er gut.«

»Was hat er eigentlich gemacht, bevor er hierher zurückgekommen ist?«, fragte Kate, die ihre Neugier nicht länger bezwingen konnte.

»Ach, irgendwas mit Computern«, sagte Liz wegwerfend. »Er hat in Hongkong auf ziemlich großem Fuß gelebt. Ehrlich gesagt, hab ich nie so richtig verstanden, was er den ganzen Tag an seinem Computer gemacht hat. Es klang jedenfalls ziemlich langweilig, aber wie das so ist mit langweiligen Jobs, hat er damit richtig viel Geld verdient.«

Ob Liz wohl noch einen anderen Grund gehabt hatte, James nach Hause zu zitieren, außer dass sie seine Hilfe brauchte, den Laden zum Laufen zu bringen? Kate nahm sich vor, dieser Frage später nachzugehen.

»Wollen wir uns jetzt die Gartenanlage ansehen?«, schlug Liz vor.

Kate nickte. Sie freute sich darauf, den Garten endlich aus der Nähe und bei Tageslicht zu sehen. Trotzdem kreisten ihre Gedanken, als sie nach draußen gingen, um die Frage, wo all das Geld geblieben sein mochte, das James angeblich verdient hatte. Und warum investierte er es nicht in Invermoray House? Vielleicht war es Unsinn, wie selbstverständlich anzunehmen, dass er sein sauer verdientes Geld in das Haus seiner Mutter stecken würde, auch wenn er es eines Tages erben würde. Schließlich hatte er ja mehr als deutlich gemacht, dass er gar nicht hier sein wollte.

Der Ziergarten war ein überwältigender Anblick. Kate hatte mit ziemlich verwilderten Beeten gerechnet, aber alles war gut gepflegt und stand in voller Blüte, die Hecken waren perfekt geschnitten.

»Der Garten ist meine Leidenschaft«, sagte Liz. »Ich verbringe viele Stunden hier draußen.«

»Das sieht man. Wunderschön«, sagte Kate leise. Der Ziergarten, dessen Beete von niedrigen, eckig geschnittenen Hecken eingefasst waren, fiel sanft zum See hin ab. In der Mitte stand eine Skulptur mit drei Putten, die einen Erdball trugen. Dahlien, Hortensien und Begonien blühten in hellgelben, rosa und orangen Farbtönen.

»Ich muss gestehen, dass ich zu viel Zeit hier draußen und zu wenig im Haus verbringe«, sagte Liz. »Wahrscheinlich habe ich einfach zu lange den Kopf in den Sand gesteckt. Oder in die Blumen. Nach dem Tod meines Mannes war ich zu nichts zu gebrauchen, am wenigsten dazu, das Haus zu retten. Eigentlich habe ich überhaupt erst kürzlich begriffen, dass das Haus gerettet werden muss. Es ist alles ein bisschen aus dem Lot geraten, ohne dass ich es gemerkt habe. Zum Glück ist James wieder hergekommen, und er schien nicht nur besser geeignet, sondern auch willens, das Haus in Schuss zu bringen. Aber ich habe ihn damit wohl ziemlich alleingelassen.«

Ihre Miene hellte sich auf. »Das ist ja jetzt vorbei. Ich habe ihm viel zu viel aufgehalst, und es wird Zeit, dass er Unterstützung bekommt. Die lehnt er natürlich ab. Aber mit der Zeit wird er sich schon dran gewöhnen. So, ich denke, ab hier kann James die weitere Führung übernehmen, oder?«

Kate rutschte das Herz in die Hose. »Natürlich.«

»Gut. Er soll Ihnen die Jagdhütte zeigen. Ich glaube, sie würde sich gut als Ferienhäuschen eignen, aber es ist ein bisschen weit bis zur anderen Seite des Sees, deswegen ist es wohl das Beste, wenn James Sie fährt.«

Kates Herz kehrte wieder an seinen Platz zurück. Ein Ferienhäuschen. Damit konnte man sichere Einnahmen generieren. Sie hoffte inständig, dass es sich nicht in einem ähnlich heruntergekommenen Zustand befand wie das Herrenhaus.

James war im Büro, einem niedrigen Nebengebäude aus dem gleichen grauen Naturstein wie das Haupthaus, das etwas versteckt neben den ehemaligen Ställen stand. Die Holztüren an einem der Ställe hingen halb aus den Angeln und standen etwas offen, und Kate konnte sehen, dass der Stall derzeit als Lagerraum genutzt wurde. Alle möglichen Möbelstücke und Kartons in diversen Größen stapelten sich. Sie nahm sich vor, sich das später einmal genauer anzusehen, vielleicht konnte ja das eine oder andere noch gebraucht werden. Es waren sehr viele Sachen, da hatten wohl ganze Generationen von McLays emsig gesammelt.

Aber der Krempel im Stallgebäude war nichts im Vergleich zu dem Chaos, das sie im Büro erwartete. Liz ging voraus, aber es war gar nicht so einfach, sich Zugang zu verschaffen. Das Büro war vollgestopft mit Aktenschränken und Kartons voller Aktenordner. Alles stand so dicht, dass kaum ein Quadratzentimeter Boden frei blieb. Sie quetschten sich zwischen Kartonstapeln hindurch zu zwei großen Mahagonischreibtischen. An einem davon saß James und schaute ihnen entgegen. Kate setzte vorsichtig einen Schritt vor den anderen, um nicht auf Papierbögen auszurutschen, die offenbar aus den vollgestopften Kartons gefallen waren.

James klappte langsam seinen Laptop zu und schenkte Kate und Liz einen Blick, der keinen Zweifel daran ließ, dass er sich überfallen fühlte. Wieso war dieser Mann permanent in der Offensive? Woher die beinahe unverhohlene Feindseligkeit? Kate wusste, dass er das Gefühl hatte, ersetzt worden zu sein, wobei, wenn er ihr oder seiner Mutter auch nur eine Minute lang zuhören würde, er begreifen würde, dass sie nicht gekommen war, um das Haus vor seiner Nase abzureißen, sondern um mit ihm zusammenzuarbeiten und es mit vereinten Kräften zu retten. Aber vielleicht konnte sie ihn ja noch dazu bringen, sie zu mögen, auf jeden Fall nahm sie sich vor, daran zu arbeiten. Sie musste ihn unbedingt auf ihre Seite bringen, koste es, was es wolle.

»James, mein Lieber«, sagte Liz besänftigend.

James hob eine Braue. Er wusste genau, dass sie ihm Honig um den Bart schmierte.

»Würdest du so nett sein und Kate zur Jagdhütte rüberfahren? Und ihr erklären, was du bisher unternommen hast und was du überhaupt so beruflich machst?«

James holte tief Luft und atmete langsam aus. »Klar. Kein Problem. Ich werde Kate rüberbringen und mich ihr erklären.«

»Du bist ein Schatz«, sagte Liz, die seinen Ton völlig falsch verstanden hatte, und ging.

»Sie brauchen sich mir nicht zu erklären«, sagte Kate. »Weiß Gott nicht. Aber ich …« Sie brach ab und versuchte es in einem etwas versöhnlicheren Ton. »Ich fürchte, wir beide haben einander auf dem falschen Fuß erwischt.«

Er verschränkte die Hände hinter dem Kopf. »Ach, ist das so?«

»Ja«, sagte Kate. »Finden Sie nicht? Oder gefällt es Ihnen, ihr Gegenüber dauerhaft in Verlegenheit zu bringen, wenn Sie jemand Neues kennenlernen?«

»Wer redet denn von Verlegenheit?«

Kate sah ihn mit großen Augen an.

»Und wer redet von dauerhaft?«, fuhr James fort. »Schließlich bleiben Sie nur ein halbes Jahr.«

Diesmal holte Kate tief Luft. »Sind Sie eigentlich immer so?«, murmelte sie.

»Meistens«, sagte er.

»Gut zu wissen. Hören Sie«, sagte Kate, »lassen wir das mit der Führung. Geben Sie mir einfach die Schlüssel zu dieser Hütte, dann gehe ich zu Fuß hin.«

»Der Schlüssel liegt unter der Fußmatte, aber allein finden Sie nie dahin.«

»Das werden wir ja sehen. Wo genau befindet sich die Hütte denn?«

»Auf der anderen Seite des Sees, zwischen den Bäumen. Aber vom See aus führt kein Weg mehr hin. Der, den es mal gab, ist inzwischen vollkommen überwuchert von Farn und Gestrüpp. Die Hütte liegt zwischen Bäumen versteckt. Ich habe einen Weg durch den Wald geschlagen, wo man mit dem Auto durchkommt, er geht bis zur Tür der Jagdhütte. Sie können den Range Rover nehmen, wenn Sie wollen. Aber versuchen Sie, ein bisschen vorsichtiger zu fahren, als Sie es normalerweise tun.«

Kate ignorierte den letzten Kommentar. »Ich schaffe das auch zu Fuß. Ein Spaziergang wird mir guttun.«

»Wenn Sie meinen«, sagte er mit einem Seufzer. »Aber die Hütte finden Sie sowieso nicht. Sie verlaufen sich garantiert.«

»Der Schlüssel liegt also unter der Fußmatte, sagten Sie?«

Er verdrehte die Augen. »Tun Sie, was Sie nicht lassen können.«

Noch nie in ihrem Leben war Kate so froh gewesen, aus

einem Raum zu entkommen. James war so was von feindselig, grob und arrogant. Und so … ein Klugscheißer. Sie atmete die saubere Hochlandluft ein und ging in Richtung Ziergarten, von dort führte ein Weg zum See hinunter.

»*Die Hütte finden Sie sowieso nicht*«, äffte sie James nach, als sie durch die Öffnung in der Hecke schlüpfte. War die Hütte etwa unsichtbar? Sie ging am Seeufer entlang. Die Sonne schien auf das spiegelglatte Wasser. Kate blieb stehen, um den Anblick des Sees und die Wärme auf Gesicht und Armen zu genießen. Sie spürte, wie ihre Schultern sich entspannten und dann ihr ganzer Körper. Ein paar Minuten still an einem Seeufer zu stehen war viel effektiver als der wöchentliche Yogakurs, den sie in London belegt hatte. Ein Waldspaziergang war genau das, was die Ärzte empfahlen, und als sie um den See herumging, knirschte der Kies angenehm unter ihren Schuhsohlen.

Auf der anderen Seite angekommen, blieb Kate stehen und betrachtete das Herrenhaus. Es war wirklich ein schönes Gebäude, imposant und herrschaftlich – vor allem von hier aus betrachtet. Mit dem spiegelglatten See und dem gepflegten Ziergarten wirkte es spektakulär, von Weitem deutete nichts auf seinen verwahrlosten Zustand hin. Was hatte sie doch für ein Glück gehabt, diesen Job zu bekommen, dachte Kate lächelnd. Dann machte sie sich auf den Weg in den Wald.

Wie lange war sie schon unterwegs? Eine halbe Stunde? Eine Stunde? Sie hatte wirklich nicht nachgedacht. Die Kiefern ragten hoch in den Himmel, manchmal raschelte es leise, wenn der Wind durchs Geäst ging, dann kehrte wieder Stille ein. Der Boden war bedeckt mit leuchtend grünen Farnwedeln. Vorsichtig setzte sie einen Fuß vor den anderen, immer in der Hoffnung, unter dem ganzen Grünzeug sicheren Boden zu finden. Hier und da blühte Fingerhut, kräftig und rot ragten die Blüten zwischen Felsbrocken hervor. Als sie ein paar Disteln entdeckte, musste sie lächeln, als wäre sie eine Touristin, die sich über den Anblick der schottischen Nationalblume freute. Die schönen, puschelartigen violetten Blüten oben auf den Stängeln standen im Kontrast zum Rest der stacheligen Pflanze. Vor einigen Bäumen, die etwas dichter beieinanderstanden, lag ein riesiger Felsbrocken. Hier war sie schon einmal vorbeigekommen, da war sie sich ganz sicher. Lief sie etwa im Kreis? Den Wald, den sie anfangs als wohltuend empfunden hatte, empfand sie jetzt als beinahe bedrohlich.

Kate blieb stehen und lauschte. Zu ihrer Linken hörte sie leises Plätschern. Der See konnte das nicht sein, dafür war sie zu tief in den Wald vorgedrungen. Außer dem Gurgeln des Wassers war kein Geräusch zu hören. Als sie in die Richtung ging, stand sie nach wenigen Schritten vor einem breiten, kristallklaren Bach, dessen bemooste Ufer sanft abfielen. Plötzlich fühlte sie sich wie der Abenteurer Bear Grylls. Sie legte Notizblock und Stift zur Seite, kniete sich hin und tauchte die Hände in das kalte Wasser. Aber Bear Grylls hin oder her, sie wollte auch keine Dummheit begehen. Vorsichtig schnüffelte sie an dem Wasser. Es roch frisch, und durstig, wie sie war, trank sie es gierig. Es schmeckte kein bisschen komisch, und sie schöpfte noch etwas und trank es aus ihren hohlen Händen. Irgendwie war sie richtig stolz auf sich.

»Sieh mal einer an, Sie sind ja ein richtiges Naturkind«, sagte James hinter ihr. Kate fuhr herum. Er lächelte sie an, und einen Moment lang sah er richtig gut aus. Dann verschwand sein Lächeln, und die Stirnfalten waren wieder da, so als hätte er sich wieder daran erinnert, dass er ja eigentlich einen privaten Feldzug gegen sie führte. Sein Labrador lief auf Kate zu, die immer noch am Bachufer kniete, stupste sie mit der Schnauze an und begann, aus dem Bach zu trinken.

»Manchmal«, sagte Kate, wischte sich die Hände an ihrer Jeans ab, sammelte Stift und Schreibblock ein und stand auf. »Wo kommen Sie denn auf einmal her?« Sie schaute sich um. Er war ihr bestimmt nicht zu Fuß kreuz und quer durch den Wald gefolgt.

Er zeigte hinter sich. »Ich bin mit dem Wagen hier. Ich wusste, dass Sie sich verlaufen würden.«

»Und wie haben Sie mich gefunden?«

»War gar nicht so einfach. Ich laufe seit zwanzig Minuten hier rum. Sie sind etwa zehn Minuten von der Hütte entfernt – in der falschen Richtung.«

»Hm«, machte sie.

»Ich hab's Ihnen ja gesagt.«

Sie sahen einander an. Offenbar legte er Wert darauf, immer das letzte Wort zu haben, und Kate war nicht in der Stimmung, sich mit ihm anzulegen.

»Wie heißt Ihr Hund?«, fragte sie, um das Thema zu wechseln.

James lächelte. »Whisky. Aber den Namen hat er nicht von mir. Er hat meinem Vater gehört. Und nach seinem Tod hab ich Whisky irgendwie adoptiert.«

»Guter Name«, sagte Kate. »Und ziemlich passend, wenn man bedenkt, wie viele Schnapsbrennereien es hier in der Gegend gibt.«

»Stimmt. Aber je nachdem, in welcher Stimmung mein Vater war, fiel es manchmal schwer zu unterscheiden, ob er wollte, dass man ihm einen Drink brachte oder ob er seinen Hund rief.« Plötzlich wirkte James ein bisschen wehmütig, und als er wieder lächelte, lag eine gewisse Milde in seinen Augen. Wenn er seinen Schutzpanzer einen Moment lang ablegte, war er beinahe nett.

»Wollen wir uns dann mal die Hütte ansehen?«, schlug Kate vor.

»Machen Sie sich keine allzu großen Hoffnungen«, sagte James und wandte sich zum Gehen. Sie folgte ihm. »Sie ist seit dem Krieg unbewohnt. Seit damals gibt es keinen Jäger mehr hier, und niemand hat sich um die Hütte gekümmert. Ich habe kürzlich angefangen, sie wieder in Schuss zu bringen. Ich will sie so herrichten, dass man sie vermieten kann, damit ich schon mal einen Punkt von meiner endlosen Liste streichen kann. Außerdem kommt dann wenigstens etwas Geld rein, das wir gut gebrauchen können, während wir das Herrenhaus herrichten und weiß der Kuckuck, was sonst noch alles gemacht werden muss.«

Kate nickte. »Klingt wie eine gute Idee«, musste sie eingestehen.

»Wirklich?«, fragte James. »Sie haben mir wohl gar nicht zugetraut, einen vernünftigen Plan auf die Beine zu stellen?«

Sie seufzte. Es war enttäuschend, wie schnell er wieder in die Defensive ging. »Tut mir leid. So hab ich das nicht gemeint.«

»Na ja«, sagte er. Sie kämpften sich weiter durch das dichte Unterholz aus Farnen und Brennnesseln; Zweige knackten unter ihren Füßen. »Nach dem Krieg sind sowohl das Herrenhaus als auch die Jagdhütte ziemlich heruntergekommen. Es gab ja kaum noch Angestellte, keinen Jäger mehr und keinen Verwalter, der sich um das Land und die Finanzen gekümmert hätte. Man hat versucht, solange es irgend ging, vom Ersparten zu leben. Und als mein Vater hierher kam, hatte er die besten Absichten, aber er hat sich nur für das Herrenhaus interessiert und sonst nichts.«

»Als Ihr Vater hierherkam?«, fragte Kate. »Wie meinen Sie das?«

James schaute sie von der Seite an. Er war ziemlich groß, und sie musste fast laufen, um mit ihm Schritt zu halten.

»Hat meine Mutter Ihnen nichts über die Familiengeschichte erzählt?«

»Nein.«

Er atmete hörbar aus. »Gott, wo soll ich anfangen?«

»Vielleicht am Anfang?« Sie lächelte.

James hob eine Braue und lächelte schief. Dann begann er zu erzählen.

»Das Gut gehörte meinem Vater nicht. Er ist in London aufgewachsen«, sagte James. »Mein Vater war Künstler …« Das erklärt die modernen Gemälde im Wohnzimmer, dachte Kate. »Keine gequälte Seele, er war eher ein heiterer Typ. Aber er hat mit seiner Kunst nie Geld verdient. Meine Mutter und er lebten glücklich und zufrieden in einem Haus in London, in dem es durchs Dach regnete und der Boiler dauernd ausfiel. Ich schätze, deswegen haben sie auch Invermoray House so vernachlässigt. Das ist eine Frage der Einstellung. Jedenfalls hat er das Haus in den Achtzigerjahren, nach dem Tod von irgendwelchen Verwandten, geerbt. Ziemlich entfernte Verwandte waren das, soviel ich weiß. Aber plötzlich gehörte ihm das Gut. Ihm gefiel die Vorstellung, den Gutsherrn zu spielen, also wurde das Haus in London verkauft, und dann sind wir ganz hierhergezogen. Da war ich ein Teenager. Ich muss gestehen, ich habe meinen Eltern den Umzug nie verziehen.«

Sie blieben auf einer Lichtung stehen. »Ich hatte angenommen, das Haus wäre seit Generationen im Besitz Ihrer Familie gewesen«, sagte Kate.

»War es auch, seit es zu Anfang der viktorianischen Zeit erbaut wurde. Aber es gehörte einem anderen Zweig der Familie, den McLays. Unser Nachname war … ist … Langley, aber in dem Testament wurde verlangt, dass der Name McLay weitergeführt wird. Eigentlich kann man so was gar nicht testamentarisch verfügen, hat der Anwalt uns gesagt, aber mein Vater hat es trotzdem gemacht. Er hatte das Gefühl, es seinen Verwandten schuldig zu sein. Deswegen heißen wir jetzt offiziell Langley-McLay. Mein Vater hat den Namen benutzt, und meine Mutter benutzt ihn immer noch. Aber ich nicht.«

»Warum nicht?«, fragte Kate.

»Erstens, weil ich mir blöd vorkomme mit dem Doppelnamen, und zweitens, weil ich mich nicht damit abfinden konnte, dass wir hierhergezogen sind. Invermoray House war für mich nie ein Zuhause. Hier hatte ich immer das Gefühl, nicht mehr ich selbst zu sein.«

»Wer waren denn diese McLays?«, wollte Kate wissen. »Wer hat von Ihrer Familie verlangt, Ihren Namen zu ändern im Austausch für das Herrenhaus? Was mir, ehrlich gesagt, wie ein fairer Tausch vorkommt.«

»Ein fairer Tausch? Es war ein fürchterlicher Tausch. Dieses Haus verursacht uns nur Kosten. Das war von Anfang an so.« James zog die Brauen zusammen. »Die Verbindung ist eher langweilig«, sagte er. »Dieser McLay war ein Vetter meines Vaters. Der Mann und seine Frau waren schon alt. Er ist, glaub ich, Anfang der Achtzigerjahre gestorben und seine Frau kurz nach ihm. Eigentlich ist die ganze Sache ziemlich merkwürdig, wenn man mal drüber nachdenkt. Ich glaube, die beiden hatten zwei Kinder. Von denen hängen Porträts im

Haus. Meine Mutter hat die Bilder vor einer Weile auf dem Dachboden gefunden.«

Kate erinnerte sich an das Porträt des jungen Mannes in Pilotenuniform und das der jungen Frau in dem silbergrauen Kleid. Vielleicht meinte James ja diese beiden.

»Meine Mutter meint, eigentlich hätte einer von denen das Haus erben müssen«, fuhr James fort. »Aber aus irgendeinem Grund hatten die beiden keinen Kontakt zu ihren Eltern, oder vielleicht waren sie auch gestorben. Ich bin mir nicht sicher. In der Familie erzählte man sich, sie wären vor Jahren enterbt worden, aber das haben mein Vater und seine Eltern nie ernst genommen. Deswegen war es ein totaler Schock, als die direkten Nachkommen der McLays aus welchen Gründen auch immer übergangen wurden, und das Erbe bei uns Langleys gelandet ist.«

Kate hatte so fasziniert zugehört, dass sie ihrer Umgebung kaum Beachtung geschenkt hatte. Und so staunte sie nicht schlecht, als sie plötzlich vor der Jagdhütte standen. James hatte recht gehabt. Das Gestrüpp war über die Jahre so hoch gewachsen, dass es das Häuschen fast ganz verdeckte. Allein hätte sie sie wohl tatsächlich nicht gefunden. Aber sie waren nicht vom See aus zu der Hütte gelangt, sondern von der Seite, wo die Straße lag, die vor dem Herrenhaus entlangführte. James' alter Land Rover stand in einiger Entfernung am Straßenrand. Sie wunderte sich, dass James sie im Wald überhaupt gefunden hatte.

»Vielen Dank«, sagte sie.

Er runzelte die Stirn. »Wofür?«

»Dafür, dass Sie mich in der Wildnis gesucht haben.« Sie zeigte in Richtung Wald.

Er zuckte die Achseln. »Machen Sie sich keine Gedanken.

Vielleicht hätten Sie die Hütte ja irgendwann gefunden.« Dann hob er theatralisch die Brauen. »Oder vielleicht auch nicht …«

Sie musste lachen.

James bückte sich und holte den Schlüssel unter der Fußmatte hervor.

»Ziemlich leichtsinnig, den Schlüssel unter die Matte zu legen«, bemerkte Kate. »Da kann ihn doch jeder finden.«

»Hier draußen?« Er schloss die schwere Holztür auf. »Nicht mal Sie haben ihn gefunden.« Er schien sich über seinen eigenen Witz zu amüsieren. »Außerdem liegt er nicht immer hier. Ich hab ihn unter die Matte gelegt, damit der Dachdecker die Arbeit abschließen und sein Werkzeug abholen konnte. Jetzt ist das Dach wenigstens wasserdicht. Wie gesagt …«, er deutete auf die Hütte, »sie ist nichts Besonderes.« James drehte den Knauf, und Whisky stand plötzlich schwanzwedelnd neben ihm und wollte hineingelassen werden. »Es sind sogar noch Sachen von dem Jäger da, der vor dem Krieg hier gewohnt hat. Sie sind verstaubt und mottenzerfressen. Anscheinend haben die McLays sich nie die Mühe gemacht, hier mal auszumisten, und mein Vater auch nicht. Ich hab überlegt, ob man die Möbel vielleicht wieder auffrischen kann, anstatt neue zu kaufen. Anscheinend stehen Urlauber auf authentische Einrichtung. Also, nur, damit Sie sich nicht wundern – es sieht da drinnen aus wie in einem Museum.«

Er öffnete die Tür, und sie traten ein.

Kapitel 9

August 1940

Die Tür der Jagdhütte flog auf und die Klinke knallte gegen die Wand im Innern. Constance war außer Atem vom Laufen. Getrieben von einer Mischung aus Pflichtgefühl und Hilfsbereitschaft war sie losgerannt, und mit jedem Schritt durch den Wald war ihre Hoffnung gewachsen, den Piloten noch einmal zu sehen, bevor er sich auf den Weg machte.

»*Sie werden mich nie wiedersehen*«, hatte er gesagt. Und als sie jetzt in der Tür stand, glaubte sie einen schrecklichen Augenblick lang, dass sich seine Worte bewahrheitet hatten. Als sie am Abend die Tür hinter sich zugezogen hatte, war er gerade eingeschlafen. Aber die Stelle neben dem Sessel, wo er gelegen hatte, war leer. Er musste im Laufe der Nacht noch ein paar Scheite ins Feuer gelegt haben, denn es lag noch ein Rest qualmende Glut auf dem Rost.

Sie lief nach oben, um nachzusehen, ob er vielleicht im Bett geschlafen hatte, aber das Bett war unberührt, und hier oben roch es genauso verstaubt wie am Abend zuvor. Enttäuscht ging Constance wieder nach unten.

Der Pilot, Matthew, war fort.

Er hatte einen Küchenstuhl vor das Feuer gestellt und ihr Kleid über die Lehne gehängt. Sie stellte sich vor, wie er es vom Boden aufgehoben hatte, nachdem sie gegangen war, wie er sich im Zimmer nach etwas umgesehen hatte, woran er es aufhängen konnte, wie er es schließlich über die Stuhllehne gelegt hatte, in sicherer Entfernung vom Feuer, sodass es trocknen konnte, ohne angesengt zu werden. Sie fuhr mit den Fingerspitzen über das Kleid. Es rührte sie, dass er sich ihretwegen solche Mühe gemacht hatte; es war eine kleine Geste, und doch von einer Bedeutung, die Constance nicht begriff. Er hatte das Kleid nicht einfach zerknüllt auf dem Boden liegen lassen, wie andere es getan hätten. Einen Moment lang stand sie unschlüssig da. Irgendwie kam es ihr merkwürdig vor, jetzt einfach zum Haus zurückzugehen, zurück in ihren normalen Alltag. Gestern Abend hatte sie miterlebt, wie ein Flugzeug abgestürzt und im See versunken war, sie war hinausgeschwommen, um den Piloten zu retten, dann, froh, dass er überlebt hatte, war sie mit ihm hierhergekommen und hatte mit ihm hier in diesem Zimmer gesessen … Das musste doch irgendeine Bedeutung haben. Das eröffnete doch Möglichkeiten für … irgendetwas. Oder? Nicht für Aufregung, nein. Davon hatte sie am Vorabend genug gehabt; mehr Angst und Herzklopfen brauchte sie wirklich nicht. Also etwas anderes? Vielleicht die Möglichkeit, sich nützlich zu machen, sich von den Zwängen des Herrenhauses zu befreien und ihre Energie in die Kriegsanstrengungen zu stecken, und sei es nur, indem sie sich um einen traumatisierten Piloten kümmerte, während er sich erholte und wieder zur Vernunft kam. Es wäre zumindest ein Anfang. Sie schaute sich um. Von dem Piloten war keine Spur mehr zu sehen.

Eigentlich ging es Constance ja nichts an, was mit ihm geschah, aber sie machte sich Sorgen um ihn. Sie konnte nicht anders. Aber jetzt musste sie zurück zum Haus, und dort würde sie Henry, der über Nacht geblieben war, und dem Rest der Familie – außer ihrer Mutter, die immer im Bett frühstückte – am Frühstückstisch gegenübersitzen. Douglas würde ohne Punkt und Komma über die Fliegerei, über die »Hunnen« und über seine Ausbildung reden oder sonst irgendein dummes Zeug von sich geben. Henry... Gott, sie wusste nicht, was sie mit ihm machen sollte. Wahrscheinlich würde er ihr böse Blicke zuwerfen, weil sie seine Avancen abgewehrt hatte. Oder würde er sich so selbstbewusst geben wie immer, als sei nichts geschehen? Die beiden jungen Männer mussten heute wieder zurück zu ihrer Stellung in Kinloss. Henry schien es zu gefallen, dass sie dort stationiert waren, aber Douglas war wütend darüber. Er wollte in den Süden Englands, er wollte »mitten ins Getümmel«, wie er sich ausgedrückt hatte. Vor allem wäre er überall lieber postiert als praktisch direkt vor seiner eigenen Haustür.

Constance fand, dass er sich glücklich schätzen konnte. So ganz ungefährlich war es für ihn nicht, hier im Norden, wenn man an all die Docks und an die Schiffe der Royal Navy dachte, die sie schützen mussten. Aber er schien kein besonderes Interesse daran zu haben, sein eigenes Stück schottischen Himmel zu verteidigen. Constance hätte alles darum gegeben, ihren Teil zu den Kriegsanstrengungen beitragen zu dürfen. Aber solange Frauen nicht zum Kriegsdienst eingezogen wurden – was wahrscheinlich nie passieren würde –, ließ ihr Vater es nicht zu, dass sie sich zum Dienst meldete. »Eine Frau wie du arbeitet nicht«, hatte er kategorisch erklärt. Aber Constance war jetzt einundzwanzig. Hatte das denn nichts zu bedeuten? Gab es wirklich keine Möglichkeit für sie, der tödlichen Langeweile auf Invermoray zu entkommen? Sie verbrachten längst nicht mehr jeden Sommer in ihrer Londoner Stadtvilla, und die meisten ihrer Freundinnen leisteten ihren Beitrag zu den Kriegsanstrengungen. Sie waren in alle Himmelsrichtungen verschickt worden, je nachdem, für welchen Einsatz sie sich gemeldet hatten, und schickten Briefe, in denen sie sich darüber beklagten, was für eine »hässliche Uniform« sie tragen mussten, und was für einen »Fraß« sie vorgesetzt bekamen. Aber zwischen den Zeilen konnte man lesen, dass sie ihre Arbeit aufregend fanden, dass sie glücklich und voller Tatendrang waren. Kaum hatte England Deutschland den Krieg erklärt, hatte Constances Vater verkündet, es sei töricht, jetzt noch den Sommer in London zu verbringen, wo man jeden Moment damit rechnen musste, dass einem eine Bombe aufs Dach fiel. »Was wäre ich für ein Vater, wenn ich meine Familie ins Auge des Sturms brächte?«, hatte er gefragt.

Deswegen hingen sie jetzt auf unbestimmte Zeit hier fest. Constance fühlte sich wie in einem Gefängnis. Sie würde nicht zum Haus zurückgehen. Noch nicht jedenfalls. Sie machte oft lange Spaziergänge im Wald, allein schon, um etwas Bewegung zu bekommen und überhaupt etwas zu tun zu haben, man würde sie also nicht so schnell vermissen. Sie hatte sich am Abend mit Kopfschmerzen ins Bett gelegt und um sie loszuwerden, war sie am Morgen zu einem Spaziergang aufgebrochen. Genau das würden sie denken. Keiner würde auf die Idee kommen, sich zu fragen, wo sie war. Sie legte sich ihr seidenes Kleid über den Arm und trat zögernd hinaus in die kühle Morgenluft. Vielleicht hatte der Pilot ja recht, vielleicht war Weglaufen ja doch die Lösung.

Was, wenn sie es genauso machte wie er und einfach mitten in der Nacht irgendwo landete, ohne dass irgendwer im Haus ahnte, wohin sie verschwunden war? Was, wenn sie einfach ein paar Sachen packte und in irgendeine Stadt fuhr, wo sie sich den Kriegsanstrengungen anschließen konnte? Andererseits, welche Arbeit konnte sie tun? Welche Fähigkeiten besaß sie denn überhaupt? Zuerst hatte sie eine Hauslehrerin gehabt, und dann hatte sie ein Mädchenpensionat besucht. Dort hatte sie höfliche Manieren gelernt, man hatte ihr beigebracht, was man sagen durfte und was nicht, sowohl in ihrer Muttersprache als auch auf Französisch, eine Sprache, die sie sofort vergessen hatte, kaum dass sie wieder schottischen Boden unter den Füßen gespürt hatte. Im Prinzip war sie für die Ehe vorbereitet worden. Aber man hatte ihr keine nützlichen Fähigkeiten beigebracht, die sie jetzt im Krieg anwenden konnte. Sie dachte an ihren Bruder und daran, dass Männer eine ordentliche Ausbildung bekamen und welche Erwartungen sich daraus ergaben. Von Constance wurde fast nichts erwartet und noch weniger wurde ihr erlaubt.

Kiefernzapfen knirschten unter ihren Füßen. Sie kannte den Wald wie ihre Westentasche und achtete kaum darauf, in welche Richtung sie ging. Schon bald würde sie auf die Straße treffen, die am Waldrand entlang verlief. Sie wollte keiner Menschenseele begegnen – nicht dass sie hier damit rechnen müsste. Jedenfalls nicht, seit gleich nach der Kriegserklärung das Benzin rationiert worden war. Und die meisten, die im Dorf wohnten, besaßen sowieso kein Auto. Die modernen Zeiten waren hier oben in Schottland noch nicht angekommen, und um diese Tageszeit bestand auch keine Gefahr, dass der Bus an ihr vorbeifuhr, der zwischen Invermoray und Beauly verkehrte.

Nach einer Weile begann ihr Magen zu knurren, was sie daran erinnerte, dass es Zeit wurde, nach Hause zu gehen. Sie würde durch die Küche hineingehen, vielleicht fanden sich dort ja noch ein paar Reste von ihrer Geburtstagsparty, die sie eigentlich gar nicht hatte feiern wollen. Mrs. Fraser, die Köchin, würde mit keiner Wimper zucken, wenn sie sich mal wieder in die Vorratskammer schlich. Schon als Kinder waren Constance und Douglas dauernd unten im Dienstbotentrakt gewesen. In Ermangelung von Spielkameraden hatten sie ihre Zeit mit der lärmenden, ausgelassenen Dienerschaft verbracht. Unten in der Küche ging es entspannter zu als oben.

Während ihr Vater über seinen Büchern gesessen und ihre Mutter mit den Pflanzen in ihrem Wintergarten beschäftigt gewesen war, hatte Constance sich immer, wenn ihre Hauslehrerin nicht da war, davongestohlen. Solange sie sich nicht blicken ließ, hatte sie von ihren Eltern nie ein strenges Wort gehört. Und so hatte Constance gelernt, die Kaninchen zu häuten, die sie zusammen mit dem Jäger gefangen hatte. Wenn sie mit ihren Eltern beim Abendessen gesessen und gesehen hatte, wie diese vornehm mit Messer und Gabel aßen, hatte es sie mit tiefer Genugtuung erfüllt zu wissen, dass sie das Fleisch auf ihrem Teller nicht nur gefangen, sondern auch vorbereitet hatte. Sie wären entsetzt gewesen, wenn sie davon erfahren hätten, und hätten eine viel langweiligere Beschäftigung für ihre Tochter gefunden, womöglich, indem sie die Hauslehrerin täglich kommen ließen, anstatt nur an zwei, drei Tagen die Woche.

Und wenn Douglas in den Sommerferien und an Weihnachten aus dem Internat nach Hause kam, war Constances Leben wieder komplett gewesen. Er scherzte häufig, das Internat hätte ihn verdorben, und wenn er wie Constance zu Hause geblieben wäre, dann wäre ein richtiger Mann aus ihm geworden. Er streifte mit Constance und dem Jäger durch den Wald, entdeckte längst vergessene Stellen wieder und half, den Rehbestand auf dem Gut niedrig zu halten. Allerdings hatte er jedes Mal im letzten Moment die Augen zugekniffen, wenn er den Abzug drückte, und immer danebengeschossen, bis er es eines Tages ganz aufgegeben und gestöhnt hatte: »Nie wieder!« Er hatte nie eingesehen, dass, seit es keine Wölfe in Schottland mehr gab, jeder Gutsbesitzer selbst dafür sorgen musste, dass das Wild sich nicht zu stark vermehrte. Constance und der Jäger hatten seine ritterliche Haltung respektiert, ihm aber oft das Gewehr abgenommen und die Sache selbst zu Ende gebracht, während er hinter ihnen resigniert geseufzt hatte. Er hatte bereitwillig geholfen, das Fleisch in braunes Papier zu wickeln und Päckchen zu schnüren, aber mit dem Töten wollte er nichts zu tun haben.

Es war immer Douglas gewesen, um den sich die Dienerschaft bemüht hatte, und er hatte seine kostbare Zeit mit ihnen genossen, bis er wieder in das von ihm verhasste Internat zurück musste. Aber das hatte Constance nicht gestört. Dafür freute sie sich selbst viel zu sehr, wenn ihr Bruder nach Hause kam und sie wenigstens ein paar Wochen im Jahr einen Spielkameraden hatte. Das war lange her, damals waren sie noch Kinder gewesen, und die Familie hatte jede Menge Dienstpersonal gehabt. Jetzt waren nur noch Mrs. Fraser und die Haushälterin Mrs. Campbell da, und jeden Tag kamen ein paar junge Mädchen aus dem Dorf zum Reinemachen. Kürzlich hatte Mrs. Fraser gesagt, die Dienstmädchen planten, sich zum Dienst im Frauencorps zu melden. Sie glaubten, dass sie dort besser bezahlt würden, was vermutlich stimmte. Außerdem würden sie dann unter Leute kommen, dachte Constance. Aber jedes Mal, wenn Constance das Thema ihren Eltern gegenüber anschnitt, stieß sie auf Granit. Niemand würde eine Frau heiraten, die *arbeitete*, lautete ihr Totschlagargument.

Wieder knurrte ihr Magen. Plötzlich wurde ihr bewusst, dass sie am Abend gar nichts gegessen hatte; sie war so sehr damit beschäftigt gewesen, mit ihren Gästen zu plaudern und sich Henry vom Leib zu halten, dass sie das Essen ganz vergessen hatte.

Sie würde einen Happen essen und sich dann in der Bibliothek ans Fenster setzen und auf den See hinausschauen, auf dessen Grund jetzt eine Spitfire lag. Sie fragte sich, ob sie jemals irgendjemandem davon erzählen würde. Vielleicht würde sie es Douglas eines Tages sagen. Aber jetzt noch nicht. Sie würde dem armen Piloten Zeit geben, sich in Sicherheit zu bringen. Sie wollte nicht daran schuld sein, dass sich ein Suchtrupp bildete.

Um ihren Durst zu stillen, machte sie sich auf den Weg zum Bach, der mitten durch den Wald floss. Der Jäger hatte viele Stunden mit ihr am Bachufer verbracht und ihr beigebracht, wie man Forellen fing. Doch dann war er wie alle männlichen Bediensteten zum Kriegsdienst eingezogen worden, nur der Gärtner und sein Sohn waren geblieben, der eine, weil er zu alt zum Kämpfen war, der andere, weil er noch ein Kind war. Jedenfalls hatte Constance gelernt, mit Hilfe ihrer Fingerspitzen Forellen aus dem Wasser zu locken. Sie fragte sich, was ihre Eltern wohl sagen würden, wenn sie jetzt ein paar Forellen fing und mit nach Hause brachte. Sie musste laut lachen. Sie würden die Hände über dem Kopf zusammenschlagen.

Das Plätschern des Bachs war lauter als gewöhnlich, und als sie näherkam, sah sie, dass dort jemand war. Das Blut rauschte in ihren Ohren, als ihr klar wurde, dass es Matthew war. Sie konnte ihr Glück nicht fassen. Er war noch da! Sie würde doch noch Gelegenheit bekommen, ihm zu helfen und sich für ihr unhöfliches Verhalten zu entschuldigen. Er hatte sie noch nicht gesehen. Er hatte seine Kleider am Ufer abgelegt.

Er stand mit dem Rücken zu Constance, und sie sah, dass er vollkommen nackt war. Er war dabei, sich mit dem eiskalten Wasser zu waschen.

Er hatte sie nicht kommen hören, aber sie wollte ihn auch nicht rufen. Seine Nacktheit machte sie verlegen, und sie versteckte sich hastig hinter einem Baumstamm, wo er sie hoffentlich nicht sehen konnte. Sie drehte sich um und lehnte sich mit dem Rücken gegen den Baum. Ihre Fingernägel gruben sich in die Rinde, während sie in das Geäst über sich schaute, überglücklich, dass er noch da war, dass er noch nicht fortgegangen war.

Sie wollte gerade einen Blick riskieren, ganz vorsichtig, um zu sehen, ob er sich schon angezogen hatte, ob sie es wagen konnte, aus ihrem Versteck zu kommen. Doch ehe sie dazu kam, den Gedanken in die Tat umzusetzen, zuckte sie vor Schreck zusammen.

»Ist da jemand?«, rief Matthew.

Constance hielt den Atem an.

»Komm raus! Zeig dich!«, rief Matthew.

Sie saß in der Falle. Weder konnte sie den ganzen Tag dort stehen bleiben und sich wie ein Feigling verstecken, noch konnte sie jetzt einfach aus ihrem Versteck kommen. Fieberhaft dachte sie nach.

»Falls da jemand ist – ich warne Sie …«, rief Matthew jetzt.

»Ich …«, stammelte Constance. »Ich bin's …«

Es kam keine Antwort. Sie konnte sich nicht rühren. Sie konnte unmöglich hinschauen und ihn noch einmal nackt sehen. Gott, was für eine peinliche Situation. Ihre Fingernägel gruben sich noch tiefer in die Rinde, und sie starrte in den Wald hinein. Die Kiefern verschwammen vor ihren Augen. Was würde er jetzt tun?

Plötzlich stand der Pilot vor ihr. Er hatte sich die Hose angezogen, die ihm an den Beinen klebte.

»Was machen Sie denn hier? Wieso sind Sie zurückgekommen? Sind Sie allein?« Er schaute sich nervös um, während er seine Fragen wie Kugeln abfeuerte. Sein dunkles Haar fiel ihm in die Stirn, winzige Wassertröpfchen glitzerten in den Wimpern, die seine grünen Augen umrahmten.

»Ja«, stieß Constance hervor. »Ja, ich bin allein.«

Er stand so dicht vor ihr, dass sie seine Körperwärme spürte. Er trat einen Schritt zurück. »Entschuldigen Sie«, sagte er. »Ich dachte, Sie hätten vielleicht jemanden mitgebracht.«

»Warum hätte ich das tun sollen?«, fragte Constance.

»Um mich auszuliefern, natürlich.«

»Das würde ich niemals tun.«

Ihre Worte hingen in der Luft zwischen ihnen.

Er runzelte die Stirn und kam noch ein bisschen näher. Er schob sich die Haare aus dem Gesicht, und Wasser lief an seinem Hals hinunter. »Und warum nicht?«, fragte er.

»Ich weiß nicht«, antwortete sie leise. Dabei wusste sie es ganz genau. Er hatte am Abend zuvor so zerbrechlich gewirkt, so verwirrt, so schockiert von allem, was ihm widerfahren war. Er hatte lauter wirres Zeug gefaselt, vom Desertieren geredet. Vielleicht brauchte er einfach Zeit. Und wenn dem so war, dann würde sie ihm die Zeit geben, die er brauchte. Zeit hatte sie im Überfluss.

Kapitel 10

Constance stand immer noch an dem Baum. Sie hatte die Hände sinken lassen, widerstand jedoch dem Impuls, die Rindenreste unter ihren Fingernägeln zu entfernen, aus Angst, Matthew könnte sehen, wie sehr sie sich vor lauter Nervosität an dem Baum festgekrallt hatte. Ob er annahm, sie hätte ihn beobachtet? Aber sie hatte sich fast im selben Augenblick, als sie gesehen hatte, dass er nackt war, abgewandt.

»Danke, dass Sie sich gestern Abend um mich gekümmert haben«, sagte er und riss sie aus ihren Gedanken.

»Gern geschehen.« Sie rettete sich in die Förmlichkeit.

»Warum sind Sie zurückgekommen?«, fragte er.

Constance überlegte. »Ich wollte mich vergewissern, dass es Ihnen gut geht. Ich wollte sehen, ob Sie noch da sind. Ich hatte gehofft, dass Sie noch da sind«, gestand sie ihm und hätte sich am liebsten im selben Moment die Zunge abgebissen, weil ihr diese Worte herausgerutscht waren.

Seine Augen wurden schmal. »Und warum?«

»Weil Sie so unter Schock standen. Nach dem Absturz, meine ich. Und Sie haben überhaupt nichts gegessen. Außerdem nehme ich an, dass Sie kein Geld haben. Und keine Papiere. Wo wollen Sie also hin? Es ist zwar Sommer, aber die Nächte sind eiskalt, Sie würden doch erfrieren.« Letzteres war ziemlich übertrieben, aber das war jetzt egal. »Außerdem sind wir hier meilenweit ab vom Schuss …«

»Was für mich nur von Vorteil wäre«, fiel er ihr ins Wort.

»Nein«, sagte Constance. »Das glaube ich nicht. Ein paar Kilometer die Straße runter liegt das Dorf Invermoray, aber das war's auch schon. Was haben Sie denn vor? Wollen Sie sich bis zum Ende des Kriegs in einem kleinen Dorf verstecken? Ein Fremder im wehrfähigen Alter, der plötzlich in einem Dorf im schottischen Hochland auftaucht, würde sofort auffallen. Oder hatten Sie gehofft, ein vorbeifahrendes Auto würde Sie mitnehmen? Ich kann Ihnen sagen, im Moment fährt hier fast gar kein Auto mehr vorbei, und falls irgendein Staatsbediensteter Sie auflesen würde, würde der als Erstes Ihre Papiere sehen wollen. Das Hochland ist weitgehend abgesperrt. Wir können uns überhaupt nicht mehr frei bewegen, überall, wo wir hingehen, werden wir vom Militär angehalten. Es werden immer mehr Häuser requiriert, weiß der Himmel warum, es ist alles streng geheim. Zu Fuß würden Sie also nicht weit kommen. Ich könnte Ihnen mein Fahrrad leihen, aber dann hätten Sie dasselbe Problem. Man würde Sie anhalten. Natürlich könnten Sie auch den Bus nehmen«, fuhr sie fort, »aber auf den müssen Sie unter Umständen lange warten. Und für den Bus würden Sie außerdem Geld brauchen. Haben Sie welches?«

Seine Mundwinkel zuckten. »Also, ich muss zugeben, dass Sie mehr über die Sache nachgedacht haben als ich.«

»Ich habe die ganze Nacht an Sie gedacht«, sagte sie und verfluchte sich im selben Augenblick dafür.

»Ach, tatsächlich?« Er hob eine Braue und lächelte breit.

»Nicht, was Sie denken«, erwiderte sie hastig und hatte das demütigende Gefühl, er würde über sie schmunzeln.

»Na, das will ich aber auch nicht hoffen«, zog er sie auf. »Ein anständiges Mädchen wie Sie.«

Sie errötete. »Ich hatte so ein schlechtes Gewissen«, sagte sie leise. »Weil ich Sie einfach alleingelassen hatte.«

Er legte den Kopf schief. »Ich hätte Sie nicht um Hilfe bitten dürfen«, sagte er ernst. »Das war nicht fair. Vielleicht haben Sie recht.« Er fuhr sich mit den Fingern durch das nasse Haar, sodass Wassertröpfchen durch die Gegend flogen. »Vielleicht war es der Schock. Es war nicht in Ordnung, eine junge Frau zu bitten, mich zu verstecken, einen Mann, der eigentlich gar nicht hier sein dürfte.«

»Es macht mir nichts aus, jedenfalls nicht mehr, seit ich darüber nachgedacht habe. Und ich habe sehr lange darüber nachgedacht. Bleiben Sie ruhig in der Jagdhütte. Sie können bleiben, solange Sie wollen, solange es nötig ist. Im Schrank sind genug Kleider, und ich bringe Ihnen Essen aus dem Haus.«

In einiger Entfernung hinter Matthew ertönte ein lautes Knacken. Constance zuckte zusammen, und Matthew fuhr herum. »Was war das?«, fragte er hastig.

»Ein Reh oder vielleicht ein Hirsch. Seit der Jäger zum Kriegsdienst eingezogen wurde, vermehren die sich wie die Karnickel. Und mein Vater schießt sie nicht ab«, plapperte sie drauflos.

Er schaute in den Wald hinein, als traute er ihrer Erklärung nicht. Als er sich wieder zu ihr umdrehte, waren seine Kiefermuskeln angespannt. Er atmete schwer.

»Wenn Sie das alles ernst meinen … Wenn ich wirklich in der Hütte bleiben kann, also, wenigstens für eine Weile, dann würde ich Ihnen sehr für Ihre Hilfe danken. Dann würde ich tief in Ihrer Schuld stehen.«

Er schenkte ihr ein entwaffnendes Lächeln. Auf dem Weg zur Hütte schaute sie vor sich auf den Boden, bemüht, ihre Gedanken zu ordnen.

»Bleiben Sie«, sagte sie leise, ohne den Blick zu heben. »Ich verspreche Ihnen, ich werde niemandem von Ihnen erzählen, und ich werde Sie beschützen. Bleiben Sie, bis Sie eine Entscheidung getroffen haben. Bis Sie bereit sind, sich zu stellen oder zu ihrem Geschwader zurückzukehren oder …«

»Meinen Sie das wirklich ernst? Sie werden keiner Menschenseele von mir erzählen?«

Constance nickte.

»Danke«, sagte er. Sie hatten die Jagdhütte erreicht, und er hielt ihr die Tür auf. »Es ist alles nicht so einfach, wie Sie denken. Es geht nicht darum, dass ich nicht zu meinem Geschwader zurückkehren will. Ich kann nicht zurück.«

Kapitel 11

August 2020

Im Innern war die Hütte gut in Schuss. »Viel … Braun«, murmelte Kate, während sie die soliden hölzernen Möbel betrachtete.

»Die sollten für die Ewigkeit halten«, sagte James. Um seine Worte zu untermauern, trat er leicht gegen ein Tischbein, als wäre es ein Autoreifen. Die grauen Natursteinwände waren unverputzt, und Kate fragte sich, ob es ein Sakrileg wäre, sie anzustreichen. Falls ihnen allerdings das Resultat nicht gefiel, wäre es ziemlich schwierig, den Originalzustand wiederherzustellen. Sofa und Sessel waren so verschossen, dass gar nicht mehr auszumachen war, welche Farbe sie einmal gehabt hatten. Wie lange war der Krieg jetzt her? Seit über siebzig Jahren war der Stoff schon dem Sonnenlicht ausgesetzt, vom Staub ganz zu schweigen.

»Oben gibt es nur ein großes Zimmer«, sagte James. »Ich hatte gedacht, ich baue oben ein Bad ein.«

Kate nickte. »Wo ist das Bad jetzt?«

»Draußen.«

»Was?« Ihr fiel die Klappe herunter.

»Zum Baden hat der Jäger eine Zinkwanne benutzt, die er vor das Feuer gestellt hat. Ansonsten gibt es nur ein Außenklo.«

»Das war's dann also mit mal eben Aufhübschen. Das können wir vergessen«, sagte Kate enttäuscht. »Im ersten Stock ein Bad einzurichten, ist eine Riesenaktion.«

James zuckte die Achseln. »Kann sein. Ich bin kein Klempner.«

»Hmm.« Kate ließ ihren Kuli klicken und machte sich eine Notiz.

»Liebes Tagebuch«, spöttelte James, »dieser Typ ist der absolute Albtraum.«

Kate blickte auf und lachte, doch er hatte sich bereits abgewandt und begutachtete die alten Küchenschränke. Sie trat an den Kamin. Auf dem Kaminsims stand eine Flasche zehn Jahre gereifter Macallan Glenlivet mit der Aufschrift 1926. Wer hatte die dort stehen lassen? Der Jäger oder jemand anders? Und stand sie schon seit dem Krieg da?

»Ach, die hab ich wohl übersehen, als ich hier ausgemistet hab«, sagte James. »Aber wenn ich's mir recht überlege, könnten wir sie auch da stehen lassen. Gibt der Hütte was Authentisches. Vielleicht finden wir ja noch mehr solchen Nippes. So was mögen Urlauber doch, oder? Andererseits ist zu viel Krimskrams auch nicht gut. Sind nur Staubfänger.«

Kate nickte. »Abgesehen von den Installationsarbeiten und neuen Sitzmöbeln und ein bisschen Farbe an den Wänden ist hier eigentlich nicht viel zu machen«, sagte sie. »Na ja, und ein paar Modernisierungen könnten auch nicht schaden. Eine Spülmaschine zum Beispiel und ein paar Bilder an den Wänden – was Stimmungsvolles am besten, die Highlands, der See …«

»Vielleicht könnten wir noch den Esstisch und die Stühle streichen, das viele Braun ein bisschen reduzieren«, meinte James.

»Cremefarben? Was Neutrales?«

James nickte. Kate merkte, wie sie sich entspannte. Vielleicht klappte das ja doch noch mit der Zusammenarbeit.

Sie stiegen in den klapprigen Land Rover und fuhren außen um das Anwesen herum. James wirkte unbeeindruckt, als ein Hirsch gemütlich über den Weg spazierte.

Kate beugte sich vor. »Boah! Ein echter Hirsch!«

James lachte. »Jedenfalls nicht aus Pappmaché!«

»Sie wissen doch, was ich meine.«

Er hielt an, damit Kate das Tier bewundern konnte. Kate kurbelte ihr Fenster herunter. Der Hirsch hob den Kopf und schaute sie an. Das Tier war anscheinend an Menschen gewöhnt. Nach einer Weile schien es zu dem Schluss zu kommen, dass sie keine Feinde waren und er in Ruhe weiter äsen konnte.

James Magen knurrte, und Kate sah ihn von der Seite an. »Hunger?«

»Ich hab immer Hunger. Wollen wir …« Er brach ab und schien zu überlegen, ob er die Frage zu Ende formulieren sollte.

»Wollen wir was?«

»Zum Pub gehen«, sagte er. »Die machen dort gutes Essen. Und der Wein ist auch nicht zu verachten. Aber wir müssen natürlich nicht. Wir können auch zum Haus zurückfahren.«

Kate drehte sich zu Whisky um, der auf der Rückbank auf seiner Decke lag und schlief.

»Ich fände es schön, den Pub und das Dorf kennenzulernen. Als ich gestern angekommen bin, war es schon fast dunkel. Und Hunger hab ich auch. Was ist mit Whisky, lassen die uns mit dem da rein?«

James nickte und fuhr los. Im Dorf parkte er auf dem kleinen Marktplatz. Auf der anderen Seite des Platzes stand ein Reisebus, der Kates Neugier weckte. Es kamen also tatsächlich Urlauber bis hier oben in die Highlands. Vielleicht waren sie auf dem Weg zu einer Touristenattraktion hier in der Nähe. Das war ein gutes Zeichen.

Im Pub war viel los. James, der die meisten Gäste überragte, winkte dem Mann hinterm Tresen zu, der gerade ein Bier zapfte. Der Mann nickte zum Gruß.

Kate schaute sich um. Viele Gäste waren ältere Herrschaften, vermutlich gerade mit dem Reisebus eingetroffen. James arbeitete sich durch die Menge vor, um einen Ecktisch in Beschlag zu nehmen. Er musste den Kopf einziehen, um sich nicht an den Balken unter der niedrigen Decke zu stoßen. Er schob sich auf die Eckbank, und Whisky verkroch sich unterm Tisch. Als Kate James gegenüber Platz nahm, war der Hund auch schon wieder eingeschlafen. Es war erst Mittag, und sie hatten einen der letzten freien Tische ergattert.

»Hallo, Angus, wie geht's?«, sagte James, als der Wirt mit den Speisekarten kam.

»Gut. Hier ist ein Tag wie der andere, du kennst das ja«, antwortete der Wirt. »Für dich dasselbe wie immer?«

James wirkte leicht verlegen. »Nein, gib mal die Karte her. Vielleicht nehm ich heute mal was anderes.«

Angus legte die Speisekarten auf den Tisch, warf Kate einen kurzen Blick zu und schaute James mit hochgezogenen Brauen an. Dann seufzte er und streckte Kate die Hand hin. »Der Mann hat einfach keine Manieren«, sagte er. »Ich bin Angus.«

Ohne von der Speisekarte aufzublicken, sagte James: »Oh, sorry, ja, das ist Kate. Sie wohnt vorerst bei uns.«

»Oookaay …«, sagte Angus leicht verwirrt.

»Ich arbeite für die Familie«, sagte Kate und schüttelte dem Mann die Hand. »Das Haus soll auf Vordermann gebracht werden. Ich helfe den Besitzern, es in ein rentables Bed &

Breakfast umzuwandeln und dafür eine Werbestrategie zu entwickeln.«

»Großartig«, sagte Angus. »Ein paar zusätzliche Fremdenzimmer könnten wir hier oben gut gebrauchen. Wir müssen dauernd Leute abweisen.«

James bestellte eine große Flasche stilles Wasser. Der Pub vermietete also Zimmer, dachte Kate, und war meistens ausgebucht. Die Gegend hier lag also vielleicht gar nicht so weit ab vom Schuss, wie sie gedacht hatte. Sie wollte gerade eine Bemerkung dazu machen, als James sich vorbeugte.

»Was steht denn alles in Ihrem Notizheft? Ihr Masterplan, um den Laden zu übernehmen?«

Kate seufzte. Ging das schon wieder los … Sie wollte sich schon verteidigen, aber James kam ihr zuvor.

»Ein Scherz«, sagte er und hob die Hände. »War nicht ernst gemeint.«

Aber er lächelte nicht, und ihr war klar, dass das Thema damit nicht beendet war.

»Wollen wir bestellen?«, fragte er. »Die machen hier eine hervorragende Steak-and-Ale-Pie.«

Angus wirkte nicht überrascht, als James die Pie bestellte. Er hielt Kate seinen Notizblock hin und sagte: »Wer hätte das gedacht? Hatte ich schon notiert, sehen Sie?«

Kate unterdrückte ein Lachen, bestellte ein Sandwich und lehnte sich zurück. »Sind Sie so vorhersehbar?«, fragte sie. »Jedes Mal Steak Pie, wenn Sie herkommen?«

»Nicht jedes Mal.« James rutschte auf seinem Platz hin und her. »Ich bin halt traditionell. Ich weiß, was ich mag. Man könnte sagen, ich bin ein Gewohnheitsmensch.«

Kate schaute aus dem Fenster. Auf dem Dorfplatz stiegen die Urlauber wieder in ihren Reisebus. Ihr gingen alle möglichen Ideen durch den Kopf, wie man all die Leute ins Herrenhaus locken konnte, doch sie widerstand dem Drang, sich Notizen zu machen, denn sie hatte keine Lust, sich schon wieder James' Kommentare anzuhören.

»Ein Gewohnheitsmensch?«, murmelte sie geistesabwesend vor sich hin.

»Ja«, sagte er. »Ich komme ein- oder zweimal pro Woche zum Essen hierher. Ansonsten koche ich zu Hause. Oder meine Mutter kocht. An den meisten Abenden gehe ich entweder joggen oder im See schwimmen.«

Sie wandte sich ihm zu. »Sie schwimmen im See?«

»Klar. Sollten Sie auch mal machen.«

»Nein, danke. Das Wasser ist bestimmt eiskalt.«

Er lachte. »Es ist erfrischend.«

»Das ist nur ein anderes Wort für kalt«, entgegnete Kate lächelnd.

Beim Essen sprachen sie über ihren Werdegang. Vielmehr wurde Kate irgendwann bewusst, dass sie die meiste Zeit redete; es kam ihr vor wie ein erneutes Vorstellungsgespräch. Er löcherte sie mit Fragen, aber da er ehrlich interessiert schien, bemühte sie sich, freundlich zu bleiben, obwohl sie das Gefühl nicht loswurde, dass sie ihre Position im Haus rechtfertigen musste.

»Und Sie sind da weggegangen, weil …?«, fragte James.

»Worauf wollen Sie hinaus?«, fragte sie misstrauisch.

Unter keinen Umständen würde sie ihm erzählen, dass sie beschuldigt worden war, mit einem Kunden geflirtet zu haben, was einen Vermerk in ihrer Personalakte nach sich gezogen hatte, worüber sie so wütend gewesen war, dass sie das Handtuch geworfen hatte. Es ärgerte sie immer noch, dass sie an dem Abend so leichtsinnig gewesen war, ihren Kunden, einen schmierigen Barbesitzer, hinters Haus zu begleiten, damit er nicht allein draußen rauchen musste, dass sie in die Falle getappt war, zu viel zu trinken, und erst, als der Typ ihr auf die Pelle gerückt war, begriffen hatte, was er vorhatte. Natürlich hatte sie ihm sofort, aber höflich Einhalt geboten.

Doch es war zu spät gewesen. Seine Frau, die ihren Mann schon lange im Verdacht hatte, dass er sie betrog, war ihnen gefolgt. Kate zweifelte nicht daran, dass der Typ fremdging, aber nicht mit ihr. Und als wäre die Situation nicht schon peinlich genug gewesen, hatte ihr Chef ihr am nächsten Tag eröffnet, dass der Barbesitzer und seine Frau sich über *ihr* Verhalten beklagt hätten. Kate war so aus dem Häuschen gewesen, dass sie im Büro geheult hatte. Und sie heulte nie auf der Arbeit.

»Wenn Sie so fantastische Projekte hatten – wenn alles, was Sie angefasst haben, sich in Gold verwandelt hat«, fragte James provozierend, »warum sind Sie dann gegangen?«

»Ich wollte einfach mal raus aus dem Hamsterrad«, sagte Kate ausweichend. Auch wenn sie das Gefühl hatte, dass James auf dem besten Weg war, ihre Anwesenheit im Herrenhaus zu akzeptieren, hielt sie es nicht für undenkbar, dass er die Wahrheit gegen sie verwenden würde, um sie loszuwerden. Noch traute sie ihm nicht genug, um ihm alles zu erzählen.

Kapitel 12

September 2020

Im Lauf der darauffolgenden Wochen hatte Kate keine Zeit, sich den Kopf darüber zu zerbrechen, ob James irgendeinen Verdacht gegen sie hegte – oder ob er sie mochte oder nicht. James, Liz und Kate hatten sich zusammengesetzt und festgelegt, wer welche Aufgaben übernehmen sollte: wer die nötigen Genehmigungen beantragen würde, wer die Renovierungsarbeiten planen sollte, wer sich mit Vertretern des Tourismusverbands in Verbindung setzen sollte, um dafür zu sorgen, dass Invermoray House die Aufmerksamkeit der richtigen Leute erregte, sobald das Bed & Breakfast eröffnete. Alles ging sehr langsam im Vergleich zu dem hektischen Lebensstil, den Kate gewohnt war, aber es machte ihr Spaß, Formulare auszufüllen und sich Webseiten von Ferienwohnungsanbietern anzusehen, um sich Anregungen für die Zimmerausstattung und die Buchungsmodalitäten zu holen.

Sie hatte noch nie mit einer Firmenneugründung zu tun gehabt, doch sie stellte fest, dass es sehr befriedigend war mitzuerleben, wie ein Geschäftsmodell Gestalt annahm und Schritt für Schritt verwirklicht wurde. Und wenn es Zeit würde, ihre PR-Strategie umzusetzen, könnte sie das in der Gewissheit tun, dass sie wesentlich dazu beigetragen hatte, das Projekt so weit zu bringen. Sie empfand regelrecht Besitzerstolz und fühlte sich Invermoray House von Tag zu Tag mehr verbunden. Plötzlich konnte sie nachvollziehen, wie enttäuscht manche Kunden reagiert hatten, wenn ihre PR-Kampagne sich nicht so positiv auswirkte, wie sie gehofft hatten. Einem Kunden von einer negativen Beurteilung zu berichten, war immer unangenehm, doch mit den Jahren hatte sie gelernt, so etwas schnell zu vergessen, unter der Rubrik Pech abzubuchen und dafür zu sorgen, dass die nächste Bewertung positiv ausfiel. Kunden jedoch knabberten noch monatelang an so etwas. Und jetzt verstand sie auch, warum. Es ging nicht nur ums Geschäft. Es war etwas Persönliches. Kate wollte unbedingt, dass Invermoray House ein Erfolg wurde, und sie wünschte sich das nicht nur für sich selbst, sondern auch für das Haus. Das alte Herrenhaus brauchte Liebe und Pflege und neues Leben, auch wenn vorerst nicht mehr drin war als ein neuer Farbanstrich und ein paar neue Kissen. Aber die Grundstruktur war da. Die Möbel in allen Zimmern waren aus Eiche oder Mahagoni, sie waren imposant und stammten aus viktorianischer Zeit, waren also solide Handwerkskunst. Invermoray House war eine alte Dame in etwas zerschlissenen Kleidern.

Seitdem James auf dem Schreibtisch, der seinem gegenüberstand, widerstrebend genug Platz für Kate gemacht hatte, arbeiteten sie meistens schweigend im Büro. So konzentriert wie sie über ihre Laptops gebeugt dasaßen, nahmen sie die Stille jedoch kaum wahr.

Kate hatte sich im Lauf der vergangenen Wochen daran gewöhnt, mit ihm in einem Raum zu arbeiten. Sie hatte inzwischen eine Liste mit Online-Vermietungsagenturen von Ferienwohnungen zusammengestellt, hatte ihre Preise und ihre Anforderungen verglichen und die Auswahl auf fünf eingegrenzt. Bei ihrer nächsten Besprechung zu dritt würde sie die Details mit Liz und James diskutieren. Liz gewährte Kate freie Hand bei ihrer Arbeit und ließ sich jeweils von ihr ins Bild setzen, wenn sie eine Sache erledigt hatte. Aber ob James ihr vertraute, konnte Kate immer noch nicht einschätzen. Er war ein ziemlicher Kontrollfreak und löcherte sie dauernd mit Fragen zu ihren Fortschritten, aber er schaute ihr nicht über die Schulter oder versuchte, ihr Arbeit abzunehmen und selbst zu erledigen; dazu war er zu sehr mit den juristischen Feinheiten des Unternehmens beschäftigt.

Als Erstes wollten sie ein Bed & Breakfast eröffnen, dann den Wintergarten zu einer Teestube ausbauen und irgendwann Führungen durch das Herrenhaus anbieten. Kate arbeitete gerade an einem Konzept, wie sie Busunternehmen auf Invermoray House aufmerksam machen konnten, sodass sie es auf ihre Routen setzten. Plötzlich klappte James fluchend seinen Laptop zu.

»Probleme?«, fragte Kate vorsichtig. Bei James konnte sie nie wissen, ob sie eine vernünftige Antwort auf eine Frage bekommen oder ob er sie anschreien würde.

»Nein.« Er stand auf, rammte die Fäuste in die Hosentaschen und schaute aus dem kleinen Fenster. »Ich geh ne Runde joggen«, murmelte er. Dann drehte er sich um und schaute sie mit gespieltem Entsetzen an. »Sie haben doch im Moment nicht vor, mit Ihrem kleinen Mietwagen spazieren zu fahren, oder?«

Kate sah ihn verwirrt an. »Nein.« Zwar hatte sie den Wagen für ein halbes Jahr gemietet, aber sie benutzte ihn kaum.

»Gut. Dann bringe ich mich ja diesmal nicht in Lebensgefahr«, sagte er mit einem angedeuteten Lächeln.

Nachdem er gegangen war, atmete sie erleichtert auf. Mit James wollte sie wirklich nicht befreundet sein, dachte sie. Aber sie machte sich etwas vor. Eigentlich hatte sie gehofft, dass sie beide sich irgendwie zusammenraufen würden. Ihr fehlten ihre Londoner Freunde. Ihr fehlten ihre Kollegen. Mit den meisten hatte sie sich über die Jahre angefreundet, vor allem mit Jenny. Sie nahm ihr Handy, stellte sich in die einzige Ecke des Büros, wo sie einigermaßen Empfang hatte, und schrieb Jenny eine Textnachricht. Sie erkundigte sich, wie es ihrer Freundin ging, woran sie gerade arbeitete und fragte, ob sie, wenn sie mal ein Wochenende in London verbringen wollte, bei ihr übernachten könne. Kates Bruder und seine neue Flamme, wer auch immer das gerade war, wären garantiert nicht begeistert, wenn sie plötzlich bei ihnen aufkreuzte, selbst wenn sie sich rechtzeitig anmeldete.

Kate schaute auf ihre Uhr. Es war schon spät, und der Himmel schimmerte in einem diesigen Goldgelb, während die Sonne ihren langsamen Abstieg am Horizont hinter den Bergen antrat. Hier im Hochland wurde es erst gegen elf ganz dunkel. Kate hatte sich mittlerweile an die langen Abende und die überraschend frühen Sonnenaufgänge gewöhnt.

Sie klappte ihren Laptop zu und überlegte, was sie zum Abendessen kochen sollte. Es gab keine offizielle Absprache, aber anscheinend war sie heute an der Reihe. Liz war zu einem Treffen des Women's Institute gegangen und hatte gesagt, sie würde im Dorf mit ein paar Freundinnen essen. Zerknirscht dachte Kate, sie hätte Liz fragen sollen, ob sie sie begleiten dürfe, sie hätte zu gern gewusst, was bei diesen Treffen passierte, außerdem könnte es nicht schaden, ein paar Frauen aus dem Dorf kennenzulernen. Aber James hatte gesagt, er würde zum Abendessen da sein und sie dann mit großen Augen angesehen, woraus sie geschlossen hatte, dass sie heute kochen sollte. Und da sie ihm nicht schon wieder einen Grund geben wollte, schlecht von ihr zu denken, würde sie wohl liefern müssen.

Sie schloss das Büro ab, holte ihre Autoschlüssel aus dem Haupthaus und fuhr ins Dorf. Dann fiel ihr auf, dass sie James etwas anderes gesagt hatte. Sie würde doch mit dem Auto auf der Straße unterwegs sein und Unheil stiften.

Kate war erst ein paarmal im Dorf gewesen. Sie fuhr in erster Linie hin, um sich zu beschäftigen. Um den Marktplatz herum gab es Läden, die in den meisten Orten längst verschwunden waren: eine Metzgerei, eine Bäckerei, eine Fischhandlung und einen Gemüseladen, und zu Kates Überraschung befand sich an einer Ecke, gleich neben einem Tante-Emma-Laden, sogar eine kleine Bücherei. Sie hatte sich vorgenommen, einen Benutzerausweis zu besorgen und sich zu erkundigen, ob die Bücherei oder das kleine Gemeindezentrum vielleicht irgendwelche Kurse anbot. Ein Yogakurs würde ihr gefallen, oder auch ein Kurs im Aquarellmalen.

Im Eisenwarenladen ging gerade das Licht aus, dann erregte etwas auf der gegenüberliegenden Seite des Platzes Kates Aufmerksamkeit. Angus trat gerade aus dem Pub, anscheinend hatte er Feierabend. Einen Moment lang betrachtete er die prächtigen Blumenampeln auf dem Platz, während er seinen Schlüsselbund um einen Finger kreisen ließ. Dann entdeckte er Kate und hob die Hand zum Gruß. Kate erwiderte seinen Gruß und ging lächelnd auf ihn zu.

»Wollten Sie auf einen Drink reingehen?«, fragte er.

Kate schüttelte den Kopf. »Nein, ich wollte nur kurz ein paar Sachen fürs Abendessen einkaufen. Ich koche heute für James.«

»Ah, da hat er ja nicht lange gebraucht, um Sie zu bezirzen, was?« Er lachte in sich hinein. Der Mann war Kate sympathisch.

»Nein, damit hat das nichts zu tun«, sagte sie. »Ich bin einfach nur an der Reihe. Und ich muss ihn beeindrucken. Ich glaub, er mag mich nicht besonders.«

Angus hob die Brauen, und Kate fragte sich, warum sie ihm das gesagt hatte.

»Machen Sie ihm eine Steak-and-Ale-Pie, und er wird Ihnen bis an sein Lebensende hörig sein.«

»Vielleicht«, sagte sie.

»Der kleine Laden drüben ist in Ordnung. Da kriegen Sie alles Mögliche. Oder Sie gehen zum Metzger. Andererseits sind Sie ein bisschen spät dran. Bis auf den kleinen Lebensmittelladen und den Pub macht hier alles um fünf dicht, und zwar so pünktlich, dass Sie die Uhr danach stellen können. Ich muss auch noch ein paar Sachen besorgen, wenn Sie wollen, begleite ich Sie.«

»Womit vertreibt man sich hier in der Gegend denn so die Zeit?«, fragte sie, als sie den Platz überquerten.

»Also, wir haben den Pub«, sagte er stolz. »Und das war's auch schon. Aber da trifft sich die ganze Gemeinde, man hört also eigentlich keine Klagen darüber, dass sich jemand langweilt. Warum fragen Sie? Juckt es Sie, ein bisschen auf den Putz zu hauen?«

Sie lachte.

»Meine Schwester gehört einem Lesezirkel an«, sagte er. »Das sind ein paar Frauen, die sich lose aus dem Dorf kennen, da wären Sie also nicht fehl am Platz. Wenn Sie wollen, könnte ich ein Wort für Sie einlegen.«

Kate überlegte. »Hm, klingt gar nicht so schlecht. Wenn es Ihnen nichts ausmacht?«

Sie tauschten Telefonnummern aus, damit er sie mit seiner Schwester in Kontakt bringen konnte.

»Nach allem, was ich höre, wird aber nicht viel über die Bücher geredet, die sie lesen, dafür umso mehr Wein getrunken.«

»Klingt noch besser.«

Sie betraten den Laden. Kate kaufte zwei dicke Stücke frischen Lachs, ein Glas Brunnenkressesoße, Gemüse und eine Flasche gekühlten Sancerre. Nicht gerade ein Festessen, aber hoffentlich auch nicht zu bemüht.

Angus betrachtete skeptisch den Inhalt ihres Korbs, als sie an der Kasse standen. »Ich sag's Ihnen, der steht auf Steak-and-Ale-Pie«, sagte er lachend.

Kate zuckte zusammen; vermutlich hatte Angus recht. Andererseits machte sie sich eigentlich keine Sorgen wegen des Essens, sondern eher wegen der Atmosphäre. Wenn James und Liz beide zu Hause waren, kochten sie gut gelaunt zusammen, und nach dem Essen räumte Kate den Tisch ab und packte das Geschirr in die Spülmaschine. Aber bisher hatten sie immer zu dritt am Tisch gesessen. Kate verfluchte Liz dafür, dass sie ausgegangen war. Liz war das verbindende Element bei all ihren Gesprächen.

Als Kate beim Haus eintraf, hatte der Himmel erneut die Farbe geändert. Sie stieg aus dem Wagen, blieb eine Weile stehen und genoss die Ruhe. Die roten und rosa Streifen hinter den blaugrauen Wolkenfetzen ließen den Himmel aussehen, als hätte jemand versucht, ihm Tigerstreifen aufzumalen. Es geschah nicht oft, aber wenn die Wolkendecke aufriss und die Sonne die wilde schottische Landschaft beleuchtete, war es wie ein Wunder. Alles änderte sich. Alles wurde klarer, grüner, und Kate konnte die großen pflaumenblauen Heidekrautfelder an den Berghängen ausmachen, die der Wald in Tausenden von Jahren, die er sich in Richtung Norden ausbreitete, nie erobert hatte. Dann schloss sich die Wolkendecke genauso plötzlich und ein großer Schatten legte sich wieder über alles, sodass kein einzelner Baum auf der Bergkette noch vom anderen zu unterscheiden war.

Kate bewunderte den herrlichen Abendhimmel und lauschte auf die Schafe, die sich in der Ferne blökend miteinander unterhielten. Sie atmete tief ein und genoss die saubere Hochlandluft. Falls das Abendessen ein Reinfall wurde, womit sie insgeheim rechnete, würde sie einfach hierher nach draußen kommen, sich vielleicht ans Seeufer setzen und zusehen, wie die Nacht sich über das Land senkte.

James war vom Laufen zurück und frisch geduscht, sein Haar war noch nass. Anscheinend hatte er sich nicht gründlich abgetrocknet, sodass ihm das Hemd hier und da am nassen Körper klebte. Er stand mit einem Becher Kaffee an der Küchenanrichte und blätterte in der Tageszeitung.

Er drehte sich um, als er das Knistern der Einkaufstüte hörte, die Kate in der Hand trug. Er lächelte sie an, und die Lachfältchen um seine Augen verwandelten sein Gesicht vollständig, was Kate verblüffte. Ihn selbst schien die Aktion ebenfalls verblüfft zu haben, denn es sah so aus, als würde ihm im selben Augenblick bewusst, dass er eigentlich unfreundlich sein müsste, und sein Lächeln erstarb augenblicklich.

Kate biss die Zähne zusammen. Dieses Wechselbad der Gefühle ging ihr gehörig auf die Nerven; die Art, wie er seine Grobheit überspielte, indem er so tat, als scherzte er. Sie hatte ihn in einem unachtsamen Moment erwischt, dann war ihm wieder eingefallen, dass er sie nicht mochte. Was andererseits auch wieder interessant war, wenn sie sich's recht überlegte.

Sie sagte »Hi« und begann, ihre Einkäufe auf die Anrichte zu legen. Sie spürte, wie James sie die ganze Zeit von hinten beobachtete, und als sie die Weinflasche auspackte, langte er an ihr vorbei und nahm sie an sich. Als sie sich umdrehte, um die Alufolie für den Fisch aus dem Schrank zu nehmen, stieß sie gegen seine Brust, weil er ihr nicht schnell genug aus dem Weg gegangen war. »Oh, Verzeihung«, murmelte sie.

»Kein Problem.« Er trat zur Seite, um sie vorbeizulassen, dann nahm er den Korkenzieher aus einer Schublade. Zu ihrem Entsetzen spürte Kate einen Anflug von Erregung und wandte sich ab, um das Gefühl sofort zu unterdrücken.

Beim Abendessen herrschte verlegenes Schweigen. Im Gegensatz zu dem, was Angus prophezeit hatte, verschlang James den Lachs mit großem Appetit und schien sich nach einem Glas Wein tatsächlich etwas zu entspannen, wenn auch nicht genug, um das Gespräch mit Kate zu suchen. Kate fragte sich, ob er sich wohl ebenso unbeholfen vorkam wie sie. Als er Messer und Gabel nebeneinander auf dem Teller ablegte, erschrak sie und fragte sich, ob sie genug gekocht hatte für einen Mann, der von sich behauptete, er habe immer Hunger.

»Danke, das war sehr lecker«, sagte er, wahrscheinlich aus Pflichtgefühl.

»Gern geschehen«, sagte Kate.

Er trommelte mit den Fingern auf der Tischplatte und schaute sich um, vermutlich nach irgendetwas, was er sagen konnte. Falls dem so war, dankte Kate ihm im Stillen für den Versuch. Sie entschloss sich, ihn aus seiner Verlegenheit zu erlösen.

»Ich glaube, ich habe die besten Webseiten gefunden, auf denen wir unser Bed & Breakfast anbieten können. Als nächstes sollten wir uns nach einem Reinigungsdienst umsehen und …«

»Machen Sie eigentlich nie Feierabend?«, fragte er zu ihrer Überraschung.

»Äh …« Eigentlich hatte Kate damit gerechnet, sich einen Tadel einzuhandeln, wenn sie mal nicht an die Arbeit dachte.

Whisky stupste sie mit der Schnauze an in der Hoffnung, die Lachsreste abzubekommen. Sie kraulte dem Labrador die Ohren und richtete sich auf.

»Tut mir leid«, sagte James. »Ich bin den ganzen Tag mit nichts anderem als diesem verdammten Haus beschäftigt, wenn ich mir auch noch abends den Kopf darüber zerbreche, dreh ich durch.«

Kate nickte. »Ich stelle es mir …«, sie suchte nach dem richtigen Wort, »… anstrengend vor, wenn der Arbeitsplatz zugleich der Lebensmittelpunkt ist.«

Er drehte sein Weinglas am Stiel hin und her. »Ja, das ist es.« Er seufzte. »Wie wär's mit einem ordentlichen Drink?«

Kate betrachtete ihr fast leeres Weinglas. War Wein etwa kein ordentlicher Drink?

»Ich meinte einen Brandy. Oder vielleicht einen Whisky?«, sagte er.

Der Hund spitzte die Ohren.

»Gern.«

Sie stellten ihre Teller in die Spülmaschine, dann folgte Kate ihm in den Flur. Sie gingen am Ballsaal vorbei, dessen Türen zum Lüften offen standen; die Tische und Stühle hatte man an die Wände geschoben und mit Tüchern abgedeckt. Sie betraten den Salon, der zugleich als Arbeitszimmer zu dienen schien. James trat an den Kamin und warf einen Scheit auf das noch glimmende Feuer. Der Duft nach frischem Kiefernholz erfüllte den Raum, als die Flammen hochzüngelten.

Während James Gläser aus dem Schrank nahm, schaute Kate aus dem Fenster. Das letzte Abendlicht überzog den See mit einem goldenen Schimmer. Dieses Haus mit seinem verblichenen Glanz, der See, das Dorf, die Berge … ihr blieben nur wenige Monate, die Schönheit all dessen kennenzulernen.

Sie wandte sich zu James um, der in ein Haus zurückgekehrt war, das er nie als sein Zuhause empfunden hatte und in dem er sich anscheinend überhaupt nicht wohlfühlte. Ihr dämmerte, dass er sich hier trotz aller guten Absichten wie gefangen fühlen musste. Sein Loyalitätssinn und das Bedürfnis, den Familienwohnsitz zu retten, waren offenbar stärker als alles, was er viel lieber tun würde. Plötzlich empfand Kate eine ganze neue Sympathie für ihn.

»Ich kann verstehen, dass Sie hier nicht wirklich glücklich sind«, sagte sie.

»Ach ja?« Er war gerade dabei, Whisky einzuschenken, und hielt mitten in der Bewegung inne.

Kate entging sein gereizter Unterton nicht. Fast wünschte sie, sie hätte den Mund gehalten, aber sie fasste Mut. »Ja«, sagte sie schnippisch. »Und gehen Sie nicht immer gleich auf die Barrikaden. Ernsthaft, das macht Sie nicht gerade attraktiv.«

Seine Augen weiteten sich. Dann musste er lachen. Er schenkte ein und reichte ihr ein Glas. »Das ist mal eine Ansage«, meinte er.

Kate lächelte vorsichtig. Bei ihm konnte man nie wissen, ob er sich im nächsten Augenblick in eine Wolke aus Verachtung zurückzog.

»Ich bin hier, um Sie zu unterstützen«, sagte sie. »Nicht, um Ihre Bemühungen zunichte zu machen.«

»Das weiß ich.« Er stand immer noch vor ihr.

»Ich bin nicht hier, um Sie vorzuführen«, fuhr sie fort.

»Das weiß ich.«

»Und es ist nicht meine Art, in einem Team zu arbeiten

und anschließend alle Lorbeeren für mich allein zu beanspruchen. Wir werden dieses Projekt gemeinsam zum Erfolg führen.«

»Davon bin ich überzeugt«, sagte er mit einem amüsierten Gesichtsausdruck.

Kate runzelte die Stirn. »Und wo ist dann das Problem? Denn, offen gesagt, weiß ich nicht, wie lange ich Ihre Übellaunigkeit noch aushalte. Mal sind Sie freundlich, mal ungenießbar, mal reden Sie überhaupt nicht mit mir.« Sie wurde immer mutiger. »Das geht mir wahnsinnig auf die Nerven.«

Er schaute sie wortlos an, was ihr ebenfalls auf die Nerven ging. Er schien eine innere Debatte zu führen.

»Wollen Sie wissen, was das Problem ist?«, fragte er. »Wollen Sie wissen, warum ich es für eine ganz schlechte Entscheidung halte, dass meine Mutter Sie hierhergeholt hat?«

»Ja«, sagte sie. Andererseits war sein Ton so aggressiv, dass sie sich nicht ganz sicher war, ob sie es wirklich wissen wollte.

Er nahm ihr das Glas aus der Hand und stellte es auf der Anrichte ab, auf der lauter gerahmte Fotos von Familienangehörigen standen, die sich auf Tennisplätzen amüsierten. Sie hätte ihn gern gefragt, wo sich diese Tennisplätze befanden – wahrscheinlich waren sie längst völlig überwuchert. Er stellte sein Glas neben ihres.

»Wollen Sie wissen, warum ich es für eine Katastrophe halte, dass Sie hier sind?«

Kate nickte zaghaft.

»Prima«, sagte er und packte ihre Hand. »Dann kommen Sie mal mit. Ich zeige Ihnen was.«

Kapitel 13

1940

»Wie meinen Sie das, Sie *können* nicht zurück?«, fragte Constance. »Heißt das, Sie können sich nicht stellen? Aber warum denn nicht?« Sie betraten die Hütte.

»Ich kann es einfach nicht. Das ist alles.«

»Aber was haben Sie denn getan? Ich verstehe das nicht.«

»Das brauchen Sie auch nicht zu verstehen.«

Wie konnte er es wagen? »Also, je länger Sie es vor sich herschieben, desto schwerer wird es Ihnen fallen. Aber Sie können nicht ewig hier in der Hütte wohnen. Sie können sich nicht ewig verstecken. Sagen Sie es mir.« Sie verschränkte die Arme vor der Brust. »Wenn Sie wollen, dass ich Ihnen helfe, wenn Sie wollen, dass ich mein Versprechen halte und Sie hier wohnen lasse und niemandem davon erzähle, dann müssen Sie mir vertrauen. Dann müssen Sie mir sagen, was Sie getan haben.« Constance setzte sich aufs Sofa, und Matthew nahm neben ihr Platz.

Er schwieg.

Ihre Gedanken rasten. »Haben Sie etwa …«

Matthew schaute sie fragend an, doch Constance brachte es nicht fertig, ihre schlimmste Angst auszusprechen.

Sie schluckte. »Haben Sie etwa jemanden ermordet?«, stieß sie schließlich hervor.

»Großer Gott«, sagte er. »Nachdem ich Ihnen gestanden habe, dass ich es nicht mit meinem Gewissen verantworten kann, unschuldige Piloten abzuschießen, halten Sie mich für einen kaltblütigen Mörder?«

»Natürlich nicht«, antwortete sie hastig. »Ich dachte nur …«

»Ich habe etwas getan, das ich nicht hätte tun sollen«, sagte er. »Etwas, das mich in große Schwierigkeiten bringen würde, wenn es herauskäme. Aber mir wäre es lieber, wenn es nicht herauskäme, wenn Sie nichts dagegen haben.«

Als er die Stirn in Falten legte und keine Anstalten machte fortzufahren, sagte sie: »Und was haben Sie nun getan?«

»Ich habe meinen vorgesetzten Offizier geschlagen.«

»Ach, herrje«, entfuhr es ihr. Douglas hatte ihr von der Disziplin beim Militär erzählt, aber sie konnte sich nicht vorstellen, mit welcher Strafe ein Soldat rechnen musste, wenn er einen Vorgesetzten schlug. Wahrscheinlich würde er vor ein Kriegsgericht gestellt. Und dann ins Gefängnis gesteckt? »Das war dumm von Ihnen. Warum haben Sie das getan?«

»Er hat einer Frau etwas angetan, das er nicht hätte tun dürfen.«

Constance holte hastig Luft und schlug sich mit der Hand vor den Mund. »Was denn?«, fragte sie mit vorgehaltener Hand, so als ahnte sie, dass seine Antwort sie empören würde.

»Wir waren auf einem Tanzabend, auf dem Luftwaffenstützpunkt. Ein paar Mädels aus dem Ort waren mitgekommen. Eine der jungen Frauen hat im Lauf des Abends ziemlich viel getrunken, und mein vorgesetzter Offizier hat sie die ganze Zeit dazu animiert, noch mehr zu trinken. Irgendwann ist sie mit mir zusammengestoßen, und da hat sie mir gesagt, dass sie sich nicht gut fühlte, worauf ich ihr angeboten habe, sie nach Hause zu begleiten. Daraufhin meinte mein Vorgesetzter, meine Hilfe sei nicht gefragt, und dabei hat er mir verschwörerisch zugezwinkert, wie um zu sagen: Überlass sie mir.«

Matthew senkte den Blick. »Ich ahnte natürlich, was er vorhatte, und ich muss zu meiner Schande gestehen, dass ich kurz überlegt habe, nichts zu unternehmen und mich auch volllaufen zu lassen. Ich hatte an dem Tag ein paar feindliche Piloten abgeschossen, und ich glaube nicht, dass einer davon sich retten konnte. Furchtbar. Einfach furchtbar. Und dann steht mein Vorgesetzter da, der Mann, der mich losschickt, um zu töten, und verlangt von mir, dass ich wegsehe und ihn seine Schandtaten begehen lasse.

Ich habe mich gefragt, ob die junge Frau den Ärger wert war, den ich mir einhandeln würde. Aber letztlich wusste ich, dass ich nicht damit würde leben können, wenn er später damit angegeben hätte wie er … na ja … Sie wissen schon … also, wenn er die Situation ausgenutzt hätte und ich nichts dagegen unternommen hätte. Also bin ich hinterher und habe die beiden schließlich hinter einer Hütte entdeckt. Sie konnte kaum noch stehen, und er hielt ihr mit einer Hand den Mund zu. Er hatte ihr den Rock bis zu den Hüften hochgeschoben und war gerade dabei, sich mit der andern Hand die Hose herunterzuziehen. Ich habe ihn von ihr weggezogen und ihr gesagt, sie soll ihre Freundinnen suchen und mit ihnen nach Hause gehen, und als er auf mich losgegangen ist, habe ich zugeschlagen.«

Er holte tief Luft; es war ihm anzusehen, dass ihn die Erinnerung quälte. »Ich bin keiner, der sich gern prügelt, ein Faustschlag hat zum Glück ausgereicht. Er war viel zu betrunken, um sich zur Wehr zu setzen. Aber so wie er mich angesehen hat, bevor er umgekippt ist … Mir war sofort klar, dass er sich für die Schmach rächen würde. Ich habe gar nicht erst lange nachgedacht, sondern bin in Panik zu meinem Flugzeug gelaufen und einfach losgeflogen. Ich hatte nicht damit gerechnet, dass ich es bis nach Schottland schaffen würde, und auch nicht, dass mich jemand abschießen würde. Weiß der Teufel, wer mich erwischt hat. Es war so verdammt wolkig, dass ich überhaupt nichts sehen konnte. Andererseits, wenn ich nicht abgeschossen worden wäre, hätte ich es vielleicht noch weiter nach Norden geschafft und wäre irgendwann ins Meer gestürzt.«

Constance ließ ihre Hand sinken.

»Die ersten zehn Minuten hatte ich fürchterliche Angst, dass man mich erwischen und zum Fliegerhorst zurückbringen würde. Aber während ich durch die Wolken flog und ordentlich durchgerüttelt wurde, habe ich mich allmählich beruhigt und erkannt, dass die Sache im Grunde genommen ein Glücksfall für mich war.« Er schaute sie niedergeschlagen an. »Ich kann das nicht mehr machen, Constance. Dieser Krieg fördert bei manchen Menschen die schlimmsten Seiten zutage. Und ich will nicht länger meine schlechteste Seite ausleben. Das führt nur dazu, dass wir anderen absichtlich wehtun, dass wir töten. Das treibt mich in den Wahnsinn. Ich kann nicht länger mit ansehen, was der Krieg aus mir und anderen macht, und ich kann keine Männer mehr vom Himmel schießen, die angeblich meine Feinde sind, obwohl ich ihnen nie begegnet bin. Ich kann es einfach nicht mehr.«

Er vergrub das Gesicht in den Händen, aber Constance war nicht entgangen, dass er Tränen in den Augen hatte. Er musste sich ausruhen und erholen, und jetzt verstand sie, warum er sich verstecken musste. »Es tut mir ja so leid und ich kann es Ihnen nachfühlen«, flüsterte sie und legte ihm eine Hand aufs Knie. Er nickte stumm.

Kapitel 14

Matthew stand auf, trat an die Küchenanrichte und stützte beide Hände auf. Einen Moment lang blieb er so mit dem Rücken zu Constance stehen, um sich zu sammeln.

»Haben Sie Hunger?«, fragte sie leise.

»Ja.«

»Ich gehe ins Haus, um zu frühstücken. Wenn ich zurückkomme, bringe ich Ihnen etwas zu essen mit.«

Ohne sie anzusehen ging er zum offenen Kamin und hockte sich davor. »Danke«, sagte er.

Sie biss sich auf die Lippe. »Sie sollten lieber kein Feuer machen.«

Er legte den Kopf schief. »Warum nicht?«

»Weil dann Rauch aus dem Kamin steigt. Nachts ist es kein Problem, im Dunkeln kann man den Rauch nicht sehen. Aber wenn tagsüber irgendwo Rauch aufsteigt … Ich halte das für keine gute Idee. Man wird es vom Haus aus sehen.«

Er schaute in den Kamin, als wäre der Gedanke ihm noch gar nicht gekommen. »Ja, wahrscheinlich haben Sie recht.«

»Sie haben Glück, dass Sie im August abgestürzt sind«, sagte sie. »Stellen Sie sich bloß mal vor, es wäre mitten im Winter passiert.«

Er stand auf. »Dann ziehe ich mir halt noch einen Pullover an.« Am Fuß der Treppe drehte er sich um. »Constance?«

»Ja?«

»Danke.«

Sie nickte und ging zur Tür. »Ich komme so bald wie möglich zurück.«

»Wo bist du gewesen?« Der vorwurfsvolle Ton ihrer Mutter ließ Constance zusammenzucken. Es kam selten vor, dass ihre Mutter nach unten in die Küche ging. Constance war auf der Suche nach etwas Essbarem, das sie sich in die Taschen stecken oder in eine Serviette wickeln konnte, ohne dass Mrs. Fraser, die gerade das Mittagessen zubereitete, etwas davon mitbekam.

»Dein Bruder und Henry reisen ab. Muss ich dich daran erinnern, dass ihr Heimaturlaub zu Ende ist? Schade, es ist mal wieder alles viel zu schnell gegangen. Ich finde Henry wirklich unglaublich sympathisch«, sagte sie. »Ich dachte eigentlich, du würdest ihn auch mögen.«

Constance stand neben der Tür zur Vorratskammer, ein Stück kalte Fleischpastete in der Hand. Es war zu spät, es zu verstecken. »Ich mochte ihn auch«, sagte sie traurig, ohne weitere Erklärung.

Der Blick ihrer Mutter fiel auf das Stück Pastete. »Geht es dir wieder besser?«, fragte sie in einem Ton, als würde es sie in Wirklichkeit gar nicht interessieren.

Constance zog die Brauen zusammen. »Wie bitte?«

»Deine Migräne«, sagte ihre Mutter und verschränkte die Arme. »Deswegen hast du dich doch gestern Abend frühzeitig zurückgezogen.«

»Ach so, ja. Danke«, sagte Constance lächelnd. Sie rührte sich nicht von der Stelle, hoffte, ihre Mutter würde gehen. So sehr sie sich auch bemühte, sie hatte noch nie die Förmlichkeit durchbrechen können, mit der ihre Mutter sie behandelte. Sie wollte unbedingt zu Matthew zurück, er hatte bestimmt großen Hunger. Fleischpastete war vielleicht nicht das typische Frühstück, aber sie hatte nichts anderes gefunden, das sich leicht transportieren ließ.

»Komm jetzt und verabschiede dich«, sagte ihre Mutter. Constance betrachtete das Stück Pastete in ihrer Hand, legte es ohne ein Wort wieder ins Regal zurück und schloss die Tür der Speisekammer.

Erst Stunden später fand sie eine Gelegenheit, noch einmal nach unten in die Küche zu gehen und die Pastete zu holen. Beim Abschied von Henry draußen vor dem Haus war sie ernst und ziemlich verkrampft gewesen. Er schien sein unmögliches Verhalten im Wintergarten kein bisschen zu bereuen. Aber Constance war immer noch erbost, und Körperkontakt mit ihm war das Allerletzte, was sie wollte. Sie hatte ihm äußerst förmlich die Hand geschüttelt, und ehe sie sich versah, hatte er ihre Hand an seine Lippen gedrückt.

Er schien noch etwas sagen zu wollen, doch sie zog ihre Hand weg und sagte steif: »Auf Wiedersehen, Henry. Pass auf dich auf.« Ohne auf seine gekränkte Miene zu achten, ließ sie ihn stehen und ging zu ihrem Bruder. Sie fragte sich, wie Douglas mit einem Mann wie Henry befreundet sein konnte. Aber er war immer schon ein treuherziger Typ gewesen, stets bereit, in allen nur das Gute zu sehen. Andererseits hatte sie selbst Henry auch nett und charmant gefunden. Bis zu ihrem Geburtstag jedenfalls. Sie und ihr Bruder waren einfach zu arglos. Douglas schaute ihr lächelnd entgegen.

Sie stellte sich vor, wie er hoch am Himmel flog. Hatte er so ähnliche Bedenken wie Matthew? War die fröhliche Umgänglichkeit ihres großen Bruders womöglich nur eine Maske?

Sie suchte in seinem Gesicht nach einem Hinweis auf seine wahren Gefühle in Bezug auf den Krieg.

Douglas breitete grinsend die Arme aus, zog sie an sich und drückte sie an seine Brust. »Komm her, du Küken!«, sagte er in ihre Haare.

»Das hast du schon seit Ewigkeiten nicht mehr zu mir gesagt«, erwiderte Constance und schaute ihn an.

»Das liegt sicher daran, dass ich eine gefühlte Ewigkeit nicht hier gewesen bin.« Douglas hielt sie auf Armeslänge vor sich. »Dass du ein Küken bist, kann man wirklich nicht mehr behaupten. Du bist richtig erwachsen geworden. Ist irgendwie an mir vorbeigegangen. Die Party gestern war übrigens großartig. Obwohl ich dich am Ende gar nicht mehr gesehen habe.«

Constance murmelte eine ausweichende Antwort und schaute verstohlen zu Henry hinüber, der entspannt am Auto stand, während ihre Mutter um ihn herumscharwenzelte, dass es regelrecht peinlich war. Constance betete im Stillen, dass Douglas beim nächsten Mal ohne Henry nach Hause kam. »Langweilst du dich immer noch?«, fragte sie.

Douglas lachte. »Es geht. Aber bei allem, was sich unten im Süden abspielt, sollte man meinen, dass man uns so schnell wie möglich dorthin verlegen würde. Leider passiert nichts. Schrecklich: Da unten toben die Kämpfe, und wir hier oben haben fast nichts zu tun. Die Situation spitzt sich zu«, sagte er. »Ich finde, es wäre meine Pflicht, mehr zu tun.«

»Douglas«, schalt ihn Constance. »Mehr kannst du wirklich nicht tun. Du bekommst doch fast nie Urlaub.«

»Ich weiß«, sagte er. »Trotzdem.«

»Schläfst du denn gut?«, fragte sie. Sie wusste nicht recht, wie sie ihn fragen sollte, was sie wirklich wissen wollte: wie es sich anfühlte, andere Piloten abzuschießen, wie er mit dieser bedrückenden Verantwortung zurechtkam.

»Ja. Abends bin ich so todmüde, dass ich einschlafe, sobald mein Kopf das Kopfkissen berührt.«

»Na, das ist doch gut«, sagte Constance und drückte ihm die Hand.

Er rieb sich die müden Augen und gähnte. »Zu viel Gin gestern Abend. Gut, dass ich heute nicht fliegen muss. Jetzt, wo Frankreich besetzt ist und die Deutschen Dänemark und Norwegen erobert haben, riskieren wir da oben nichts mehr. Morgen nehme ich meinen Dienst wieder auf und drehe meine Runden über der Nordsee, um Royal Navy vor Angriffen zu schützen.«

»Also vorerst kein Heimaturlaub?«, fragte Constance enttäuscht.

»Vielleicht kann ich in ein paar Wochen noch mal für ein paar Tage herkommen. Aber es heißt«, fügte er leise hinzu, »wir sollen verlegt werden, wohin, weiß ich noch nicht. Womöglich nach Afrika, jetzt wo Italien in den Krieg eingetreten ist und wir uns da unten schwer ins Zeug legen müssen. Wenn ich Glück habe, kriege ich also vor der Verlegung ein paar Tage frei. Aber sag unseren Eltern noch nichts, okay? Im Moment finde ich es gar nicht so schlecht, hier oben stationiert zu sein. Henrys Familie lebt in Cornwall, der kann fast nie nach Hause fahren.«

Constance war es ziemlich gleichgültig, wo Henrys Eltern wohnten, aber das bedeutete vermutlich, dass Douglas ihn das nächste Mal wieder mitbringen würde, wenn sie ein paar Tage freibekamen. Und die Vorstellung, dass Douglas irgendwohin versetzt werden könnte, wo es gefährlich war, beunruhigte sie zutiefst.

»Und du, Kleines? Was hast du vor?«

»Ich weiß es noch nicht«, antwortete sie wahrheitsgemäß.

»Also, du hast hoffentlich nicht vor, hier herumzusitzen und Löcher in die Luft zu kucken, oder?«, zog er sie auf. »Mach was Vernünftiges. Und wenn du dazu keine Lust hast, dann amüsier dich.«

Constance lächelte. »Ich versuch's.«

»Wir sehen uns schneller wieder, als du glaubst«, sagte Douglas und zog sie noch einmal an sich. Das hatte er immer gesagt, mit diesen Worten hatte er sich jedes Mal verabschiedet, wenn er am Ende der Ferien wieder ins Internat hatte fahren müssen. Das letzte Mal hatte er es gesagt, als er aufgebrochen war, um seine Ausbildung abzuschließen. »Und viel Glück zum Geburtstag, Schwesterherz.«

Sie wischte sich ein paar Tränen fort, als sie sah, wie ihr geliebter Bruder sich von ihren Eltern verabschiedete und ins Auto stieg. Er war die einzige verwandte Seele in der Familie. Ihre Eltern gingen zurück ins Haus, aber Constance schaute dem Auto nach, bis es außer Sichtweite war.

Constance stieg die Stufen hoch und betrat das Haus durch die mit aufwendigen Schnitzereien verzierte hölzerne Tür. In der Eingangshalle blieb sie stehen, eine Hand auf der Lehne eines der lederbezogenen Ohrensessel, die vor dem offenen Kamin standen. Niemand saß je in diesen Sesseln, denn obwohl immer ein Feuer im Kamin brannte, war es meistens zu kalt in der Eingangshalle. Ihr Vater hielt sich lieber in seinem gemütlichen Arbeitszimmer auf, und ihre Mutter fand man gewöhnlich im Wintergarten, wo sie sich um ihre Pflanzen kümmerte.

Constance wartete, bis sich ihr Atem beruhigt hatte. Das

Feuer knisterte im Kamin, ein großer Scheit war noch nicht angekohlt, wahrscheinlich hatte Mrs. Campbell, die Haushälterin, die gerade die Treppe hochging, ihn eben erst aufgelegt. Alle waren mit ihren alltäglichen Pflichten beschäftigt, und niemand ahnte, dass in der Jagdhütte jenseits des Sees ein Pilot auf seine Retterin wartete.

Constances Herz war schwer. Sie liebte ihren Bruder, sie beide hatten sich schon als Kinder nahegestanden, als sie heimlich ohne das Wissen ihrer Eltern durch den Wald gestromert waren, und doch hatte sie ihm nichts erzählt. Aber wenn sie sich ihm nicht anvertrauen konnte, dann konnte sie sich niemandem anvertrauen. Wenn Douglas nicht selbst Pilot wäre, hätte sie es ihm dann gesagt? Wenn sie ein besseres Verhältnis zu ihren Eltern hätte, dann hätte sie ihnen vielleicht ihr Geheimnis offenbart, ihnen von dem Piloten im Wald erzählt. Dann hätte sie ihren Vater vielleicht um Hilfe ersuchen, ihn bitten können, zur Hütte zu gehen und von Mann zu Mann mit Matthew zu reden, deutliche Worte zu finden, wie es ihr nicht gegeben war. Ihre Mutter hätte Trost spenden, Matthew einladen können, für ein paar Tage zu ihnen ins Haus zu ziehen, damit sie gemeinsam eine Lösung hätten suchen können. Constance beneidete einige ihrer Freundinnen, deren Eltern herzlich und entspannt waren. Diese Freundinnen brauchten ihre Hoffnungen und Träume nicht hinter einer glücklichen Fassade zu verstecken, während sie warteten und warteten. Sie konnte ihren Eltern nichts von Matthew erzählen, das wäre Verrat. Sie musste ihr Versprechen halten.

»Lieber Himmel!«, stieß sie hervor, als ihr wieder einfiel, warum sie sich eigentlich ins Haus geschlichen hatte, und machte sich auf den Weg in die Küche.

»Constance!«, rief ihre Mutter vom Ende des Flurs aus. Sie

hielt eine Zeitschrift in der Hand. »Hast du mal einen Moment Zeit?«

Normalerweise hatte Constance mehr Zeit, als ihr lieb war, aber jetzt wollte sie nur so schnell wie möglich zurück zur Jagdhütte.

Ohne auf eine Antwort von ihrer Tochter zu warten, fuhr ihre Mutter fort: »Meine Freundinnen machen mir die Hölle heiß.«

Constance runzelte die Stirn, verwundert über die plötzliche Vertraulichkeit. »Weswegen denn?«

Ihre Mutter machte eine wegwerfende Handbewegung. »Na, du weißt schon … weil ich mich nicht an den Kriegsanstrengungen beteilige. Lady Amandale hält mich schon für eine Sympathisantin. Ich musste ihr erklären, dass ich mich bisher zurückgehalten habe, weil ich mich nicht für irgendetwas verpflichten wollte, hinter dem ich nicht mit vollem Herzen stehe. Ich dachte, mich bei irgendeiner Freiwilligenorganisation zu verpflichten, würde uns bei unseren Reisen nach London in die Quere kommen; aber dein Vater will ja nichts davon wissen, dass wir weiterhin nach London fahren, deswegen werden wir ab jetzt etwas für unsere Gemeinde tun.«

»Oh«, sagte Constance. Sie fragte sich, was ihre Mutter im Sinn hatte, dachte jedoch gleichzeitig, dass alles besser war als das sinnlose Leben, das sie derzeit führte. Sie nickte. »Einverstanden«, sagte sie, ohne zu wissen, womit sie sich einverstanden erklärte.

»Ich muss gestehen«, fuhr ihre Mutter fort, »dass ich mich gestern ein bisschen geschämt habe. Also, auf der Party, meine ich. Jemand hat mich gefragt, was wir *tun*, du und ich, und ich wusste gar nicht, was ich antworten sollte. Ich hatte gedacht, wir könnten ein paar von diesen armen Evakuierten bei uns aufnehmen, aber die Leute aus Guernsey sind ja schon über ganz Schottland verteilt worden, und bisher hat sich noch niemand bei uns gemeldet, um zu fragen, ob wir Leute unterbringen können. Trotzdem, irgendetwas *müssen* wir tun.«

Constance nickte. Die Aussicht, endlich helfen zu können, war wirklich aufregend.

Ihre Mutter wedelte mit einer älteren Ausgabe der *Picture Post.* »Die hat dein Bruder hier liegen gelassen. Interessiert mich eigentlich nicht. Die bringen überhaupt nichts über Mode, die schreiben hauptsächlich über den Krieg. Aber hier …«

Constance zog erwartungsvoll die Brauen hoch, während ihre Mutter eine bestimmte Seite suchte.

»Hier ist ein Artikel darüber, wie sehr die königliche Familie sich für unser Land einsetzt. Bisher sind die Royals jedenfalls nicht in wärmere Gefilde geflüchtet, sondern zeigen sich, so viel es geht. Dann gibt es noch einen interessanten Artikel.« Ihre Mutter blätterte um und zeigte mit ihrem Finger, an dem mehrere Diamantringe glitzerten, auf die Seite. »Da wird von Leuten berichtet, die ihre Landhäuser für Soldaten zur Verfügung stellen, die verwundet wurden und sich erholen müssen. Es gibt so viele unterschiedliche Möglichkeiten zu helfen. Vielleicht können wir Brötchen für traumatisierte Offiziere backen oder so etwas.«

»Würdet ihr mir denn auch erlauben zu helfen?«, fragte Constance. »Ihr sagt doch immer, ihr wollt nicht, dass ich arbeite. Jedes Mal, wenn ich es vorschlage …«

»Aber, Liebes«, ihre Mutter lachte, »das ist doch keine *Arbeit.* Das ist ehrenamtliche Tätigkeit. Das ist etwas ganz anderes. Das ist absolut *respektabel.* Und *du* brauchst überhaupt nichts zu tun.«

»Und wenn ich etwas tun *möchte*?«, entgegnete Constance. »Es könnte ja etwas sein, was ich hier zu Hause mache.« *Wo ihr mich sehen könnt*, fügte sie im Stillen hinzu.

»Nein, Constance. Wozu haben wir eine Hauslehrerin bezahlt und dich aufs Mädchenpensionat geschickt, nur damit du ... dir eine Schürze umbindest und rumrennst wie ... wie ...«

»Wie eine Krankenschwester?«, fragte Constance mit leuchtenden Augen.

»Großer Gott.« Mrs. McLay schüttelte sich. »Undenkbar. Nein, nein, nein«, sagte sie und eilte davon. »Gott bewahre.«

Bestimmt langweilt er sich zu Tode, dachte Constance, als sie sich Matthew in der Jagdhütte vorstellte. *Und bestimmt ist er inzwischen halb verhungert.* Sie ging in die Bibliothek und suchte nach den Büchern, die sie als Jugendliche verschlungen hatte. *Was liest er wohl?*, fragte sie sich. *Liest er überhaupt? Was ist er für ein Mann?* Sie zog drei ihrer Lieblingsbücher aus den Regalen, Klassiker, die ihm bestimmt gefallen würden. Ihr Vater duldete die Bücher nur in der Bibliothek, weil sie in rotes Leder gebunden waren und so zu den ehrfurchteinflößenden Bänden mit juristischem und politischem Inhalt passten. Sie legte die Bücher in den Beutel, in den sie ein paar Stücke von ihrem Geburtstagskuchen und ein großes Stück Fleischpastete gepackt hatte.

Im Küchengarten wuchsen Tomaten in Hülle und Fülle, und sie nahm sich vor, auf dem Weg zur Jagdhütte so viele davon zu pflücken, wie sie tragen konnte. Wie lange würde Matthew sich wohl dort verstecken? Wie lange würde sie es riskieren, beim heimlichen Entwenden von Essen erwischt zu werden? Sie konnte so tun, als wäre es für sie selbst, doch sie bezweifelte, dass man ihr das glauben würde. Die Rationierung hatte den Eifer der Köchin in keiner Weise gebremst. Im Grunde merkten sie kaum etwas von der Lebensmittelknappheit, denn im Garten wuchs alles, was das Herz begehrte, und an Wild mangelte es auch nicht. Die Geburtstagsparty war ihr fürchterlich dekadent erschienen. Frankreich war den Deutschen in die Hände gefallen, Norwegen und Dänemark ebenso. Die Soldaten waren aus Dünkirchen evakuiert worden. Constance hatte verstehen können, dass ihr Vater dem Wunsch ihrer Mutter nach einer Party nachgegeben hatte, schließlich hatte sie recht, wenn sie meinte, dass man in diesen trostlosen Zeiten nicht vergessen durfte zu lachen und sich zu amüsieren. Aber irgendwie war Constance nicht wohl bei dem Gedanken an das ganze Übermaß. Wenn Douglas nicht als Kampfpilot im Einsatz wäre, hätte Constance gut und gerne glauben können, dass es gar keinen Krieg gab. Bis sie Matthew begegnet war.

Ihr Blick fiel auf die Dekanter auf der Anrichte, und sie dachte an all die Flaschen Sherry, Portwein und Whisky, aus denen die Köchin die kristallenen Karaffen regelmäßig auffüllte. Sie fand zwei halb leere Flaschen Whisky verschiedenen Alters und zwei noch fast volle Flaschen Macallan Glenlivet von 1926. Sie nahm die Flasche, die ganz hinten im Schrank stand.

Sie trank selten Alkohol. Mal ein Glas Wein zum Abendessen oder einen Gin Tonic nach einem Tennisspiel am Samstagnachmittag. Als Schottin war sie damit aufgewachsen, hin und wieder nach dem Essen ein bisschen mit Wasser verdünnten Whisky zu trinken – zum Entsetzen ihrer Mutter und zum Stolz ihres Vaters.

Die Erinnerung an Henrys grapschende Hände, die Aufregung, einen Piloten im Wald zu verstecken, seine Weigerung, sich zu stellen … Constance öffnete die Flasche und genehmigte sich einen ordentlichen Schluck, dann schraubte sie den Deckel wieder fest zu und verstaute den Whisky in ihrem Beutel. Nach allem, was er durchgemacht hatte und nachdem er einen ganzen Tag lang in der kalten Hütte ausgeharrt hatte, konnte er bestimmt auch einen Drink brauchen. Vielleicht würde der Whisky die Situation zwischen ihnen auch ein bisschen entspannen, und er würde ihr noch etwas mehr über sich selbst erzählen.

An der doppelflügeligen Tür schaute sie noch einmal kurz hinter sich, um sich zu vergewissern, dass niemand die Bibliothek betreten hatte und jetzt womöglich sah, wie sie nach draußen schlüpfte. Schon bald erreichte sie den See und den Schutz des Waldes und verschwand zwischen den Bäumen.

Kapitel 15

»Sie sind tatsächlich zurückgekommen!«, sagte Matthew strahlend.

»Aber natürlich«, sagte Constance und erwiderte sein Lächeln, während sie die Tür hinter sich schloss. »Ich hätte Sie bestimmt nicht im Stich gelassen, das habe ich doch versprochen.«

»Trotzdem freue ich mich«, sagte er ein bisschen schüchtern. Anscheinend hatte er im Sessel geschlafen und war aufgesprungen, als er draußen Geräusche gehört hatte. Constance fragte sich, ob er Angst hatte. Ob er wohl gefürchtet hatte, es wäre jemand von der Armee, der gekommen war, um ihn zu seinem Geschwader zurückzubringen und seiner Strafe zuzuführen?

Einen Moment lang standen sie einander verlegen gegenüber und wussten beide nicht so recht, was sie sagen sollten. Constance wollte sich ihm gegenüber nicht zu förmlich geben.

»Haben Sie Hunger?«, fragte sie und hielt ihren Beutel hoch.

»Ich sterbe vor Hunger«, sagte er. »Was haben Sie denn da drin?«

»Fleischpastete, ein bisschen Gemüse aus dem Küchengarten und ein paar Stücke Geburtstagskuchen.«

»Geburtstagskuchen?«, fragte Matthew mit hochgezogenen Brauen.

»Ich hatte gestern Geburtstag«, sagte Constance.

»Nachträglich herzlichen Glückwunsch!«, sagte er und schaute sie an.

»Danke«, sagte sie. »Es war noch jede Menge Kuchen übrig, es wird also niemand merken, dass etwas fehlt.«

Er antwortete nicht gleich, denn er musste offenbar erst einmal die Erkenntnis verarbeiten, dass sie ausgerechnet an ihrem Geburtstag ihr Leben riskiert hatte, um ihn zu retten. »Woher haben Sie denn den Zucker für einen ganzen Kuchen?«, fragte er schließlich.

Constance gab Matthew den Beutel, und er nahm die Sachen heraus und stellte sie auf den Küchentisch.

»Ich frage lieber nicht«, sagte sie mit einem Seufzer. »Meine Eltern decken sich mit allem Möglichen auf dem Schwarzmarkt ein – Strümpfe, Champagner, Zucker …«

»Und das können sie sich leisten?«, fragte er, als er die Flasche Glenlivet aus dem Beutel nahm. »Im Krieg sind solche Dinge nicht billig.«

»Sie stellen aber Fragen«, sagte Constance lachend.

Matthew lächelte. »*Sie* haben mir erzählt, dass Ihre Eltern gern auf dem Schwarzmarkt kaufen.«

»Na schön, da haben Sie recht.«

»Außerdem«, fuhr er fort, »bin ich nicht gerade in einer Situation, in der ich es mir erlauben kann, über andere zu urteilen, nicht wahr? Der Krieg hat mich auf mehr als eine Weise in Zugzwang gebracht. Vielleicht ist es Ihren Eltern ja genauso ergangen. Im Krieg tun die Menschen Dinge, die sie in Friedenszeiten niemals tun würden.« Er zuckte die Achseln und wandte sich wieder der Whiskyflasche zu.

Constance betrachtete seinen Hinterkopf und dachte über seine Worte nach.

Wäre auch sie jetzt im Krieg fähig, Dinge zu tun, die sie normalerweise nicht tun würde? Und wenn ja, was könnte das sein? Sie hatte einem zur Desertion entschlossenen Kampfpiloten versprochen, ihn in der Jagdhütte zu verstecken. Hätte sie das zu Friedenszeiten auch getan?

»Nett, dass Sie an den Whisky gedacht haben«, sagte er, drehte sich um und lehnte sich an die Küchenanrichte. »Vielen Dank.«

»Meinem Vater wird nicht auffallen, dass die Flasche fehlt. Er hat genug von dem Zeug.«

»Glückspilz«, sagte Matthew mit einem Lächeln.

An der Anrichte stehend machte sich Matthew mit Heißhunger über die Fleischpastete her, während Constance am Küchentisch saß. Sie beobachtete, wie sein Kiefer sich beim Kauen bewegte.

»Wollen Sie auch ein Stück?«, fragte er und zeigte auf die Pastete.

Sie schüttelte den Kopf. »Heben Sie sich den Rest auf. Ich versuche, morgen wieder herzukommen und ihnen noch mehr Essen zu bringen. Ich weiß noch nicht, was ich rausschmuggeln kann, aber ich werde mir Mühe geben.«

»Danke«, sagte er noch einmal.

Sie lächelte ihn an. »Matthew.« Sein Name klang seltsam, als sie ihn aussprach. »Sie brauchen sich nicht die ganze Zeit zu bedanken.«

»Ich weiß. Aber ich bin Ihnen wirklich dankbar; unglaublich, unendlich dankbar. Und das sollen Sie wissen. Was auch immer aus mir wird, ich möchte Ihnen hier in diesem Moment der Ruhe, in diesem seltsamen kleinen Haus mitten im schottischen Hochland sagen, dass es mir leidtut.«

»Was tut Ihnen denn leid?«, fragte sie. Sie hatte gedacht,

er würde sich noch einmal bedanken. Aber nicht, dass er sich entschuldigen würde.

»Das weiß ich noch nicht. Die Konsequenzen, die meine Anwesenheit hier nach sich ziehen, welche auch immer das sein mögen.«

Sie überlegte. Die Frage, die sie ihm stellen würde, könnte ihn ängstigen, aber es führte kein Weg daran vorbei. »Was glauben Sie, was Sie tun werden? Wo werden Sie hingehen?«

Matthew senkte den Blick. Offenbar hatte er keine Antwort auf ihre Frage, aber sie ließ nicht locker. »Was glauben Sie, wie lange Sie hier bleiben können? Denn das kann ja keine dauerhafte Lösung sein. Sie haben gesagt, Sie brauchen Zeit zum Nachdenken, die brauche ich auch. Ich dachte, Sie könnten sich vielleicht bei einer von diesen Notfallstellen melden. Sie könnten so tun, als wären Sie ausgebombt worden und einen falschen Namen angeben und auf diese Weise vielleicht neue Papiere bekommen. Und dann …« Sie unterbrach sich. Weiter hatte sie den Gedanken noch nicht gesponnen und wollte jetzt auch nicht so tun als ob. »Ach, ich weiß auch nicht«, sagte sie stattdessen. »Oder vielleicht könnten Sie mit dem Vorgesetzten Ihres Vorgesetzten reden und dem Ihre Version des Vorfalls schildern. Gut, dass Sie das Flugzeug gestohlen haben, wird Ihre Lage sicher nicht leichter machen, aber … das Risiko, hier entdeckt zu werden, ist so groß, dass Sie irgendetwas unternehmen sollten.«

»Ich werde auf jeden Fall darüber nachdenken«, sagte er, dann lächelte er sie freundlich an und zeigte auf die Whiskyflasche. »Ich glaube fast, dass Sie den noch dringender brauchen als ich.«

Sie erzählte ihm nicht, dass sie sich bereits einen ordentlichen Schluck genehmigt hatte. »Also gut«, seufzte sie resigniert. Offenbar wollte er vom Thema ablenken. »Wenn Sie auch ein Glas trinken, sage ich nicht nein.«

Er öffnete die Schranktüren, nahm zwei Gläser heraus und schenkte ihnen beiden großzügig ein.

»Wie ist das eigentlich?«, fragte sie leise.

Er hielt beim Einschenken inne. »Wie ist was?«

»Jemanden zu töten. Jemanden abzuschießen«, sagte sie. »Ich kann mir überhaupt nicht vorstellen, wie es ist, jemanden töten zu müssen.«

Matthew schwieg einen Moment.

»Es muss einfach grauenvoll sein«, sagte sie und kam sich im nächsten Augenblick albern vor, etwas derart Offensichtliches auszusprechen.

»Das ist es auch.« Er reichte ihr eins der Gläser und setzte sich. »Töten oder getötet werden. Vor dieser Wahl zu stehen ist, gelinde gesagt, nicht beneidenswert. Deswegen kann ich auch nicht weitermachen.«

Constance meinte Tränen in seinen Augen zu sehen, doch er blinzelte und trank einen Schluck Whisky. Sie nippte langsam an ihrem, während sie eine Weile schwiegen.

»Was würden Sie machen, wenn Sie kein Pilot wären?«, fragte sie schließlich.

Ein Lächeln breitete sich langsam auf seinem Gesicht aus, und er schaute in sein Glas. »Ich weiß es nicht so richtig. Der Krieg hat mir keine Chance gelassen, mir darüber klar zu werden. Ich habe mein Studium abgebrochen und mich freiwillig gemeldet, aber ich bin jetzt einundzwanzig, und ich glaube kaum, dass ich noch mal zurück an die Uni gehe, wenn das hier vorbei ist. Vielleicht sehen Sie mich nach dem Krieg in Anzug und Krawatte jeden Morgen in einen Zug steigen – als Bankangestellter oder Versicherungskaufmann. Das sind doch Berufe, die Kerle wie ich am Ende ergreifen, oder? Schon seltsam,« er lachte kurz auf, »ich dachte immer, das wäre das Langweiligste, was man sich vorstellen kann. Aber was gäbe ich jetzt für ein langweiliges, sicheres Leben. Stattdessen bin ich meilenweit von zu Hause weg und fürchte mich vor jedem neuen Tag.«

»Wo sind Sie denn zu Hause?«, fragte Constance, um ihn auf glücklichere Gedanken zu bringen.

Er lächelte. »In Cambridge. Aber da ist jetzt niemand mehr, den ich kenne. Ich glaube, am glücklichsten werde ich immer auf dem Lande sein, in den Fens. Und ich erinnere mich gern an faule Tage am Flussufer und im Jesus Green Park.« Sein Blick ging in die Ferne. »Nach dem Tod meiner Mutter hat sich alles geändert, und jetzt fühle ich mich wie in alle Winde verstreut.« Er richtete sich auf, wie um sich von den Erinnerungen loszureißen. »Auf einmal fühlte sich unser Zuhause nicht mehr wie ein Zuhause an«, sagte er in einem anderen Ton. »Mein Vater ist dauernd mit uns umgezogen. Ich rebellierte und bin zum Studieren nach Cambridge zurückgegangen, aber es fühlte sich nicht mehr an wie früher. Und dann kam der Krieg.«

»Mein Bruder Douglas hat vor dem Krieg auch in Cambridge studiert. Kennen Sie ihn vielleicht?«

Matthew schüttelte den Kopf. »Nein, ich glaube nicht. Es gibt so viele Colleges in Cambridge. So viele Leute.« Er trank einen Schluck Whisky.

»Ich bin nie dazu gekommen, Douglas zu besuchen«, sagte Constance. »Ich bin mal in Oxford gewesen, aber das ist nicht dasselbe, oder?«

Er lachte. »Für mich jedenfalls nicht. Cambridge ist Theater und Musik und Literatur. Es ist Stechkahnfahren auf dem River Cam, es ist Picknicken auf den Wiesen von The Backs. Es ist… einer der schönsten Flecken Erde, die ich kenne.«

»Dann können Sie sich ja glücklich schätzen, dass Sie dort aufgewachsen sind.«

»Allerdings.«

»Aber Jane Austen ist doch zweifellos ein großer Bluff, oder?«, sagte Matthew einige Stunden später.

»Ein Bluff?«, fragte Constance empört. Sie sprang auf und riss ihm *Verstand und Gefühl* aus der Hand. »Dann nehme ich das wieder an mich, vielen Dank auch. Sie haben es nicht verdient, das Buch auch nur anzufassen.«

Matthew beugte sich vor, schenkte ihnen beiden Whisky nach und lachte.

»Na dann«, sagte er, immer noch lachend, »verteidigen Sie sie.«

»Sie hat keine Verteidigung nötig, aber sie ist kein Bluff. Sie war eine Meisterin der Kreativität.«

Er verdrehte die Augen. »Also wirklich. Was hat sie denn vom Leben gewusst? Sie hat durch ihre Figuren gelebt, hat ihnen ein Liebesleben angedichtet, das sie selbst nie hatte, und dann ist sie gestorben.«

Das war wie ein Schlag für Constance, die viele Stunden in ihre geliebten Romane eingetaucht war und mit ihren Lieblingsheldinnen gelitten hatte.

»Machen das nicht alle Schriftsteller? Sich Geschichten ausdenken, die sie dann mit Figuren bevölkern?«, entgegnete Constance, während sie sich das Buch an die Brust drückte. »Und erlauben es so uns Lesern, unserem Alltag zu entfliehen und in größte Wonnen einzutauchen?«

Er überlegte. »Vielleicht. Wenn es das ist, was Sie von einem Roman erwarten.«

»Na, was erwarten Sie denn von einem Roman?«

»Abenteuer. Gefahr.«

Constance hob *Sturmhöhe* vom Boden auf und hielt es ihm hin. »Aha. Dann wird Ihnen das hier gefallen.«

Er warf einen Blick auf das Buch. »Kommen Sie mir bloß nicht mit *der*.«

»Emily Brontë?«, fragte Constance. »Sie ist meine Lieblingsschriftstellerin. Passen Sie lieber auf, was Sie sagen.«

Er trank einen Schluck Whisky und grinste. »Ihre Lieblingsschriftstellerin? Tut mir leid, aber sie ist der größte Humbug von allen.«

Constance konnte dieser Unterhaltung nichts mehr abgewinnen. Sie musste sich beherrschen, um ihm das Whiskyglas nicht an den Kopf zu werfen.

»Warum sagen Sie so etwas?«, fragte sie mit zusammengebissenen Zähnen.

»Ich bitte Sie«, sagte er. »Feurige Zigeuner und Gespenster am Fenster. Das kann ich einfach nicht ernst nehmen.«

Constance war baff. »Ich weiß nicht mehr, was ich dazu sagen soll.«

Matthew amüsierte sich, das war nicht zu übersehen. Er saß im Sessel ihr gegenüber und konnte gar nicht mehr aufhören zu lachen.

Er hob das dritte Buch vom Boden auf, das Constance aus dem Haus geschmuggelt hatte.

»Wenn Sie jetzt auch noch Dickens als Humbug bezeichnen, dann gehe ich und nehme alle Bücher, alles Essen und den Whisky wieder mit, und Sie können meinetwegen hier verrotten«, sagte Constance und funkelte ihn wütend an.

»Dickens als Humbug bezeichnen?«, fragte er nachdenklich, während er *Große Erwartungen* hin und her drehte. »Das würde ich niemals wagen.«

»Ach nein? Weil er ein Mann ist?« Jetzt war Constance laut geworden.

»Nein, weil er die Wahrheit geschrieben hat. Er hat die Schrecken gesehen, die sich um ihn herum abspielten, und er hatte keine Angst, den Reichen, die lesen konnten, davon zu berichten. Er war ein richtiger Kämpfer und …«, er hielt das Buch hoch, »ein Genie.«

Constance hatte das Gefühl, sich total verletzlich gemacht zu haben, indem sie Matthew ihre Lieblingsbücher gezeigt hatte. Sie hatte gefürchtet, dass sie ihm vielleicht nicht gefielen, und diese Furcht war offenbar begründet gewesen, aber gleichzeitig hatte er sie in eine Diskussion verwickelt und ihr noch einmal bewusst gemacht, wie leidenschaftlich gern sie Gespräche führte. Es war eine Ewigkeit her, dass sie mit irgendjemandem über irgendetwas wirklich diskutiert hatte, dachte sie, während sie an ihrem Whisky nippte und ihm zuhörte und seine Fragen beantwortete. Mit eine Mal fühlte sie sich ungeheuer lebendig, als ganzer Mensch. Seit sie aus dem Mädchenpensionat zurückgekehrt war, hatte sie sich unmerklich immer weiter in sich selbst zurückgezogen. Sie hatte gar nicht gemerkt, wie sie sich irgendwie selbst verloren hatte. Sie schaute aus dem Fenster. Verborgen hinter hohen Kiefern lag der See. Und da dämmerte es ihr plötzlich. Seit sie denken konnte, war sie auf der Stelle geschwommen.

Kapitel 16

2020

»Was denn?«, fragte Kate, als James sie an der Hand nahm und ziemlich unsanft mit sich zog. Etwas schien ihn umzutreiben. »Was wollen Sie mir zeigen?«

»Das werden Sie gleich sehen.« In der Eingangshalle ließ er ihre Hand los. Das Feuer war fast heruntergebrannt. Kate klopfte nervös mit dem Fuß auf den schwarz-weiß gefliesten Boden, während James in der Schublade des Kleiderständers kramte und schließlich den Büroschlüssel herausfischte. »Kommen Sie«, sagte er.

Hatte er nicht gesagt, nach Feierabend wolle er nicht über das Haus und über die Arbeit reden? Wieso also schleppte er sie zurück ins Büro? Was gab es dort zu sehen, das sie noch nicht gesehen hatte? Was konnte mitten in der Nacht so wichtig sein?

Es war kalt draußen im Hof. Kate trug nur ein dünnes T-Shirt und wünschte, sie hätte sich einen Pullover übergezogen – dabei war doch Sommer, Herrgott noch mal. Sie rieb sich die Arme, auf denen sich eine Gänsehaut gebildet hatte.

James schloss die Bürotür auf. Anstelle des gleißenden Deckenlichts schaltete er eine Stehlampe an. Beim Eintreten mussten sie aufpassen, um nicht auf die Unterlagen zu treten, die auf dem Boden herumlagen.

Kate versuchte, die angespannte Atmosphäre mit ein bisschen Humor zu lösen. »Irgendwann schaffe ich es bestimmt, mich auch im Stockdunkeln durch diesen Papierdschungel zu kämpfen«, sagte sie.

»Bald wird Ihnen auch nichts anderes übrig bleiben«, murmelte James.

Er schien nicht zum Scherzen aufgelegt und nahm an seinen Schreibtisch Platz. Sie blieb stehen, die Hände auf die Lehne ihres Schreibtischstuhls gestützt. Er klappte seinen Laptop auf, gab das Passwort ein und begann, etwas zu suchen. Schließlich stand er auf und trat von seinem Schreibtisch zurück.

»Hier«, sagte er. »Setzen Sie sich.«

Verblüfft über seinen Befehlston zog Kate die Brauen hoch.

»Bitte«, fügte er hinzu.

Er hatte in seinem Internetbrowser mehrere Fenster geöffnet. Das war nichts Ungewöhnliches. Auch Kate hatte bei der Arbeit meistens bis zu zehn Fenster offen, zwischen denen sie hin und her klickte, manche ließ sie wochenlang offen, um sich an irgendetwas zu erinnern, was sie irgendwann erledigen musste. Das Fenster, das James ihr jetzt zeigte, war die Seite seiner Bank.

Als Kate zu James aufblickte, sah sie, dass er sich auf die Lippe biss.

»Na los«, sagte er, »lesen Sie. Ich habe nichts zu verbergen.«

Kate betrachtete die Seite. Es gab mehrere Konten, Sparkonten, vermutlich, die alle auf Null standen. Aber das Hauptkonto wies eine große sechsstellige Summe aus. Sie beugte sich näher vor. Dann sah sie das Minuszeichen vor der Summe, das Zeichen des Verderbens. Ihr fiel die Kinnlade herunter.

»Großer Gott«, entfuhr es ihr. »Ist das … Heißt das …?«

»Es ist nichts da«, sagte James. »Das heißt … es ist weniger als nichts da.«

Kate atmete hörbar ein. Das war ja entsetzlich. Sie war auch keine große Sparerin, aber das wenige, das sie verdiente, hatte immerhin gereicht, um sich ein nettes, kleines Einzimmerapartment in London zu mieten, in Zeiten, in denen eine Mietwohnung für einen alleine in London fast unerschwinglich war. Sie konnte sich Lebensmittel leisten, ab und zu abends mit Freunden ausgehen, einmal im Jahr in Urlaub fahren und hin und wieder sogar einen Wochenendtrip unternehmen, wenn sie Sonderangebote nutzte. Ihr Konto war häufiger in die roten Zahlen gerutscht, als ihr lieb war, und jedes Mal, wenn das passierte, bekam sie Existenzängste. Aber das hier war etwas ganz anderes. Wie war so etwas möglich? Wie hatten sie es geschafft, so tief ins Minus zu rutschen? Warum hatten sie so lange gewartet und erst jetzt angefangen, etwas zu unternehmen, um das Haus zu retten? Und warum in aller Welt gaben sie Geld aus – Geld, das sie offensichtlich nicht hatten –, um jemanden wie sie, Kate, einzustellen?

Sie hob den Kopf und schaute James an. »W-wie …?«, stammelte sie. Mehr brauchte sie nicht zu sagen.

Er setzte sich an ihren Schreibtisch und stützte den Kopf in die Hände. »Viel zu leicht, fürchte ich.«

Er saß da und raufte sich die Haare. Langsam klappte Kate den Laptop zu.

Endlich blickte er auf. »Jetzt kennen Sie unser schmutziges kleines Geheimnis.«

Kate musste daran denken, dass er gesagt hatte, ihre Anwesenheit sei eine Katastrophe. Sie gab weiß Gott nicht leicht auf, aber sie sah ein, dass er vollkommen recht hatte; sie kostete Liz und James Geld, das sie nicht hatten, und, was noch trauriger war, vermutlich war es zu spät, um das Haus zu retten. Sie konnten unmöglich noch mehr Geld ausgeben. Und sie konnten es sich nicht leisten, sie, Kate, zu bezahlen. Er schien darauf zu warten, dass sie etwas sagte.

»Dann reise ich wohl am besten ab«, sagte sie schließlich. Sie war noch gar nicht bezahlt worden – sie war seit ein paar Wochen hier, und eigentlich wäre jetzt ihr erstes Honorar fällig gewesen. Sie würde es mit Fassung tragen. »Ja«, sagte sie etwas gefasster und stand auf. »Ich sollte abreisen.«

Er fuhr sich mit den Händen durch das zerzauste Haar. »Wie bitte?«

»Sie haben recht«, sagte sie. »Ich kann unmöglich hierbleiben.«

»Sie werfen das Handtuch?«, fragte er. Kate hatte angenommen, dass er sich freuen würde, stattdessen wirkte er entsetzt.

Sie nickte und sah sich im Büro um. Sie wusste selbst nicht, warum, aber sie wollte das ganze Chaos ein letztes Mal auf sich wirken lassen. Sie schenkte James ein schwaches Lächeln. »Ich wünschte, jemand hätte mir gleich bei meiner Ankunft gesagt, wie schlimm es wirklich ist«, sagte sie leise. »Sie haben mir die ganze Zeit gegenübergesessen und mir dabei zugesehen, wie ich mich eingearbeitet habe, aber Sie können es sich gar nicht leisten, mich zu bezahlen. Sie können sich überhaupt nichts leisten. Sie werden verkaufen müssen. Das Haus, die Möbel, alles.« Seit ihrer Ankunft auf Invermoray hatte James lediglich vage Bemerkungen gemacht, aber nie wirklich zugegeben, dass sie vor dem Bankrott standen. Ihr die Konten zu zeigen, war mutig, ehrlich; aber was erwartete er jetzt von ihr?

»Warum haben Sie mir das jetzt gezeigt? Sie hätten mir von Anfang an reinen Wein einschenken müssen. Sie hätten mir gleich bei meiner Ankunft sagen müssen: *Fahren Sie wieder nach Hause, Kate, wir können Sie uns nicht leisten.* Dann wäre ich zurück zum Flughafen gefahren, und Sie hätten mich nie wiedergesehen.«

James öffnete den Mund, um etwas zu entgegnen, aber Kate hatte sich in Fahrt geredet.

»Immerhin hätte ich Sie um ein Haar überfahren, es wäre also durchaus in Ihrem Interesse gewesen, mich nie wiederzusehen«, sagte sie.

»Aber ich habe es Ihnen gesagt«, erwiderte er. »Ich habe Ihnen gesagt, dass wir kein Geld haben. Am Abend Ihrer Ankunft habe ich Ihnen gesagt, dass wir uns Sie nicht leisten können.«

Kate versuchte sich an seine Worte zu erinnern. »Sie haben sich mit Ihrer Mutter gestritten. Und …« Sie richtete sich etwas mehr auf. »Welche Rolle spielt Liz überhaupt in dieser Geschichte? Was in aller Welt geht hier vor?« Kate fand, sie klang schon wie eine Oberlehrerin. Sie holte tief Luft. Sie war drauf und dran, der armen Liz die Schuld an dem finanziellen Desaster zu geben, Liz, die ihr freimütig gestanden hatte, dass sie viel zu lange den Kopf in den Sand gesteckt und sich um ihren Garten gekümmert hatte, anstatt ihre Finanzen zu regeln.

»Heute ist es schon zu spät, aber morgen mache ich meine Berichte fertig, damit Sie, falls Sie an Ihren Plänen festhalten wollen, mit etwas weniger Chaos konfrontiert sind. Dann buche ich einen Flug.«

James schluckte. »Okay. Alles klar. Das … klingt vernünftig.«

Als sie an ihm vorbeiging, blieb sie stehen und legte ihm eine Hand auf die Schulter. Als er sie anschaute, wirkte er wie ein hilfloses Kind.

»Was für ein Schlamassel«, sagte Kate, als sie die Bürotür leise hinter sich schloss.

Als Kate am nächsten Morgen aufwachte, überkamen sie fürchterliche Schuldgefühle. Sie hatte in der Nacht kaum ein Auge zugetan, und danach zu urteilen, wie das geblümte Bettzeug um ihre Beine gewickelt war, musste sie extrem unruhig geschlafen haben. Nach ihrem Gespräch mit James war sie total aufgewühlt gewesen. Auf dem Weg zu ihrem Zimmer hatte sie noch ihr Whiskyglas aus dem Salon geholt und in einem Zug ausgetrunken. Dann hatte sie noch eine ganze Weile am Fenster gestanden und auf den dunklen See hinausgeschaut. Die Wolkendecke war kurz aufgerissen, und der silberne Mond hatte sich in der stillen Wasseroberfläche gespiegelt.

Kate ging unter die Dusche und schrubbte sich extra gründlich unter dem nicht besonders heißen Wasser, als könnte sie so ihre Schuldgefühle abwaschen. Sie hatte sich unmöglich benommen. Erst hatte sie sich wochenlang über James' Manieren aufgeregt, dann war sie selbst grob geworden, und zum Schluss hatte sie ihm auch noch alles vor die Füße geworfen.

Von James war keine Spur zu sehen, aber Liz saß in der Küche und las den *Daily Telegraph.* Liz lächelte, als Kate eintrat.

»Kaffee?«, fragte sie, als wäre nichts geschehen.

Kate erwiderte Liz' lächeln, dann wandte sie sich schuldbewusst ab. Vielleicht war Liz ja noch nicht im Bilde. Vielleicht hatte James ihr noch gar nicht erzählt, dass Kate sich nach einem gründlichen Blick in die Bankkonten entschlossen hatte, ihnen einen Gefallen zu tun und zu kündigen. Die Entscheidung war allerdings nicht ganz uneigennützig gewesen, dachte Kate jetzt. Aber sie brauchte einen Job, für den sie bezahlt wurde. Es war nicht das erste Mal, dachte sie reumütig, dass eine Arbeitsstelle unter einem schlechten Stern stand und sie sie aufgeben musste. Sie konnte nur hoffen, dass es das letzte Mal war.

»Sie sehen furchtbar müde aus, meine Liebe«, sagte Liz, »wenn Sie mir die Bemerkung gestatten. Setzen Sie sich. Ich mache Ihnen Kaffee.«

Kate setzte sich an den großen Holztisch und schaute sich in der Küche um. Sie rieb sich die Stirn und kämpfte gegen die Traurigkeit an, die sie überkam. Die beiden taten ihr so leid: Liz, die viel zu spät versucht hatte, das Haus zu retten, und James, der seine Arbeit in Hongkong aufgegeben und hier nur einen Scherbenhaufen vorgefunden hatte. Kate musste unbedingt noch einmal mit ihm reden, ehe sie abreiste. Sie hatte noch nicht nach Flügen geschaut, doch sie meinte sich zu erinnern, dass von Inverness nur wenige Flüge täglich nach London gingen. Aber die Abendflüge waren wahrscheinlich noch nicht ausgebucht.

Sie hatte auch noch nicht gepackt, und sie hatte versprochen, alle ihre Berichte abzuschließen, bevor sie sich auf den Weg machte. Es gab hier noch so viel zu tun, aber sie konnte ihre Abreise unmöglich aufschieben. Und sie konnte nicht gehen, ohne sich bei James für ihr Verhalten am Vorabend zu entschuldigen.

Liz schien ihre Gedanken zu lesen. »James ist eine Runde joggen gegangen«, sagte sie. »Er kommt gleich zurück.«

Kate nickte und trank einen Schluck Kaffee. Sie musste Liz sagen, dass sie gekündigt hatte. Schließlich war sie es, die sie eingestellt hatte. Aber nach allem, was am Abend vorgefallen war, musste sie zuerst mit James reden.

»Ich mache mich dann mal an die Arbeit«, sagte Kate, nahm ihren Kaffee und stand auf.

»Äh …«, sagte Liz.

Kate blieb in der Küchentür stehen. Whisky war aufgesprungen und stand schwanzwedelnd neben ihr. Er folgte James und Kate jeden Morgen ins Büro und legte sich in seinen Korb in der Ecke. Kate wartete darauf, dass Liz weitersprach.

»Haben Sie beide sich gestritten?«, fragte Liz.

»Wie kommen Sie denn darauf?«

»James sah furchtbar aus heute morgen. Und Sie sehen auch furchtbar aus. Ist irgendetwas Unangenehmes zwischen Ihnen beiden vorgefallen?«

Kate wusste nicht, was sie sagen sollte. Schließlich entschied sie sich für »Nein«.

Liz lächelte verschmitzt. »Ist denn etwas *Angenehmes* zwischen Ihnen vorgefallen?«

Kates Augen weiteten sich. »Himmel, nein!« Dass Liz die Vorstellung amüsant fand, ihre Angestellte könnte mit ihrem Sohn anbandeln, war einfach unglaublich. Schließlich wusste sie aus Erfahrung, dass es ratsam war, nicht einmal einen solchen Verdacht aufkommen zu lassen.

»Okay, okay, ich war nur … neugierig, mehr nicht«, sagte Liz lächelnd. »Er ist kein schlechter Junge, wissen Sie. Falls Sie darüber nachgedacht haben …«

Kates Augen wurden noch größer.

Liz lachte. »Schon gut, ich halt mich raus … Kate?«

»Ja?«, antwortete Kate nervös. Wo sollte dieses Gespräch bloß hinführen?

»Er ist wirklich ein anständiger Kerl. Ich weiß, er kann manchmal ziemlich schroff sein, aber er hat das Herz am rechten Fleck. Es freut mich ungemein, dass Sie beide gemeinsam daran arbeiten, dieses Haus zu retten. Sie wissen, dass Sie mich immer ansprechen können, falls Sie etwas nicht in den Griff bekommen und meine Hilfe brauchen, aber er gibt sich solche Mühe. Ich habe nie von ihm erwartet, dass er das alleine hinbekommt, das wäre nicht fair gewesen. Ich glaube, in den letzten Monaten hat er sich ziemlich alleingelassen gefühlt. Umso mehr freue ich mich, dass er jetzt Unterstützung hat.«

Kate fühlte sich von Schuldgefühlen beinahe erdrückt. Sie nickte, winkte halbherzig ab und machte sich auf den Weg zum Büro, wo sie auf James warten würde. Whisky trottete hinter ihr her.

Kapitel 17

Als Erstes schaute sie nach Flügen, das war das Wichtigste. Ihre Erinnerung hatte sie nicht getrogen, es gab mehrere Abendflüge nach London. Um rechtzeitig einzuchecken, würde sie am späten Nachmittag aufbrechen müssen.

Überall im Büro lagen Unterlagen herum – noch mehr als gewöhnlich. Offenbar hatte James nach ihrer Auseinandersetzung am Vorabend noch intensiv gearbeitet. Ob er die Nacht durchgemacht hatte? Wohl eher nicht, wenn er am Morgen genug Energie gehabt hatte, um joggen zu gehen.

Kate organisierte ihre Ordner, die bereits ziemlich gut organisiert waren, und druckte eine Liste der Punkte aus, die ganz dringend erledigt werden mussten. Sie räumte eine Stelle auf James' Schreibtisch frei und legte ihm die Liste gut sichtbar hin.

Dann biss sie sich auf die Lippe, nahm die Liste wieder an sich und begann, sie selbst durchzugehen. Es würde nicht viel Zeit in Anspruch nehmen. Man hatte sie noch nie als Kontrollfreak bezeichnet, und die komplette Liste abzuarbeiten, würde echten Einsatz erfordern. Aber das war sie James schuldig, fand sie, auch wenn er und Liz sie nicht für ihre Arbeit bezahlen konnten. So einfach war es nämlich nicht, das wusste Kate: Liz hatte nicht die Absicht gehabt, sie nicht zu bezahlen, und James, auch wenn er sich meistens wie ein echter Fiesling aufführte, hätte das auch nicht zugelassen. Sie spürte, dass er im Kern integer war, und das bedeutete, er hätte irgendwo das Geld aufgetrieben, um sie zu bezahlen. Schließlich hatte er auch eine Möglichkeit gefunden, die Arbeiten am Dach des Haupthauses und die Renovierungsarbeiten an der Jagdhütte zu finanzieren. Trotzdem. Sie musste die beiden von der Last befreien, sie jeden Monat bezahlen zu müssen, ohne zu wissen wovon, solange kein Geld hereinkam.

Zwei Stunden vergingen wie im Flug. Als ihr Magen vernehmlich knurrte – sie hatte am Morgen kein Frühstück herunterbekommen –, ging sie in die Küche, um etwas zu essen. Während sie an einer Scheibe Toastbrot mit Butter knabberte, schaute sie aus dem Fenster. Whisky war ihr in die Küche gefolgt und wartete zu ihren Füßen darauf, dass ein paar Krümel für ihn abfielen. Kate bückte sich, um ihm die Ohren zu kraulen. Seit der Hund mitbekommen hatte, dass Kate mehr Brot aß als sein Herrchen James, war er ihr treu ergeben. »Lasse ich etwa mehr Krümel fallen als James?«, fragte Kate den Hund, der sie stumm anschaute. »*Du* wirst mir am meisten fehlen«, fügte sie hinzu, brach ein Eckchen Brot ab und fütterte es ihm. Sie hatte zwar das Gefühl, nicht lange genug hier gewesen zu sein, um einen von ihnen wirklich zu vermissen, aber weil sie nun so abrupt und unerwartet abreiste, hatte sie ein ungutes Gefühl sie – und das Haus – zu verlassen.

Wie ein Gespenst hatte sie mit ihren Aufgaben hier nicht abgeschlossen. Sie wischte sich die letzten Krümel von den Fingern, stellte ihren Teller in die Spülmaschine und machte sich auf die Suche nach James.

Nachdem sie ihn im Erdgeschoss nicht finden konnte, ging sie nach oben und klopfte an seine Zimmertür. Nichts. Die Tür neben seiner stand einen Spaltbreit offen. Sie quietschte, als

Kate sie weiter aufschob, und zu Kates Überraschung führte sie nicht in ein Zimmer, sondern in ein Treppenhaus. Sie kam sich vor wie Belle in *Die Schöne und das Biest*, aber da Kate keine Disneyfigur war, der man verboten hatte, sich im Haus umzusehen, stieg sie die Treppe hoch. Obwohl sie eigentlich nicht glaubte, James dort oben zu finden.

Im Dachgeschoss befanden sich enge Mansardenzimmer. Kate konnte verstehen, warum Liz und James ihr die nicht gezeigt hatten – sie waren viel zu klein, um als Fremdenzimmer dienen zu können. Sie waren extrem niedrig, und mehr als ein Einzelbett und ein Nachttisch hätte in keine einzige der Dachstuben hineingepasst, die an einem schmalen Flur lagen. Es gab auch keine Möglichkeit, Bäder einzubauen. Nein, im Moment konnte sie sich keine Verwendung für diese Kammern vorstellen.

»Nicht mehr mein Problem«, murmelte Kate, während sie sich in den Zimmern umsah.

Im ersten befanden sich alte Schreibtische, Kohleneimer, kaputte Puppen und Gemälde, die an einer Wand lehnten. Als sie das vorderste Bild umdrehen wollte, um es sich anzusehen, huschte etwas davon. Kate stieß einen Fluch aus und ließ das Bild sofort wieder los. War das eine Ratte gewesen? Oder eine Maus? Egal, Kate ging rückwärts aus dem Zimmer und nahm sich das nächste vor. Hier stapelten sich alte Schrankkoffer, die man auf eBay für ein nettes Sümmchen hätte verticken können. Junge Frauen, die eine altmodische Hochzeit planten, würden für so etwas ein Vermögen hinblättern. Kate nahm sich vor, Liz und James darauf aufmerksam zu machen, ein bisschen Kleingeld könnten sie wirklich gebrauchen. Auch kleine Koffer waren in dem Zimmer zu einem Turm gestapelt worden, so als hätte jemand damit Jenga gespielt.

Ziemlich weit hinten entdeckte Kate zwei lederbezogene Schrankkoffer. Sie blies den Staub von den goldenen Lettern. Auf dem ersten stand Douglas McLay und auf dem zweiten Constance McLay.

Kate hielt inne. Sie hatte Constance McLay völlig vergessen, aber an den Namen erinnerte sie sich sofort. Das war die junge Frau, deren Name in der Familienbibel so gründlich durchgestrichen worden war. Kate war sich ziemlich sicher, dass sie den Namen Douglas auf derselben Seite gelesen hatte. Sie nahm sich vor, sich den Stammbaum in der Familienbibel noch einmal anzusehen. Dann fiel ihr ein, dass sie in wenigen Stunden losmusste und noch nicht einmal gepackt hatte. Was dachte sie sich also dabei, hier in diesen Mansarden herumzuschnüffeln? Und dann auch noch in alten Familienbibeln zu blättern? Sie wusste, dass sie bloß Zeit schinden wollte. Denn wenn sie James nicht fand, brauchte sie auch kein unangenehmes Gespräch mit ihm zu führen.

Kate lief die Treppe hinunter, immer zwei Stufen auf einmal. Whisky hatte es schon vor einer Weile aufgegeben, ihr zu folgen, vermutlich war er in die Küche zurückgekehrt und hatte sich auf seinen Lieblingsplatz vor dem Aga-Herd gelegt.

In der Bibliothek schlug Kate die Familienbibel auf blätterte vorsichtig die hauchdünnen Seiten um, bis sie den Familienstammbaum fand. Sie hatte sich richtig erinnert: Die beiden Namen standen da. Douglas und gleich darunter Constance.

Kate überlegte. Sie dachte an James' Geschichte über die Leute, die ihre beiden Kinder enterbt und stattdessen Liz' Ehemann als Erben eingesetzt hatten … Sie fragte sich, ob der Zeitrahmen wohl passte.

Douglas war 1914 geboren und Constance 1919. Wenn der

Mann, dessen Name, Alistair McLay, gleich über dem ihren stand, ihr Vater war und auch derjenige, der das Haus James' Vater vermacht hatte, dann mussten diese beiden die Geschwister sein, die Invermoray House verloren hatten, vielleicht, weil sie etwas Schlimmes getan hatten, vielleicht aber auch nicht. Ihre Namen waren die letzten, die hier aufgeführt waren.

Kate klappte das Buch behutsam zu und trat ans Fenster. Da sah sie James. Sie hatte ihn nur gesehen wegen des leuchtenden Neonstreifens an seinem schwarzen Lauftrikot. Er saß am anderen Ufer des Sees auf dem Steg und ließ die Beine baumeln. Er wirkte wie ein Kind, dachte Kate.

Sie schloss die hohen Glastüren auf und trat hinaus in den Garten. Liz war dabei, die Hecken zu beschneiden, und hatte ihr den Rücken zugewandt. Kate durchquerte leise den Garten. Sie wollte sich nicht von Liz in ein Gespräch verwickeln lassen und riskieren, dass James woanders hinging. An dem berankten Tor, durch das man ans Seeufer gelangte, blieb sie stehen. Vielleicht versuchte James ja auch, ihr bis zu ihrer Abreise aus dem Weg zu gehen, dachte sie plötzlich. Falls ja, dann hatte er eben Pech gehabt. Es würde vielleicht peinlich werden, aber sie musste sich für ihr Benehmen am Vorabend entschuldigen. Sie hätte sich wirklich anders verhalten können.

James schaute ihr entgegen, während sie den See umrundete. Der Kies knirschte unter ihren Füßen. Beim Näherkommen sah sie, dass ein Hauch eines Lächelns seine Lippen umspielte.

Als sie den Steg erreichte, drehte er sich immer noch lächelnd zu ihr um.

»Darf ich an Bord kommen?«, fragte sie.

Er lachte. »Das ist nur ein Steg, kein Boot. Aber bitte, kommen Sie an Bord.«

Kate betrat den Steg und setzte sich neben ihn. Sie wusste nicht recht, wo und wie sie anfangen sollte.

»Sie haben mich also gefunden«, sagte er.

»Ich habe nicht lange gebraucht. Nur ungefähr zwei Stunden«, sagte Kate mit einem Blick auf ihre Uhr.

Er lachte wieder. »Zwei Stunden? Wo haben Sie denn gesucht?«

»Wie es aussieht überall außer hier.«

Er nickte langsam. »Hier komme ich zum Nachdenken her«, sagte er. »Wenn …« Er senkte den Blick.

»Wenn was?«

»Wenn mir alles irgendwie aus dem Ruder läuft.«

Kate wusste nicht, was sie sagen sollte, also versuchte sie es mit dem, was sie sich auf dem Weg um den See herum zurechtgelegt hatte. »Ich möchte mich bei Ihnen entschuldigen. Wegen gestern Abend. Dafür, dass ich so zickig war. Und Ihnen gesagt habe, Sie sollen das Haus verkaufen – obwohl ich immer noch glaube, dass Sie das wohl tun sollten –, und dafür, dass ich Sie mit all dem hier allein lasse.«

»Schon in Ordnung«, sagte er. »Sie hatten mit allem recht.«

»Danke.« Kate zog die Beine unter sich. »Das ist sehr nett von Ihnen. Aber ich hätte nicht so grob werden dürfen.«

»Stimmt. Ich war ziemlich schockiert.«

»Tut mir leid«, flüsterte Kate. Eine Weile saßen sie da und lauschten dem Plätschern des Wassers, das die Pfosten des Stegs umspielte.

»Was haben Sie denn jetzt vor?«, fragte Kate. »Wenn ich weg bin?«

»Ach stimmt, Sie verlassen uns ja«, sagte er ironisch.

»Sie können eine kleine Party feiern, weil Sie mich endlich los sind«, scherzte sie. »Sie haben weniger als einen Monat gebraucht, um mich zu vergraulen. Nicht schlecht.«

Er schaute sie vielsagend an. »Das geht nicht. Wir können uns keine Party leisten.«

Kate knuffte ihn mit dem Ellbogen und er lachte.

»Jetzt mal ehrlich: Was haben Sie vor?« Kate machte sich Sorgen – um ihn, um Liz, wegen ihrer horrenden Schulden.

»Ehrlich gesagt, habe ich keine Ahnung«, sagte er. »Wahrscheinlich wäre es tatsächlich das Beste, das Haus zu verkaufen.« Er seufzte. »Aber dann würde ich mir vorkommen wie ein Versager. Meine Mutter war bis über beide Ohren verschuldet, als ich angekommen bin. Ich will ja nicht schlecht über meinen armen Vater reden, aber als ich herkam, war alles total heruntergekommen. Er hat jahrelang nichts gemacht. Ich habe das Dach der Jagdhütte reparieren lassen in der Hoffnung, damit wenigstens etwas Geld hereinzubekommen, wenn wir es als Ferienhaus vermieten. Dann ist das Dach auf dem Haupthaus beinahe zusammengefallen. Im Winter hat es überall reingeregnet, also ist mir gar nichts anderes übrig geblieben, als das auch machen zu lassen. Das hat eine ziemliche Stange Geld gekostet. Aber aus Ihrer Warte aus betrachtet, war das natürlich nichts als rausgeschmissenes Geld.«

»Nein«, entgegnete Kate, »sagen Sie so etwas nicht. Das musste gemacht werden.«

»Die laufenden Kosten haben fast meine gesamten Ersparnisse aufgefressen …«

»O Gott«, sagte Kate, »das haben Sie alles von Ihrem Geld bezahlt?«

»Ging nicht anders. Was Besseres ist mir nicht eingefallen.«

»Hätten Sie nicht noch einen zusätzlichen Kredit aufnehmen können?«

Er schaute sie mit großen Augen an. »Wir haben schon zwei Kredite laufen, und wir haben das ganze Geld aufgebraucht. Es waren zwar keine Riesenkredite, aber das Geld ist weg. Mein Vater hat das meiste vor seinem Tod ausgegeben, und von dem, was übrig war, hat meine Mutter die laufenden Kosten bestritten, bis auch das alle war, und dann mussten meine Ersparnisse dran glauben. Und jetzt müssen wir natürlich immer noch die Zinsen bezahlen.«

»Was für ein Schlamassel.«

»Sie wissen doch, dass ich Sie bezahlt hätte, oder? Ich hätte Sie von dem bezahlt, was mir noch geblieben ist«, sagte er.

»Ach, James.« Kate seufzte.

»Gestern Abend dachte ich, was wäre gewesen, wenn wir weitergemacht hätten, wenn Sie und ich es geschafft hätten, Invermoray House auf Vordermann zu bringen – während meine Mutter weiter ihre Hecken beschnitten hätte.« Er lachte. »Das wär doch ein Ding gewesen, oder? Wenn wir uns ein noch halbes Jahr Zeit gegeben hätten. Und wenn wir gleichzeitig das Haus auf den Markt gebracht hätten? Um auf Nummer sicher zu gehen und dann zu sehen, was am besten funktioniert und eine Entscheidung zu treffen, wenn Angebote reinkommen. Ich will nicht aufgeben.«

Sie sah ihn mit zusammengekniffenen Augen an. »Ich weiß nicht.«

Er schaute zum Himmel hoch und betrachtete die grauen Wolken, die langsam vorüberzogen. Kate tat es ihm nach. In der Stille ertönte ein Geräusch von etwas Kleinem, das kurz aus dem Wasser auftauchte und dann wieder untertauchte.

»Was war das?«, fragte Kate und blickte auf den See hinaus.

»Ein Fisch.« James lachte. »Vielleicht ein Hecht. Oder eine Seeforelle. Davon gibt's hier massig. Manchmal knabbern die mir beim Schwimmen an den Zehen.«

Kate schüttelte sich.

»Aber die beißen nicht«, sagte er. »Ich finde es auf seltsame Weise beruhigend zu wissen, dass ich in dem Riesensee nicht allein bin. Auch wenn ich manchmal nichts lieber möchte als allein sein. Verstehen Sie, was ich meine?«

»Ich glaube schon«, sagte Kate. Bis sie hierher in die Highlands gekommen war, hatte sie sich immer für sehr gesellig gehalten. Sie hatte nie die Einsamkeit gesucht, war nie gern mit sich selbst allein gewesen. Andererseits hatte sie auch nie viel Zeit mit sich allein verbracht. Aber seit sie hier war, hatte sie festgestellt, dass Alleinsein manchmal regelrecht heilsam war.

»Früher fand ich diesen See merkwürdig, irgendwie gruselig«, sagte James. »Als Kind habe ich mir immer vorgestellt, dass da unten irgendwas lauert.«

»Was denn?«

»Ein Ungeheuer!«, sagte James mit gespieltem Entsetzen.

Kate verdrehte die Augen, musste jedoch grinsen. »Ein Ungeheuer?«

»Ich war felsenfest davon überzeugt, dass irgendwas da unten im See ist«, sagte er. »Irgendwas, das da nicht hingehört. Ich weiß auch nicht, warum, aber ich hatte nie das Gefühl, allein zu sein.«

»Und die natürliche Schlussfolgerung war, dass es sich um ein Ungeheuer handeln musste«, sagte Kate und verschränkte die Arme.

Er nickte. »Ich war halt ein Kind. Ich habe mir immer vorgestellt, dass da unten ein Ungeheuer haust, aber kein böses. Ich hatte nie Angst, dass es mir etwas tun könnte. Es war einfach da unten, und ich war hier oben. Ich glaube, ich habe mich ein bisschen verloren gefühlt, und ich dachte, wenn da unten ein Ungeheuer haust, dann muss es sich auch verloren fühlen.«

Kate schaute James an, als würde sie ihn zum ersten Mal sehen. Der Junge, der einst im See geschwommen war, in dem ein Ungeheuer lauerte, war ein Mann geworden, der sich mit den Schulden seiner Eltern herumplagen musste. Der arme James hatte die meiste Zeit auf Invermoray damit verbracht, den Kopf über Wasser zu halten.

»Einmal dachte ich, ich hätte es gesehen«, sagte er. »Hier vom Steg aus. Ich war total aufgeregt. Das Ungeheuer von Loch Invermoray! Das hätte uns berühmt gemacht. Ich habe mir eine ganze Geschichte um das Ungeheuer herum ausgedacht. Damals war ich ein Teenager, und alle Teenager träumen bekanntlich davon, berühmt zu werden.«

Kate schaute auf den See hinaus. Betrachtete die stille Wasseroberfläche. Ein Ungeheuer. Natürlich gab es so etwas nicht, aber was, wenn doch? Wenn sie eine kleine Geschichte verbreiteten, dass sich irgendetwas am Grund des Sees verbarg? Es könnte Invermoray House die Besucher bescheren, die es brauchte, und die würden Geld bringen. Von überall her würden Leute kommen, um das Ungeheuer zu sehen. Im Sommer war Schottland voll mit Urlaubern, und Leute, die auf Geschichten von Ungeheuern standen, fuhren nach Loch Ness und amüsierten sich königlich. Diese Leute könnte man doch mit einer guten Geschichte noch ein bisschen weiter nach Norden locken. Nichts sprach dafür, dass in den Tiefen von Loch Ness tatsächlich ein Ungeheuer lebte, aber das hatte dem Tourismus keinen Abbruch getan. Kate war noch nie jemandem begegnet, der tatsächlich an die Existenz des Ungeheuers von Loch Ness glaubte. Doch der Mythos war nicht totzukriegen. Und warum? Weil die Leute eine gute Geschichte zu schätzen wussten.

»Kate?«, sagte James und riss sie aus ihren Gedanken. »Ich habe Sie gefragt, wann Ihr Flug geht.«

»Um kurz vor sieben«, sagte sie automatisch, wandte sich vom See ab und schaute James an, ohne ihn wirklich zu sehen.

»Dann sollten Sie sich allmählich auf den Weg machen, oder?«, sagte er leise, und es klang fast traurig.

Kapitel 18

Sie würde bleiben. Wenigstens noch ein bisschen. James hatte ihr versichert, dass er sie wie versprochen bezahlen würde. Und um ihr schlechtes Gewissen zu besänftigen, würde sie für das Geld, das Liz und James eigentlich gar nicht hatten, besonders hart arbeiten. Dass sie hier als PR-Frau tätig sein würde, hatte sie sich ja schon kurz nach ihrer Ankunft abgeschminkt. Sie würde auf jeden Fall alles in ihrer Macht Stehende tun, um das Haus zu retten.

»Das Ungeheuer von Loch Invermoray«. Das klang zwar nicht so eingängig wie »Das Ungeheuer von Loch Ness«, aber sie hatte das Gefühl, dass die Idee ein erfolgreiches Rezept war und funktionieren konnte.

James und Liz waren sich da nicht ganz so sicher.

»Sie wollen an die Presse geben, dass wir ein Ungeheuer in unserem See haben?«, fragte Liz am nächsten Abend, als sie mit einem Tablett mit dampfenden Teetassen in den Salon kam, wo James und Kate vor dem offenen Kamin saßen.

»Ich werde es nur beiläufig erwähnen, wenn ich das Haus als Luxus-Bed & Breakfast beschreibe, aber ich kenne Journalisten, die auf solche interessanten Randbemerkungen anspringen, und sobald die Nachricht sich …«

»Die Nachricht?«, wiederholte James. »Welche Nachricht denn? Es gibt kein Ungeheuer. Man wird sich über uns lustig machen.«

»Es gibt auch keinen Beweis für die Existenz eines Ungeheuers im Loch Ness, und das hat bisher auch nicht geschadet«, entgegnete Kate und hielt ein paar Ausdrucke hoch. Nachdem sie sich bereit erklärt hatte zu bleiben, war sie ins Büro geeilt und hatte ein bisschen herumrecherchiert. Dass sich Loch Ness hoher Besucherzahlen erfreute, damit hatte sie gerechnet, aber zu ihrer Überraschung kursierte auch eine erstaunlich hohe Anzahl an weiteren obskuren Geschichten über die Existenz von Ungeheuern in schottischen Gewässern.

»Aus neuesten Berechnungen geht hervor, dass das Ungeheuer von Loch Ness für die örtliche Wirtschaft einundvierzig Millionen Pfund pro Jahr generiert«, sagte Kate selbstbewusst.

James fiel die Klappe herunter. »Sie machen Witze.«

Liz hob die Brauen. »Man sollte sich eine gute Geschichte nicht von der Wahrheit ruinieren lassen.«

»Das bezieht sich doch auf die Summe, die dank Nessie in ganz Schottland ausgegeben wird, oder?«, fragte James. »Also nicht das, was in der Gegend um Loch Ness zusammenkommt? Das kann ja nicht sein.«

»Doch«, sagte Kate lächelnd. »Es ist das Geld, das für Bootsfahrten auf dem See, Ausflüge auf der Suche nach dem Ungeheuer, Übernachtungen und Verpflegung ausgegeben wird. Die Anzahl der Tagesausflügler wurde geschätzt, und da sind einundvierzig Millionen Pfund pro Jahr angeblich noch eine konservative Schätzung.«

Kate konnte beinahe hören, wie die grauen Zellen in den Köpfen von Liz und James arbeiteten, und hatte das Gefühl, die beiden wieder ein bisschen auf den Teppich bringen zu müssen.

»So viel werden wir hier natürlich längst nicht generieren können. Invermoray House ist für eine so große Anzahl an

Besuchern nicht geeignet, und das Invermoray Arms kann keine größeren Gästezahlen bewältigen, als es jetzt schon hat. Angus bringt mich um«, sagte Kate. »Und der Ansturm auf Loch Invermoray wird auch nicht so groß sein wie der auf Loch Ness. Die Anzahl an Besuchern wird überschaubar bleiben, und das ist gut so. Und wir bräuchten auch unsere Pläne nicht zu ändern. Wir wollten eine Teestube und ein Bed & Breakfast eröffnen und die Ferienhütte herrichten. Das können wir immer noch machen. Nur dass …«

»… wir auf diese Weise die Betten schneller belegen werden«, beendete Liz den Satz für sie. »Und vielleicht würden die Zimmer ja dann nicht nur im Sommer belegt sein«, fuhr sie enthusiastisch fort. »Außerdem werden viel mehr Leute die Teestube aufsuchen. Vielleicht können wir sogar kleine Picknick-Päckchen verkaufen, wenn in der Teestube alle Tische besetzt sind.«

»Ja«, sagte Kate, »das ist eine großartige Idee!«

Liz und James schauten sich strahlend an.

Kate lehnte sich zurück, ihre Teetasse in beiden Händen. Sie freute sich über ihren guten Einfall. Allerdings wusste sie auch, dass harte Arbeit vor ihnen lag.

Sie saßen noch stundenlang zusammen und passten ihre ursprünglichen Pläne der neuen Idee an. James ging in den Wintergarten und maß die Scheibe, die ersetzt werden musste, denn im Wintergarten sollte die Teestube eingerichtet werden. Dort war es im Winter warm, und falls es im Sommer zu heiß wurde, konnten sie im Garten zwischen den Hecken Tische aufstellen.

In den nächsten Wochen arbeiteten sie von früh bis spät. Ein Glaser setzte die neue Scheibe ein, und sie brachten den Wintergarten auf Vordermann. Sie planten, wo Kasse und Tresen aufgestellt werden sollten, James erhielt die lang ersehnte Lizenz für den Betrieb einer Teestube und besorgte sich die notwendigen Antragsunterlagen für ein Bed & Breakfast. Während James mit der Stadtverwaltung die Auflagen für den Betrieb aushandelte, bestellten Kate und Liz Tische und Stühle, Servietten, Geschirr und Besteck, Feuerlöscher und all die Kleinigkeiten, von deren Notwendigkeit sie bis dahin nichts gewusst hatten. Sie mieteten eine hochmoderne Kaffeemaschine mit allem Schnickschnack, und Angus kam, um ihnen einen Crashkurs im Betreiben eines Gastronomiebetriebs zu geben. Der Aufwand war unglaublich. Aber er würde sich am Ende auszahlen.

Kate wusste nicht, was sie ohne Angus getan hätten, er war wie ein edler Ritter. Er wusste, dass sie von Gastronomie keine Ahnung hatten, und erbot sich, die Teestube für sie zu führen, sobald sie eingerichtet war.

»Du kannst doch nicht die Teestube und deinen Pub gleichzeitig führen«, sagte James, als sie eines Abends im Invermoray Arms zusammenhockten und über Bestelllisten brüteten.

»Klar kann ich das«, sagte Angus, während er ein Bier für James zapfte. »Meine Schwester steht jetzt wieder hier am Tresen, seit meine kleine Nichte zu einer Tagesmutter geht. Ich bin also nur noch abends hier im Pub und kann mich tagsüber woanders austoben.«

James wirkte nicht überzeugt. »Aber wir brauchen jemanden«, sagte Kate zu James. »Mit Gastronomie haben wir keine Erfahrung, aber Angus ist Experte.«

Angus fühlte sich geschmeichelt. »Ich werde aber Unterstützung brauchen. Einer allein schafft das nicht. Ich brauche jemanden, der mir hilft, an den Tischen zu bedienen und Sandwiches zu schmieren.«

»Und wenn James und ich uns abwechseln?«, schlug Kate vor.

James nickte. »Damit könnten wir auch Geld sparen.«

»Apropos Geld«, sagte Angus. »Wie viel würdet ihr mir denn zahlen?«

Das sollten James und Angus unter sich ausmachen, schließlich ging es um James' Geld, dachte Kate und nutzte die Gelegenheit, um zur Toilette zu gehen. Als sie an den Tisch zurückkam, besiegelten die beiden den Deal gerade per Handschlag.

Sie setzte sich und trank einen Schluck von ihrem Gin Tonic. Morgen würde sie damit anfangen, der Presse gegenüber durchsickern zu lassen, dass im Loch Invermoray womöglich ein Ungeheuer gesichtet worden war. Außerdem würde sie bekannt geben, dass für Invermoray House Großes geplant war. Dann würde sie ihre Fühler ein bisschen ausstrecken und Journalisten zu Besichtigungsterminen einladen in der Hoffnung, dass sie begeisterte Berichte über ihre Erfahrung schreiben würden.

Als Kate Liz und James ihre Ideen bezüglich des Ungeheuers unterbreitete, reagierten die beiden immer noch skeptisch. »Das ist doch alles gelogen«, murmelte James.

»Wir behaupten doch nicht, dass es tatsächlich ein Ungeheuer im See gibt. Wir sagen nur, es *könnte* eins da sein.«

Angus lachte. »Das ist wirklich nicht gelogen«, stimmte er Kate zu. »Es gab sogar mal das Gerücht, Leute aus dem Dorf hätten ein Ungeheuer im See gesichtet.«

James und Kate sahen ihn verblüfft an. »Wirklich?«, fragte Kate.

»Hier im Heimatmuseum gibt es alte Zeichnungen vom Ungeheuer im Loch Invermoray. Und es existieren alte Zeitungsausschnitte mit Artikeln darüber«, sagte Angus.

»Und was genau steht in den Artikeln?«, wollte Kate wissen.

»Na, das Übliche halt. Ein paar Leute haben am Ufer ihre

Wäsche gewaschen und ein Ungeheuer gesichtet. Ein anderer will gesehen haben, wie das Ungeheuer eine Kuh wegschleppte, und so weiter.«

»Eine fantasievolle Art, Viehdiebstahl zu verschleiern«, schnaubte James.

Angus ließ sich nicht beirren. »Damals hieß es auch, das Ungeheuer von Loch Invermoray zu sehen, wäre ein gutes Omen. Es würde demjenigen, der sie erblickt, ein glückliches Leben bescheren. Aber es ist schon eine Ewigkeit her, dass jemand sie gesehen hat. Anscheinend ist sie den Menschen schon lange nicht mehr wohlgesinnt.«

James lachte in sich hinein. »*Sie*?«, fragte er.

Angus ging nicht auf die Frage ein. »Dann hat sich 1930 irgend so ein Idiot einen Scherz erlaubt und am Loch Ness dieses bescheuerte Foto gemacht, und der Rest ist Geschichte, wie es so schön heißt. Alle sind nur noch hinter Nessie her, und kein Schwein interessiert sich mehr für das Ungeheuer von Loch Invermoray. Na ja, wer weiß, wofür's gut ist.«

»Sehen Sie?«, sagte Kate fasziniert zu James. »Es ist gar keine Lüge.«

James verdrehte die Augen und nahm einen Schluck Bier. »Ich hab von all dem noch nie was gehört.«

»Und das sind nicht die einzigen düsteren Geschichten, die sich um euren See ranken, stimmt's?«, sagte Angus und wackelte demonstrativ mit den Augenbrauen.

»Ach?«, erwiderte James leicht genervt.

Angus beugte sich mit verschwörerischer Miene vor. »Ihr habt doch bestimmt schon mal von dem Ertrunkenen gehört, oder?«

»Ein Ertrunkener?«, fragte Kate. Das Ungeheuer war sofort vergessen.

»Ja«, sagte Angus. »Ist noch gar nicht so lange her, nach allem, was ich gehört hab. Aber das weißt du doch bestimmt genauer«, sagte er zu James.

»Ich hab keine Ahnung, wovon du redest.«

»Kann nicht sein«, entgegnete Angus. »Sogar ich habe davon gehört, und du wohnst schließlich da oben.«

James schüttelte den Kopf.

»Muss in den Vierzigern passiert sein. Was Genaues weiß ich nicht. Ich weiß nur, dass irgendwer in dem See ertrunken ist.«

Kapitel 19

1940

Als Constance und ihre Mutter zu ihrer ersten Versammlung des Freiwilligendienstes der Frauen erschienen, befanden sich ungefähr zwanzig Frauen im Gemeindesaal. Die beiden waren mit dem Fahrrad ins Dorf gefahren, und Constances Mutter, die vorher noch nie auf einem Fahrrad gesessen hatte, war nach ihren ersten wackeligen Versuchen auf dem »Vehikel« hellauf begeistert gewesen. Als sie den Gemeindesaal betraten, gab es große Aufregung und freudige Ausrufe wie: »Ah, Mrs. McLay, wie schön, Sie hier zu sehen! Und Sie haben sogar Constance mitgebracht!«, was Constance in Verlegenheit stürzte. Es war ihr peinlich, dass sie nicht schon viel früher bei den Kriegsanstrengungen mitgeholfen hatten. Am liebsten hätte sie den Frauen gesagt, dass sie schon lange regelrecht darum gebettelt hatte, sich nützlich machen zu dürfen.

»Ach, Sie wissen ja, wie es ist«, meinte Mrs. MacLay nur. »Wir hatten einfach so viel um die Ohren.« Constance entfernte sich von ihrer Mutter und nahm eine Tasse Tee, die die Frau des Metzgers ihr anbot. Sie hätte im Erdboden versinken können, als ihre Mutter munter drauflos plapperte und sagte, jetzt, wo die Luftschlacht am Himmel über England wütete, sei es höchste Zeit, dass sie und ihre Tochter »hier und da ein bisschen mit anpackten, um den Krieg zu gewinnen«.

Constance fragte sich, ob ihre Mutter sich selbst reden hörte, ob sie merkte, wie herablassend ihr Ton klang.

Die Postmeisterin kam auf Constance zu. »Wie schön, dass Sie sich uns anschließen«, sagte sie mit einem warmherzigen Lächeln, das Constance half, sich zu entspannen.

»Danke.« Sie hatte die Frau im Lauf der vergangenen Monate ein bisschen kennengelernt, denn seit fast alle männlichen Bediensteten zum Kriegsdienst eingezogen worden waren, brachte Constance die Post ihres Vaters weg, und da sie sonst kaum etwas zu tun hatte, war ihr ebenfalls die Aufgabe zugefallen, zur Post zu gehen und die Telegramme aufzugeben, die ihre Eltern hin und wieder verschickten.

Sie wusste überhaupt nicht, warum sie plötzlich so furchtbar nervös war. Seit Monaten träumte sie davon, das Ihre zu den Kriegsanstrengungen beizutragen, endlich aus dem Haus zu kommen und etwas Sinnvolles zu tun. Die meisten der anwesenden Frauen waren viel älter als Constance, und diejenigen, die mehr oder weniger in ihrem Alter waren, hatten Ehemänner, die als Soldaten an der Front waren, und hatten kleine Kinder oder waren schwanger.

Als erster Punkt stand die mobile Feldküche auf dem Programm, mit der der Freiwillige Frauenhilfsdienst ausgestattet werden sollte. Es wurde darüber debattiert, wer dort Dienst tun sollte und wer zu welchen Zeiten die Männer in den abgelegenen Aussichtsposten an der Küste aufsuchen würde, um ihnen Tee, Zigaretten, Schokolade und Dinge des täglichen Bedarfs zu bringen. Anschließend wurde beraten, wie man den Frauen helfen konnte, die ihre in der Nähe stationierten Männer besuchten, zum Beispiel, wo man sie unterbringen konnte, da sie ja nicht in den Soldatenunterkünften übernachten durften. Jemand schlug vor, ein »Flitterwochenhaus« einzurichten, und Constance errötete, als die Frauen mit gedämpfter Stimme über eheliche Pflichten redeten und über die Notwendigkeit, die Moral der Truppe hochzuhalten.

Constance fragte sich im Stillen, welche Aufgabe ihr wohl zufallen würde – vielleicht konnte sie die Feldküche fahren. Fahren konnte sie immerhin. Ihr Vater hatte sie mit seinem Automobil auf dem Gelände von Invermoray House üben lassen. Allerdings war es schon gut fünf Jahre her, dass sie zuletzt am Steuer des Bentley Saloon gesessen hatte, und das war auch nur möglich gewesen, weil ihre Mutter für ein paar Tage zum Einkaufen nach London gefahren war. Vielleicht sollte sie ihre Fahrkünste noch einmal auffrischen, bevor sie sich für so eine anspruchsvolle Aufgabe meldete.

»Was meinst du dazu, Constance?«, riss ihre Mutter sie aus ihren Gedanken. »Wir müssen schließlich unseren Beitrag leisten, nicht wahr? Und das Haus ist schließlich groß genug.«

Constance hatte nicht mitbekommen, worum es ging, und zuckte verlegen die Achseln.

»Es geht darum, verwundete Piloten bei uns aufzunehmen, damit sie genesen können«, erklärte ihr Mrs. McLay. »Wir haben doch erst kürzlich darüber gesprochen, erinnerst du dich?«

Constances Augen weiteten sich. War das ernst gemeint, oder wollte ihre Mutter sich nur wichtigmachen? »Ja«, sagte sie, »ich finde die Idee großartig. Aber was würde Vater dazu …«

»Überlass das nur mir«, fiel ihre Mutter ihr ins Wort. »Am Ende sind es doch wir Frauen, die die Entscheidungen treffen, nicht wahr, meine Damen?«, sagte sie und sah sich Beifall heischend um.

Um sie herum wurde mit wissendem Blick gemurmelt und genickt. »Aber es müssen natürlich Offiziere sein«, stellte Mrs. McLay klar. »Wir haben zwar nicht so viele Schlafzimmer …«

Die Postmeisterin neben Constance unterdrückte ein Lachen.

»... aber ein paar hohe Tiere können wir in den wenigen Schlafzimmern einquartieren, die wir haben, und die anderen können im Ballsaal und im Wintergarten untergebracht werden.« Mrs. McLay schien die Idee immer besser zu gefallen. »Ja, das funktioniert bestimmt ganz prima. Dann leisten wir endlich auch unseren Beitrag.«

Die Frauen klatschten begeistert, doch Constance war völlig perplex über den Vorstoß ihrer Mutter.

Schließlich wurde die Versammlung beendet. Constances Angebot, die Feldküche zu fahren, war abgelehnt worden, stattdessen hatte man ihr säckeweise alte Wolle gegeben, woraus sie Socken für die Soldaten stricken sollte. Zum Glück hatte ihre handarbeitswütige Kinderfrau ihr in endlosen Stunden vor dem Kaminfeuer im Kinderzimmer das Stricken beigebracht.

Aber die Vorstellung, dass das Haus in ein Genesungsheim umgewandelt werden sollte, beunruhigte Constance. Gut, sie würde endlich Gelegenheit zum Arbeiten bekommen – falls ihre Fertigkeiten gebraucht wurden –, aber es würden so viele Leute im Haus sein, so viele Augenpaare, vor denen sie würde auf der Hut sein müssen, wenn sie zur Jagdhütte ging. Es würde ganz anders sein als bisher, wo sich niemand dafür interessierte, was sie tat.

Zu Hause im Arbeitszimmer diskutierten ihre Eltern über das überstürzte Angebot ihrer Mutter. Constance stand an der Tür. Sie wollte so gern noch einmal zur Jagdhütte gehen, um sich zu vergewissern, dass Matthew alles hatte, was er brauchte.

»Liebling, du hast doch selbst gesagt, dass wir unser Haus

in irgendeiner Form zur Verfügung stellen müssen, weil man es sonst ganz einfach requirieren und uns vor die Tür setzen wird. Wir müssen etwas unternehmen, hast du gesagt. Oder etwa nicht?«

»Ja, sicher«, knurrte Constances Vater. »Aber muss es denn gleich ein Lazarett sein?«

»Wenn wir das Haus von uns aus anbieten«, entgegnete ihre Mutter, als Constance das Zimmer betrat, »können wir erstens selbst bestimmen, was hier passiert, und zweitens können wir hierbleiben. Wir behalten den Salon, und die restlichen Räumlichkeiten können als Offiziersmesse dienen oder was sonst noch benötigt wird. Und es werden nur Offiziere kommen, darauf werden wir bestehen. Das sind Männer, die sich benehmen können.«

Nach allem, was Matthew ihr von seinem Vorgesetzten erzählt hatte, war sich Constance da allerdings nicht so sicher.

Ihr Vater hatte die Arme vor der Brust verschränkt. »Da hast du wohl recht.« Er wirkte eingeschüchtert. »Ziemlich clever von dir«, fügte er halbherzig hinzu.

»Eigentlich hatte ich gedacht, dass wir hier oben in Sicherheit sind, aber ich habe flüstern hören, dass das Anwesen der Erndales vor vierzehn Tagen beschlagnahmt wurde«, sagte Mrs. McLay. »Und zwar komplett. Sie wurden vier Tage vorher darüber in Kenntnis gesetzt. Vier Tage. Kannst du dir das vorstellen? Das ging ruckzuck. Man hat ihnen nicht mal gesagt, wie das Haus genutzt werden soll, das Militär hat da vollkommen freie Hand. Und kein Wort darüber, wann sie wieder in ihr Haus zurückkönnen. Lady Erndale musste alle ihre Gainsboroughs von den Wänden nehmen und im Keller verstauen, und ihr Mann macht sich große Sorgen um seine Weinvorräte.«

Constance unterdrückte ein Grinsen.

»Wirklich?«, fragte ihr Vater stirnrunzelnd. Er ging zu seinem Schreibtisch und nahm den Telefonhörer ab. »Also gut, wenn du es für das Beste hältst, dann werde ich jetzt ein paar Telefongespräche führen. Ich werde unsere Dienste anbieten, bevor es noch soweit kommt, dass man uns das Haus über dem Kopf weg requiriert. Wo würden wir denn auch wohnen, wenn es dazu käme?«, sagte er und warf einen Blick auf seine Armbanduhr. »Hm, schon ein bisschen spät, fürchte ich. Dann eben morgen früh als Allererstes«, murmelte er, legte den Hörer wieder auf und nahm die *Times* vom Schreibtisch. »Nach London würden wir jedenfalls nicht gehen. Auf gar keinen Fall. Wir müssten uns irgendwo etwas mieten, bis das alles ausgestanden ist, oder uns in die Jagdhütte quetschen. Könnt ihr euch das vorstellen?« Er schüttelte sich.

Constance zuckte zusammen. Die Jagdhütte. Matthew.

»Alles in Ordnung?«, fragte ihr Vater.

Sie nickte. »Ja, ja, alles in Ordnung.«

Während ihre Mutter telefonierte, und ihr Vater damit beschäftigt war, alle Wertsachen sicher zu verstauen, bevor das Haus in ein Genesungsheim umgewandelt wurde, hatte Constance sich aus dem Haus geschlichen. Auf dem Weg durch den Garten war sie dem alten Gärtner begegnet, der höflich seine Mütze zog. Sie hatte sich ertappt gefühlt und wäre vor Schreck beinahe in ein Beet gefallen. Heimlichtuerei war nicht ihre Sache und sie hatte nur ein simples »Hallo« gestammelt und auf dem Absatz kehrtgemacht. Der Gärtner hatte ihr verblüfft nachgeschaut, als sie übertrieben lässig zurück zum Haus geschlendert war, das Tuch, in das sie die Lebensmittel gewickelt hatte, eher schlecht als recht unter dem Arm versteckt.

Als sie jetzt, etwas später und im Schutz der Dunkelheit am Seeufer entlangging, schwor sie sich, Matthew nur noch zu besuchen, wenn ihre Eltern im Bett lagen und keiner der verbliebenen Bediensteten mehr auf den Beinen war und sie dabei beobachten konnte. Es war einfach zu nervenaufreibend.

»Normalerweise bin ich gar nicht so nervös«, sagte sie zu Matthew, der sich einen Hähnchenschenkel schmecken ließ. »Aber es ist einfach eine seltsame Situation. Also, dass Sie hier sind, wo Sie gar nicht hier sein dürften. Das macht mich einfach …«

»Nervös?«, schlug Matthew vor.

»Ja.« Constance lachte. Sie holte tief Luft. »Ich weiß, Sie sind erst seit ein paar Tagen hier, aber ich wüsste trotzdem gern, ob Sie schon über alles nachgedacht haben, und wenn ja, welche Entscheidung Sie getroffen haben.«

»Sie klingen aber wirklich ziemlich angespannt.«

»Ja, ich weiß«, sagte sie. »Und ob Sie's glauben oder nicht, normalerweise bin ich nicht so.«

Er wickelte den Rest des Essens, das Constance ihm gebracht hatte, wieder in das Tuch und legte es in die kühle Speisekammer.

»Ich habe heute einen der Romane gelesen, die sie mir dagelassen haben«, sagte er.

»Sie lenken vom Thema ab.« Constance verschränkte die Arme und lehnte sich zurück.

Er grinste. »Ich komme noch darauf zurück. Auf indirektem Weg.«

Es war ein heißer Tag gewesen, und im Kamin brannte kein Feuer. Matthew öffnete ein Fenster und ließ die kühle Nachtluft herein.

»Welchen haben Sie denn gelesen?«

»*Sturmhöhe.*«

»Ah, die schreckliche Emily Brontë«, frotzelte sie. »Das ganze Buch? An einem Tag?«

»Ich habe gestern Abend angefangen und mich heute im Lauf des Tages bis zum Ende durchgekämpft.«

Constance schaute ihn an. »Ich bin beeindruckt.«

»Na ja«, sagte er mit einem schiefen Lächeln, »hier und da habe ich eine oder zwei Seiten überschlagen. Die gute Emily ist ziemlich ausufernd in ihren Beschreibungen.«

Constance verdrehte die Augen. »Und würden Sie immer noch behaupten, dass Emily Brontë und Jane Austen Humbug sind?«

»Vielleicht nicht mehr so vehement wie gestern. Ich war bereit, mich eines Besseren belehren zu lassen.«

Sie schauten einander an, und Constance entspannte sich ein bisschen.

»Ist noch etwas von dem Whisky von gestern übrig?«, fragte sie.

»Klar. Glauben Sie etwa, ich hätte inzwischen die ganze Flasche leer getrunken?«

»Warum nicht. Sind Piloten nicht alle trinkfest?«

»Das ist ein schlimmes Vorurteil.« Er stand auf und holte die Flasche und zwei Gläser. »Und ich weiß nicht, ob man mich überhaupt noch als Piloten bezeichnen kann, jetzt, wo ich das Fliegen aufgegeben habe.«

Sie hatte schon fast vergessen, dass sie ihn genau danach hatte fragen wollen. Er hatte sie vom Thema abgebracht, aber das würde ihm nicht noch einmal gelingen.

»Sie haben sich also entschlossen, das Fliegen komplett aufzugeben?«

»Der Entschluss stand bereits fest«, erwiderte er und reichte ihr ein Glas. »Das habe ich Ihnen doch gestern schon gesagt.«

Ihre Finger berührten seine Hand, als sie das Glas entgegennahm, und sie bekam Herzklopfen. »Aber Sie werden sich nicht stellen? Sie werden sich keine Hilfe holen?«

Er seufzte und schaute an die Decke. »Ich weiß nicht, wie das gehen soll.« Er trank einen Schluck Whisky. »Darf ich Sie um einen Gefallen bitten, Constance? Über Ihr großzügiges Angebot, mich hier wohnen zu lassen, hinaus, meine ich. Über das Essen hinaus, das Sie mir bringen. Können wir uns darauf einigen, dass wir nicht darüber reden, wann ich hier weggehe? Wenigstens im Moment nicht? Ich habe das Gefühl, in der Falle zu sitzen, als würde die ganze Welt über mir zusammenbrechen. Ich habe Angst. Ich lasse mir die Angst zwar nicht anmerken, trotzdem ist sie da. Aber hier in diesem Haus mit Ihnen fühle ich mich sicher. Es ist das erste Mal seit Langem, dass ich mich sicher fühle, und wenn Sie nichts dagegen haben, würde ich das Gefühl gern noch eine Zeit lang genießen.«

Constance schluckte. »Also gut«, sagte sie. »Wenn Sie es wünschen.«

»Sie haben mir versprochen, niemandem von mir zu erzählen, und ich hoffe sehr, dass Sie immer noch zu Ihrem Wort stehen.«

»Natürlich tue ich das«, sagte sie leise. Allerdings machte es ihr ein schlechtes Gewissen, dass sie einen Moment lang in Erwägung gezogen hatte, Douglas von Matthew zu erzählen.

Er lächelte. Constance stand auf und trat ans offene Fenster. Aus dem Zimmer fiel Licht auf den überwucherten Garten. Eigentlich hätte sie die Lampe abdunkeln müssen, aber sie machte keine Anstalten dazu.

»Fühlen Sie sich hier nicht eingesperrt?«, fragte sie. Sie fuhr mit dem Zeigefinger über den Fensterrahmen und wischte den Schmutz an ihrem Rock ab.

»Ein bisschen«, sagte er. »Aber es ist besser so. Ich brauche Zeit, und ich kann mich schließlich nicht in einen Pub setzen und nachdenken, wie es andere Männer tun. Ein einzelner Mann im kampffähigen Alter und in schlecht sitzender Zivilkleidung würde ganz schnell auffallen. Also muss ich hierbleiben.«

»Wo ist Ihre Uniform überhaupt?«, fragte Constance.

»Ich habe sie im Kamin verbrannt«, antwortete er. »Ich wollte sie nicht mehr sehen.«

Constance öffnete und schloss ihren Mund wie ein Fisch. »Ich werd verrückt«, sagte sie. »Verstehe.« Aber sie verstand es eigentlich überhaupt nicht. Vor ihr landete ein Schmetterling auf dem Fenstersims, und Constance lächelte. Vorsichtig umschloss sie ihn mit den Fingern und hielt ihn in der hohlen Hand.

»So einen schönen habe ich den ganzen Sommer noch nicht gesehen«, sagte sie.

»Das ist ein Pfauenauge«, sagte Matthew, der nähergetreten war, um sich den Schmetterling anzusehen. »Sehen Sie die bunten augenförmigen Muster auf seinen Flügeln? Wunderschön.«

»Woher wissen Sie, wie der Schmetterling heißt?«, fragte Constance.

»Gibt es bei Ihnen zu Hause nicht so einen Holzkasten mit lauter armen toten Schmetterlingen, die mit Nadeln aufgespießt sind? Mit Namensschildchen darunter?«

Constance schüttelte den Kopf. »Wir haben jede Menge ausgestopfte Tiere an den Wänden, hauptsächlich Hirschköpfe mit Riesengeweihen. Aber die stammen aus der Zeit meiner Urgroßeltern, als das Haus noch vorwiegend als Landhaus für die Jagd genutzt wurde.«

Der Schmetterling schlug kurz mit den Flügeln.

»Wir hatten in Cambridge kein großes Haus.« Matthew flüsterte, um den Schmetterling nicht zu ängstigen. »Aber bei uns hing so ein Kasten mit Schmetterlingen an der Wand. Mein Vater war – das heißt, er ist – ein großer Naturfreund. Er hat versucht, seine Liebe zur Natur an mich weiterzugeben, aber ich war mehr an Flugzeugen interessiert, die mit Hilfe von Rolls-Royce-Motoren flogen, als an Geschöpfen, die aus eigener Kraft fliegen können. Für Vögel und Schmetterlinge konnte ich mich eigentlich nicht begeistern. Trotzdem habe ich ihre Namen behalten.« Er lächelte, und seine grünen Augen funkelten, als er von zu Hause erzählte.

»Du Glückspilz«, sagte er zu dem Schmetterling. »Du kannst hinfliegen, wo du willst. Du brauchst dir nicht den Kopf darüber zu zerbrechen, was du als Nächstes tun sollst, wohin du flüchten sollst.«

Der Schmetterling breitete die Flügel aus und flog davon. Constance schaute ihm nach, wie er in der dunklen Nacht verschwand. »Ich wünschte, ich könnte auch so einfach davonfliegen«, sagte sie leise.

»Wirklich?«, fragte Matthew, lehnte sich an die Fensterbank und schaute sie neugierig an.

»Ich habe mich heute erboten, eine Feldküche zu fahren, aber ich wurde abgelehnt«, sagte sie. »Ich komme mir so nutzlos vor, obwohl ich jetzt bei den Kriegsanstrengungen mitmache. Ich soll Socken für die Soldaten stricken, können Sie sich das vorstellen? Mehr darf ich nicht tun. Meine Eltern wollen auf keinen Fall zulassen, dass ich arbeite. Mein Vater weigert sich, mich nach London oder in irgendeine andere Stadt gehen zu lassen, wo ich etwas Richtiges tun könnte. Also bin ich hier. Ich komme mir vor wie eine Gefangene.«

Was würde sie tun, wenn der Krieg nicht ausgebrochen wäre? Sie würde sich genauso langweilen wie jetzt, nur dass ihre Freundinnen ihr dann nicht von den Abenteuern vorschwärmen würden, die sie erlebten.

»Es könnte schlimmer sein«, sagte Matthew.

»Ja, ich weiß.« Constance seufzte. »Ich habe so ein Glück, dass ich hier wohne, völlig unberührt vom Krieg – abgesehen davon, dass Sie hier in den See gestürzt sind.« Sie lächelte. »Und abgesehen von Douglas, der kaum Heimaturlaub kriegt. Und ich habe alle Zeit der Welt, um mich über mein Glück zu freuen.«

»Wollen Sie wirklich so dringend von hier weg?«, fragte er.

»Ich will dringend irgendetwas tun. Bis vor Kurzem war mir das nicht so wichtig, aber jetzt schon. Das Leben, auf das ich vorbereitet wurde, ist so anders als das Leben, das ich mir wünsche. Douglas glaubt übrigens, es ist nur eine Frage der Zeit, bis auch Frauen zum Kriegsdienst herangezogen werden.«

»Das sind aber radikale Ansichten«, sagte Matthew mit einem spitzbübischen Grinsen. »Dann könnten Ihre Eltern Sie auch nicht mehr aufhalten, oder?«

»Nein, das nicht. Aber sie würden sich fürchterlich aufregen.«

»Haben Sie noch nie etwas getan, worüber Ihre Eltern sich aufgeregt haben?«

Constance überlegte. »Ich glaube nicht. Sie haben es nicht so gern gesehen, wenn ich mit dem Jäger durch den Wald gestreift bin und er mir beigebracht hat, wie man Rehe schießt. Aber das ist lange her, da war ich noch ein Kind. Solange ich zu den vorgeschriebenen Zeiten zu Hause bei meiner Hauslehrerin war und Schönschrift und Arithmetik geübt habe, hat niemand etwas gesagt.«

»Was würden sie wohl sagen, wenn sie wüssten, dass Sie hier draußen sind, noch dazu mit mir?«

»Dieses Geheimnis werde ich mit ins Grab nehmen. Einen Mann verstecken, der auf der Flucht ist.« Das würde ihr Geheimnis bleiben, auch dann noch, wenn er schließlich fort wäre. Das einzige Geheimnis, das sie hatte. »Ich könnte Ihnen etwas Geld geben, wenn Sie welches brauchen«, sagte sie unvermittelt. »Ich habe ein bisschen gespart. Nicht viel. Aber das können Sie haben, wenn Sie es wollen.«

»Nein«, sagte Matthew leise. »Ihr Geld will ich nicht. Wenn es soweit ist …« Er seufzte und setzte noch einmal an. »Wenn ich bereit bin zu gehen, nach draußen, zurück in die Hölle der Außenwelt, dann werde ich es annehmen. Aber ich werde nichts von Ihnen annehmen, nur damit ich fliehen kann.« Er nahm ihre Hand und drückte sie sanft an seine Lippen. Als Henry das versucht hatte, hatte es sie angewidert, aber bei Matthew überlief sie ein wohliger Schauer. »Sie tun schon so viel für mich«, sagte er.

»Sie geben mir doch Bescheid?«, fragte sie. »Bevor Sie gehen, geben Sie mir Bescheid, oder?« Bei dem Gedanken, dass er gehen könnte, fühlte sie sich ganz elend. Er war so anders als alle Männer, die sie je kennengelernt hatte. Bei ihm drehte sich nicht alles um ihn selbst. Er schien sich ehrlich dafür zu interessieren, wer sie war, und was in ihr vorging.

»Natürlich gebe ich Ihnen Bescheid«, sagte er nach kurzem Zögern. Er ließ ihre Hand los.

»Aber wer weiß«, fügte er hinzu. »Am Ende gehen Sie noch vor mir.«

Constance wusste, dass das nicht passieren würde, aber über seinen Einwand musste sie lächeln.

»Falls ich irgendetwas für Sie tun kann«, sagte er, dann musste er lachen. »Im Moment bin ich wirklich niemandem eine große Hilfe.«

»Doch, mir. Allein die Gespräche mit Ihnen sind … einfach wunderbar.«

»Wenn das, was Ihr Bruder sagt, stimmt«, sagte Matthew, »wenn Frauen demnächst auch zum Kriegsdienst herangezogen werden, dann brauchen Sie nichts weiter zu tun als sich zu gedulden.«

»Ich frage mich oft, wie es wohl wäre, wenn ich die Flügel ausbreiten und fliegen könnte«, murmelte sie verträumt, während sie aus dem Fenster schaute, zum See hinaus und in die Dunkelheit, in die der Schmetterling verschwunden war.

»Fliegen ist gar nicht so großartig, wie immer getan wird«, sagte Matthew leise.

Kapitel 20

2020

»Jemand ertrunken? In unserem See?«, fragte Liz. Sie saßen beim Frühstück. »Unsinn. Kompletter Unsinn. Wer hat Ihnen das denn erzählt?«

»Angus«, sagte Kate. »Er war sich ziemlich sicher.«

»Und wer soll ertrunken sein?« Liz stellte ihre Kaffeetasse ab und schaute Kate fragend an.

»Keine Ahnung«, erwiderte Kate. »Wir hatten eigentlich gehofft, dass Sie uns das sagen können.«

James saß mit verschränkten Armen da und verfolgte das Geschehen, doch Kate spürte seine Neugier. Sein Toastbrot lag unangerührt auf dem Teller. Whisky lag unter dem Tisch und klopfte mit dem Schwanz auf den Boden in der Hoffnung, dass ein paar Krümel für ihn abfielen.

»Nein«, sagte Liz. »Ich habe keine Ahnung. Wieso ist Angus sich denn da so sicher?«

»Jemand hat es ihm erzählt, als er ein Kind war«, sagte James.

»Tja«, sagte Liz, stand auf und stellte ihr Geschirr in die Spüle. »Wenn ihr beide mehr rausfindet, gebt mir Bescheid. Das macht mich wirklich neugierig.«

James quittierte ihre Worte mit einem Schnauben und nahm sein Toastbrot vom Teller.

Kate warf einen Blick auf ihre Uhr und überlegte, ob sie heute einen kurzen Besuch in der örtlichen Bibliothek einschieben konnte, um dort ein bisschen im Archiv zu recherchieren. Die meisten Todesfälle gaben kein Thema für ein Geschichtsbuch ab, aber in der Tageszeitung wurden sie immerhin erwähnt. Wenn sie die Todesanzeigen der Vierzigerjahre durchging, der Zeitraum, den Angus erwähnt hatte, würde das vielleicht etwas Licht in die Sache bringen. Bibliotheken archivierten doch Tageszeitungen, oder? Oder war dafür das Gemeindearchiv zuständig? Vielleicht sollte sie sich erst einmal telefonisch erkundigen.

Als sie kurz überflog, was sie im Lauf des Tages alles erledigen musste, wurde ihr klar, dass sie heute keine Zeit hatte, um sich in Nachforschungen zu einem Vorfall zu knien, von dem noch nicht einmal feststand, dass er sich überhaupt ereignet hatte. Als sie in die Eingangshalle ging, um sich die Büroschlüssel zu holen, traf sie James dort an. Er hatte gerade ein Paket geöffnet, das einen komplett bestückten Werkzeugkasten und einen Werkzeuggürtel enthielt, und war dabei, sich voller Begeisterung den Gürtel umzuschnallen. Kate fand, er sah aus wie eine Art Batman, und musste sich ein Lachen verkneifen.

Als Erstes musste sie heute Einladungen an Reisejournalisten verschicken. Sie hatten ein paar Termine in Erwägung gezogen, die für die große Eröffnung in Frage kamen, und sie wollte bei ihren alten Bekannten nachfühlen, ob sie zu diesen Terminen frei wären oder jemanden schicken konnten. Aber bevor sie die Einladungen formulierte, gab sie bei Google noch schnell *Invermoray ertrunken* ein, bekam jedoch kein Ergebnis, mit dem sie etwas anfangen konnte. Sie versuchte es mit *Loch Invermoray ertrunken* und mit *Vierzigerjahre Loch Invermoray ertrunken*, aber auch das half nicht. Eigentlich sollte sie sich um die Einladungen kümmern, aber die Möglichkeit eines Ungeheuers im Loch Invermoray hatte sie gepackt. Und auch wenn sie selbst nicht an Ungeheuer und solche Dinge glaubte, jeder Hinweis auf ein geheimnisvolles Ereignis würde ihnen zugutekommen, wenn sie die Geschichte mit dem Ungeheuer für sich ausschlachten wollten.

Ehe sie sich versah, hatte sie eine ganze Stunde verplempert. Zwar wären ihr nackte Tatsachen lieber gewesen, aber sie ließ sich auch gern von guten Geschichten anstecken, und es gab reichlich faszinierende Berichte von Leuten, die Ungeheuer, Gespenster oder andere Merkwürdigkeiten »gesichtet« hatten. Dabei fiel Kate allerdings auf, dass es zu keinem dieser Berichte ein Foto gab.

Sie las Geschichten über geisterhafte Dudelsackspieler im dunklen Wald, über den Geist einer Frau, der kreischend im Dorf erschienen war und den Tod von Kindern vorausgesagt hatte. Kate schüttelte sich und scrollte weiter in der Hoffnung, Geschichten zu finden, die von Seeungeheuern handelten.

Sie stieß auf die Geschichte von einer Art Meerjungfrau, die nackt aus einem anderen nahegelegenen See stieg, sich einen einsamen Angler suchte, ihn bei der Hand nahm und ihn in sein nasses Grab lockte.

»Wenn der Angler allein war, wie kann ihn dann einer gesehen haben?«, fragte James hinter ihr.

»Himmelherrgott!« Kate erschrak dermaßen, dass sie ihre Kaffeetasse umstieß. James schnappte sich lachend die Schachtel mit Papiertaschentüchern und begann, den kalten Kaffee aufzuwischen, der von Kates Schreibtisch tropfte und in die Ritzen zwischen den Bodendielen sickerte.

Er konnte gar nicht mehr aufhören zu lachen, während Kate ihren Laptop anhob, damit er darunter wischen konnte.

»Sie haben mich zu Tode erschreckt«, sagte sie. Wenn sie ihren Laptop nicht mit beiden Händen hochgehalten hätte, hätte sie James wahrscheinlich einen Stoß in die Rippen verpasst. Ihr Herz pochte immer noch. Gespenstergeschichten und Männer, die sich von hinten anschlichen, waren keine gute Kombi.

»Tut mir leid«, sagte er. »Aber diese Geschichte ist doch kompletter …«

»Ja, ist ja gut«, sagte Kate etwas verlegen und stellte ihren Laptop wieder ab.

»Sie glauben diesen Blödsinn doch nicht etwa, oder? Gespenster und Selkies und … was weiß ich noch alles.« Er zeigte auf den Bildschirm, und Kate beeilte sich, das Browserfenster zu schließen. Sie würde ihre Suche nach dem Monster von Loch Invermoray fortsetzen, wenn sie wieder allein war.

»Nein, natürlich nicht«, sagte sie. »Aber nachdem ich einmal angefangen hatte, konnte ich einfach nicht mehr aufhören.«

James kicherte, legte ihr eine Hand auf die Schulter und drückte sie ganz leicht. Seine Geste war so persönlich, dass Kate unwillkürlich erstarrte. Nicht, dass ihr die Berührung unangenehm gewesen wäre. Sie war nur so unerwartet gekommen. Sie schaute auf seine Hand, und plötzlich schien ihn die Situation genauso verlegen zu machen wie sie, denn er nahm die Hand weg, wusste nicht so recht, wohin damit, und wollte sie sich in die Hosentasche schieben. Was der Werkzeuggürtel um seine Taille jedoch verhinderte, sodass er sich beinahe die Hand an dem daran befestigten Hammer gestoßen hätte.

Hatte sie das richtig verstanden? War das nur eine freundliche Geste gewesen? Sie wollte nicht überreagieren, wobei sie sich gleichzeitig fragte, was genau das bedeuten würde. Jedenfalls konnte sie sich nicht schon wieder irgendwelche Komplikationen mit einem Kunden leisten, und so versuchte sie, die seltsame Stimmung aufzulösen, während James sich die Fingerknöchel rieb.

»Was haben Sie denn heute Morgen schon alles gemacht?«, fragte sie und merkte selbst, dass ihre Stimme piepsig klang.

»Wollen Sie mich kontrollieren?«, fragte er mit einem Lächeln. »Geht das nicht ein bisschen zu weit? Sie lesen Geschichten über Ungeheuer und sexy Wassernixen, die ahnungslose Angler ins Verderben locken, und wollen wissen, was *ich* gemacht habe?«

Am liebsten hätte Kate gelacht und gesagt »Rutschen Sie mir doch den Buckel runter!«, aber so vertraut waren sie sich wirklich noch nicht, deswegen begnügte sie sich mit einem Lächeln, auch wenn es sie wunderte, dass er ihre Frage nicht beantworten wollte.

»Kommen Sie und sehen Sie es sich an«, sagte er dann. »Sie werden sich freuen!«

»Und was haben Sie jetzt gemacht?«, fragte Kate und schaute sich um. Die Worte waren ihr herausgerutscht, ehe sie Zeit gehabt hatte nachzudenken.

James wirkte enttäuscht. »Sehen Sie es denn nicht?«

Sie standen in einem der Gästezimmer im ersten Stock. Liz hatte angefangen, in großem Stil alten Krempel und Teppiche auszumisten, und dabei hatte sich herausgestellt, dass in jedem Zimmer mehrere Bodendielen schadhaft waren.

»Ich habe den ganzen Krempel, den meine Mutter vor den Zimmertüren gestapelt hat, auf den Dachboden geschafft, damit das Zeug erst mal aus dem Weg ist. Die Matratzen sind alle noch ziemlich in Ordnung, die können wir also behalten.«

Kate rümpfte die Nase. »Lieber nicht«, sagte sie bestimmter als beabsichtigt, »es müssen neue Matratzen her. Außerdem neues Bettzeug, neue Handtücher, edle Handseife … Sparen können wir anderswo.«

Er seufzte und setzte sich auf ein Bett. Die Federn quietschten fürchterlich unter seinem Gewicht. »Wahrscheinlich haben Sie recht«, sagte er und ließ die Federn noch ein paarmal quietschen. »Also. Ich habe an allen Vierpfostenbetten die Schrauben angezogen«, sagte er, stand auf und klopfte mit dem Fuß auf den Boden. »Ich habe die schadhaften Bodendielen ausgetauscht und andere abgeschliffen, um Stolperkanten zu entfernen. Außerdem habe ich alle kaputten Fensterscheiben ersetzt. Ich bin mit sämtlichen Zimmern auf dieser Etage durch. Alles erledigt«, schloss er mit einem stolzen Lächeln.

»Ich bin beeindruckt«, sagte Kate. Sie ging zum Fenster und bewunderte die frisch eingesetzten Scheiben. Jetzt mussten nur noch die Rahmen gestrichen werden.

»Die Arbeit hat mir gehörig Spaß gemacht«, sagte James. »Ich hatte schon lange nicht mehr so richtig mit Werkzeug hantiert, und mir war gar nicht bewusst, wie sehr mir diese handwerkliche Arbeit gefehlt hat. Ich habe viel zu lange im Anzug am Schreibtisch gesessen.«

Kate hob die Brauen. »Sie scheinen ja richtig in Ihrer Arbeit aufzugehen«, sagte Kate.

»In gewisser Weise ja. Wenn in meiner Wohnung in Hongkong etwas kaputtgegangen ist, bin ich gar nicht auf die Idee gekommen, es selbst zu reparieren. Ich hab einfach den Hausmeister angerufen, und der hat sich darum gekümmert. Aber in dem Haus hier bin ich aufgewachsen. Es tut mir gut, es Stück für Stück in Ordnung zu bringen und alles, was geht, selbst zu machen. Ich habe schon überlegt, ob ich ein paar

Kurse belege, im Fliesenlegen zum Beispiel oder Klempnerei. Im Nachhinein finde ich es schade, dass ich nicht eher auf so eine Idee gekommen bin. Wenn ich wüsste, wie man ein Dach deckt, hätte ich uns eine Menge Geld sparen können.«

Kate lachte. »Meine Güte, und all das haben Sie geschafft, während ich Geschichten über Wassernixen und Seeungeheuer gelesen habe.« Dann murmelte sie gedankenverloren: »Das Geheimnis haben Sie echt gut gehütet.«

»Welches Geheimnis?«, fragte er.

»Dass Sie so geschickte Hände haben.«

»Bisher hat es jedenfalls keine Klagen gegeben.«

Seine Antwort verblüffte sie. War es, als wäre die Welt ganz plötzlich stehen geblieben, oder bildete sie sich das ein?

»Okay«, sagte Kate nervös und schob sich die Haare hinter die Ohren, obwohl sie eigentlich schon dort waren. »Ich kann nicht den ganzen Tag hier rumstehen und Ihre Arbeit bewundern.« Gott, wieso hatte sie das so unwirsch gesagt? Eigentlich war es ja eine harmlose Bemerkung, aber plötzlich wirkte alles bedeutungsschwanger.

James lachte laut, und Kate schob sich an ihm vorbei. Was war hier los? »Ich muss die Einladungen an die Journalisten verschicken, schon vergessen?« Sie verfluchte sich für ihren schnippischen Ton. Sie benahm sich doch sonst nicht so bescheuert in Gegenwart von Männern. Normalerweise war sie ziemlich selbstsicher. Aber aus irgendeinem Grund brachte James sie völlig aus dem Konzept. Er machte sie nervös mit seinen Grobheiten, die zum Glück immer mehr nachließen, je länger sie zusammenarbeiteten. Und jetzt machte er sie auch noch nervös, indem er nett zu ihr war. Es war ein dauerndes Hin und Her zwischen ihnen. Er verunsicherte sie doch nicht, oder? Wie war es soweit gekommen? So einen Vorfall wie den mit dem Barbesitzer konnte sie sich nicht noch einmal erlauben.

»Übrigens«, sagte James, als Kate gerade das Zimmer verlassen wollte. »Ich wollte Ihnen noch anbieten … also, die Wände in Ihrem Zimmer sind doch ziemlich kahl. Falls Sie sie gern ein bisschen verschönern wollen, auf dem Dachboden stehen jede Menge Bilder rum. Landschaften hauptsächlich. Ich finde die zwar eher langweilig, aber ich weiß, dass Sie so was mögen. Ich glaube, ein paar Bilder von meinem Vater sind auch dazwischen. Die sind vielleicht ein bisschen knallig … Das ist wohl eher nicht … wie soll ich mich ausdrücken, ohne meinem Vater unrecht zu tun … äh … nicht jedermanns Geschmack. Ich hätte auch ein paar Familienporträts und alte Fotos zu bieten. Von den Fotos könnten wir vielleicht ein paar in den Gästezimmern aufstellen, was meinen Sie? Wir könnten mal nach oben gehen, dann können Sie sich was für Ihr Zimmer aussuchen, und ich helfe Ihnen, die Sachen runterzutragen.«

»Jetzt?«, fragte Kate

Er hob die Schultern. »Was du heute kannst besorgen …«

Kapitel 21

Als sie allein hier oben gewesen war, hatte der Dachboden etwas Unheimliches gehabt, aber jetzt, in James' Begleitung, fühlte sie sich aus irgendeinem Grund ganz entspannt. Vielleicht glich seine Gegenwart die seltsame Energie aus. Er bewegte sich mit der Selbstsicherheit eines Mannes, der ganz im Reinen mit sich war, und während sie ihn aus dem Augenwinkel beobachtete, fragte sie sich, warum ihr das bisher noch gar nicht aufgefallen war.

Kate ging zu den Bildern, die an einer Wand lehnten, um sie sich genauer anzusehen. Sie waren ihr beim letzten Mal schon aufgefallen, doch sie hatte sich nicht getraut, sie anzufassen. Sie ging in die Hocke. Kaum hatte sie den ersten Rahmen berührt, waren ihre Fingerspitzen auch schon schwarz, und sie musste sich beherrschen, um sie sich nicht an ihrer sauberen Hose abzuwischen. Egal, ob sie die Bilder aufhängten oder nicht, sie mussten unbedingt gesäubert werden. Es war wirklich eine Schande, dass sie hier auf dem feuchten Dachboden standen, wo sie in Vergessenheit gerieten.

In einer Ecke der Mansarde war James dabei, mit den Fingernägeln Farbe von der Wand zu lösen. Kate hörte ihn irgendetwas von »immer noch nass« und »verdammtes Dach« vor sich hinmurmeln. Sie vermutete, dass die feuchten Stellen von Regenwasser verursacht worden waren, das durchgesickert war, bevor James das Dach für teures Geld hatte neu decken lassen.

Eins der Bilder, die Kate durchging, zeigte eine Ahnfrau der McLays, da war Kate sich ziemlich sicher. Eine ganz in Schwarz gekleidete alte Frau mit durchdringendem Blick, bei dem es Kate eiskalt über den Rücken lief. James trat näher und hielt das Bild hoch, um es zu betrachten. Die Frau in dem Gemälde sah aus, als wäre sie einmal ziemlich schön gewesen, aber im Alter verbittert.

»Frau im Glück«, sagte er ironisch. »Das könnten wir vielleicht spenden.« Mit angewidertem Gesicht stellte er das Bild wieder ab.

Es war schade, aber Kate vermutete, dass vieles von dem, was hier oben verstaut worden war, keinen großen Wert besaß und letztlich bei Oxfam landen würde. Andererseits konnte sie sich nicht vorstellen, wer sich ein Gemälde von einer derart grimmig dreinblickenden Frau aufhängen würde. Sie nahm sich das nächste Bild vor. Es zeigte ein junges Paar. Der Rahmen hatte schon bessere Zeiten gesehen, wie das meiste in diesem Haus, aber die jungen Leute sahen überraschend gut aus.

James trat hinter Kate und schaute ihr über die Schulter. »Die kommen mir bekannt vor«, sagte er.

Kate betrachtete das Doppelporträt genauer. »Inwiefern?«

James schnalzte mit der Zunge. »Na, ich erkenne sie eben wieder. Das sind die beiden aus dem Treppenhaus, nur diesmal in einem Bild vereint. Im Treppenhaus trägt er eine Uniform und sie irgendein festliches Kleid. Auf dem Bild hier sind sie etwas jünger.«

»Ja, genau, das sind die beiden, Sie haben recht. Und sie sind tatsächlich viel jünger. Und sie trägt das Haar anders. Mädchenhafter. Deswegen habe ich sie nicht gleich erkannt. Ich schlage vor, wir retten die jungen Leute und nehmen sie mit nach unten«, sagte Kate. »Ein paar von den Landschaften können wir für die Gästezimmer nehmen, in denen keine Porträts hängen, und die restlichen Bilder können wir in der Jagdhütte und anderswo verteilen, wo es noch kahle Wände gibt. Was meinen Sie?«

James nickte. Dann machten sie sich auf den Weg nach unten. Liz betrat gerade die Eingangshalle, als sie die Treppe hinuntergingen. »Ach, ihr habt ja Constance und Douglas gefunden!«, rief sie aus und wischte sich die mit Erde beschmutzten Hände an ihrer Jeans ab. »Wusste ich's doch, dass ich die beiden da oben gesehen hatte.«

Kate hob das Bild hoch und betrachtete es noch einmal. »Aha, das ist also Constance«, sagte sie und schaute der jungen Frau in die Augen. Ihr Blick war warm und freundlich. Kate schaute Liz wieder an. »Ich habe die Namen der beiden übrigens in der Familienbibel entdeckt«, sagte sie ein bisschen zu aufgeregt. »Irgendjemand hat Constance' Namen ganz dick durchgestrichen.«

James legte den Kopf schief. »Durchgestrichen?«, fragte er.

»Ja«, sagte Kate und richtete den Blick wieder auf die beiden Geschwister. »Aber nur ihrer ist durchgestrichen, seiner nicht. Woher wissen Sie eigentlich, dass es die beiden sind?«, fragte sie Liz. Auf dem Rahmen befand sich jedenfalls kein Namensschild.

»Ich habe mir die Porträts der beiden gründlich angesehen, als ich sie vom Dachboden geholt habe«, antwortete Liz. »Jemand hat ihre Namen und das Jahr – 1940 – hinten auf die Leinwand geschrieben. Vielleicht der Künstler? Die Porträts im Treppenhaus sind viel formeller als dieses hier«, fuhr sie fort und zeigte auf das Bild, das Kate in den Händen hielt. »Vielleicht wurden sie in Erinnerung an einen wichtigen Geburtstag angefertigt, oder als Douglas zum Kriegsdienst einberufen oder zum Offizier befördert wurde oder irgend so etwas. Ich fand es komisch, dass die Bilder auf dem Dachboden verstaubten. Habt ihr auch das Bild von Augusta McLay gefunden? Das war die Mutter von Constance und Douglas. Eine mürrisch dreinblickende Frau ganz in Schwarz, ich glaube, das Bild stammt aus den Sechzigerjahren. Das Bild hing im Treppenhaus. Ich habe es abgenommen und stattdessen die Porträts der beiden Geschwister aufgehängt. Ich habe ein bisschen ein schlechtes Gewissen deswegen.«

»Warum?«, wollte James wissen.

»Na ja, schließlich haben Augusta und Alistair deinem Vater dieses Haus vermacht. Und dann nehme ich ihr Porträt von der Wand. Ein bisschen undankbar, oder?«

»Sie wirkt aber wirklich nicht besonders freundlich auf dem Bild«, bemerkte Kate.

Sie standen immer noch am Fuß der Treppe, James und Kate mit Staub vom Dachboden an den Händen, Liz mit Erde aus dem Garten an Händen und Füßen. Wie aus einem Film über eine Familie, die einen alten Gutshof wieder in Schuss bringt.

»Als wir hier eingezogen sind«, sagte Liz und steckte eine Haarklammer über ihrem Ohr wieder fest, »waren die Eltern von Constance und Douglas, die meinem Mann das Haus vererbt hatten, noch gar nicht lange tot. Wenn man bedenkt, dass die Porträts ihrer Kinder in einer Dachkammer verstaubten, scheinen sie wirklich nicht besonders freundlich gewesen zu sein, da gebe ich Ihnen recht, Kate. Dazu kommt ja auch noch, dass sie ihre Kinder zugunsten deines Vaters enterbt hatten«, sagte sie zu James. »Dabei kannten sie deinen Vater überhaupt nicht.«

»Ich kann mir nicht vorstellen, die Porträts meiner Kinder – wenn ich welche hätte – abzuhängen und auf dem Dachboden zu verstauen«, sagte James.

»Genau«, sagte Liz. »Und das Porträt von Constance hatte zusätzlich einen großen Riss.«

»Einen Riss?«, fragte Kate.

»Ja«, sagte Liz, und sie schauten alle zu dem Porträt hoch. »Ich habe das Bild restaurieren lassen. Ein Freund von mir ist Restaurator beim National Trust von Schottland. Er hat es vor Jahren aus Gefälligkeit mitgenommen und seine Studenten daran gesetzt. Als ich das Bild auf dem Dachboden gefunden habe, war nicht zu übersehen, dass jemand mit einem Messer darauf eingestochen hatte.«

Kate fröstelte. »Was?«

»Mhm«, sagte Liz. »Hat ihr das Messer mitten in die Brust gestochen und die Leinwand bis unten hin aufgeschlitzt. Hier.« Sie zeigte auf die untere linke Ecke.

Kate sah genau hin. Das Bild war so gut restauriert worden, dass kaum etwas zu sehen war. »Das haben die aber richtig gut hingekriegt«, murmelte sie, das Gesicht dicht vor dem Bild. Der Schnitt zog sich von der Brust der jungen Frau bis zum Saum ihres silbergrauen Kleids hin. Er musste mit ungeheurer Wucht durchgeführt worden sein. Anfangs hatte Kate die Linie für eine Falte in Constance' Kleid gehalten, doch jetzt stellte sie ungläubig fest, dass es sich um die Spur des Schnitts handelte.

Kate zuckte zusammen, als die altmodische Haustürklingel schrillte.

James drehte sich um. »Das ist bestimmt Angus«, sagte er. »Wir wollen die Einzelheiten für die Gastro durchgehen. Wie weit sind Sie mit den Presseeinladungen?«, fragte er Kate.

Kate sah ihn an, als wollte sie sagen: *Soll das ein Witz sein?*

»Ich habe noch gar nicht angefangen«, sagte sie. »Ich war doch die ganze Zeit mit Ihnen auf dem Dachboden.«

»Dann machen Sie sich an die Arbeit«, sagte er grinsend. »Hopp, hopp! Und diesmal keine Geschichten von Ungeheuern und Wassernixen!«

Kate hatte einen Entwurf für eine Pressemitteilung geschrieben, aber sie wollte ihn bis zum nächsten Morgen liegen lassen und dann noch einmal kurz überarbeiten. Das Thema Mythen und Legenden hatte sie nur gestreift und eher beiläufig erwähnt, dass in Geschichtsbüchern von »Sichtungen« die Rede war, und sich ansonsten auf Informationen über das traditionelle schottische Herrenhaus konzentriert, das zu einem Gasthaus umgebaut worden war, und die herrliche Szenerie beschrieben. Dann fiel ihr ein, dass sie unbedingt noch die Zimmertarife für die jeweilige Saison festlegen musste, ein wichtiger Punkt, den sie auf ihre immer länger werdende To-do-Liste setzte.

Außerdem musste sie sich noch mit einem örtlichen Organisator für Outdooraktivitäten in Verbindung setzen, der mit Gästen Jagd- und Wildbeobachtungsausflüge unternehmen konnte. James und Liz konnten sich nicht auch noch um Jagdlizenzen und solche Dinge kümmern, denn sie würden so schon genug zu tun haben. Besser, man überließ derartige Aktivitäten Profis. Das Thema Angeln war allerdings etwas anderes. Da zum Anwesen ein eigener See gehörte, konnten sie ihren Gästen ohne Weiteres die reichhaltige Angelausrüstung zur Verfügung stellen, die James' Vorfahren angesammelt hatten. Kate hatte immer mehr das Gefühl, dass alles sich fügte. Es ging zwar langsam voran, aber sie machten jeden Tag Fortschritte.

Sie schloss das Büro ab und ging ins Haus, um sich eine Tasse Kaffee zu gönnen. Im Salon saßen James und Angus, vor sich zwei Laptops und Papierkram, der den ganzen Tisch bedeckte. Angus drehte sich um, als Kate eintrat.

»Ah, Sie kommen genau richtig«, sagte er mit funkelnden Augen. »Was halten Sie von ein bisschen Yoga heute Abend?«

»Heute Abend?« Kate überlegte. Eigentlich hatte sie körperliche Ertüchtigung bitter nötig. »Warum eigentlich nicht?«

»Gehen Sie sich umziehen, ich fahre.«

»Jetzt gleich?« Kate schaute auf ihre Uhr. »Es ist erst fünf.«

»Hören Sie«, sagte Angus lachend, »ich weiß ja nicht, wann ihr Londoner zum Yoga geht, aber hier oben gibt's keine Muckibude, die rund um die Uhr geöffnet ist. Yoga gibt's einmal pro Woche um halb sechs im Gemeindehaus, das heißt, falls unsere sogenannte Yogalehrerin Brenda es schafft, ihre vier halbwüchsigen Blagen rechtzeitig abzufüttern und vor der Glotze zu parken.«

Kate lachte, doch dann sah sie James' enttäuschte Miene.

»Es ist doch in Ordnung, wenn ich mitfahre, oder? Oder brauchen Sie mich noch?«, fragte sie.

Er zuckte die Achseln. »Machen Sie, was Sie wollen.«

»Äh, okay«, sagte Kate, unsicher, ob er eingeschnappt war, weil Angus ihn nicht eingeladen hatte mitzufahren.

»Würden Sie gern …«

»Nein, nein«, fiel er ihr ins Wort. »Ich bin Läufer, kein Yogi. Viel Spaß!«

Kate freute sich insgeheim, als Angus sie nach dem Yoga noch auf einen Drink im Pub einlud. Er hatte zwar gescherzt, sie solle sich auf Yoga für Amateure einstellen, aber Brenda McCrea hatte sie richtig gequält. Und Brenda war extrem aufmerksam gewesen und hatte bei Kate eine Position korrigiert, von der Kate glaubte, sie hätte sie über die Jahre perfektioniert, nur um jetzt erklärt zu bekommen, dass sie es die ganze Zeit falsch gemacht hatte. Der Yogakurs, den sie in London in der Nähe ihres Büros besucht hatte, war ziemlich entspannend gewesen, eigentlich genau das Richtige für sie, aber jetzt fragte sie sich, ob sie und all die anderen Teilnehmer, die brav zwischen Teambesprechungen ein paar Sonnengrüße gemacht hatten, womöglich all die Jahre übers Ohr gehauen worden waren. Zumindest stand fest, dass ihre Haltung nicht gut war.

Angus hatte sie den anderen vorgestellt, die sie freundlich aufgenommen hatten. In der Entspannungsphase bei Kerzenschein war sie auf der Stelle eingeschlafen. Sie war aufgewacht, als Angus sie lachend gefragt hatte, ob James ein solcher Sklaventreiber sei, dass sie sich vollkommen verausgabte.

»Vielen Dank für die Einladung zum Yoga«, sagte Kate, als Angus im Invermoray Arms mit zwei Flaschen Mineralwasser an den Tresen kam.

»Gern geschehen«, sagte er. »Das Wasser geht aufs Haus.« Im offenen Kamin loderte ein Feuer, und Kate ließ ihre Schultern kreisen. Leute kamen und gingen, blieben kurz stehen, um ein paar Worte mit Angus zu wechseln. Kate fiel auf, dass manche sie neugierig betrachteten und Angus zuzwinkerten. Als sie mit James hier gewesen war, hatte fast niemand ihn gegrüßt, und er umgekehrt auch niemanden. War er ein solcher Einzelgänger? Oder lag es daran, dass seine Familie im Herrenhaus wohnte? Dass er deswegen nicht dazugehörte? Aber vielleicht war Kate ja auch allzu altmodisch gestrickt.

»Hat James eigentlich Freunde hier im Dorf?«, fragte sie unvermittelt.

Angus verschluckte sich fast an seinem Wasser. »Was für

eine Frage«, sagte er. »Wie kommst du denn darauf?« Seit dem Yoga waren sie per Du.

»Ich weiß nicht. Ich dachte, vielleicht ist er ja ein bisschen einsam.«

Angus lächelte. »Meinst du?«

»Vielleicht. Vielleicht auch nicht«, sagte Kate.

»Zu viel Arbeit und kein Vergnügen?«, fragte Angus. Kate nickte.

»Er hat mich«, sagte Angus nachdenklich. »Aber er erzählt mir nicht viel. Wenn er herkommt, reden wir bei einem Whisky oder ein paar Bierchen über Sport und über die neuesten Nachrichten. Aber damit hat sich's auch schon.«

Kate nickte. »Hat er denn hier im Dorf schon mal eine Freundin gehabt?«, hörte sie sich fragen.

»Er lebt hier ziemlich zurückgezogen«, sagte Angus. »Aber ein paar Mädels aus dem Dorf haben's versucht«, fügte er hinzu.

»Was versucht?«, fragte Kate naiv.

Angus lachte. »Na, seine Aufmerksamkeit zu erregen. Aber er hat sie abblitzen lassen. Keine Ahnung, warum. Aber ein Schäferstündchen hier und da würde dem Mann guttun, wenn du mich fragst. So verklemmt, wie der ist.«

Kates Augen weiteten sich. So genau hatte sie es gar nicht wissen wollen. Sie trank einen großen Schluck Wasser und versuchte, den Gedanken wegzuschieben.

»Kann ich jetzt einen richtigen Drink haben?«, fragte Kate.

»Nein, kannst du nicht«, sagte Angus, als Kate der Kellnerin ein Zeichen geben wollte. »Wasser reicht für heute. Du kannst dir doch nach 'ner Stunde Yoga keinen Gin Tonic hinter die Binde kippen.«

»Na gut.« Kate lachte und trank noch einen Schluck Wasser.

»Du stellst ziemlich viele Fragen zu James«, sagte Angus und verschränkte die Arme.

»Nein, nur ein paar.«

»Hm, okay«, sagte Angus, ohne den Blick von ihr abzuwenden.

Kate versuchte, das Thema zu wechseln. »Und du? Hast du eine Freundin?«

»Nein«, sagte er, die Arme immer noch verschränkt. »Ich könnte auch dringend mal ein Schäferstündchen gebrauchen, aber in letzter Zeit hatte ich keine Angebote.«

Diesmal war es Kate, die sich beinahe an ihrem Wasser verschluckt hätte.

Gegen halb zwölf setzte Angus Kate vor dem Haus ab. Sie hatten den ganzen Abend im Pub verbracht, und Angus hatte sie seiner Schwester vorgestellt, die Kate zum nächsten Treffen ihres Lesezirkels eingeladen hatte. Kate hatte sich den Titel des Buchs, das sie gerade lasen, auf den Handrücken geschrieben und sich vorgenommen, so bald wie möglich in die Bücherei zu gehen und sich das Buch auszuleihen, falls es dort zu haben war.

Dann hatte Angus Kates Bitten um einen richtigen Drink nachgegeben und eine Flasche Wein geöffnet. Da er versprochen hatte, Kate nach Hause zu fahren, hatte er selbst nur ein Glas getrunken, während seine Schwester und Kate die Flasche geleert hatten. Kate war nicht entgangen, dass Angus' Schwester sie ebenfalls über James ausgefragt hatte und völlig fasziniert war von der Vorstellung, dass Kate bei ihm oben im Herrenhaus wohnte.

Als Kate das Haus betrat, brannte kein Licht mehr, bis auf die Lampe über der Haustür, die einen schwachen Schein in die Eingangshalle warf, während Kate die Tür weit offen hielt und ihren Schlüssel aus dem Schloss zog. Nachdem sie die Tür zugemacht hatte, musste sie im Dunkeln nach dem Lichtschalter tasten.

»Ziemlich spät geworden, was?«, ertönte James' Stimme von irgendwoher in der dunklen Eingangshalle. Das Feuer im Kamin, das fast ganz heruntergebrannt war, spendete kaum Licht.

Sie spürte mehr als sie es sah, dass James von der Treppe aufstand und auf sie zukam.

»Tut mir leid, ich hab nach dem Yoga noch mit Angus was gegessen und einen Drink ...«

»Meinetwegen können Sie mit der Königin von Schottland noch was gegessen haben«, sagte James und schaltete die Tischlampe ein. »Sie hätten wenigstens meine Nachrichten beantworten können. Ich habe mir Sorgen gemacht.«

Kate kramte ihr Handy aus ihrer Handtasche. »Nachrichten?«

»Ich habe Ihnen um sieben Uhr eine Nachricht geschickt, um zu fragen, ob ich Ihnen was vom Abendessen aufheben soll. Und vor einer halben Stunde habe ich Ihnen eine Nachricht geschickt, um zu fragen, ob Sie noch nach Hause kommen oder ob ich für die Nacht abschließen soll. Es ist wirklich spät, und Sie haben sich nicht gemeldet, und ich ...«

»Natürlich komme ich nach Hause«, sagte sie. »Wo hätte ich denn wohl sonst übernachten sollen?«

»Bei Angus zum Beispiel?«

»Was?«, fragte Kate schockiert. »Wieso sollte ich bei Angus übernachten?«

Er zuckte die Achseln. »Also wirklich. Sie sind keine Nonne, und Angus ist ein netter Typ.«

Kate schaute ihn mit großen Augen an. »Wir waren nur beim Yoga«, sagte sie, als sie endlich ihr Handy gefunden hatte.

»Und dann haben Sie noch was zusammen gegessen«, sagte James, »und getrunken.« Er redete, als würde es dazugehören, dass sie mit Angus ins Bett ging, wenn sie schon mit ihm in den Pub ging.

»Ich gehe mit keinem Mann nach dem ersten Date ins Bett«, sagte sie entgeistert.

»Ach, es war also ein Date?«, sagte er. »Ich dachte, es wäre nur Yoga gewesen.«

»Nein, so habe ich das nicht gemeint!« Kate schüttelte den Kopf. »Es war kein Date. Ich meinte nur … Ach, Sie bringen mich ganz durcheinander …«

Als sie ihr Handy betrachtete, fiel ihr ein, dass sie es vor dem Yogakurs ausgeschaltet und dann vergessen hatte, es wieder einzuschalten. Sie schaltete es ein und sah seine Nachrichten. Sie steckte das Handy wieder ein. Sie würde die Nachrichten später lesen.

»Also«, sagte James. »Ich wollte nur wissen, ob Sie heute Abend noch herkommen würden. Jetzt, wo Sie hier sind … kann ich ja ins Bett gehen. Und verriegeln Sie noch die Tür«, sagte er unwirsch.

James stieg die Treppe hoch, und Kate schob den Riegel an der Tür vor. Sie hörte, wie er seine Zimmertür zuschlug. Sie hatte so einen schönen Abend verbracht, aber jetzt ging sie total bedrückt ins Bett. Unmöglich, der Typ. Echt ein mieser Kerl. Kein Wunder, dass er keine Freundin hatte.

Kapitel 22

September 1940

Der Künstler nahm sich unglaublich viel Zeit. Constance wollte einen Blick auf ihre Armbanduhr werfen, dann fiel ihr ein, dass die auf dem Frisiertisch lag. Ihre Mutter hatte darauf bestanden, dass sie die Uhr ablegte, sie meinte, nackte Unterarme würden damenhafter wirken. Constance saß kerzengerade in einer völlig unnatürlichen Haltung auf einem Hocker. Sie trug ihr silbergraues Ballkleid, dasselbe, das sie am Abend ihrer Geburtstagsfeier getragen hatte. Daisy, die junge Frau, die täglich aus dem Dorf kam, hatte es gewaschen und gebügelt, und falls ihr der Verdacht gekommen war, dass es ein Bad im See hinter sich hatte, so hatte sie ihn nicht geäußert.

Constance rollte den Kopf, um ihre Halsmuskeln zu lockern, und hörte ihre Gelenke fürchterlich knacken. Der Künstler, ein älterer Herr namens Walter McAteer, war laut Aussage ihres Vaters einer der besten Porträtmaler Schottlands. Er wartete geduldig lächelnd, bis Constance wieder still saß. Dann kam er herüber, legte ihr eine Hand in den Rücken und drückte ihren Oberkörper sanft wieder in eine aufrechte Position.

»So«, sagte er und ging zurück zu seiner Staffelei.

In dem Moment betrat Constances Vater den Raum. »Wunderschön«, sagte er, während er nicht seine Tochter, sondern die Skizze betrachtete. »Ich wollte nur mal vorbeischauen«, sagte er lächelnd zu Mr. McAteer. »Und um dir,

Constance, zu sagen, dass wir grünes Licht bekommen haben. Schon bald wird Invermoray House zu einem Genesungsheim werden. Der Vorschlag ist auf große Begeisterung gestoßen, und wie deine Mutter richtig vermutet hatte, wird man uns weiterhin hier wohnen lassen, wenn wir uns auf einige wenige Zimmer zurückziehen.« Er sah sich im Ballsaal um. »In ein paar Tagen werden hier jede Menge verwundete Soldaten liegen und den guten Parkettboden mit Blut besudeln.«

»In ein paar Tagen schon?«, fragte Constance.

»Wenn die da oben wollen, geht alles ganz schnell, auch wenn wir im Krieg sind. Oder vielleicht gerade weil wir im Krieg sind.«

Damit verließ er den Raum und ließ Constance mit dem Künstler allein. Constance genoss die Stille. Sie ließ ihren Blick durch den Ballsaal wandern. Der üppige weiße Stuck mit den taubenblauen Akzenten, der ihr silbergraues Kleid nach Meinung des Künstlers perfekt komplementierte, würde bald als Kulisse für die Genesung verwundeter Soldaten dienen.

Daisy brachte ein Tablett mit Tee, und Constance fragte sich, ob Mr. McAteer ihr erlauben würde, sich zu bewegen und etwas davon zu trinken. Sie nickte Daisy zum Dank zu, dann schaute sie durch die hohen Glastüren zum See hinaus. Hin und wieder sah sie den Gärtner mit seiner Schubkarre zwischen den niedrigen Hecken des Parterre gehen. Das Haus würde sich verändern, aber manche Dinge würden immer gleich bleiben.

Mr. McAteer wischte nachdenklich einen Pinsel an einem Lappen ab.

»Könnten wir vielleicht eine kurze Pause einlegen?«, fragte Constance mit einer leichten Kopfbewegung in Richtung Teetablett.

Die unvergleichliche Mrs. Fraser hatte ein paar Kekse aufgetrieben, aber Constance würde keinen davon essen, sondern heimlich welche in eine Serviette wickeln und für Matthew aufheben. Sie fragte sich, ob Matthew wohl auf sie wartete, ob er sich die Zeit mit dem Lesen der Bücher vertrieb, die sie ihm mitgebracht hatte. Sie überlegte, ob sie ihm vielleicht ein paar andere Bücher bringen sollte. Nein, dachte sie lächelnd, sollte er sich doch durch ihre Lieblingsbücher kämpfen, bis er sie schätzen lernte.

Mr. McAteer aß einen Keks. Während der Arbeit hatte er kaum ein Wort gesagt.

»Na, was geht denn in Ihrem hübschen Köpfchen vor?«, fragte er und riss Constance aus ihren Gedanken.

Sie blinzelte.

»Ach, ich habe gerade über die Literatur nachgedacht.«

»Ja, was täten wir nur ohne die Literatur«, sagte er und goss einen Schluck Sahne in seinen Tee. »Und ohne die Kunst.«

Constance erhob sich von dem Hocker und streckte ihren Rücken.

»Da haben Sie recht«, sagte sie. »Aber es ist Krieg, und eigentlich sollten wir über andere Dinge nachdenken.«

Mr. McAteer rührte in seinem Tee. »Wenn wir über das Nachdenken die Schönheit vergessen würden, die uns umgibt, hätte ich keine Arbeit mehr«, sagte er.

Constance trank einen Schluck. »Stimmt«, sagte sie. »Trotzdem fühlt es sich an wie reine Zeitverschwendung. Also, für mich, meine ich«, fügte sie hastig hinzu, um ihn nicht zu kränken. »Es gibt so vieles, was ich tun könnte, was ich tun sollte. Ich will leben. Stattdessen sitze ich hier in meinem Ballkleid und stelle meine Geburtstagsparty nach.« Sie betrachtete ihr Kleid. »Ich komme mir ziemlich albern vor.«

»Das Porträt soll an Ihren einundzwanzigsten Geburtstag erinnern, Constance«, sagte er. »Niemand hat mit einundzwanzig sein Leben voll ausgelebt. Das kommt alles mit der Zeit. Also, sollen wir weitermachen?«

Wie meistens in dem Haus, in dem sie lebte, fühlte sie sich nicht ernst genommen.

Constance machte sich auf den Weg zur Jagdhütte. In ihrem Beutel waren die restlichen Kekse, ein halber Laib Brot und eine Dose Suppe. Es war ein langer Tag gewesen, und das Sitzen für den Maler hatte sie extrem angestrengt. Der Künstler hatte ihr nicht gestattet, sich das Ergebnis anzusehen, aber das war ihr egal gewesen. Sie hatte sich bedankt und verabschiedet, und während ihre Mutter noch mit dem Künstler geplaudert hatte, war sie nach oben gelaufen und hatte sich eine weite Hose und einen beigefarbenen Pullover angezogen. Kaum war die Luft rein gewesen, war sie losgelaufen, ohne die Klammern zu lösen, mit denen ihre Mutter und Daisy ihr für das Porträt kunstvoll die Haare hochgesteckt hatten. Jetzt merkte sie, dass sie vergessen hatte, ihre Haare zu lösen, weil die Klammern zu kneifen begannen.

Als sie die Tür aufriss, sprang Matthew vor Schreck vom Sofa auf, wo er gesessen und gelesen hatte.

»Meine Güte«, stieß er atemlos hervor. »Das dürfen Sie nicht jedes Mal machen. Wir müssen ein Klopfzeichen vereinbaren, sonst kriege ich noch einen Herzinfarkt.«

»Tut mir leid, ich wollte Sie nicht erschrecken. Ich dachte, Sie hätten vielleicht Hunger. Jedenfalls habe ich Ihnen etwas zu essen mitgebracht.«

»Danke«, sagte er und betrachtete sie von oben bis unten. »Es ist noch etwas von gestern übrig, aber ein Nachschlag ist mir immer willkommen. Sie sehen übrigens sehr schön aus.«

Constance wollte sich gerade für das Kompliment bedanken, kam jedoch nicht dazu, weil Matthew zu husten begann und sich wieder auf das Sofa setzte.

»Alles in Ordnung?«, fragte sie.

»Ja, ich glaube schon«, sagte er wegwerfend. »Nur ein bisschen Husten. Erzählen Sie mir, wie Ihr Tag gewesen ist.«

»Nein, das hat Zeit«, sagte sie. Sie beugte sich vor und legte ihm eine Hand auf die Stirn. »Sie sind ja ganz heiß. Ich mache ein Fenster auf.«

»Bloß nicht«, protestierte er mit einem Lachen, das in Husten überging. »Es ist eiskalt hier drin.«

»Das stimmt gar nicht«, entgegnete sie. »Aber wenn Sie drauf bestehen, lasse ich das Fenster zu.«

»Also«, sagte er. »Wie war Ihr Tag? Oder haben Sie sich diese Frisur meinetwegen machen lassen?«

Constance errötete. »Nein. Ich musste heute für mein Porträt sitzen«, sagte sie und setzte sich auf die Sofalehne.

»Ein Porträt? Wozu?«, fragte Matthew.

»Meine Eltern bestehen darauf. Eigentlich ist es sehr nett von ihnen, ein Porträt zur Erinnerung an meinen Geburtstag anfertigen zu lassen. Von meinem Bruder haben sie auch eins malen lassen, nachdem er seine Pilotenausbildung beendet hatte. Aber da es bei mir nichts Spektakuläres für die Nachwelt festzuhalten gibt, bekomme ich ein Porträt anlässlich meiner Volljährigkeit.«

»Aber es hat Ihnen keinen Spaß gemacht«, sagte Matthew und lehnte sich auf dem Sofa zurück.

»Nein. Ich komme mir so nutzlos vor, und ich würde so gern etwas Nützliches tun.«

»Das tun Sie doch«, sagte er. »Sie geben mir zu essen und halten mich hier in Schach.«

Sie schnalzte missbilligend mit der Zunge. »Ein bisschen mehr Ernst, bitte.«

»Ich meine das ernst«, sagte er. »Sie könnten bestimmt mehr tun, aber bitte denken Sie nicht, dass das, was Sie für mich tun, sinnlos ist, denn das ist es nicht. Der Krieg ist in vollem Gange – und er wird nicht so bald enden. Wenn Sie sich umsehen, werden Sie sicherlich eine Möglichkeit finden, sich nützlich zu machen.«

Constance nickte. »Ein ganzes Jahr ist vergangen, seit der Krieg angefangen hat. Und doch haben wir hier oben bis vor Kurzem nicht viel davon mitbekommen. Nicht so richtig jedenfalls. Douglas hat sich gefreut, dass er fliegen durfte, ihm ist anfangs gar nicht in den Sinn gekommen, dass er mal feindliche Bomber würde abschießen müssen. Ich weiß noch, wie mein Vater gesagt hat, bis Weihnachten ist der Krieg vorbei.«

Matthew schnaubte verächtlich. »Das haben Sie doch nicht etwa geglaubt, oder?«

»Natürlich habe ich das geglaubt«, erwiderte sie beinahe empört. »Sie etwa nicht?«

»Nein«, sagte er knapp. »Der feine Herr Hitler hat sich viel vorgenommen.«

»Ja, da haben Sie wohl recht. Aber vor einem Jahr wusste ich nicht genug, und ich fürchte, jetzt weiß ich immer noch nicht genug.«

»Vielleicht sollten Sie hinter dem Schutzwall hervorkommen, den Ihre Eltern um Sie herum errichtet haben, und sich ansehen, wie die Welt um Sie herum aussieht. Hören Sie Radio, lesen Sie Zeitung, bilden Sie sich Ihre eigene Meinung, anstatt nur auf Ihre Eltern zu hören und ihre Worte als Gesetz zu akzeptieren. Und wo wir schon mal beim Thema sind: Könnten Sie mir vielleicht nächstes Mal eine Zeitung mitbringen? Ich möchte unbedingt wissen, wie der Krieg da draußen weitergeht.«

»Man spürt irgendwie, dass er da draußen ist, nicht wahr?«, sagte Constance geistesabwesend.

Matthew nickte und schaute sich im Zimmer um. »Aber nicht hier drinnen. Nicht hier bei uns.«

Constance lächelte schüchtern. Als er sie anschaute, empfand sie seinen Blick als prüfend. Er hustete wieder.

»Soll ich Ihnen beim nächsten Mal auch was gegen den Husten mitbringen? Vielleicht ein paar Lutschtabletten?«

Er nickte.

Die Kiefern draußen waren wie ein Vorhang, und der Garten verschwand fast unter den wuchernden Brombeerranken. Hier bei Matthew fühlte sie sich wie in einem sicheren Versteck. Sie schaute zwischen den Bäumen hindurch zum See. »Unser Haus soll zu einem Genesungsheim werden, die Vorbereitungen haben schon angefangen«, sagte sie.

»Ein Genesungsheim?«

»Für Offiziere.«

»Ah ja, natürlich«, sagte er mit einem spöttischen Lächeln. Er stand auf, langsamer als sonst, und begann, die Lebensmittel auszupacken, die sie mitgebracht hatte.

»Ich frage mich die ganze Zeit, ob man mir wohl erlauben wird zu helfen. Ich habe keine Ausbildung, deshalb weiß ich nicht, wie wahrscheinlich es ist, dass man meine Hilfe annimmt. Aber ich könnte wenigstens kleine Handreichungen machen.«

»Sie könnten ja mal fragen«, schlug er vor. »Oder würden

Sie vielleicht lieber fortgehen und anderswo ihre Hilfe anbieten?«

»Fortgehen?«, fragte Constance mit großen Augen. »Wie stellen Sie sich das denn vor? Das würden meine Eltern niemals erlauben.«

»Woher wollen Sie das wissen?« Matthew lachte. »Sie wollen wohl gar nicht fortgehen?«

Sie schüttelte den Kopf. »Doch, ich wollte fort. Unbedingt. Bis …«

»Bis …?«, fragte er.

Sie genierte sich, es auszusprechen, vor allem, wo es ihr gerade erst in den Sinn gekommen war. Ihr war bisher gar nicht bewusst gewesen, was sie für ihn empfand, wie sehr sie sich zu ihm hingezogen fühlte, wie wohl sie sich in seiner Gegenwart fühlte, wie sehr sie die Gespräche mit ihm genoss, wie sehr sie ihn wertschätzte. Sie kannte ihn noch nicht einmal eine Woche, aber was sie mit ihm erlebte, war so aufwühlend, und hinzu kam die körperliche Nähe hier in der Hütte. Ihr Herz spielte vollkommen verrückt.

»Bis Sie …«, setzte sie an.

»Bis ich … was?«, fragte er verblüfft.

»Bis Sie aufgetaucht sind und meine Hilfe brauchten …« Sie war ganz verlegen.

»Ach, Constance«, sagte er. Er senkte den Blick, so als wüsste er nicht, wo er hinsehen sollte.

Sie schluckte hörbar. Sie hatte einen Fauxpas begangen und wusste nicht, wie sie die Situation retten sollte.

»Ich meinte nur …«, setzte sie an.

»Ich glaube, ich weiß, was Sie gemeint haben.« Er seufzte. »Wie soll ich es sagen …«

Sie wartete auf die vernichtenden Worte.

»Ich hocke den ganzen Tag hier und kann an nichts anderes denken als an Sie, Constance.«

Ihre Augen weiteten sich. »Wirklich?«

Er nickte. »Ja, wirklich. Wenn ich nicht gerade Austen oder Dickens lese, natürlich. Eine schöne, mutige junge Frau schwimmt in den See hinaus und rettet mich, gibt mir ein Dach über dem Kopf, bringt mir zu essen, lehrt mich Jane Austen zu schätzen ...« Er lächelte sie an. »Was soll ein Mann denn anderes machen, als den ganzen Tag an so eine großartige Frau zu denken? Ich mag vielleicht auf der Flucht sein, Constance, aber ich bin nicht blind. Ich kann an nichts anderes denken als an Sie. Ich ...«, er schluckte. »Mir fehlen die Worte ...«

Sie hielt den Atem an, als er auf sie zukam. Er schien zu überlegen, was er als Nächstes tun sollte. Er legte ihr eine Hand an die Wange. Die Berührung ließ sie am ganzen Körper erbeben.

»Aber das Traurige ist«, flüsterte er. Er stand so dicht vor ihr, dass sie seinen Atem auf der Haut spürte. Aber das genügte ihr nicht. »Wir können unseren Gefühlen nicht nachgeben«, sagte er. »Wir *dürfen* es nicht.«

»Aber warum denn nicht?«, hauchte sie.

»Weil das hier schon viel zu bald ein jähes Ende nehmen wird. Ich werde fortgehen. Oder jemand wird durch diese Tür hier kommen und mich abführen, und dann werden Sie meinetwegen fürchterlichen Ärger bekommen.«

»Ich weiß«, flüsterte sie. »Aber das ist mir egal.«

»Mir nicht, Constance. Ich kann Ihnen nicht sagen, wie gern ich Sie habe.«

»Nein?«, fragte sie mit pochendem Herzen. Sie hätte es nie für möglich gehalten, dass einmal ein Mann vom Himmel direkt in ihr Herz fallen würde.

»Ich kann es Ihnen nicht sagen, weil es unrecht wäre.« Er trat einen Schritt zurück, und da wusste sie, dass der Moment, in dem er sie hätte küssen können, vorübergegangen war.

Er musste wieder husten, diesmal noch heftiger als vorhin, dann holte er pfeifend Luft.

Er erwiderte ihre Gefühle, aber was auch immer das für Gefühle waren, sie würden sie nicht ausleben. Sie wünschte sich, dass es auch so genügen würde, aber tief im Innern spürte sie, dass es ihr nicht genug war. Sie öffnete den Mund, wusste jedoch nicht, was sie sagen sollte. Er sah sie gequält an, so als ob auch er gern etwas sagen würde, was für immer alles zwischen ihnen geändert hätte.

Stattdessen nahm er ihre Hand und küsste sie zärtlich. »Ich werde gewaltigen Ärger bekommen, falls man mich findet. Nach so langer Zeit auf dem Boden wird man mir nicht glauben, dass ich mich bloß verirrt habe oder verwundet wurde. Es wird klar sein, dass ich mich versteckt habe, und dann spielt meine Version der Ereignisse an jenem Abend keine Rolle mehr. Und das war's dann. Man wird mich vors Kriegsgericht stellen und wahrscheinlich ins Gefängnis werfen. Aber wenn ich fort bin, denn irgendwann werde ich gehen müssen, dann möchte ich, dass Sie sich von allen Ketten befreien, die Sie hier festhalten. Reisen Sie durch die Welt, tun Sie etwas Nützliches, aber tun Sie vor allem etwas, woran Sie glauben. Wenn Sie nicht davon überzeugt sind, dass das, was Sie tun, gut und sinnvoll ist, werden Sie daran zerbrechen, glauben Sie mir. Genau wie ich. Mein Krieg ist vorbei. Aber Ihrer fängt gerade erst an.«

Kapitel 23

Die Stunden mit Matthew waren das Aufregendste, was ihr in ihrem kurzen Leben widerfahren war. Sie hatte noch nie erlebt – und es auch noch nie zugelassen, dass sie sich in jemandes Gegenwart so wohl fühlte. Sie hatte Freundinnen, hauptsächlich aus dem Pony Club, wo sie als Kind viel Zeit verbracht hatte, Töchter von Freundinnen ihrer Mutter aus der Londoner Gesellschaft, mit denen sie nach wie vor lose in Kontakt stand. Hin und wieder kam mal ein Brief, oder ein Telegramm kündigte einen Besuch an, aber jemand, mit dem sie Gespräche über das Alltagsgeschehen führen konnte? So etwas kannte sie schon lange nicht mehr, und sie merkte erst jetzt, wie einsam sie mit der Zeit geworden war.

Sie saß an ihrem Frisiertisch und betrachtete ihre Haarklammern und ihren Schmuck. Normalerweise trug sie überhaupt keinen Schmuck, und sie fragte sich, warum ihre Mutter ihr über die Jahre so viele Schmuckstücke geschenkt hatte. Die Hoffnungen ihrer Mutter, dass sie heiraten würde, hatten sich bisher nicht erfüllt, aber wie sollte das auch geschehen, wenn sie hier im Niemandsland gefangen war? Die fürchterlichen endlosen Partys und all die gesellschaftlichen Verpflichtungen, wenn sie in London waren, hatten ihr schon lange zum Hals herausgehangen, und sie hätte nicht sagen können, wie oft sie Kopfschmerzen vorgetäuscht hatte, um sich zurückziehen zu können. Aber je länger der Krieg dauerte, umso seltener landeten Einladungskarten auf dem Schreibtisch ihrer Mutter. Die Welt um Constance herum war dabei, sich grundlegend zu verändern.

Seit Langem sehnte sie sich danach, aus Invermoray wegzugehen, etwas Sinnvolles zu tun, und das hatte Matthew begriffen und sie ermutigt, ihren Wunsch in die Tat umzusetzen. Aber jetzt war Matthew dort im Wald, und von ihm wollte sie nicht weg. Er hatte ihr gestanden, dass er unaufhörlich an sie dachte. Und ihr ging es nicht anders. Wenn sie jetzt fortging, wäre es damit vorbei. Das wollte sie nicht. Trotzdem musste es enden. Matthew würde nicht ewig bleiben, das wussten sie beide. Sie wagte nicht, sich einzugestehen, was sie für ihn empfand, obwohl sie ihn erst seit kurzer Zeit kannte. Der Ausnahmezustand in dieser letzten Woche hatte sie einander Dinge gestehen lassen, die sie unter normalen Umständen niemals preisgegeben hätten. Sie wusste mehr über ihn als über jeden anderen Mann, dem sie jemals begegnet war. Sie wusste, was ihn dazu bewogen hatte zu tun, was er getan hatte. Sie glaubte, ihn zu verstehen und mehr noch, sie begann allmählich, sich selbst zu verstehen. Das Wissen, dass er bald würde gehen müssen, machte ihr das Herz schwer.

Die nächsten Tage brachten enorme Veränderungen für Invermoray House mit sich. Ein Beauftragter des Gesundheitsministeriums hatte das Haus für geeignet befunden, und nun wurde es in ein Genesungsheim umgewandelt.

Das Rote Kreuz hatte Personal geschickt, außerdem Sanitätsartikel, Betten, Tische, Stühle, Spiele und Bücher, worüber Constance ganz begeistert war. Unter dem Portikus stapelten sich Liegestühle und Gartenspiele, und das Mobiliar der Familie hatte man auf dem Dachboden und in den Stallungen verstaut, um Platz zu machen für die metallenen Bettgestelle. Überall wurde Linoleum ausgerollt, um die Parkettböden zu schützen und um das Putzen zu erleichtern. Gemälde und Wandteppiche waren entfernt und eingelagert worden, bis auf einige weniger wertvolle Bilder sowie die Ritterrüstung, über deren Herkunft niemand etwas Genaues wusste. Die mit aufwendigen Schnitzereien versehene doppelflügelige Tür zum Ballsaal war mit Sperrholz verkleidet worden, um zu verhindern, dass sie Schaden nahm durch Offiziere, die lernen mussten, in Rollstühlen zu fahren und mit Krücken zu gehen. Der Schreibtisch von Constances Vater stand jetzt im kleineren der beiden Salons, den die Familie weiterhin nutzen durfte.

»Gott, dieses Geklapper«, stöhnte Constances Mutter eines Morgens. »Ich weiß überhaupt nicht, wie lange meine Nerven das noch mitmachen. Das ist wirklich zu viel.«

Constance dagegen verfolgte völlig fasziniert, wie sich das Haus in rasendem Tempo verwandelte. Es war soweit. Endlich passierte etwas.

»Ich hatte ja keine Ahnung, was diese Entscheidung nach sich ziehen würde«, jammerte Constances Mutter, als sie zur Seite treten mussten, um Freiwillige vorbeizulassen, die Bettgestelle und Stühle hereintrugen. »Dein Vater und ich werden uns zurückziehen, bis das hier vorbei ist. Es gibt ein göttliches Hotel in der Nähe von St. Andrews, wo dein Vater so gern Golf spielt, dort werden wir uns für eine Woche oder so einquartieren. Wenn die Offiziere erst einmal hier sind, ist Schluss mit dem Theater, hat man mir versichert. Die brauchen schließlich Ruhe. Ebenso wie wir. Ich frage mich wirklich, warum ich diesen Vorschlag überhaupt gemacht habe.«

Constance legte ihrer Mutter eine Hand auf den Arm.

»Weil es genau das Richtige war. Wir leisten unseren Beitrag. Außerdem können wir so hier wohnen bleiben, und das wolltest du doch.«

Ihre Mutter machte ein kehliges Geräusch. »Warum sollten wir hierbleiben wollen? Inzwischen denke ich, wir sollten denen einfach alles überlassen. Das hier ist nicht mehr unser Haus.«

Constance konnte kein Mitgefühl für ihre Mutter aufbringen. »Du hast ja recht, aber zumindest wirft man uns nicht hinaus, das hast du selbst gesagt. Es war unsere Entscheidung, und dazu müssen wir jetzt stehen.«

Mrs. McLay schaute ihre Tochter an. »Ja, vielleicht. Du kannst uns gern nach St. Andrews begleiten. Vielleicht bist du ja auch froh, diesem Chaos zu entkommen?«

Aber Constance konnte unmöglich von Invermoray weggehen. »Nein, danke, Mutter«, sagte sie beinahe zu hastig. »Ich bleibe hier und unterstütze Mrs. Campbell dabei, alles im Blick zu behalten. Es ist nicht recht, ihr die ganze Verantwortung allein aufzubürden. Fahrt ihr nur. Wir kümmern uns hier um alles.«

Ihre Mutter nickte, dann wurde sie zum Glück abgelenkt. »Wo wollen Sie damit hin, junger Mann?« Mrs. McLay ging entschlossen auf den verblüfften Mann zu, der mit einer Skulptur unter dem Arm aus Versehen in die falsche Richtung gegangen war. »Lieber Himmel, werden wir jetzt auch noch ausgeraubt?«

Constance hob entschuldigend die Schultern, als der arme Kerl sie mit großen Augen anschaute, dann eilte sie in den Ballsaal, wo gerade ein Schreibtisch aufgestellt wurde und uniformierte Helfer Anweisungen erhielten. Andere Helfer wurden zum Putzen und zum Küchendienst eingeteilt. Mrs.

Fraser wirkte keineswegs verärgert über die bevorstehende Invasion ihrer Küche, im Gegenteil, sie marschierte mit stolz geschwellter Brust voran, um den Helfern ihre makellos saubere, sehr gut ausgestattete Küche zu zeigen.

»Wird ja auch höchste Zeit, dass hier mal was passiert!«, rief sie frohgemut.

Constance kicherte über die Bemerkung und schaute durch die offene Tür in die Richtung, wo die Jagdhütte im Wald versteckt lag. Sie hatte es kaum erwarten können, dass das Genesungsheim eingerichtet wurde, aber auf einmal waren so viele Menschen hier, die überall herumwuselten und mitbekommen konnten, wie sie sich auf den Weg machte, um Matthew Lebensmittel zu bringen. Wie sollte sie jetzt noch unbemerkt zur Hütte gelangen?

Irgendwie hatte sie sich vorgestellt, dass jeweils ein Offizier in einem der Gästezimmer untergebracht werden würde, die alle mit einem viktorianischen Vierpfostenbett ausgestattet waren. Offenbar hatte ihre Mutter ähnliche Vorstellungen gehabt. Aber Gesprächen um sie herum hatte Constance entnommen, dass in jedem Gästezimmer mindestens sechs Betten aufgestellt werden sollten, da würden allein im ersten Stock fast vierzig Betten zusammenkommen. Die Räume im Erdgeschoss sollten als Schlafzimmer für Personal und als Aufenthaltsräume dienen, aber im Ballsaal sollten noch mindestens zwanzig weitere Betten aufgestellt werden. Constance konnte die Reaktion ihrer Mutter verstehen. Außerdem schockierte es sie, dass nur Krankenschwestern hier arbeiten sollten, keine Ärzte. Aber die Oberschwester hatte ihrem Vater erklärt, dass es sich schließlich um ein Genesungsheim handelte, nicht um ein Lazarett. Wenn ein Arzt gebraucht wurde, würde man nach dem Dorfarzt schicken.

Während das medizinische Personal in seine Pflichten eingewiesen wurde, stand Constance unschlüssig herum. Ihre Eltern waren im Aufbruch begriffen, und im Moment gab es für Constance nichts Konkretes zu tun.

Die Oberschwester, eine stämmige Frau mit einem verkniffenen Gesicht, warf ihr einen strengen Blick zu. »Warten Sie auf irgendetwas?«

»Nein«, erwiderte sie unsicher, »eigentlich nicht. Tut mir leid, wenn ich im Weg stehe. Ich dachte nur …«

»Na, raus damit«, sagte sie Oberschwester.

»Könnten Sie vielleicht noch Hilfe brauchen?«, fragte Constance und kreuzte hinter ihrem Rücken die Finger.

Kurz darauf war Constance damit beschäftigt, Kartons zu öffnen und Verbandmaterial in den neuen Schränken zu verstauen, die im hinteren, durch einen Vorhang abgetrennten Teil des Ballsaals aufgestellt worden waren. Obwohl es sich um eine stumpfsinnige Arbeit handelte, war Constance begeistert. Endlich konnte sie sich nützlich machen. Eine Schwester sortierte Tabletten ein und stellte Glasflaschen mit Tinkturen in die Regale. Viele Medikamente wurden nicht gebraucht in einem Genesungsheim.

»Wofür sind die Pillen?«, fragte Constance.

»Gegen Infektionen«, antwortete die Schwester. »Die haben wir für den Fall, dass sich einer was Hässliches einfängt. Das sollte aber eigentlich nicht vorkommen. Die Oberschwester sieht aus, als würde sie ein strenges Regiment führen und darauf achten, dass hier immer alles blitzblank ist.«

Inzwischen waren alle Betten aufgereiht, neben jedem Bett stand ein Nachttisch, und die Böden waren geputzt. Nachdem Constance alles Verbandmaterial verstaut hatte, erbot sie sich, beim Bettenbeziehen zu helfen. Schnell lernte sie, wie man Laken ordentlich einschlug, sodass keine Falten entstanden. Die ganze Zeit lag ein Lächeln auf Constances Gesicht. Sie leistete ihren Beitrag zu den Kriegsanstrengungen, und sei er noch so gering. Kaum war alles fertig, trafen auch schon die ersten Patienten ein. Man hatte ihnen gesagt, es würde alles sehr schnell gehen, aber es war dennoch überwältigend, wie gut die Kriegsmaschinerie offenbar geölt war. Ein Krankenwagen nach dem anderen fuhr auf den Vorplatz, wo zusätzlich eine Rampe für Rollstuhlfahrer aufgestellt worden war.

Als der erste Offizier im Rollstuhl von einem Pfleger an Constance vorbeigeschoben wurde, musste sie an sich halten, um sich ihren Schock nicht anmerken zu lassen. Mit derart entstellten Patienten hatte sie nicht gerechnet. Eigentlich wusste sie selbst nicht, womit genau sie gerechnet hatte. Jedenfalls nicht damit. Der Mann hatte nur noch einen Arm, sein linker Jackenärmel war gefaltet und an der Schulter befestigt. Die sichtbare Hälfte seines Gesichts hing schlaff herunter, als würden seine Muskeln nicht mehr funktionieren, und die andere Hälfte war unter einem dicken weißen Verband verborgen. Sie riss sich zusammen und lächelte den Mann an. Das Gesicht des Pflegers war ausdruckslos, so als wäre er es gewohnt, solche Fälle zu sehen.

Was in aller Welt war diesem armen Mann zugestoßen? Vor lauter Schreck über seinen Zustand hatte Constance gar nicht auf seine Uniform geachtet. War er beim Bodeneinsatz in eine Explosion geraten? Oder war er ein Pilot, dem in der Luft etwas Grauenhaftes zugestoßen war? Die Wunden sahen jedenfalls nicht frisch aus. Wusste der Himmel, welche Behandlung er hatte über sich ergehen lassen müssen, bevor er zur Genesung hierher verlegt worden war. Sie fröstelte, obwohl es gar nicht kalt war, und dankte dem Himmel, dass sie eine Frau war. Sie wäre niemals mutig genug, um in den Kampf zu ziehen. Und sie konnte sich auch nicht vorstellen, woher die Männer den Mut dazu nahmen. Die grausame Wirklichkeit des Kriegs, die ihr vor Augen geführt wurde, als mehr und mehr Verwundete gebracht wurden, war total ernüchternd.

Was war das Gute an diesem Krieg, das so viel Tod und Leid rechtfertigte? Auch wenn sie nach wie vor der Meinung war, dass Matthew seine Pflicht erfüllen musste, so konnte sie ihn jetzt verstehen, wenn er sagte, er könne nicht länger töten, nicht länger andere Männer vom Himmel herunterschießen. Constance schaute zu dem Mann hinüber, dessen vernarbtes Gesicht zur Hälfte unter dem Verband verborgen war. Was hatten die Männer, die tapfer fürs Vaterland kämpften, davon, wenn sie dafür ihr Leben lang gezeichnet blieben?

Im Haus war es laut, es war voller Menschen. Nur noch wenige Betten in den Zimmern im ersten Stock waren unbelegt. Die Oberschwester hatte Constance jedoch gesagt, dass in den nächsten Tagen weitere Patienten hergebracht werden würden. Am späten Nachmittag nahm Constance all ihren Mut zusammen, und zog sich ihre Schuhe an. Um weniger verdächtig zu wirken, falls jemand sie sah, entschloss sie sich, diesmal die Hintertür zu nehmen. Als sie in den kopfsteingepflasterten Hof trat, zuckte eine Krankenschwester, die draußen stand und rauchte, vor Schreck zusammen und nahm Haltung an. Constance entschuldigte sich und rang sich ein Lächeln ab. Das Herz schlug ihr bis zum Hals. Sie hatte nicht damit gerechnet, dass sich hier jemand aufhielt. So dankbar sie war, dass das Haus einem sinnvollen Zweck zugeführt wurde und sie sich endlich nützlich machen konnte, so sehr bedrückte es sie, wie kompliziert dadurch alles wurde.

Bei der Jagdhütte angekommen, klopfte sie an die Tür, doch es kam keine Reaktion. Panik überkam sie, und die Vorfreude, Matthew von den neuesten Entwicklungen im Haus zu berichten, war im Nu verflogen. Die Tür quietschte, als sie sie vorsichtig öffnete. Constance schaute zum Sessel hinüber, in dem er es sich meist bequem machte. Ihre Bücher waren ordentlich neben dem Sessel gestapelt, die Küche war aufgeräumt, und in der Hütte war es still. Sie legte die Lebensmittel, die sie mitgebracht hatte, auf den Tisch und lauschte.

»Matthew?«, rief sie. Vielleicht war er an den Bach gegangen, um sich zu waschen, so wie das letzte Mal, als sie geglaubt hatte, er sei fortgegangen. Aber irgendetwas stimmte nicht. Noch einmal rief sie seinen Namen. Von oben war ein Knarzen zu hören. Sie stieg die schmale Holztreppe zum Schlafzimmer hoch. Zu ihrer Erleichterung lag er im Bett und schlief. Die Laken waren zerwühlt. Er hatte dieselben Sachen an wie am Vortag, was sie wunderte, wo er doch einen ganzen Schrank mit den Kleidern des Jägers zur Verfügung hatte. Außerdem hatte er bisher jeden Abend seine gebrauchten Sachen unten am Bach gewaschen und sie am Abend, wenn niemand vom Haus aus den Rauch sehen konnte, über dem Kaminfeuer getrocknet.

Seine Brust hob und senkte sich ein wenig zu schnell für einen Schlafenden, dachte Constance. Plötzlich hustete er und drehte sich mit einem Stöhnen um. Sie trat näher ans Bett. Die Laken waren feucht, und seine Kleider waren durchnässt. Automatisch schaute sie nach oben, aber es hatte in den letzten Tagen keinen Regen gegeben, der durch das Dach hätte sickern können.

Das bedeutete, dass seine Kleider schweißnass waren. Sie befühlte seine Stirn, die heiß und feucht war. Als sie sich am Vortag von ihm verabschiedet hatte, war es ihm noch gut gegangen. Gut, er hatte gehustet, und der Husten war schlimmer geworden – die Lutschtabletten, die sie ihm mitgebracht hatte, hatten überhaupt nicht geholfen. Aber jetzt wirkte er todkrank.

»Matthew!«, rief sie ängstlich. »Matthew!«

Sein Atem ging rasselnd. Constance schaute den Piloten hilflos an. Er hatte offenbar hohes Fieber. Was sollte sie nur tun?

Sie umschlang ihn mit den Armen und brachte ihn mit großer Anstrengung in eine sitzende Position. Sein Kopf lag schlaff auf ihrer Schulter. Irgendwie schaffte sie es, ihm seinen Pullover auszuziehen. Matthew war so schwer, dass sie ihn kaum halten konnte, und der Pullover war nassgeschwitzt. Sie legte Matthew wieder hin, dann lief sie nach unten. In der Küche drehte sie den Wasserhahn auf, und während das Wasser nur tröpfelnd in die Spüle lief, sah sie sich nach einem Gefäß um. Nachdem sie zwei Henkeltassen gefüllt hatte, ging sie wieder nach oben, öffnete den Kleiderschrank und fand ein Hemd, das sie in das kühle Wasser tauchen konnte. Ihm die Stirn mit einem feuchten Hemdszipfel abzutupfen, würde nicht reichen, das war ihr klar, aber was konnte sie sonst noch tun? Sie nahm einen Stapel fadenscheinige Handtücher aus dem Schrank, warf sie in die Küchenspüle und drehte das Wasser wieder auf. Nachdem die Tücher sich mit Wasser vollgesaugt hatten, wrang sie sie aus und lief wieder nach oben. Sie wickelte Matthew ein paar größere Handtücher um die Brust und legte ihm ein kleineres auf die Stirn. Dann hockte sie sich neben das Bett, hielt Matthew die Hand und hoffte, dass das Fieber herunterging. Das alles machte ihr fürchterliche Angst. »Bitte, stirb nicht«, flüsterte sie. Sie nahm das Handtuch von seiner Stirn, tauchte es noch einmal in das kühle Wasser und legte es zurück.

Plötzlich wurde ihr bewusst, dass sie überhaupt nichts von Krankenpflege verstand und keine Ahnung hatte, was die Schwestern für die genesenden Offiziere oben im Haus taten. Matthew atmete so schwer, dass sie überlegte, ob sie zum Haus laufen und um Hilfe bitten sollte. Dann öffneten sich seine Augen, und er schaute sie an, aber sie hätte nicht sagen können, ob er sie sah oder nicht.

»Bitte, stirb nicht, Matthew«, flüsterte sie wieder und rieb ihm die Hand. »Bitte, stirb nicht.«

Er schluckte. Seine Augen drehten sich nach hinten, bis das Weiße zu sehen war, dann schlossen sie sich wieder. Sie war hin- und hergerissen, und fing an zu weinen. Aber Weinen würde ihm auch nicht helfen, schalt sie sich ärgerlich. Wenn sie zum Haus lief, um Hilfe zu holen, würde es eine Ewigkeit dauern, bis sie wieder hier war, und was, wenn sie ihn dann tot vorfand? Außerdem hatte sie ihm hoch und heilig versprochen, niemandem zu erzählen, dass er hier war. Wenn sie ihn verriet, damit er Hilfe bekam, und wenn er dann ihretwegen abgeführt wurde, würde sie sich das niemals verzeihen. Aber wenn sie ihn nicht verriet, würde er vielleicht sterben. Sie hatte keine Ahnung, was ihn befallen hatte. Er brauchte unbedingt Medikamente. Aber welche? Sie hatte den ganzen Vormittag Tabletten und Tinkturen ausgepackt, auf einer Liste abgehakt und in den Schrank geräumt. Auf den Packungen und den Fläschchen hatten Namen gestanden, von denen sie noch nie gehört hatte. Sie konnte zum Haus laufen und ein paar Tabletten für ihn holen, aber was, wenn es die falschen waren? Und was, wenn sie ihm eine falsche Dosis verabreichte und ihn damit umbrachte? Vor Angst zitternd versuchte sie sich einzureden, dass es alles gar nicht so schlimm war, dass er jung und robust war und sie völlig übertrieben reagierte.

Plötzlich hörte er auf zu atmen. Sie sprang auf und wartete. Schließlich schüttelte sie ihn und schrie: »Matthew!« Er begann wieder zu atmen, und als er die Augen öffnete, sank sie auf die Knie. Er schluckte und schaute sie an. Er war kreidebleich.

Er schien etwas sagen zu wollen. »Nicht«, sagte sie. »Nicht sprechen.«

»Ich …«, stöhnte er, »ich … darf nicht hier sein. Sie dürfen nicht hier sein.«

Dann begann er wieder rasselnd zu atmen.

»Machen Sie sich keine Sorgen«, sagte sie. »Ich gehe jetzt zum Haus. Da sind Krankenschwestern, und es gibt Medikamente. Ich hole jemanden, der Ihnen hilft.«

»Nein«, flüsterte er. »Nicht.«

»Es muss sein«, entgegnete sie. »Sie sind krank. Ich hab Angst um Sie.«

Er packte sie am Handgelenk. Doch er hatte keine Kraft, und sie riss sich los.

»Wenn ich es nicht tue, sterben Sie vielleicht«, sagte sie unter Tränen.

Er schloss die Augen. »Dann lassen Sie mich.«

Das würde sie nicht tun. Sie stürmte die Treppe hinunter und aus der Tür und rannte in Richtung Invermoray House.

Kapitel 24

2020

Der Handywecker tirilierte ziemlich lange, bis Kate begriff, woher das Geräusch kam. Sie schaltete den Wecker aus und las verschlafen die Nachrichten, die James ihr am Abend zuvor geschickt hatte. Die erste war noch freundlich, er fragte, ob er für sie mitkochen solle oder ob sie auswärts essen werde. Die zweite klang schon etwas besorgt. Er erkundigte sich, ob sie vorhabe, heute Abend noch zurückzukommen, und ob er sie irgendwo abholen solle. Kate bekam ein fürchterlich schlechtes Gewissen. Er war ja richtig fürsorglich gewesen. Aber als sie schließlich nach Hause gekommen war, hatte er doch ziemlich übertrieben reagiert.

Ein Pling kündigte eine neue Nachricht an. Kate wunderte sich, welch großer Beliebtheit sie sich plötzlich erfreute. Als sie sah, dass die Nachricht von Jenny kam, setzte sie sich freudig erregt auf. Jenny, ihre Verbindung zur Außenwelt. Sie wollte wissen, wie die Situation sich entwickelte, und bekräftigte noch einmal ihre Absicht, Kate für ein paar Tage besuchen zu kommen. Eigentlich war Kate von der Idee ganz begeistert gewesen, aber jetzt fragte sie sich, wo sie Jenny unterbringen sollten. Es dauerte nicht mehr lange, bis sie zahlende Gäste beherbergen konnten, und vorher würden sie die Presseleute für ein Wochenende einladen. Danach würden hoffentlich alle Betten belegt sein. Wenn Jenny sie besuchen wollte, musste das also so bald wie möglich passieren.

Kate schrieb ihr das und drückte auf Senden.

»*Kann ich nicht bei dir pennen?*«, antwortete Jenny. »*Ich muss noch ein paar Urlaubstage nehmen. Ist es kalt bei euch? Wenn ja, kannst du es sowieso knicken.*«

Kate lächelte. »*Aber in einem Bett mit mir zu pennen, ist kein Hindernis? Es ist Sommer, es ist also warm. Mehr oder weniger.*«

»*Das muss reichen. Soll ich mir ein paar Tage mehr freinehmen? Ich könnte dir ein bisschen unter die Arme greifen. Freiwilliger Arbeitseinsatz, sozusagen. Vielleicht hast du dann ja eine Weile Ruhe vor dem bösen James.*«

»*Vielleicht. Zumindest, solange es nicht so aussieht, als hätten wir Spaß*«, schrieb Kate.

Jenny schickte ein Emoji, das die Augen verdrehte. »*Ist Spaß bei euch verboten? Weiß nicht, ob ich diesen James kennenlernen möchte. Scheint ja ne echte Spaßbremse zu sein.*«

Kate wusste nicht recht, was sie darauf antworten sollte. Sie wollte nichts Schlechtes über ihn schreiben, das wäre ihr illoyal erschienen. Aber so wie die Dinge derzeit standen, war sie sich nicht sicher, ob er es verdient hatte, dass sie ihn in Schutz nahm.

Aber ehe Kate dazu kam zu antworten, schickte Jenny wieder eine Nachricht. »*Irgendwelche interessanten Männer da oben? Bitte, sag ja!*«

»*Ja!*«, schrieb Kate.

Jennys Antwort ließ nicht auf sich warten. »*Lügst du etwa?*«

»*Kein Kommentar. Aber komm einfach trotzdem, ja?*«, schrieb Kate so schnell sie konnte. »*Bitte!*«

Jenny schickte ein Smiley und schrieb, sie werde nach Flügen schauen und sehen, welche Tage sie sich freinehmen konnte. Kate legte das Handy weg und hüpfte unter die Dusche.

In Invermoray ging ein Tag nahtlos in den anderen über, und so war Kate regelrecht überrascht, als es endlich Samstag war. Und ausnahmsweise hatte sie sogar etwas vor. Sie würde ins Dorf fahren, das Buch für den Lesezirkel besorgen, sich damit auf den hübschen kleinen Dorfplatz setzen und ein paar Stunden lesen. Sie freute sich auf einen wunderbar entspannten Nachmittag.

Als eingefleischter Single war sie es eigentlich nicht gewohnt, andere über ihre Pläne zu informieren. Und Liz hatte ihr versichert, dass sie nicht ständig erreichbar sein musste, erst recht nicht am Wochenende. Trotzdem legte sie einen Zettel neben das Telefon in der Eingangshalle, um Liz und James wissen zu lassen, wohin sie gegangen war. Sie hatte kurz überlegt, ob sie noch dazuschreiben sollte, sie würde ihr Handy auf jeden Fall eingeschaltet lassen, falls man sie dringend erreichen müsse, sich jedoch dagegen entschieden. Schließlich wollte sie James nicht noch mehr gegen sich aufbringen.

Sie parkte ihren kleinen Mietwagen und ging zur Bücherei. Angus' Schwester Morven hatte gesagt, sie würde das Buch schon mal für sie bestellen, was Kate sehr nett fand. Als Kate die Bücherei betrat, wurde sie sofort von der Frau am Tresen mit den Worten begrüßt: »Guten Morgen, Sie sind bestimmt Kate!«

»Äh, ja. Woher wissen Sie das?«, fragte Kate verblüfft.

»Ich hab's mir gedacht«, erwiderte Frau in einem fröhlichen Singsang. »Unbekanntes Gesicht …«

»Invermoray ist wirklich sehr klein«, sagte Kate.

»Allerdings«, erwiderte die Frau. »Ich bin Kirsty. Morven hat mich gebeten, dieses Buch für Sie zur Seite zu legen.« Sie hielt ein Taschenbuch hoch. »Alle anderen Exemplare sind ausgeliehen, aber ich habe meins gerade ausgelesen. Ich hab gehört, Sie treten unserem Lesezirkel bei?«

»Ja, wenn das in Ordnung ist?«

»Aber klar! Das bringt frischen Wind in unsere Runde!« Sie lachte. »Brenda McCrea ist unsere Schwester Oberin. Wer das Buch nicht gelesen hat, bekommt's mit ihr zu tun. Beim ersten Mal bin ich eigentlich nur hingegangen, um ein bisschen zu quatschen und ein Gläschen Wein zu trinken, aber jetzt bin ich immer mit sechs oder sieben klugen Fragen ausgerüstet.«

»Oje, Hilfe«, sagte Kate. Offenbar hatte Angus keine Ahnung, was sich in dem Lesezirkel abspielte. Mit so etwas hatte sie nicht gerechnet.

»Aber wenn man an ihrem Yogakurs teilnimmt, ist sie ein bisschen gnädiger.«

»Na, Gott sei Dank«, sagte Kate. »Dann bin ich ja gerettet.«

Sie legte ihren Personalausweis auf den Tresen und füllte ein Formular aus, um einen Leseausweis zu bekommen.

»Wie lange bleiben Sie denn hier?«, fragte Kirsty, während Kate ihre Häkchen setzte.

»Ich weiß es noch nicht«, antwortete Kate wahrheitsgemäß. »Ich bin jetzt seit zwei Monaten hier. Mein Vertrag geht über ein halbes Jahr, aber die Zeit vergeht wie im Flug. Ehe ich michs versehe, bin ich schon wieder weg.«

Eigentlich ein komisches Gefühl, dachte Kate, dass es so bald schon vorbei sein sollte. Aber natürlich freute sie sich auch darauf, demnächst die Früchte ihrer harten Arbeit zu sehen.

Als Kate Kirsty gerade das ausgefüllte Formular hinschob, kam Morven herein. »Na, wie geht's deinem Kopf?«, fragte Morven, offenbar in Anspielung auf den Abend im Pub nach dem Yogakurs.

»Gut«, antwortete Kate. »Wie James immer sagt, PR-Leute sind per se trinkfest. Und selber?«

»Alles gut«, sagte Morven. »Mein Bruder ist Wirt, was soll ich sagen? Du hast das Buch also bekommen? Ich hab's gerade zu Ende gelesen. Es ist nicht besonders gut, muss ich gestehen. Brenda war diesen Monat dran mit Aussuchen. Sie drängt uns gern Bücher auf, die uns zum Nachdenken anregen sollen. Kirsty und ich überlegen, einen eigenen Lesezirkel zu gründen, wo wir nur Bücher lesen, die verfilmt worden sind.«

»Schsch, nicht so laut«, sagte Kirsty. »Ich arbeite immerhin in einer Bücherei.«

Kate lachte, froh, zwei verwandte Seelen gefunden zu haben. Dann fiel ihr wieder ein, dass sie noch einen zweiten Grund gehabt hatte, die Bücherei aufzusuchen. »Gibt es hier eigentlich ein Zeitungsarchiv?«, fragte sie.

»Ja«, sagte Kirsty und zeigte auf ein Regal in der hinteren Ecke des Saals. »Alles schön gebunden. Das geht nach Jahrgängen. Und da drüben haben wir eine Abteilung Heimatkunde, mein ganzer Stolz. Falls Sie nicht finden, was Sie suchen, sagen Sie mir Bescheid, dann helfe ich Ihnen suchen.«

»Danke. Bin gleich zurück«, sagte Kate. Während die beiden Freundinnen sich über das Buch unterhielten, ging Kate zu der kleinen Abteilung für Heimatkunde. Es gab ein paar Bücher über örtliche Mythen und Bräuche, die sie kurz durchblätterte. Die unteren Regalbretter waren dicht gefüllt mit sehr großen, ledergebundenen Bänden, deren rote Rücken vom Sonnenlicht, das durch das Fenster hereinfiel, ausgebleicht waren.

Morven lugte um das Regal herum. »Ich bin dann mal weg. Ich muss die Kinder bei Onkel Angus abholen und sie fürs Wochenende zu ihrem Vater bringen. Keine Ahnung, warum der Typ sie nicht hier abholen kann, aber so sind Ex-Männer nun mal.«

Kate schenkte ihr ein mitfühlendes Lächeln.

»Suchst du was Bestimmtes?«, fragte Morven, obwohl nicht zu übersehen war, dass sie es eilig hatte.

»Ja, Zeitungsartikel über einen Vorfall, bei dem jemand ertrunken ist. Aber geh du nur, ich komme schon zurecht. Wenn nicht, wende ich mich an Kirsty, die hat mir ihre Hilfe angeboten.«

Plötzlich wirkte Morven interessiert. »Jemand ist ertrunken? Wann denn?«

»In den Vierzigerjahren, sagt dein Bruder.«

Morven machte ein nachdenkliches Gesicht, als Kate einen der großen Bände mit dem Titel *Highlands and Islands Times* aus dem Regal zog. »Meine Güte, da werd ich ewig dran sitzen. Und es sind nur die ersten paar Monate des Jahres.«

»Den Rest musst du dir von Kirsty aus dem Keller holen lassen«, sagte Morven. »Sie hat die meisten alten Zeitungen weggepackt, um Platz zu schaffen für Bücher über Seeungeheuer und Selkies, an deren Existenz sie felsenfest glaubt.« Morven verdrehte die Augen. Dann sagte sie unvermittelt. »Es war ein Pilot.«

»Was?« Kate blickte auf.

»Im See ist mal ein Pilot ertrunken«, sagte Morven.

»Woher weißt du das?«

»Von meinem Großvater. Auch wenn ich mir nicht sicher bin, wie viel Wahrheit in seinen Geschichten steckte. Er hat Angus und mich immer gewarnt, wir sollen nicht allein im See schwimmen gehen. Er meinte, der See verschlingt Leben und gibt es nicht wieder zurück. Und er wusste von einem Piloten, der lebendig in den See gegangen und tot wieder rausgekommen ist.«

Kate erschauderte.

»Wir haben natürlich nicht auf ihn gehört und sind dauernd im See geschwommen, und zwar an der Stelle, wo er eine Biegung macht, wo man vom großen Haus aus nicht gesehen werden kann. Aber dann wurde dieses neue Spaßbad gebaut, von da an sind wir dahin gegangen. Da gab es sogar eine Wellenmaschine. Inzwischen ist die meistens kaputt, aber die Kinder sind ganz verrückt nach den Wellen. Wir sind gar nicht mehr zum See gegangen, und ich hatte die Geschichte schon ganz vergessen. Bin schwer beeindruckt, dass Angus sich dran erinnert.«

Seit einer ganzen Weile saß Kate auf dem Dorfplatz in der Sonne und las ihren Roman. Allerdings registrierte sie nur die Hälfte. Es las sich ziemlich zäh, fand sie, aber wenn sie Freundinnen finden wollte, kam dafür außer dem Yogakurs nur der Lesezirkel infrage. Sie hatte gar nicht gemerkt, dass das Wetter umgeschlagen war. Dunkle Wolken zogen sich am Himmel über ihr zusammen und eine kühle Brise war aufgekommen, die sie frösteln ließ. Sie zog ihre Strickjacke enger um sich, nahm ihre Sonnenbrille ab und schaute zu den gezackten Bergen am Horizont, über denen der Himmel schon ganz dunkel war.

»Hallo«, sagte jemand hinter ihr. Kate fuhr herum, und da stand James. Seit sie vor ein paar Tagen in der Eingangshalle aneinandergeraten waren, hatten sie kaum ein Wort miteinander gewechselt. Er hatte die ganze Zeit an der Jagdhütte gearbeitet, die inzwischen fast fertig war, wie er behauptete, während Kate ihre Zeit im Büro verbracht hatte. Auch zu den Mahlzeiten hatten sie sich nicht gesehen, woraus Kate geschlossen hatte, dass er häufiger als gewöhnlich zum Essen in den Pub ging.

»Hallo«, sagte Kate.

»Ich bin mit der Hütte fertig geworden«, sagte er. Sein Blick fiel auf ihr Buch. »Gutes Buch?«, fragte er.

Kate betrachtete das Titelbild, um sich daran zu erinnern, was sie gerade las, dann schaute sie James an. »Nein, eigentlich nicht.«

Er lachte. »Ich wollte kurz was fürs Abendessen einkaufen«, sagte er leicht verlegen.

Kate klappte ihr Buch zu.

»Okay, ich wollte Sie nicht stören«, sagte er und wandte sich zum Gehen.

»Sie stören mich nicht«, sagte Kate. Sie warf einen Blick auf ihre Uhr. Sie hatte gar nicht gemerkt, wie die Zeit verging, und trotzdem war sie in dem Buch noch nicht weit gekommen. »Ich wollte auch was fürs Abendessen besorgen«, sagte sie. »Könnten wir zusammen machen.«

»Wenn es Ihnen nichts ausmacht«, sagte James.

»Natürlich nicht. Machen Sie's doch nicht immer so kompliziert.« Kate lachte.

Er stutzte. »Wie meinen Sie das?«

»Ist Ihnen schon mal aufgefallen, dass Sie mich jedes Mal total nervös machen?«

Er sah sie erschrocken an. »Nein.«

»Dann achten Sie mal drauf. Es ist nämlich so.«

Er setzte sich neben sie ins Gras. »Und wieso?«

»Ich weiß auch nicht. Es ist … einfach so.«

»Ich finde, dass das mehr über Sie aussagt als über mich.« In seinem Blick lag etwas Triumphierendes, als er das sagte.

Kate wusste nicht, was sie darauf antworten sollte.

»Was ist denn jetzt mit Essen?«, fragte James, anscheinend wollte er das Thema wechseln. »Wir könnten uns ein paar

Sachen im Laden kaufen und hier picknicken. Ich lade Sie ein.«

»Gute Idee«, sagte Kate. »Aber Sie brauchen nicht zu bezahlen.«

»Ich weiß«, sagte er. »Betrachten Sie es als Spesen oder was auch immer. Außerdem bezahle ich Sie ab jetzt nicht mehr, haben Sie das schon vergessen?«

»Was?«, fragte Kate entgeistert, während James sich vor Lachen auf dem Rasen kugelte.

»War ein Witz«, sagte er. Dann schaute er zum Himmel hoch, der immer dunkler wurde. »Ich fürchte, es fängt gleich an zu regnen. Wollen wir uns vielleicht Fish'n'Chips holen und mit nach Hause nehmen? Ich habe noch eine Flasche guten Sancerre im Kühlschrank.«

»Klingt gut. Und wo wir gerade über unbezahlte Arbeit reden. Meine Freundin Jenny möchte mich ein paar Tage besuchen. Wäre das für Sie in Ordnung? Sie könnte vielleicht herkommen, wenn die Journalisten hier sind, dann kann sie uns ein bisschen zur Hand gehen. Sie braucht auch kein Gästezimmer, denn sie schläft bei mir.«

James hob die Brauen. »Ach?«

Kate knuffte ihn und ignorierte die Bemerkung. »Wir haben früher zusammen gearbeitet, wir sind also gut eingespielt. Das passt doch perfekt, oder? Und Sie brauchen den Journalisten keinen Honig um den Bart zu schmieren«, fügte sie grinsend hinzu.

»Heißt das, Ihre Freundin ist auch PR-Frau?«, fragte er und verzog das Gesicht.

»Ja.« Kate verschränkte die Arme.

»Oje«, sagte er. »Zwei von der Sorte …«

Kapitel 25

Die Wolkendecke war innerhalb kürzester Zeit fast schwarz geworden, und als Kate und James aus dem Imbiss traten, öffneten sich die Schleusen des Himmels, und kalter Regen prasselte herab. Sie liefen zum Dorfplatz, wo Kates kleiner Mietwagen stand.

»Gut, dass Sie mit dem Auto da sind«, sagte James, die Tüte mit dem Essen an die Brust gedrückt. »Ich bin zu Fuß hergekommen und bin froh, dass ich jetzt nicht zurücklaufen muss.« Er riss die Beifahrertür auf. Kate setzte sich hinters Steuer. Ihre klatschnassen Haare klebten ihr an Stirn und Hals. Sie beugte sich noch einmal aus der Tür, um ihre Haare über der Straße auszuwringen, aber als sie sich schließlich im Sitz anlehnte, spürte sie, wie ihr das Wasser den Rücken hinunterlief. Vor Kälte zitternd schlug sie die Tür zu.

»Das kam aber plötzlich«, sagte Kate. Die Fenster beschlugen, und der Duft von Fish'n'Chips ließ Kate das Wasser im Mund zusammenlaufen. James schob sich die nassen Haare aus der Stirn, öffnete die Tüte und hielt Kate die Fritten hin. Sie nahm zwei auf einmal und genoss den Geschmack nach Essig und Salz.

Dann drehte sie den Zündschlüssel. Der Motor gab nur ein wiederholtes Klicken von sich. Stirnrunzelnd versuchte sie es noch einmal, doch der Motor gab das gleiche enttäuschende Geräusch von sich.

Diesmal runzelte James die Stirn, machte die Tüte zu, damit die Fritten warm blieben, und sagte: »Versuchen Sie's noch mal.«

Kate drehte den Schlüssel, und der Motor sprang an.

»Ich dachte immer, diese Autovermieter würden ihre Wagen regelmäßig warten«, murmelte James, während er sich anschnallte.

»Bisher hat er keine Mucken gemacht.« Sie hatte das Gefühl, die Firma verteidigen zu müssen. Aber auf der gewundenen Straße zum Haus bestrafte der Wagen ihren Optimismus und gab den Geist auf. Das Lenkradschloss rastete ein, und der Motor ging aus.

»O nein«, stöhnte Kate. Regen prasselte auf die Windschutzscheibe, und sie sah überhaupt nichts mehr, denn auch die Scheibenwischer bewegten sich nicht mehr.

»Was ist das denn jetzt?«, fragte James. »Versuchen Sie's noch mal.«

Nachdem Kate mehrmals vergeblich versucht hatte, den Motor wieder zu starten, begann sie, im Handschuhfach zu kramen. Sie war sich ganz sicher, dass sie da drin eine Bedienungsanleitung gesehen hatte mit Anweisungen für den Fall, dass der Wagen liegen blieb. Aber anscheinend hatte sie das Heft verlegt, als sie Wochen zuvor auf dem Weg vom Flughafen hierher in dem Handschuhfach nach einer Straßenkarte gesucht hatte.

James löste seinen Sicherheitsgurt. »Ich seh mir mal den Motor an.«

Heldenhaft trat er hinaus in den strömenden Regen. Einen Moment lang blieb er vor der Motorhaube stehen, dann kam er zur Fahrertür und klopfte ans Fenster. Da das Fenster sich nicht öffnen ließ, machte sie die Tür auf. »Sie müssen die Motorhaube öffnen.«

Kate wollte aus dem Wagen steigen.

»Nein«, sagte er und Kate bekam mit, dass er die Augen verdrehte, ehe er anfing zu lachen. »Irgendwo da unten muss ein Hebel sein«, sagte er und zeigte in Richtung Fußraum. Als Kate den Hebel nicht fand, bückte er sich und tastete zwischen ihren Füßen, bis er fündig wurde.

Die Motorhaube sprang auf, und James verschwand dahinter. Es kam ihr unhöflich vor, im Wagen sitzen zu bleiben, also stieg sie aus und stellte sich neben James. Sie war sowieso schon patschnass, da war es egal, dass ihr nun noch mehr Regen ins Gesicht peitschte. Den schwarzen Wolken nach zu urteilen, die über den Bergen dräuten, würde es nicht so bald aufhören zu regnen. Sie fragte sich, ob es einen Schirm im Auto gab. Aber falls ja, war es sowieso zu spät.

Nachdem James eine ganze Weile den Motor begutachtet und versucht hatte, den Schaden zu ergründen, richtete er sich auf und sah Kate ratlos an.

»Und? Wo ist das Problem?«, fragte Kate hoffnungsvoll, während sie ihr Handy überprüfte. Sie befanden sich in der Nähe der Stelle, wo sie ihn bei ihrer Ankunft beinahe überfahren hätte. Aber ebenso wie damals hatte sie auch jetzt keinen Empfang.

»Wir sind hier mitten in einem Funkloch«, sagte James und knallte die Motorhaube zu. »Ich habe keinen Schimmer, was mit dem verdammten Auto los ist.«

»Vielleicht die Batterie?«, überlegte Kate. »Falls ja können wir sowieso nichts machen … außer hoffen, dass jemand vorbeikommt, der uns Starthilfe geben kann.«

Sie schauten die leere Straße hoch und runter.

»Verflucht«, sagte James und wischte sich das Wasser aus dem Gesicht. »Wir sind schon zu weit vom Dorf entfernt, um zurückzulaufen, zum Haus ist es näher. Und noch näher ist es zur Jagdhütte. Am besten, wir laufen dahin und warten, bis es aufhört zu regnen.«

»Okay«, stimmte Kate ihm zu. Es schüttete immer noch wie aus Eimern, und sie hätte sich mit allem einverstanden erklärt, Hauptsache, sie kam irgendwie ins Trockene. James, ganz Gentleman, holte das Warndreieck aus dem Kofferraum und lief ein Stück die Straße hinunter, um es dort aufzustellen.

»Also los«, sagte er, nachdem er die Tüte mit den Fish'n' Chips aus dem Auto genommen hatte.

Sie liefen durch den strömenden Regen zur Jagdhütte. Vor der Tür hatte James Mühe, den Schlüssel mit klammen Fingern aus seiner nassen Hosentasche zu fischen. Endlich öffnete er die Tür und sie stolperten in die Hütte.

»So nass bin ich schon lange nicht mehr geworden«, sagte Kate atemlos, während sie in der Tür stand und den Rand ihres T-Shirts auswrang.

James legte die Tüte mit den Fish'n'Chips auf den Holztisch in der Küche.

»Bah«, brummte er. »Dieses nasse Zeug ...« Er zog sich sein Hemd aus und warf es auf den Boden. Kate blinzelte. Einen Moment lang wirkte James verunsichert, dann sagte er: »Oben sind Decken, ich geh eben rauf und ...« Plötzlich schien er nicht zu wissen, wie er den Satz beenden sollte.

Kate wrang sich über der Spüle die Haare aus. Als James wieder nach unten kam, hatte er die Jeans ausgezogen und sich eine Decke wie ein Handtuch um die Hüften gewickelt. Er reichte Kate eine karierte Decke und riet ihr, nach oben zu gehen und sich ebenfalls ihre nassen Sachen auszuziehen.

Es fühlte sich himmlisch an, die nassen Sachen loszuwerden und sich in die warme, trockene Decke zu wickeln. James hatte eine Zentralheizung in die Hütte einbauen lassen, und die Heizkörper verströmten eine angenehme Wärme.

Kate ging zurück nach unten. James hatte ein paar Scheite in den offenen Kamin gelegt und war gerade dabei, ein Feuer anzuzünden. Es war nicht zu übersehen, dass er die Hütte in den vergangenen Wochen richtig auf Vordermann gebracht hatte. Es gab sogar ein Kamingitter mit Sitzmöglichkeit.

»Schön«, sagte Kate, setzte sich auf die Kaminbank und legte auch ihre nassen Sachen zum Trocknen darüber.

»Danke. Die hab ich im Stall gefunden und aufgemöbelt. Das Leder ist ein bisschen verschlissen, aber es macht noch was her. Mit Automotoren kenne ich mich leider nicht aus, dafür kann ich mit Werkzeug umgehen.«

Kate lächelte, und sie schauten sich an. Zum ersten Mal fühlte sie sich in James' Gegenwart nicht unwohl, was regelrecht seltsam war in Anbetracht der Tatsache, dass sie beide nicht einmal richtig angezogen waren.

Kate bemühte sich, ihm nicht auf die nackte Brust zu starren. Er stand auf, hielt die Decke mit einer Hand fest, und holte seine nassen Sachen, um sie ebenfalls zum Trocknen vor das Feuer zu legen.

Dann setzten sie sich auf den Boden vor dem Kamin und aßen ihre Fish'n'Chips. Das Feuer knisterte und verbreitete wohlige Wärme. Das Essen war kalt, und die Fritten von dem Essig ziemlich aufgeweicht, aber ausgehungert, wie sie waren, machten sie sich mit Appetit darüber her. Nach einer Weile stand James auf und nahm zwei Flaschen Rotwein aus dem Küchenschrank.

»Die hab ich gekauft«, sagte er, »für die einsamen Abende, an denen ich die Küchenschränke abgeschliffen und neu gestrichen habe.«

Er reichte Kate eine Flasche, und sie öffnete sie und trank gierig daraus. Der Wein schmeckte wie Nektar. »Rotwein ist ein bisschen ungewohnt zu Fish'n'Chips, aber es schmeckt köstlich.«

James lachte und öffnete die andere Flasche. Sie stießen an und tranken aus den Flaschen wie Studenten.

»Diese Traube hab ich durch Angus kennengelernt. Seine Lieblingssorte. Wundert mich, dass er Sie noch nicht damit abgefüllt hat.«

Kate schaute ihn irritiert an.

Er gab sich nonchalant. »Wann sehen Sie ihn denn wieder?«

»Ich weiß nicht«, antwortete Kate ehrlich und steckte sich noch eine aufgeweichte Fritte in den Mund. »Ich nehme an, beim Yoga.«

»Und anschließend wieder in den Pub?«, fragte James.

»Kann sein. Aber ich denke eher nicht. Nach dem Yoga so viel zu trinken ist eher kontraproduktiv.« Kate lächelte süffisant und trank, wie um ihre Worte zu unterstreichen, noch einen Schluck Wein aus ihrer Flasche.

Als James eine Weile schwieg, fühlte sie sich bemüßigt zu sagen: »Zwischen Angus und mir läuft übrigens nichts.«

»Ach, nein?«

»Nein. Hatten Sie das etwa angenommen?«

Er zuckte die Achseln.

Kate schaute ihn nachdenklich an. »Wissen Sie«, der Wein machte sich allmählich bemerkbar, »es gibt Leute, die vermuten, dass zwischen Ihnen und mir was läuft.«

Er hob die Brauen. »Wer denn?«

»Angus zum Beispiel. Und seine Schwester.«

»Und was haben Sie dazu gesagt?«

»Ich hab natürlich nein gesagt. Sie sind ja eigentlich mein Chef.«

»Wieso eigentlich?«, fragte er mit funkelnden Augen. »Ich bezahle Sie, also bin ich Ihr Chef.« Er beugte sich vor und klaute ihr eine Fritte aus ihrer Tüte.

»Hey!«, rief Kate. Dann trank sie noch ein paar Schlucke Wein. Gott, tat das gut.

Ihre Sitzposition wurde ihr ein bisschen unbequem, und sie streckte die Beine vor sich aus. Ihr entging nicht, dass James einen kurzen Blick auf ihre nackten Beine warf. Er stand auf, nahm ein paar dicke Scheite aus dem Korb und legte sie in den Kamin. Nach wenigen Sekunden hatte das frische Holz Feuer gefangen, und die Flammen schlugen wieder höher.

»Haben Sie eigentlich beim Aufräumen und Ausmisten hier irgendwas Interessantes entdeckt?«, fragte Kate, um das Thema zu wechseln. Sie sah sich um. Alles war blitzsauber. Die Polstermöbel waren mit neuem Stoff bezogen und auf den Armlehnen lagen karierte Decken. Auf Kates Vorschlag hin hatte James bei der Einrichtung die schottische Note betont. Kate gefiel das Ergebnis sehr, und sie war davon überzeugt, dass es Urlaubern auch gefallen würde. Den Küchentisch hatte er abgezogen und in einem schönen Grauton gestrichen. Kate war beeindruckt.

»Ein paar Bücher hab ich gefunden – von Austen, Dickens und Brontë. Sie scheinen aus dem Herrenhaus zu stammen, denn es sind genau die Bände, die in unserer Klassikerreihe fehlen. Und ein paar Zeitungen aus Kriegszeiten hab ich auch gefunden«, sagte er.

»Und? Stand was Interessantes drin?«

»Eigentlich nicht. Lokalblättchen halt. Anweisungen, wie man sich bei Fliegeralarm zu verhalten hat, Verdunkelungszeiten, solche Sachen. Ein paar ganz unterhaltsame Artikel über sportliche Ereignisse, und jedes Mal, wenn ein Bomber gesichtet wurde – egal, ob ein eigener oder ein feindlicher –, wurde lang und breit darüber berichtet.«

Da fiel Kate wieder die Geschichte über den ertrunkenen Piloten ein, die Morven ihr gegenüber erwähnt hatte, und sie erzählte sie James.

James lehnte sich gegen eins der Sofas und trank einen Schluck Wein. »Ein Pilot? Ist der abgestürzt? Oder bloß beim Angeln aus einem Boot gefallen? Oder beim Schwimmen ertrunken?«, fragte er.

»Keine Ahnung«, sagte Kate.

»Hm«, machte er. »Ich werd Morven mal fragen.«

»Ich kann auch Angus fragen, wenn wir das nächste Mal beim Yoga sind«, sagte Kate.

James nickte nur und schaute sie an.

Sie fragte sich, was wohl in seinem Kopf vorging. Der Wein machte sie zusehends mutiger. James sah wirklich verdammt gut aus, vor allem, wenn er mal nicht so angespannt war. »Warum sind Sie eigentlich immer noch Single?«, fragte sie.

»Was?« James erstarrte. Kates Frage hatte ihn überrascht. Und auch sie selbst, musste sie sich gestehen. Der Wein lockerte ihre Zunge. »Ich glaub, Morven ist in Sie verliebt. Und Kirsty aus der Bücherei hat mich ganz schön nach Ihnen ausgefragt.«

James wirkte ziemlich entgeistert. »Also, das ist … gut zu wissen.«

»Zwei sehr attraktive Frauen«, sagte Kate.

»Äh, ja.« James rieb sich den Nacken.

Kate genoss es zu sehen, wie er sich wand.

Er hob den Kopf. »Und warum sind Sie immer noch Single?«, fragte er.

»Ach«, sagte sie, verblüfft über die plötzliche Wendung. »Äh … einfach so.«

»Wie lange ist es denn her, dass Sie eine Beziehung hatten?«, fragte er.

»Ach Gott. Noch nicht lange.«

»Wirklich nicht?« Er wirkte interessiert. »Wie lange genau?«

»Ungefähr ein Jahr.«

»Was ist passiert?«, fragte er.

Es war eine von diesen Beziehungen gewesen, die ganz einfach anfingen und noch einfacher endeten. Sie und ihr Ex hatten beide einen stressigen Job und einen mehr als vollen Terminkalender gehabt. Wahrscheinlich war die Beziehung von vornherein zum Scheitern verurteilt gewesen.

»Irgendwann war's einfach vorbei.«

James schaute eine Weile ins Feuer. Als er sich ihr wieder zuwandte, fragte er: »Ist es böse ausgegangen?«

»Eigentlich nicht. Es ist einfach irgendwie im Sande verlaufen.« Das war die Wahrheit. »Wir sind immer noch Freunde«, fügte Kate stolz hinzu. »Also, soweit man mit seinem Ex befreundet sein kann. Wir gratulieren uns zum Geburtstag und liken unsere Posts auf Facebook. Solche Sachen.«

»Dazu gehört aber einiges«, sagte James erstaunt.

Kate war sich nicht sicher, ob das sarkastisch gemeint war.

»Meine Ex und ich hätten uns beinahe gegenseitig umgebracht«, sagte er.

Kate verschluckte sich an ihrem Wein. »Echt?« Sie hätte nie gedacht, dass James solcher leidenschaftlichen Gefühle fähig wäre.

»Sie war ziemlich anstrengend«, sagt er leise. »Ihr konnte es immer nicht dramatisch genug sein.« Dann schaute er schweigend ins Feuer.

»Was ist passiert?«, fragte Kate nach einer Weile.

»Es ist böse ausgegangen«, sagte er mit einem wehmütigen Lächeln. »Es gab viel Geschrei. Sie hat mit Gegenständen nach mir geworfen, ich bin wütend abgedampft. Dann haben wir uns beruhigt und uns entschuldigt, und eine Zeit lang lief es wieder normal. Bis zum nächsten Mal.«

»Puh, das tut mir leid.«

»Und dann«, fuhr er fort, »war auf einmal alles anders. Ich hatte einfach genug. Wir wohnten in einer Mietwohnung in Hongkong. Ich habe ihr eines Tages erklärt, dass ich sie verlassen würde, und zwar nicht nur sie, sondern auch Hongkong. Meine Liebe war erloschen, sowohl für sie als auch für die Stadt, und zwar schon lange. Ich hatte es nur nicht gemerkt. Ich wollte noch mal ganz von vorne anfangen. Ich habe mir alle möglichen Jobangebote in London angesehen, und dabei ist mir klargeworden, dass ich diesen ständigen Konkurrenzkampf nicht mehr wollte. Also bin ich nach Invermoray zurückgekommen. Ursprünglich wollte ich mich hier nur ein bisschen ausruhen, sozusagen Urlaub machen. Ich dachte, nach Hause zu fahren wäre eine Lösung, nicht ein neues Problem. So wohl hatte ich mich schon seit Jahren nicht mehr gefühlt. Und dann, als ich dachte, ich hätte alles richtig gemacht, lief plötzlich alles aus dem Ruder.«

»Wieso? Was ist passiert?« Kate war völlig fasziniert.

»An dem Tag, als mein Flieger hierher nach Schottland ging, ist mein Vater gestorben.«

»Ach, James, das tut mir so leid.«

Er hob die Schultern. »Schon in Ordnung.« Er lächelte schief. »Das war der beschissenste Flug meines Lebens. Dann ging alles rasend schnell: Mein Vater wurde beerdigt, ich bin noch mal nach Hongkong geflogen, um dort alles endgültig abzuschließen und meinen Job zu kündigen, und dann hab ich meinen Umzug nach Invermoray organisiert.«

Kate beugte sich vor und legte eine Hand auf seine. Ein Scheit im Feuer knackte, und sie schwiegen eine Weile.

»Es war alles ein bisschen viel auf einmal«, sagte James leise. »Der Tod meines Vaters, das hässliche Ende meiner Beziehung, die katastrophale Situation hier in Invermoray … Das hat mich alles so vereinnahmt, dass ich noch gar nicht richtig dazu gekommen bin zu analysieren, was schiefgelaufen ist – wessen Schuld es war. Aber wahrscheinlich hat es an uns beiden gelegen.« Er schaute Kate an, als rechnete er damit, dass sie ihm sagen würde, es sei alles seine Schuld. Aber sie änderte ihre Meinung über ihn täglich, und sie begriff allmählich, dass er unter seiner rauen Schale ein gutes Herz hatte.

»Ich spreche nicht oft über meine Gefühle«, gestand er. »Und wenn ich es mal tue …« Er suchte nach den richtigen Worten.

Kate kam ihm zu Hilfe. »Dann kommt es ein bisschen aggressiv rüber?«, sagte sie lächelnd.

Er lachte, und sie sah seine gutmütige Seite durchschimmern, die er ihr ab und zu zeigte. Er streckte sich, und Kate spürte, dass er das Thema wechseln wollte.

»Und Sie schicken einander zum Geburtstag Textnachrichten und liken ihre Facebookposts?«, fragte er. »So sollte es eigentlich sein zwischen anständigen Menschen.«

»Ich steh einfach nicht auf Drama«, sagte Kate, doch kaum hatte sie die Worte ausgesprochen, taten sie ihr auch schon leid. Es klang irgendwie angeberisch. Aber es stimmte. Das Leben war zu kurz für unnötige Streitereien. Sie war schon immer sehr direkt gewesen, sie sagte ihre Meinung frei heraus, wenn auch höflich, und sie spürte meistens, wenn etwas schiefzulaufen drohte, und intervenierte, bevor eine Situation außer Kontrolle geriet. Umso mehr ärgerte es sie immer noch, dass sie bei diesem Barbesitzer so blind gewesen war und alle Zeichen übersehen hatte – die Hand auf ihrem Rücken, als er sie durch die Bar geführt hatte, wie er während der überflüssigen Abendessen, zu denen er sie immer wieder eingeladen hatte, um ihre Strategie auszuarbeiten, dauernd ihre Hand berührt hatte. Als er dann in der Gasse hinter der Bar versucht hatte, sie zu küssen, war sie total schockiert gewesen. Sie stand wirklich nicht auf Drama, aber manchmal hatte sie echt ein ziemlich dickes Brett vorm Kopf.

»Das ist mir schon aufgefallen«, sagte James.

Er schaute sie an. Sein Gesichtsausdruck war weich, aber sie konnte ihn nicht richtig interpretieren. Um seinem Blick auszuweichen, trank sie noch einen Schluck. Eigentlich hatte sie zu wenig gegessen, der Alkohol stieg ihr in den Kopf, und sie spürte, wie ihre Beine anfingen einzuschlafen. Um dem entgegenzuwirken, wollte sie aufstehen. Sie gab James, der ihr leicht verwundert zusah, ihre fast leere Flasche.

»Soll ich Ihnen helfen?«

»Nein, nein, geht schon«, sagte sie und wollte sich an der Kaminbank festhalten. »Gott, der Wein hat's ganz schön in sich.«

»Allerdings«, sagte James grinsend.

Kate wusste nicht, wie das passieren konnte, aber beim Aufstehen trat sie mit einem Fuß auf ihre Decke. Es gelang ihr gerade noch, die Decke festzuhalten, bevor sie ihre Brust entblößte. Ihr Herz raste, aber sie wusste nicht, ob das am Wein lag oder an dem Schreck, dass sie um ein Haar splitternackt vor James gestanden hätte. Als sie bei der Aktion ins Stolpern geriet, sprang James zu ihrer Überraschung blitzschnell auf und hielt sie fest, ehe sie auf die Kaminbank fiel.

»Ach herrje!«, sagte er. »Alles in Ordnung?«

»Ja, tut mir leid«, antwortete sie. »Ich weiß auch nicht, was mit mir los ist.«

»Ich schon«, sagte er und schaute demonstrativ zu den fast leeren Weinflaschen, die er nebeneinandergestellt hatte.

Kate kicherte. Plötzlich wollte sie unbedingt seine nackte Brust berühren. Das musste der Wein sein, anders konnte sie sich das nicht erklären. Sie durfte ihrem Impuls auf keinen Fall nachgeben. Sie zwang sich, sich abzuwenden.

»Geht es wieder?«, fragte er leise. Er hielt sie immer noch fest.

»Ja«, flüsterte sie und schaute ihm zögernd in die Augen. Sie war betrunken. Und sie sah, dass James ohne seine mürrisch zusammengezogenen Brauen unheimlich gut aussah. Es war eine gefährliche Kombination.

James schluckte.

So vieles kam zusammen – der Regen, der sie durchnässt und dann gezwungen hatte, sich in diese albernen Decken zu wickeln, der Wein, der ihnen beiden in den Kopf gestiegen war, das knisternde Feuer im Kamin und eine Lust, die Kate einfach so überkommen hatte, eine Lust, wie sie sie schon lange für niemanden empfunden hatte. James schaute sie unsicher an. Auch er musste gespürt haben, dass die Atmosphäre im Raum sich verändert hatte, und dass das an ihnen beiden lag. Kate hörte auf, sich den Kopf darüber zu zerbrechen, ob es eine gute Idee war oder nicht. Sie wusste nur, dass sie es jetzt wollte. Todesmutig ging sie auf die Zehenspitzen und küsste ihn.

Sie hatte gefürchtet, James könnte verwundert reagieren, könnte sie von sich schieben. Aber das tat er nicht. Es ging ihm offenbar genauso wie ihr, und auch er hatte wohl mit dem Gedanken gespielt, sie zu küssen, denn er erwiderte ihren Kuss so leidenschaftlich, wie sie noch nie geküsst worden war. Sie gab ein Geräusch von sich, und er löste sich von ihr.

»O Gott, entschuldige, hab ich dir wehgetan?« Er berührte ihre Lippen mit den Fingerspitzen.

»Nein«, sagte Kate atemlos und von Gefühlen überwältigt. »Nein.«

Er küsste sie wieder, diesmal sanfter. Dann hob er sie hoch. Sie hielt ihre Decke krampfhaft fest, während er sie küsste, was eigentlich albern war, denn sie wussten beide, dass es nur noch eine Frage von Sekunden war, bis ihre Decken auf dem Boden landen würden. Wie hatte er das geschafft? Wie war es diesem unmöglichen Mann gelungen, ein derartiges Verlangen in ihr zu entfachen? Er war ihr Arbeitgeber. Was zum Teufel machte sie da? Aber sie konnte nicht aufhören. Eigentlich hatte sie sich doch immer gut im Griff. Nur diesmal nicht.

»O Gott«, stöhnte Kate, als er ihren Hals küsste, dass sie nur so dahinschmolz. Er legte ihr eine Hand an die Wange, und sie wünschte sich nichts sehnlicher, als dass er ihr die Decke vom Leib riss und seine fallen ließ.

Sie öffnete die Augen. Das Feuer loderte vor ihr, mal wirkten die Flammen irrsinnig hoch, dann schrumpften sie wieder zu normaler Größe. »Gott o Gott«, flüsterte Kate zwischen zwei Küssen, aber diesmal war es nicht die ekstatische Vorfreude auf das, was gleich geschehen würde, sondern etwas anderes, das sie um himmlischen Beistand bitten ließ.

James drückte ihr einen Kuss auf die Hand, dann stand er auf und wankte zu seiner nassen Jeans hinüber. »Ich will nur eben …«, er grinste verlegen.

Kate nickte. »Beeil dich«, sagte sie.

Er sah sie verwundert an, dann lachte er in sich hinein.

»Ach, Kate«, sagte er, als er zurückkam und sich über sie beugte. »Davon träume ich schon so lange. Du schöne, unmögliche Frau …«

Kate hörte ihm gar nicht mehr zu. Sie schob James unsanft von sich, und er schrie auf, als er unsanft auf dem Boden landete. Aber Kate kümmerte sich nicht um ihn. Die Decke fest um sich gewickelt, rannte sie zur Tür, riss sie auf und übergab sich.

Das Licht der Morgensonne schimmerte immer heller durch Kates Augenlider, bis sie es nicht mehr aushielt und die Augen öffnete. Sie wusste nicht gleich, wo sie war. Verschlafen sah sie sich um.

Das Feuer war heruntergebrannt. Von den Scheiten, die am Abend zuvor so hell gelodert hatten, war nur noch graue Asche übrig. Die Asche sah aus, wie Kate sich fühlte – ausgebrannt, ein kläglicher Rest ihrer selbst.

Sie hustete, ihre Kehle war ausgetrocknet. Und aus irgendeinem Grund hatte sie leichte Halsschmerzen. Sie war immer noch in ihre Decke gewickelt, aber James hatte im Lauf der Nacht eine weitere Decke über sie gelegt und ihr ein Kissen unter den Kopf geschoben. Sie lächelte. Er konnte ja richtig fürsorglich sein.

James schlief im Sessel, einen Arm unterm Kopf. Es sah nicht besonders bequem aus, wie er dalag, und Kate hätte ihm am liebsten das Gesicht gestreichelt. Ihre Wangen wurden ganz heiß, während sie versuchte, gegen die starken Gefühle anzukämpfen, die sie für ihn entwickelt hatte.

Auf dem Boden neben dem Sessel erblickte sie etwas, das sie bis an ihr Lebensende nie wiedersehen wollte – leere Rotweinflaschen. Allein bei ihrem Anblick wurde ihr speiübel.

Sie wand sich innerlich, als langsam die Erinnerung an den vergangenen Abend zurückkam. Sie war sich ziemlich sicher, dass sie sich übergeben hatte. Sie schaute sich in der Hütte um. Es sah nicht nur sauber aus, es roch auch frisch. Hatte James, nachdem sie sich übergeben hatte, alles geputzt und anschließend sie gewaschen, als sie bewusstlos auf dem Sofa gelegen hatte? Sicher nicht. Wenn doch, würde sie ihm nie wieder in die Augen sehen können. Dann würde sie Invermoray verlassen müssen, um ihr Gesicht zu wahren. Gott, wie furchtbar.

Dann erschrak sie. Sie und James hatten nicht nur zusammen gesoffen, oder? Hatten sie auch …?

Kate schlug sich eine Hand vor den Mund, während sie sich das Hirn zermarterte – sie beide notdürftig in Decken gewickelt, James praktisch auf ihr, sein Mund auf ihrem. Sie hatte es genossen. Daran konnte sie sich erinnern. Sie hatte sich so was von unprofessionell verhalten, und als ihr das klar wurde, schrie sie unwillkürlich auf.

Ihr Aufschrei hatte James offenbar geweckt. Er streckte sich in seinem Sessel, hob die Arme über den Kopf und ließ sie wieder sinken. Dann öffnete er die Augen und rieb sich das Kinn, an dem über Nacht Stoppeln gewachsen waren. Mit einem leicht gequälten Stöhnen ließ er den Kopf ein paarmal kreisen, dann schaute er Kate unsicher an.

»Hi«, sagte er mit einem verschlafenen Lächeln.

»Hi«, erwiderte sie, die Hand immer noch vor dem Mund.

»Wir haben gestern Abend ziemlich viel getrunken und ziemlich wenig gegessen.« Er schaute demonstrativ zu den Flaschen hin.

»Tut mir total leid«, sagte sie.

»Was tut dir leid?«

Sie schüttelte den Kopf, wagte es immer noch nicht, die Hand von ihrem Gesicht zu nehmen. Sie hätte im Erdboden versinken können. Am liebsten wäre sie sofort aus Schottland abgereist, um James nie wieder unter die Augen kommen zu müssen.

»Haben wir …?« Sie ließ die Frage unvollendet.

»Nein.« Er schluckte und lächelte schief. »Wir waren kurz davor. Aber nein.«

»Gott sei Dank.« Sie ließ ihre Hand sinken.

»Charmant wie immer.« Er lachte.

»Es ist nur … Es wäre ein großer Fehler gewesen.«

Er nickte langsam. »Ja, allerdings.«

»Wir müssen schließlich zusammen arbeiten«, sagte Kate zur Erklärung.

»Stimmt.«

»Und wir müssen einander in die Augen sehen können. Und das könnte ich nicht mehr, wenn ich mit dir geschlafen hätte, das weiß ich ganz genau.«

Er lächelte. »Wahrscheinlich hast du recht. Es wäre auf jeden Fall ein großer Fehler.«

Kate wusste nicht, ob er sie auf den Arm nahm oder nicht.

»Du bist mein Chef, und wir … Also, das geht einfach nicht.« Kate konnte es nicht fassen, dass sie sich schon wieder in so eine Situation manövriert hatte. Beim ersten Mal war es ein Übergriff seitens des Barbesitzers gewesen, aber diesmal hatte sie es gewollt, obwohl sie gewusst hatte, welche Konsequenzen es nach sich ziehen würde. Und was für Konsequenzen. Jetzt war sie heilfroh, dass sie nicht miteinander geschlafen hatten. Ausgerechnet in einer Zeit, wo sie dabei war, ihren Ruf wiederherzustellen, hatte sie sich einen total unprofessionellen Ausrutscher erlaubt. Sie könnte sich ohrfeigen.

»Genau«, sagte er. Kate war sich nicht sicher, ob da vielleicht so etwas wie Enttäuschung mitschwang.

Sie schwiegen verlegen.

»Es ist also … alles in Ordnung?«, fragte Kate schließlich. »Zwischen uns, meine ich.«

»Ja«, sagte er. »Sicher.«

Sie lehnte sich erleichtert zurück. Dann bekam sie die schlimmsten Kopfschmerzen ihres Lebens.

Kapitel 26

1940

Als Constance beim Haus ankam, war sie völlig außer Atem. Ihre Lunge brannte, und ihr Mund war trocken, aber das nahm sie kaum wahr. Sie musste die Oberschwester finden oder wenigstens eine von den anderen Krankenschwestern, irgendjemanden, der ihr helfen konnte, Matthew zu retten.

Eine Frau vom freiwilligen Frauendienst erkannte sie sofort und spannte sie kurzerhand dafür ein, einen jungen Rollstuhlfahrer zu schieben. Dem Piloten fehlte ein Unterschenkel, sein Hosenbein war über dem Knie festgesteckt.

Der junge Mann versuchte, sich mit Constance zu unterhalten, und sie lächelte und nickte an den richtigen Stellen, während sie sich verzweifelt nach jemandem umsah, den sie um Hilfe bitten konnte. Sie schob den Piloten in den Ballsaal, wo die Oberschwester die neuen Invaliden willkommen hieß.

»Oberschwester?« Constance trat nervös von einem Fuß auf den anderen. Aber die stämmige Frau kümmerte sich jetzt erst einmal um den jungen Piloten und redete beruhigend auf ihn ein, während sie ein passendes Bett für ihn suchte.

Als Constance sich umschaute, sah sie im Garten vier oder fünf Offiziere in Liegestühlen, die lasen oder den Blick auf den See genossen. Jeden Tag waren es mehr Augenpaare, die sie auf dem Weg zum See und zurück sehen konnten. Aber das spielte jetzt keine Rolle. Sie würde Matthew nicht mehr heimlich in der Jagdhütte besuchen. Er würde bald nicht mehr dort sein. Er würde abgeführt werden. Sie stand kurz davor, ihn zu verraten, seinen Aufenthaltsort preiszugeben, um ihn zu retten. Es blieb ihr gar nichts anderes übrig.

Sie wagte nicht sich vorzustellen, was in der Zeit, seit sie zum Haus gelaufen war, in der Hütte passiert war. Sie kaute nervös auf ihren Nägeln. Die Oberschwester hatte anscheinend gemerkt, wie aufgewühlt sie war, denn sie schaute zu ihr herüber vom anderen Ende des Ballsaals, wo sie gerade dem jungen Piloten half, seine Habseligkeiten in dem metallenen Nachttisch unterzubringen.

Sie kam auf Constance zu.

»Ja?«, sagte sie unwirsch. »Brauchen Sie etwas?«

»Ich …« Obwohl Constance jetzt schon eine ganze Weile dort stand, hatte sie sich nicht überlegt, was sie sagen würde. Sie konnte es nicht. Sie konnte die Worte nicht aussprechen, die Matthew retten und zugleich sein Schicksal besiegeln würden. Sie geriet in Panik. Vielleicht sollte sie sich eine Geschichte ausdenken, anstatt die Wahrheit zu sagen. Aber wie sollte sie die Anwesenheit eines Mannes im kampffähigen Alter in der Jagdhütte erklären? Sie könnte sagen, dass er ausgemustert worden war. Aber in dem Fall wäre er jetzt nicht allein in einer abgelegenen Jagdhütte, dann wäre er zu Hause bei seiner Familie oder in irgendeinem Genesungsheim. Wenn die Oberschwester von seinem Zustand erfuhr, würde sie ihn in ein Krankenhaus bringen lassen. Und dort würde man fragen, wer er war, dann würde man herausfinden, was er getan hatte, und dann wäre alles Lügen umsonst gewesen.

»Äh«, sagte Constance, um Zeit zu gewinnen, obwohl ihr klar war, dass es Matthew von Minute zu Minute schlechter ging.

»Na, raus mit der Sprache, junge Dame!«

Sie schüttelte den Kopf. Sie konnte Matthew nicht verraten. Sie hatte ihm ihr Wort gegeben.

Krampfhaft versuchte sie sich zu erinnern, wie die Pillen geheißen hatten, die die Schwester in den Schrank geräumt hatte. Welche waren doch gleich gegen Infektionen gewesen? Oder waren die alle gegen Infektionen? Und hatte Matthew überhaupt eine Entzündung?

Sie fasste einen Entschluss. Sie würde eine Packung Pillen aus dem Schrank nehmen und sie Matthew verabreichen. Einen Versuch war es wert.

Diesmal war sie auf dem Rückweg zur Hütte nicht so vorsichtig gewesen wie gewöhnlich. Sie hatte zwar ihren üblichen Weg genommen, auf dem man sie vom Haus aus nicht sehen konnte, aber sie hatte sich nicht dauernd umgedreht, um sich zu vergewissern, dass ihr niemand folgte. Sie war einfach immer weiter gerannt, zwischen hohen Farnwedeln und dornigen Disteln hindurch, ohne darauf zu achten, ob sie deren violette Blüten zertrat. Falls ihr also jemand gefolgt war, könnte das Matthew am Ende das Leben retten. Und dann hätte sie ihr Wort nicht gebrochen. Sie hätte niemandem seine Anwesenheit in der Hütte verraten. Aber falls ihr jemand gefolgt war, würde derjenige auch wissen, dass Matthew nicht dort sein durfte, und er würde ihn mitnehmen und ihn dadurch ungewollt retten.

Vor der Tür blieb sie kurz stehen und lauschte in den stillen Wald hinein. Die einzigen Geräusche waren ihr keuchender Atem und die Brise, die durch die Baumwipfel ging. Einen Moment lang war sie fast enttäuscht, dass niemand ihr gefolgt war. Sie hatte ihr Wort gehalten, selbst auf die Gefahr hin, dass Matthew starb. Plötzlich zweifelte sie an der Richtigkeit ihrer Entscheidung, denn jetzt war sie ganz allein dafür verantwortlich, Matthew zu retten.

Sie riss die Tür auf und rannte nach oben. Wie sie es befürchtet hatte, ging es Matthew noch schlechter. Er litt offensichtlich an heftigem Schüttelfrost. Constance öffnete das metallene Röhrchen und schüttelte zwei Pillen in ihre zitternde Handfläche. Sie hatte keine Ahnung, ob das die richtige Dosis war, aber für den Anfang schien es eine gute Menge zu sein. Matthews Blick ging ins Leere, doch er öffnete brav den Mund und schluckte die Pillen mit Wasser, das sie ihm reichte. Wasser lief ihm aus dem Mund auf das Kopfkissen. Sie wischte ihm das Gesicht mit der Hand. Dann kniete sie sich neben das Bett und wartete, bis er wieder eingeschlafen war.

Sie faltete die Hände und betete inbrünstig: *Lieber Gott, lass ihn am Leben. Bitte, lass ihn am Leben.*

Es wurde dunkel, doch sie wachte weiter an Matthews Bett. Jedes Mal, wenn sein Atem sich verlangsamte, bekam sie es mit der Angst zu tun. Sie wünschte, sie hätte sich aufgeschrieben, wann genau sie ihm die Pillen verabreicht hatte. Sie hatte jedes Zeitgefühl verloren. Immer wieder wechselte sie die feuchten Tücher, mit denen sie seine glühende Stirn zu kühlen versuchte.

Im Schlaf leckte er sich die Lippen und bewegte den Kopf hin und her. In der Hoffnung, ihm nicht zu viel von dem Medikament zu geben, zerstieß sie zwei weitere Pillen und schob sie ihm in den Mund. Als er sich verschluckte und einen Teil der weißen Krümel ausspuckte, schrie sie frustriert auf. Gott, sie machte alles falsch. Schließlich brachte sie ihn dazu, den Rest mit etwas Wasser herunterzuschlucken.

Sie wusste nicht, wie spät es war. Als sie aufwachte, saß sie auf dem Boden, mit dem Rücken an die Wand gelehnt. Sie brauchte einen Moment, um sich zu orientieren.

Sie blinzelte und schaute im fahlen Licht zu Matthew hinüber. Er lag auf der Seite und schaute sie an. Ihr Rücken schmerzte vom langen Sitzen auf dem nackten Holzboden, aber das registrierte sie kaum. »Sie sind ja wach«, hauchte sie.

Er nickte. Sie legte ihm eine Hand auf die Stirn. Sie war immer noch heiß, aber nicht mehr so glühend wie am Abend zuvor. »Sie sind furchtbar blass«, sagte sie.

»Aber es geht mir schon viel besser«, sagte er und schaute sich um.

Sie half ihm, sich aufzusetzen und gab ihm Wasser zu trinken.

»Danke«, murmelte er. »Was ist passiert?«

»Ich weiß es nicht«, gestand Constance. »Lungenentzündung? Mein Vater hatte letztes Jahr ähnliche Symptome, aber nicht so schlimm wie Sie. Ich wünschte, ich hätte besser aufgepasst, wie der Arzt ihn behandelt hat. Ich konnte nur raten, was ich bei Ihnen machen sollte.«

Er nickte langsam. »Was auch immer Sie gemacht haben, es war das Richtige.«

»Hoffentlich«, sagte Constance bescheiden. »Ich habe Pillen gestohlen und inständig gebetet.«

»Sie haben *Pillen* gestohlen?«

»Ja. Aus einem Schrank im Genesungsheim. Mir ist einfach nichts Besseres eingefallen.«

»Das tut mir leid«, sagte Matthew. »Jetzt habe ich Sie zu allem Überfluss auch noch zur Diebin gemacht.«

Sie schüttelte den Kopf. »Die Medikamente sind für die Kranken da«, sagte sie. »Ich habe nicht das Gefühl, etwas Unrechtes getan zu haben. Und nur so konnte ich es vermeiden, jemandem sagen zu müssen, dass Sie hier sind.«

Er biss sich auf die Lippe und wandte den Blick ab. »Danke«, murmelte er. »Es ist nicht recht, dass Sie das für mich tun mussten.«

Constance stand auf und nahm eine Verdunkelungsblende ab, damit sie ein Fenster öffnen und etwas lüften konnte. »Ist schon in Ordnung«, sagte sie. Als sie sich umdrehte, war er eingeschlafen.

Mit Constance' Hilfe schaffte Matthew es aus dem Bett und die Treppe hinunter. Erschöpft ließ er sich in einen Sessel fallen. Constance wärmte auf dem Herd etwas Dosensuppe für ihn auf und gab ihm ein Stück Brot, an dem er kauen konnte, während er wartete. Er schaute ihr zu, wie sie vor sich hin summend in der Küche hantierte. Als sie sich nach ihm umdrehte, sah sie, dass er aufgehört hatte zu kauen und sie lächelnd anschaute. Sie erwiderte sein Lächeln.

»Ich wünschte, ich könnte für immer hier sitzen bleiben«, sagte er. »Bei Ihnen.«

Constance' Herz begann zu pochen, und sie brachte kein Wort heraus. Sie nickte nur.

»Es ist, als wäre gar kein Krieg«, sagte er. »Als gäbe es nur uns beide auf der Welt, hier in diesem kleinen Haus. In den Stunden, die Sie jeden Tag hier sind, ist es, als würde nichts Schlimmes auf der Welt passieren. Dann gibt es nur uns beide – ich hänge halb tot hier im Sessel«, scherzte er, »während Sie mir Suppe aufwärmen. Sie sind die beste Krankenschwester der Welt. Ich wünschte …«

»Ja?«

»Ich wünschte, es wäre alles anders«, sagte er. Sie stellte die

Suppe auf das Beistelltischchen neben dem Sessel und kniete sich vor Matthews Füße.

»Das haben Sie großartig gemacht«, sagte er. »Sie sind einfach großartig, Constance.«

Ihr Herz wollte gar nicht mehr aufhören zu pochen.

»Danke«, sagte er und beugte sich vor. »Dafür, wie Sie sich gestern Abend um mich gekümmert haben. Dass sie so mutig waren, das Medikament für mich zu stehlen. Es ist nicht recht, dass Sie das tun mussten. Nicht für mich. Sie sind eine bewundernswerte Frau.«

Noch nie hatte jemand sie als Frau bezeichnet. Sie empfand sich selbst immer noch als junges Mädchen.

Er nahm ihr Gesicht in seine Hände. Constance war sich sicher, dass er das Blut in ihren Adern rauschen hörte. In ihren eigenen Ohren übertönte es alles andere. Gleich würde er sie küssen. Sie hatte keine Ahnung, was sie tun sollte, sie spürte nur das Verlangen, das in ihr aufloderte. Erwartungsvoll schloss sie die Augen. Aber anstatt sie zu küssen, legte er seine Stirn an ihre.

»Ach, Constance«, sagte er gequält. »Zu wissen, dass Sie und ich niemals zusammenkommen können.«

Dann plötzlich löste er sich von ihr und ließ sich kraftlos in den Sessel sinken. Sie fühlte sich betrogen. Sie wollte von ihm geküsst werden. Sie wollte von ihm berührt werden. Erschrocken riss sie die Augen auf, als ihr die Realität ihrer Situation dämmerte. Er würde nicht ewig hier sein. Wenn er sie jetzt berührte, dann wäre es nur für den Augenblick, aber sie war bereit, sich ihm hinzugeben. Er würde zärtlich sein, er würde sie nicht benutzen, so wie Henry es vermutlich getan hätte. Sie wagte es nicht, laut auszusprechen, welche Gefühle sie bewegten, aber sie wusste, dass sie so etwas noch nie für irgendeinen Menschen empfunden hatte, und sie wollte sich Matthew mit Leib und Seele hingeben. Er war so ein Gentleman, und dafür begehrte sie ihn umso mehr.

»Ich glaube, ich sollte noch eine von diesen Pillen einnehmen, was meinen Sie?«, riss Matthew sie aus ihren Gedanken.

Als Constance sich zum Haus zurückschleppte, um etwas zu essen und ein bisschen zu schlafen, war sie vollkommen erschöpft. Es war später Nachmittag, und sie war froh, dass ihre Eltern fort waren und nicht mitbekamen, wie sie ihre Tage verbrachte, aber die Haushälterin machte eine Andeutung über junge Damen, die sich außer Haus herumtrieben.

»Und das, wo jetzt all diese Männer hier sind«, sagte Mrs. Campbell kopfschüttelnd. »Ich finde, Sie sollten sich ein bisschen vorsehen.«

»Wovor denn, Mrs. Campbell? Vor invaliden Offizieren? Was sollten die mir denn wohl antun?«, fragte sie müde. Sie hatte Mrs. Campbell noch nie gescholten, aber die Anstrengungen der letzten vierundzwanzig Stunden forderten ihren Tribut. »Wenn Sie mich fragen, sind es nicht die kranken Männer, vor denen eine Frau sich hüten muss«, sagte Constance, die daran denken musste, wie Henry sich an ihrem Geburtstag benommen hatte, »sondern die gesunden.«

Mrs. Campbell hob die Brauen. »Also wirklich«, murmelte sie und schaute Constance nach, die die Treppe hochlief. Constance brauchte ein heißes Bad und ein paar Stunden Schlaf, bevor sie zu Matthew zurückkehrte. Diesmal durfte sie nicht vergessen, ihm frisches Bettzeug mitzunehmen. Eigentlich wurde man in diesen Zeiten ständig ermahnt, sparsam zu sein und alles lieber zu flicken, als es wegzuwerfen, aber Constance hatte überhaupt keine Lust, Matthews verschwitztes Bettzeug zu waschen. Ein bisschen schuldbewusst fragte sie sich, ob es wirklich unrecht wäre, die Laken einfach beim nächsten Mal, wenn sie Feuer im Kamin machten, in die Flammen zu werfen.

»Miss Constance, bitte kommen Sie noch einmal herunter, ich habe Ihnen etwas Wichtiges zu sagen«, rief Mrs. Campbell von unten. »Es ist wirklich sehr wichtig.«

Constance seufzte. »Tut mir leid, ich war mit den Gedanken woanders.«

»Das sehe ich«, sagte die Haushälterin und verschränkte die Arme. »Ich habe Sie gefragt, wo Sie gewesen sind.«

»Ach so«, sagte Constance, um Zeit zu gewinnen. »Ich war spazieren«, log sie.

»Nur spazieren?«

Constance zuckte zusammen. »Natürlich.«

»Sie haben die Post verpasst.«

»Ich bin doch meistens nicht da, wenn die Post kommt«, entgegnete Constance, die sich wunderte, warum das plötzlich eine Rolle spielte.

»Es war ein Brief für Sie dabei.«

»Ach?« Sie bekam fast nie Post.

Plötzlich wirkte Mrs. Campbell nervös. »Und … und das ist noch nicht alles.«

Constance ging die Treppe hinunter und beäugte neugierig das silberne Tablett, auf dem die Post immer abgelegt wurde. »Es ist ein Schreiben dabei, das Sie sich ansehen sollten. Ihre Eltern sind ja schließlich nicht da.«

Mrs. Campbell schaute ebenfalls zu dem silbernen Tablett hin. »Sie sollten das Schreiben öffnen. Ich hole inzwischen die Köchin.«

»Meine Güte, Mrs. Campbell, Sie klingen ja richtig ernst.«

Die Haushälterin legte ihr kurz eine Hand auf die Schulter, dann machte sie sich auf den Weg. So eine mitfühlende Geste hatte Constance seitens der Haushälterin noch nie erlebt, nicht einmal, als sie sich als Kind auf der Treppe den Arm gebrochen hatte.

Auf dem silbernen Tablett lagen unter anderem geschäftliche Briefe an ihren Vater und ein Brief, der, nach dem Umschlag zu urteilen, eine Einladung zu einer Hochzeit enthielt. Da Constance die Post nicht in der Eingangshalle durchgehen wollte, wo ständig irgendwelche Krankenschwestern um sie herumwuselten, nahm sie den ganzen Stapel vom Tablett und zog sich damit in den kleinen Salon zurück, den die Familie weiterhin nutzen durfte.

Sie legte die Post auf dem niedrigen Tisch aus Nussbaumholz ab, machte es sich auf dem Sofa bequem und öffnete den an sie adressierten Brief. Er war von Douglas. Es gab auch einen Brief von ihm an ihre Eltern. Erfreut, dass er ihr extra geschrieben hatte, riss sie den Umschlag auf, ihre Müdigkeit war verflogen. »Ach, Douglas«, seufzte sie glücklich, als sie anfing, den Brief zu lesen, den er vor wenigen Tagen abgeschickt hatte.

Liebes Küken,
Mutter und Vater haben mir erzählt, dass unser Haus in ein Genesungsheim für verwundete Offiziere umgewandelt wurde. Was für eine Überraschung. Damit haben sie wohl gerade rechtzeitig verhindert, dass sie das Haus komplett verlieren. Nicht dumm. Hast du schon eine Möglichkeit gefunden, dich nützlich zu machen? Das wolltest du doch unbedingt. Gestern hätte es mich um ein Haar erwischt. Unseren Eltern habe ich nichts davon erzählt. Du weißt

ja, wie sehr unsere gute alte Mutter dazu neigt, sich verrückt zu machen. Ich hoffe, sie sind stolz auf mich. Und du auch. Wir müssen alle unseren Beitrag leisten. Und lieber fliege ich hoch oben durch die Lüfte, als auf dem Boden zu marschieren, ein Gewehr in den zitternden Händen. Ich glaube, dafür wäre ich nicht geschaffen.

Meistens macht mir das Fliegen Spaß. Bald bekomme ich wieder Heimaturlaub. Es kommt mir vor, als wäre ich gerade erst zu Hause gewesen. Leider kriege ich diesmal nur vierundzwanzig Stunden frei. Ich hatte ja schon erwähnt, dass ich mit so etwas rechne. Mehr kann ich dir jetzt nicht erzählen. Ich habe Henry gesagt, er kann mit mir nach Invermoray kommen. Für ihn reicht die Zeit nicht, um seine Familie im Süden zu besuchen.

Also, bis bald,
Douglas

Sie las den Brief noch einmal, dann drückte sie ihn sich an die Brust. Ihr war gar nicht bewusst gewesen, wie sehr ihr Bruder ihr fehlte. Es war anders als früher, wenn er nach den Ferien wieder ins Internat oder an die Universität zurückgekehrt war. Damals war er nicht in Gefahr gewesen. Aber jetzt saß er in einem Flugzeug, hoch am Himmel, immer in Reichweite der Luftwaffe. Und jetzt hätte es ihn beinahe erwischt? Bedeutete das etwa, dass auf ihn geschossen worden war? Constance schüttelte sich bei dem Gedanken. Aber die Vorstellung, dass Henry Douglas auf seinem Kurzurlaub begleiten würde, ließ sie ebenfalls erschaudern. Sie konnte nur hoffen, dass er sich diesmal anständig benahm. Wenn nicht, würde sie nicht einfach nur Reißaus nehmen. Wohin würde man die beiden wohl schicken? Sie wusste, dass im Süden die große Luftschlacht tobte. Aber bei seinem letzten Besuch hatte Douglas etwas von Afrika angedeutet. Vielleicht würden sie ja dorthin geschickt.

Sie sortierte die restliche Post. Unter den Briefen von Douglas fand sie ein an ihre Eltern adressiertes Telegramm. Normalerweise würde sie es nicht wagen, die Post für ihre Eltern zu öffnen, aber ein Telegramm enthielt doch sicher eine dringliche Nachricht, außerdem hatte Mrs. Campbell ja gesagt, sie solle es öffnen. Sie riss den Umschlag auf.

Absender: Ministerium für Luftfahrt. Zu unserem tiefen Bedauern informieren wir Sie hiermit, dass Ihr Sohn …

Ihre Hände begannen zu zittern. »Nein!«, schrie sie und brach in Tränen aus. »Nein, nicht Douglas!«

Mrs. Campbell und Mrs. Fraser hatten an der Tür gewartet, und als Constances Welt zusammenbrach, eilten sie herbei.

»Ist es, was wir befürchtet haben?«, fragte Mrs. Fraser.

Constance nickte, die Augen vor Entsetzen weit aufgerissen.

»Ach Gott, ach Gott.« Mrs. Campbell setzte sich neben Constance auf das Sofa, während Mrs. Fraser ein Glas mit Whisky füllte.

Constance rührte den Whisky nicht an. »Er ist … O Gott!«, schluchzte sie verzweifelt. »Douglas!«

In dem Telegramm stand, dass ihr Bruder vermisst und für tot gehalten wurde, was vermutlich bedeutete, dass es keine Hoffnung gab. Das Luftfahrtministerium würde doch nicht schreiben, dass man ihn für tot hielt, wenn dort jemand daran zweifelte, oder? Mit zitternden Fingern gab sie Mrs. Campbell das Telegramm.

»… *informieren wir Sie hiermit*«, murmelte Mrs. Campbell beim Lesen, *»dass Ihr Sohn, Offizier der Royal Air Force Douglas Andrew David McLay nach einem Einsatz vermisst wird und für tot gehalten wird Stop Brief folgt Stop*. Ach Gott, der arme Junge.«

»Aber vermisst und für tot gehalten ist nicht dasselbe wie gefallen«, sagte Mrs. Fraser. »Die wissen nur nicht, wo er ist. Ihr Vater kann das ganz bestimmt aufklären.«

»Nicht«, sagte Constance. »Lassen Sie es einfach.«

Die beiden Frauen schauten einander ratlos an. Constance starrte mit leerem Blick auf das Telegramm.

Schließlich stand sie auf. »Ich möchte allein sein«, sagte sie. »Ich kann keinen klaren Gedanken fassen. Ich …« Durch einen Tränenschleier schaute sie die beiden Frauen an. »Ich kann nicht …«

»Ist ja gut, meine Liebe«, sagte Mrs. Campbell. »Kommen Sie, wir bringen Sie ins Bett. Morgen früh sieht die Welt schon wieder anders aus.«

Nein, das würde sie nicht. Douglas war fort. Ihr Bruder war nicht mehr. Trotz ihrer Erschöpfung fand sie in der Nacht vor Trauer und Verzweiflung keinen Schlaf. Sie dachte an ihre letzte Begegnung mit Douglas. Wie sie einander zum Abschied umarmt hatten. Er war so voller Feuereifer gewesen. Und auch aus seinem Brief, dem letzten, den er in seinem Leben geschrieben hatte, wie ihr zu ihrem Entsetzen klar wurde, hatte die Begeisterung darüber gesprochen, dass ihm das Fliegen Spaß machte. Und jetzt war er tot.

Kapitel 27

Am nächsten Morgen bekam Constance von dem geschäftigen Treiben im Haus so gut wie nichts mit. Sie hatte sich unter Aufbietung all ihrer Willenskraft gewaschen und angezogen und saß jetzt im kleinen Salon und wartete, ohne eigentlich zu wissen, worauf. Sie nahm das Telegramm vom Tisch und las es noch einmal.

Es war kein Traum. Es war Wirklichkeit. Ihr wurde speiübel, als die Worte vor ihren Augen verschwammen: *mit tiefem Bedauern, mit tiefem Bedauern …*

Sie legte das Telegramm wieder weg und schloss die Augen, um es nicht sehen zu müssen.

Sie musste eingeschlafen sein, denn als sie einige Zeit später die Augen öffnete, standen ihre Eltern vor ihr. Sie war viel zu benommen gewesen, um auf die Idee zu kommen, zur Post zu gehen und ihnen ein Telegramm ins Hotel zu schicken, das musste Mrs. Campbell oder Mrs. Fraser getan haben.

»Constance?«, fragte ihre Mutter vorsichtig mit Tränen in den Augen.

Constance sprang auf. Ihr Vater blickte von dem Telegramm auf, und ihre Blicke begegneten sich.

»Vermisst«, sagte er ungläubig.

»Tot«, sagte Constance unter Tränen.

»Das wissen wir nicht«, entgegnete ihr Vater. »Das wissen sie nicht. Sie … stellen nur Vermutungen an.«

Constance und ihre Mutter schauten ihn an. Verzweifelte Hoffnung lag in ihrem Blick.

Constance nahm an, dass Matthew schlief und sich auskurierte. Vielleicht wartete er auch auf sie. Sie wusste nicht, wann und wo es passiert war, aber sie hatte sich in ihn verliebt. Dessen war sie sich jetzt ganz sicher. Sie machte sich schreckliche Vorwürfe deswegen. Ihr Bruder war in Ausübung seiner Pflicht gestorben, und sie hatte sich in einen Piloten verliebt, der seine Pflicht nicht mehr tun wollte.

Fast den ganzen Tag saßen sie und ihre Eltern schweigend herum, keiner von ihnen brachte mehr als ein paar Worte heraus. Constance schlief immer wieder auf dem Sofa ein. Jedes Mal, wenn sie aufwachte, atmete sie zuerst erleichtert auf, weil sie glaubte, aus einem Albtraum erwacht zu sein, in dem ihr Bruder gestorben war. Und wenn sie die Erkenntnis traf wie ein Schlag, dass es kein Traum war, liefen ihr erneut die Tränen aus den rot geweinten Augen.

Mrs. Campbell kam mit einer Kanne Tee und einem Teller Scones herein. Constance bemühte sich, das Lächeln der Frau zu erwidern, doch im selben Moment wurde sie wieder von Trauer überwältigt und schlug sich schwer atmend die Hände vors Gesicht.

Es klopfte an der Tür, und ein Pfleger streckte den Kopf herein. Etwas verlegen schaute er sich in dem opulent möblierten Salon um.

»Ja?«, fuhr Constances Vater ihn an.

»Verzeihen Sie, Sir, aber an der Tür ist ein junger Pilot, der Sie sprechen möchte.«

Die Augen ihrer Mutter sagten alles.

Constance sprang auf. »Douglas?«

Sie stürzten aus dem Salon und rannten den Flur hinunter zur Eingangshalle, Constance voran. Unterwegs schubste sie eine Krankenschwester aus dem Weg.

»Douglas?«, rief sie, als sie den jungen Mann in Pilotenuniform erblickte. Er stand mit dem Rücken zu ihnen, steif und auf einen Gehstock gestützt.

Als der Mann sich umdrehte, blieb Constance wie angewurzelt stehen. Hinter ihr stieß ihre Mutter einen Schrei aus und sank zu Boden, was Constance nur vage registrierte.

»Nein, tut mir leid«, sagte Henry. »Ich … ich musste einfach herkommen. Ich wusste, dass die Nachricht inzwischen …« Er brach ab.

Constance' Vater kam von hinten und streckte Henry die Hand entgegen. »Gut, dass Sie gekommen sind, Henry. Sehr freundlich von Ihnen«, sagte er steif.

Constance konnte es nicht fassen, sie fragte sich, wie ihr Vater jetzt solche Höflichkeit aufbrachte. Sie selbst hätte Henry am liebsten angeschrien, wie er es wagen konnte herzukommen, *warum* er gekommen war. Sie drehte sich zu ihrer Mutter um, die weinend zu Boden gesunken war. »Ich bringe Mutter zu Bett«, sagte sie.

»Kommen Sie«, sagte Alistair zu Henry. »Es steht frischer Tee bereit. Oder möchten Sie lieber etwas Stärkeres?«

»Danke, ich nehme gern einen Tee«, sagte Henry.

Er schenkte Constance im Vorbeigehen ein Lächeln, das wohl tröstend sein sollte. Aufgewühlt, wie sie war, erwiderte sie das Lächeln mechanisch und ging mit ihrer Mutter die Treppe hoch. Nachdem sie ihre Mutter zu Bett gebracht und bei ihr gesessen hatte, bis sie eingeschlafen war, ging sie zurück in den Salon, wo sie den ganzen Tag gesessen hatte. Sie hatte ihrer Mutter nicht die Hand gehalten. Sie wünschte, sie hätten ein Verhältnis, das eine solche Geste erlaubte, aber das hatten sie nicht. Douglas, der immer ihr Liebling gewesen war, hätte seiner Mutter die Hand gehalten. Aber wenn er noch lebte, wäre das ja nicht nötig gewesen.

Henry saß steif auf der Sofakante, den Gehstock neben sich, und trank Tee. Alistair ging im Salon auf und ab.

Constance trank einen Schluck von ihrem inzwischen kalten Tee. »Was ist mit dir passiert?«, fragte sie mit Blick auf den Gehstock.

»Bruchlandung«, sagte er. »Ich musste mit dem Fallschirm abspringen. Es ist nicht gebrochen«, sagte er und zeigte auf sein Bein, »aber es tut weh beim Gehen.«

»Ach so«, sagte Constance. Dann: »Wenigstens hast du überlebt. Wurdest du abgeschossen?«, fragte sie und schaute aus dem Fenster. Auf dem frisch gemähten Rasen waren ein paar Offiziere gerade dabei, ein Cricketspiel aufzubauen. Normalerweise hätte sie sich nervös gefragt, wie lange sie wohl spielen würden, wie viele Offiziere bei dem schönen Wetter wohl draußen sein und sie daran hindern würden, durch den Garten zum Wald zu laufen. Ihr Vater ließ sich auf seinen Schreibtischstuhl sinken und schaute Henry mit leerem Blick an.

»Ja, vor drei Tagen«, beantwortete Henry Constances Frage. »Am selben Tag, als … Deswegen bin ich hergekommen. Um Ihnen zu berichten, was passiert ist.«

»Was Ihnen passiert ist?«, fragte Alistair ungläubig.

»Nein, was Douglas passiert ist.«

Alistair erstarrte, und Constance hätte beinahe ihre Teetasse fallen lassen. »Du warst bei ihm?«, fragte sie.

»Am Ende, ja.«

»Sag so was nicht«, sagte Constance scharf. »Sprich nicht

vom Ende, als wäre es tatsächlich das Ende. Wir wissen nicht, was mit ihm ist.«

»Er wurde abgeschossen«, sagte Henry. »Vor mir. Er war nicht der Erste und ich war nicht der Letzte. Es hat einige von uns erwischt.«

»Wo?«, fragte Alistair.

»Über den Cairngorms«, sagte Henry und rutschte verlegen auf dem Sofa herum. »Das verdammte Bein.«

»Was ist passiert?«, wollte Constance wissen. »Was ist mit Douglas passiert?«

»Er hat nichts mitbekommen«, sagte er. »Es ging viel zu schnell. Ich fand, Sie sollten das wissen«, sagte er zu Alistair.

Constance wagte kaum zu atmen. Ganz langsam stellte sie ihre Tasse ab. »Willst du damit sagen, dass Douglas tot ist? Henry?«

»Ja«, antwortete er verunsichert und schaute zwischen Constance und ihrem Vater hin und her. »Ich dachte, das Telegramm wäre inzwischen angekommen. Steht es denn da nicht drin?«

»Da drin steht vermisst und für tot …«, sagte Constance, und ein betretenes Schweigen breitete sich im Raum aus.

»Er … also … er …«, stammelte Henry.

»Nun sagen Sie's schon«, forderte Alistair ihn auf.

»Sein Flugzeug war ein Feuerball. Es sank immer tiefer. Und dann ist das Flugzeug … es ist …«

Constance schlug sich eine Hand vor den Mund. »Was?«, flüsterte sie. »Was?«

»Es ist abgestürzt«, sagte Henry leise.

Alistair rieb sich das Kinn. Er konnte Henry nicht ansehen.

»Tut mir leid«, fuhr Henry fort. »Wirklich. Aber es war mir wichtig, Ihnen zu sagen, dass er nicht gelitten hat.«

»Aber … er ist doch verbrannt, oder?«, sagte Constance langsam. »Natürlich hat er gelitten.«

»Nein«, sagte Henry mit Nachdruck. »Ich bin mir ganz sicher, dass es vorbei war, bevor …«

Constance schluckte die Galle hinunter, die ihr hochgekommen war, als sie sich vorgestellt hatte, wie ihr Bruder in einem brennenden Flugzeug abstürzte. Sie verfluchte Henry dafür, dass er gekommen war. Es wäre ihnen besser gegangen, wenn sie nichts gewusst hätten.

Die Standuhr in der Eingangshalle schlug zur vollen Stunde und unterbrach die Stille.

»Danke, dass Sie hergekommen sind«, sagte Alistair förmlich. »Dass Sie uns über die Einzelheiten informiert haben. Jetzt wissen wir jedenfalls, dass keine Hoffnung besteht.«

Henry, der nicht verstanden hatte, was Alistair ihm sagen wollte, erwiderte: »Gern geschehen, Sir. Das war das Mindeste, was ich tun konnte. Mit dem vermaledeiten Bein bin ich im Moment in einem Flugzeug sowieso zu nichts zu gebrauchen.«

»Bist du auf Urlaub?«, fragte Constance, die sich selbstquälerisch fragte, ob Douglas jetzt normalerweise zu Hause wäre und auf seine Verlegung in den Süden warten würde.

»Aus gesundheitlichen Gründen, ja. Ich kann ja im Moment nicht fliegen. Eigentlich wollte ich nach Hause fahren, um mich zu erholen, aber ich fürchte, die lange Zugfahrt würde mich umbringen.«

»Sie können selbstverständlich hierbleiben«, hörte Constance ihren Vater sagen. »Solange wie nötig. Wir haben ja sowieso schon das ganze Haus voll mit hinkenden Offizieren, da kommt es auf einen mehr oder weniger auch nicht mehr an.«

Es war sehr ungewöhnlich, dass ihr Vater Entscheidungen traf, ohne sich vorher mit seiner Frau abzusprechen, und Constance hob verwundert die Brauen.

»Das ist sehr freundlich von Ihnen, Sir«, sagte Henry. »Ich muss gestehen, ich hatte gehofft, mich hier im Haus erholen zu können.« Er lächelte Constance an.

»Constance, könntest du …?«, sagte ihr Vater mit einer resignierten Handbewegung. »Wenn Sie mich entschuldigen würden«, sagte er zu Henry und begann, die Papiere auf seinem Schreibtisch zu ordnen.

Constance trug seinen kleinen Koffer, und er hinkte ein paar Schritte hinter ihr her, als sie ihn zu Douglas' Zimmer führte. Alle anderen Zimmer waren mit Invaliden belegt. Eigentlich war geplant gewesen, dass Henry sich das Zimmer für eine Nacht mit Douglas teilte, nicht, dass er sich dort allein und für längere Zeit einquartierte. Constance brach es das Herz, als sie die Tür öffnete. Mrs. Campbell hatte zwar sauber gemacht und aufgeräumt, aber abgesehen davon sah das Zimmer genauso aus, wie Douglas es verlassen hatte. Seine Lieblingsmodellflugzeuge hingen an der Decke, Doppeldecker aus dem Ersten Weltkrieg, als es undenkbar gewesen war, dass nur zwanzig Jahre später ein weiterer Krieg folgen würde. Relikte aus einer vergangenen Zeit. Aber Douglas hatte sie nie gegen die Hurricanes und Spitfires austauschen wollen, die er jetzt flog. Oder besser, geflogen hatte, schoss es Constance durch den Kopf.

»Das ist sehr großzügig von euch«, sagte Henry und schaute sich im Zimmer um. »Der arme Douglas.«

»Ja«, sagte Constance wie benommen. »Wie lange hast du vor zu bleiben?«

»Ich … also …« Er zeigte auf seinen Gehstock. »Auf jeden Fall werde ich zwei Wochen in keinem Cockpit sitzen.«

»Und du willst die ganze Zeit hierbleiben?«, fragte sie entgeistert.

»Ich dachte, vielleicht eine Woche. Bis dahin bin ich hoffentlich in der Lage, meine Eltern im Südwesten zu besuchen, bevor ich mich wieder zum Dienst melden muss. Jedenfalls habe ich gehört, dass es fast unmöglich ist, in den überfüllten Zügen einen Sitzplatz zu ergattern, und noch würde ich eine Zugfahrt im Stehen nicht durchhalten.« Er legte ihr eine Hand auf den Arm. Sie zog den Arm weg. Sie konnte es nicht ertragen, dass er sie anfasste.

»Hör zu, Constance«, sagte er. »Ich möchte mich für mein Verhalten neulich entschuldigen. Dafür, dass ich dich geküsst habe. Also, für die Art und Weise, wie ich es getan habe, meine ich. Mir ist inzwischen klar geworden, dass das respektlos von mir war. Vollkommen ungehobelt. Bestimmt habe ich dir einen Schrecken eingejagt, und … na ja … dafür möchte ich mich entschuldigen.«

»Oh«, sagte Constance schockiert. »Danke.« Als ihr bewusst wurde, dass das nicht die passende Antwort war, fügte sie hinzu: »Entschuldigung angenommen, Henry.« Sie hatte keine Lust, sich an die fürchterliche Situation zu erinnern, geschweige denn, mit ihm darüber zu reden. Sie konnte nur an ihren geliebten Bruder denken. Henry hatte keine Bedeutung mehr für sie.

Als sie sich auf den Friedensschluss die Hand gaben, hielt er ihre ein bisschen zu lange fest. »Wollen wir noch mal von vorne anfangen?«, fragte er. »Mein Verhalten im Wintergarten hat meine Chancen bei dir nicht erhöht, dass ist mir klar.«

»Chancen?«, wiederholte sie entsetzt.

»Ja«, sagte er. »Constance, du musst doch wissen, was ich für dich empfinde. Du weißt doch sicher, warum ich hier bin, oder?«

»Ich …«, setzte sie an und wollte ihm ihre Hand entziehen, doch er hielt sie fest.

»Ich weiß nicht, was du empfindest, aber falls ich an dem Abend ein bisschen stürmisch war, darfst du mir das nicht nachtragen. Ich möchte das so gern ungeschehen machen in der Hoffnung, dass du mich wieder magst.«

Sie hätte ihm gern gesagt, dass sie ihn einmal gemocht hatte. Dass sie ihn sogar sehr gemocht und sich sogar gefragt hatte, wie es wohl wäre, richtig mit ihm zusammen zu sein und ihn später vielleicht sogar zu heiraten. Aber das war davor gewesen. Inzwischen konnte sie jemanden wie ihn nicht mehr ertragen. Sie hatte sein wahres Gesicht gesehen und ihn mit Matthew verglichen, einem Mann, den sie liebte, das wusste sie jetzt. Einem Mann, der gutherzig, großzügig, liebevoll und kein bisschen fordernd war. Matthew hielt Constance auf Distanz, und er zwang sich selbst dazu, Distanz zu ihr zu halten, er respektierte sie, während Henry sich abscheulich verhalten hatte. Der Himmel wusste, wie weit er an dem Abend im Wintergarten gegangen wäre, wenn sie es zugelassen hätte.

»Dass ich dich wieder *mag*?«, fragte sie ungläubig. Sie wollte einfach nur noch weg von ihm. »Als Douglas' Freund, ja.«

»Mehr nicht? Auf mehr kann ich nicht hoffen?«

»Henry«, sagte sie und holte tief Luft. Vorsichtig löste sie ihre Hand aus seinem Griff. »Mein Bruder ist gerade gestorben. Du bist hergekommen, um uns die grauenvollen Details seines Todes zu berichten.« Sie musste sich zusammennehmen, um weitersprechen zu können. »Und wenn es dir nichts ausmacht, finde ich, wir sollten nichts weiter als Freunde sein.«

Er wirkte so bestürzt, dass er ihr einen Moment lang sogar leidtat. Sie war noch nie in der Situation gewesen, einen verliebten Mann abzuweisen, und sie hoffte, dass er es nicht allzu schwernehmen würde. »Es tut mir leid«, sagte sie sanft und zugleich bestimmt.

Henry wandte sich ab, setzte sich auf Douglas' Bett und nickte nur. Constance konnte es nicht mit ansehen, wie er es sich im Zimmer ihres Bruders bequem machte.

»Ich lasse dich dann mal allein. Ich weiß nicht genau, wann es Abendessen gibt«, sagte sie. »Seit hier so viel Trubel ist, esse ich zu den unmöglichsten Zeiten. Aber jetzt, wo meine Eltern zurück sind …«

»In Ordnung«, fiel Henry ihr ins Wort. Er wirkte am Boden zerstört. »In Ordnung.«

Constance schloss die Tür und blieb einen Moment lang stehen. So etwas hatte sie noch nie tun müssen, und Henry tat ihr unendlich leid. Aber in ihre Trauer um Douglas und ihr Mitleid mit Henry mischte sich auch die Erinnerung an jene schreckliche Situation im Wintergarten, die er erst bereut hatte, als es zu spät war.

Es war schon zu spät am Abend, um Matthew zu besuchen. Das Abendessen war eine Katastrophe gewesen. Ihre Mutter war aus ihrem Zimmer gekommen, sie hatte sich tatsächlich wie immer für das Dinner zurechtgemacht. Sie hatte so schrecklich förmlich gewirkt, vollkommen fehl am Platz in ihrem eleganten Kleid und mit den Perlen um den Hals. Constance dagegen hatte sich nicht einmal umgezogen, sondern in der weiten Hose und der Bluse am Tisch gesessen, die sie den ganzen Tag angehabt hatte. Sie hatte angenommen, dass bei dem Trubel, der jetzt im Haus herrschte, kein Platz mehr war für solche Förmlichkeit, dass das Telegramm mit der Nachricht über Douglas' Tod alles geändert hatte und sie in Trauer um ihn vereint sein würden. Aber dann hatten ihre Eltern den ganzen Abend lang krampfhaft versucht, mit dem niedergeschlagenen Henry höfliche Gespräche zu führen. All das und die Trauer um ihren Bruder waren zu viel gewesen für Constance.

Ihr Vater hatte sie vor dem Essen beiseite genommen und ihr eingeschärft, ihrer Mutter gegenüber nichts von dem zu erwähnen, was Henry ihnen erzählt hatte. Nichts von dem »Inferno« verlauten zu lassen, wie er sich ausdrückte. Constance wurde jedes Mal übel, wenn sie an Henrys Schilderung dachte. Auch Henry, der steif am Tisch saß und sich Mühe gab, sich an der Konversation zu beteiligen, war von ihrem Vater instruiert worden. Constance hatte die ganze Zeit an ihrem einzigen Glas Wein genippt, während Henry im Laufe der lächerlichen dreigängigen Mahlzeit mindestens drei Gläser geleert hatte. Das Essen hatte nach nichts geschmeckt, so als hätte der Tod ihres Bruders alles fad werden lassen. Sie hatte lustlos in ihrem Hackbraten herumgestochert, aber obwohl sie wusste, dass es unrecht war, ihn nicht zu essen in Zeiten, wo alles rationiert war und überall Mangel herrschte, hatte sie doch keinen Bissen heruntergebracht.

Während sie Henry gegenübersaß, hatte sie versucht sich zu erinnern, was sie einmal für ihn empfunden hatte. Wenn er sich im Wintergarten nicht so unmöglich verhalten hätte, wäre alles anders gekommen. Dann wäre sie nicht vor ihm davongelaufen, dann hätte sie Matthews Spitfire nicht in den See stürzen sehen, hätte ihn nie kennengelernt, sich nie in ihn verliebt. Henry hatte auf unbeholfene Weise versucht, sich zu entschuldigen, aber das reichte nicht. Constance nahm sich fest vor, sich von ihm fernzuhalten, und hoffte inständig, dass die Woche, die er im Haus verbringen würde, schnell vorübergehen würde.

Und dass er danach nie wieder herkommen würde.

Kapitel 28

Oktober 2020

In den Wochen nach den peinlichen Vorkommnissen in der Jagdhütte ging Kate James nach Möglichkeit aus dem Weg. Wenn sie daran dachte, wie sie geknutscht hatten, wie romantisch das Feuer geknistert hatte, und wie sie sich dann übergeben musste, verdrehte sie innerlich die Augen.

James fand immer wieder Vorwände, um in der Jagdhütte herumzuwerkeln, während Kate ihre Zeit im Haus verbrachte, wo sie zusammen mit Liz die Gästezimmer mit letzten Details ausstattete und mit Angus die Teestube im Wintergarten einrichtete. Was jedoch immer noch fehlte, war ein Werbekonzept für die Teestube.

Kate war gerade dabei, kleine Flaschen Whisky und Packungen mit dem leckersten, feinsten Shortbread, das sie je gegessen hatte, für die Journalisten, die bald eintreffen würden, in Geschenkboxen zu verpacken, und als sie aufblickte, stand James vor ihr.

Sie errötete prompt. Jedes Mal, wenn sie ihm begegnete, was zum Glück nicht häufig passierte, wollte sie nur im Erdboden versinken.

Er rieb sich das Kinn. »Hi.«

»Hi«, sagte Kate und wich seinem Blick aus. Sie beschäftigte sich weiter mit ihren Geschenkboxen und sah sich nach der Schere und der Rolle kariertem Geschenkband um, das sie extra besorgt hatte.

James nahm die Schere von der Anrichte und reichte sie ihr. »Hier.«

Sie achtete darauf, seine Hand nicht zu berühren, als sie die Schere entgegennahm. Gott, wie sehr wünschte sie sich, sie könnte die Zeit zurückdrehen und alles, was an jenem Abend vorgefallen war, ungeschehen machen. Allmählich kam sie zu dem Schluss, dass ihr Erbrechen sie am Ende gerettet hatte. Sie wollte sich gar nicht vorstellen, wie die Situation jetzt wäre, wenn sie tatsächlich miteinander geschlafen hätten. Sie konnten sich ja so schon kaum in die Augen sehen, dabei hatten sie nur geknutscht, wenn auch fast nackt und betrunken …

»O Gott«, stöhnte sie leise und spürte, wie ihre Wangen glühten.

»Wie bitte?«, sagte James und schaute sie an. Sie wünschte, er würde einfach gehen.

»Nichts«, murmelte sie.

»Wann wollte Jenny noch gleich kommen? Das war doch heute, oder?«

»Himmel, Jenny!« Kate hatte ihre Freundin vollkommen vergessen.

Sie warf einen Blick auf ihre Armbanduhr. »In ungefähr einer Stunde. Das schaff ich nie. Ich hatte versprochen, sie abzuholen.« Wobei Kate ernsthaft bezweifelte, dass der Mietwagen die Fahrt zum Flughafen in Inverness und zurück überleben würde, obwohl die Mietwagenfirma ihn, nachdem sie den Schaden gemeldet und sich wortreich beklagt hatte, unverzüglich hatte reparieren lassen.

»Ich kann das übernehmen«, sagte James.

Kate betrachtete die Schachteln und die Geschenke, die sie noch verpacken musste, und Whisky, der neben ihr hockte und erwartungsvoll mit dem Schwanz auf den Boden schlug.

»Wirklich?«, fragte Kate. Sie musste auch noch die ganzen Presseerklärungen und Informationsblätter ausdrucken, in die dafür vorgesehenen Mappen legen und auf die Zimmer verteilen. Dann musste sie den Zeitplan noch einmal mit Liz durchgehen, die sich bereit erklärt hatte, die Journalisten am Morgen nach ihrer Ankunft durchs Haus zu führen. Außerdem war ein Ausflug ins Dorf vorgesehen und ein opulentes Abendessen im Invermoray Arms. Angus konnte es kaum erwarten, dass sein Pub in den begeisterten Berichten Erwähnung fand, die die Journalisten hoffentlich schreiben würden.

»Na klar«, sagte James und nahm seine Autoschlüssel aus der Garderobenschublade. »Es wäre ganz gut, wenn ich ihre Telefonnummer hätte, damit ich sie kontaktieren kann, falls ich sie nicht finde. SMS genügt. – Ach ja, wie sieht sie denn aus?«

Kate nahm ihr Handy und suchte ein Foto von ihnen beiden heraus, das auf ihrer Abschiedsparty aufgenommen worden war. Sie wirkten beide ein bisschen beschwipst, waren aber gut zu erkennen. James hob erstaunt die Brauen, als er das Foto sah. »Sie ist ja …«

Kate zuckte zusammen. »Was?«

»Sie ist echt hübsch.« Dann eilte er zur Tür. »Bis gleich dann.«

Kate wandte sich wieder ihren Schachteln zu. Als sie James' Land Rover wegfahren hörte, wünschte sie, sie hätte nicht zugestimmt, dass er Jenny abholte.

Kate ließ sich aufs Sofa sinken und schloss die Augen. Liz bot ihr ein Glas Wein an, doch allein beim Gedanken an Wein wurde Kate übel. »Nein, danke«, sagte sie. »Ich hole mir gleich ein Glas Wasser.

Liz schaute sie überrascht an, dann fragte sie: »Wie viele Journalisten erwarten wir?«

»Sechs. Plus Begleitungen.«

»Meine Güte.« Liz trank einen großen Schluck Wein.

»Keine Sorge«, sagte Kate, »ich hab das schon hundertmal gemacht, und wir haben ein volles Programm für sie parat.«

»Haben wir schon eine Preisliste für das Bed & Breakfast?«, fragte Liz hoffnungsvoll. »Also, für den Fall, dass sie danach fragen.«

Kate nickte. »Haben wir. Alles ausgedruckt und in den Pressemappen. Falls irgendwelche Informationen fehlen – aber es fehlen keine«, fügte sie schnell hinzu, »kann ich immer noch nachher E-Mails verschicken.«

»Haben wir genug Sekt für einen Sektempfang, bevor wir mit ihnen zum Abendessen in den Pub fahren?«

Kate lachte. »Klar. Und Angus macht uns das Abendessen zu einem guten Preis. Er hat sich richtig was ausgedacht, womit er sein Können als Koch unter Beweis stellen kann.«

»Der Mann ist unbezahlbar«, sagte Liz.

Da musste Kate ihr recht geben. »Am nächsten Morgen kommt er her, um das Frühstück zu machen, bevor unsere Gäste mit einem Mitarbeiter des Outdoor-Unternehmens entweder auf Hirschjagd oder zum Angeln gehen. Am Nachmittag können sie es sich hier auf dem Rasen mit einem Drink gemütlich machen oder sich noch ein bisschen die Gegend ansehen. James hat sich erboten, mit denen, die sich dafür interessieren, eine kleine Rundfahrt zu machen.« Kate sah, wie Liz all die Informationen sacken ließ. »Invermoray House ist wunderschön. Das Anwesen ist großartig. Die Zimmer sind fantastisch. Es sind nur sechs Journalisten …«

»Zwölf«, fiel Liz ihr ins Wort. »Zusammen mit ihren Begleitungen sind es zwölf Personen, die wir bespaßen müssen.«

»Also gut, zwölf. Und wir sind zu viert, wenn wir Angus dazu rechnen, der den schwierigsten Teil übernommen hat, nämlich das Essen. Und wenn wir Jenny dazuzählen, sind wir sogar zu fünft. Jenny hat viel Erfahrung mit solchen Dingen und ist immer eine große Hilfe. Sie brauchen sich also keine Sorgen zu machen.«

Liz nickte. »Das weiß ich. Sie haben das alles ganz großartig gemacht. Jetzt müssen wir nur die nächsten vierundzwanzig Stunden überstehen, dann können wir uns entspannen.«

Da war sich Kate nicht so sicher. Sie fragte sich, ob Liz vergessen hatte, dass nach den Journalisten erst mal die zahlenden Gäste kommen mussten.

James hatte ihr in den vergangenen Tagen immer wieder begeisterte E-Mails weitergeleitet und ihr von den zahlreichen Buchungen berichtet, die hereinkamen. Es war der einzige Kontakt zwischen ihnen seit dem schrecklichen Abend in der Jagdhütte.

Sie hörten die Haustür zuschlagen, dann Stimmen in der Eingangshalle.

Liz lächelte. »Das werden sie sein.«

Kate stand auf, als James und Jenny eintraten.

Jenny fiel Kate strahlend um den Hals.

»Da bist du ja«, sagte Kate in Jennys lange braune Haare hinein. »Wie war dein Flug?«

»Gut.«

»Und die Fahrt hierher? Habt ihr euch sofort gefunden?«

Jenny warf James einen anerkennenden Blick zu. »Ohne Probleme.«

»Wie schön.«

Kate stellte Jenny und Liz einander vor, dann gingen sie in den Salon, wo Liz Jenny Wasser und Wein anbot. Jenny leerte gierig ein Glas Wasser.

»Hat es sehr gewackelt über den Bergen?«, fragte Kate.

»Gar nicht. Und ich hab mehr Zeit in der Schlange am Flughafen verbracht als in der Luft. Der Flug ist ja wirklich extrem kurz«, sagte sie und nahm Platz. »Dieses Haus …«, sagte sie und trank einen Schluck Wein, »… ist ja wie aus einem Märchen.«

James setzte sich lächelnd neben Liz auf das andere Sofa.

»Also, wie weit seid ihr denn mit eurer Planung für morgen, und wo kann ich helfen?«, fragte Jenny.

Kate brachte James und Jenny auf den neuesten Stand und freute sich insgeheim über ihre beeindruckten Gesichter. »Die Journalisten kommen alle mit demselben Flieger, und zwar kurz nach Mittag. Ich habe einen Minibus bestellt, der sie abholt. Wir haben einen kleinen Imbiss vorbereitet für den Fall, dass sie im Flugzeug nicht viel gegessen haben …« Die drei hörten gebannt zu, als Kate ihnen die Einzelheiten darlegte.

Kate war so beschäftigt gewesen, dass sie vollkommen vergessen hatte, etwas zu essen, umso mehr freute sie sich, als Liz sie alle in die Küche bat, wo Angus ein köstliches Essen zubereitet hatte.

»Angus.« James begrüßte seinen Freund mit einem Schulterklopfen. »Ich wusste gar nicht, dass du hier bist.«

»Hab mich freiwillig zum Einsatz gemeldet. Morven schmeißt den Laden heute Abend, weil ich dachte, wir haben zur Feier des Tages ein Festessen verdient. Ich hab ne Flasche Schampus mitgebracht und mein berühmtes Chili con Carne spezial gekocht. Ich wärme es gerade auf und schmecke es noch ein bisschen ab.«

»Spezial?«, fragte Jenny, während Angus etwas in das Chili rührte, das aussah wie Erdnussbutter und Kaffeepulver.

»Geheimrezept«, sagte Angus und tippte sich mit dem Finger an die Nase. »Ich bin übrigens Angus. Ich glaub, wir sind uns noch nicht…«

»Das ist Jenny«, sagte Kate. Angus lächelte Jenny auf eine Weise an, wie sie ihn noch nie hatte lächeln sehen, und sie fragte sich, ob sie bei dem vollen Programm Zeit haben würde, um die beiden zu verkuppeln, bevor Jenny wieder nach London flog.

Nachdem sie beim Spülen geholfen und allen gute Nacht gesagt hatten, schleppten Jenny und Kate sich todmüde die Treppe hoch. James war mit Jennys Koffer vorausgegangen und wünschte ihnen an ihrer Zimmertür verlegen eine gute Nacht. Jenny warf ihm einen Luftkuss zu, und er schien unschlüssig, ob er Kate auch einen zuwerfen sollte, entschied sich jedoch am Ende dagegen.

»Nacht, James«, sagte Kate, während sie langsam die Tür zumachte.

»Äh, Nacht. Gute Arbeit. Wir sehen uns morgen früh«, sagte er steif.

Als sie sich von der Tür abwandte, sah sie ihre Freundin mit verschränkten Armen und hochgezogenen Brauen dastehen.

»Was ist?«, fragte Kate, obwohl klar war, dass Jenny eine Erklärung von ihr erwartete.

»Na, Glückwunsch und gern geschehen!«, sagte Jenny mit einem vielsagenden Grinsen im Gesicht.

»Hä?«, fragte Kate verwirrt.

Jenny ließ die Arme sinken und zeigte mit dem Daumen in Richtung Zimmertür. »Na, zu dem jungen Gutsherrn da draußen.«

»James?«, fragte Kate und drehte sich zur Tür um. Sie hatte Jenny kein Wort von dem Abend in der Hütte erzählt und fragte sich, woher sie Bescheid wusste.

»Ich verhelfe dir zu diesem Job, zu einem gut aussehenden Arbeitgeber im heiratsfähigen Alter, und bekomme nicht mal ein Dankeschön?«

Jenny verschränkte wieder grinsend die Arme und schaute Kate bohrend an. »Nicht zu vergessen diesen Angus«, fuhr sie fort und ließ einen anerkennenden Pfiff vernehmen, als Kate nicht antwortete. »Kein Wunder, dass du nicht auf dem Absatz kehrtgemacht hast und wieder nach London geflüchtet bist. Du bist hier den ganzen Tag in Gesellschaft gesunder junger Männer und verlierst kein Wort darüber. Wie kann es sein, dass ich in einer Stadt mit ungefähr neun Millionen Einwohnern keinem einzigen attraktiven, normalen Mann über den Weg laufe, während du in diesem Dorf hier … wie viele Einwohner hat Invermoray überhaupt?«

Kate wusste genau, worauf das hinauslief und antwortete nun ebenfalls grinsend: »Vielleicht dreihundert.«

Jenny verdrehte die Augen. »Dreihundert – und es wimmelt nur so von tollen Typen.«

Kate wusste nicht, was sie darauf antworten sollte.

»Und?« Jenny ließ nicht locker. »Mit welchem bist du zusammen?«

»Mit keinem von beiden«, erwiderte Kate entsetzt.

»Hast du einen anderen? Gibt's etwa noch *mehr* von der Sorte?«

Kate lachte. »Nein. Also, kann sein, aber mir sind sie noch

nicht aufgefallen. Jedenfalls bin ich mit keinem von beiden zusammen.«

»Und wieso nicht?« Jenny setzte sich auf die Kante von Kates Vierpfostenbett. »Sind die schwul? – Verdammt.«

»Nein«, sagte Kate. Sie musste wieder lachen. »Nein, sie sind nicht schwul. Jedenfalls James nicht. Und ich glaub auch nicht, dass Angus schwul ist.«

»Ach, woher weißt du denn, dass James nicht schwul ist?«, wollte Jenny wissen.

Kate lief knallrot an.

»Ah … ihr habt also …?«

»Herrgott noch mal, Jenny, nein«, sagte Kate. »Er ist mein Arbeitgeber.«

Jenny schaute nachdenklich zur Tür. »Aber nicht *meiner*«, sagte sie dann lächelnd.

Während Jenny ihren Koffer auspackte, spürte Kate, dass ihre hübsche Freundin sie nervös machte.

Den Besuch der Journalisten erlebte sie wie durch einen Schleier. Kate hatte das Gefühl, die ganzen vierundzwanzig Stunden unter Hochspannung zu stehen. Sie hatte schon mehr Pressepräsentationen organisiert, als sie zählen konnte, aber jede einzelne war wieder neu und aufregend.

Sie hatte die Journalisten für dieses Wochenende sorgfältig ausgesucht, und sie waren nett und leicht zu begeistern. Zwei hatten sich sogar Tweedanzüge zugelegt, um für die Hirschjagd passend gekleidet zu sein. Zum Glück wurde nicht mit Gewehren, sondern mit Kameras gejagt. Man folgte der Hirschherde im Geländewagen, und die Beute bestand aus Fotos von Rotwild und Landschaft.

James hatte die Wathosen und Angelruten seines Vaters abgestaubt und war mit ein paar Leuten zum Forellenangeln an den Bach im Wald gegangen.

Angus hatte ihnen im Pub ein wahres Festessen aufgetischt. Außerdem hatte er einen Entwurf für das gastronomische Angebot in der Teestube gestaltet und ausgedruckt und Kate gebeten, diesen mit in die Pressemappen zu legen.

Liz' Führung durch das Haus war sehr gut angekommen, sie hatte sogar daran gedacht, ein paar Geschichten über das Ungeheuer von Loch Invermoray zum Besten zu geben. Kate wusste natürlich, dass Liz sich diese Geschichten selbst ausgedacht hatte, aber das hinderte die Journalisten nicht daran, ihr hingerissen zu lauschen. Einmal jedoch hatte sie sich demonstrativ geräuspert, um Liz zu bremsen, die anfing in schillerndsten Farben vom Ertrinken eines jungen Piloten zu berichten, dessen Geist regelmäßig aus dem See stieg und im Haus umging.

»Was zum Teufel redet sie da?«, hatte James Kate leise zugezischt, der dazugekommen war, als Liz auf der Treppe stand und den Journalisten, die ihr wie gebannt an den Lippen hingen, die Geschichte erzählte.

»Vielen Dank für Ihren Besuch«, sagte Kate noch einmal, dann schlug sie die Tür des Minibusses zu und winkte den Journalisten zusammen mit Angus, James und Jenny zum Abschied.

Es war ihr gelungen, mit allen ein persönliches Gespräch zu führen, sie hatte sich ein Bild von ihrer Meinung gemacht, erfahren, wann ihre Artikel erscheinen würden, wie viele Seiten sie diesen einräumen würden, und welche zusätzlichen Informationen sie brauchten. Alle waren von Invermoray House restlos begeistert gewesen, sogar von Liz' ziemlich abgedrehten

Geschichten. Offenbar war Liz erst richtig in Fahrt geraten, als sie die Gäste durch den Garten geführt hatte und Kate und James anderweitig beschäftigt gewesen waren. Ganz besonders gut hatte den Journalisten die Geschichte von den Geschwistern Constance und Douglas gefallen, die von ihren Eltern schnöde enterbt worden waren.

Dass die Jagdhütte nach fast achtzig Jahren wieder hergerichtet worden war und als romantisches Ferienhäuschen genutzt werden sollte, war bei den Journalisten ebenfalls sehr gut angekommen. Allerdings hatten James und Kate keinen der Besucher dort untergebracht, damit niemand sich benachteiligt fühlte. Aber vor allem das Herrenhaus mit seiner Geschichte und seinem verblassten Glanz hatte die Gäste beeindruckt, dazu der zur Teestube umfunktionierte Wintergarten mit all den riesigen Pflanzen, zwischen denen sie gefrühstückt hatten, der Stuck im Speisesaal und die weichen Sofas im Salon.

Die Journalisten hatten genau das in Invermoray gesehen, was Kate darin sah, und ihr war bewusst geworden, wie sehr ihr Herz mittlerweile an diesem Haus hing. Die Vorstellung, bald in ihr kleines Londoner Appartement zurückzukehren und sich in der Millionenstadt auf Jobsuche zu begeben, war nicht gerade verlockend. Sie hatte sich richtig gut in Schottland eingelebt. Normalerweise waren es gerade die unterschiedlichen Herausforderungen, die sie an der Arbeit für eine PR-Agentur faszinierte: fünf oder sechs große Kunden gleichzeitig zu betreuen, an verschiedenen Projekten zu arbeiten mit all ihren Höhen und Tiefen. Invermoray war ebenfalls eine Herausforderung, aber hier hatte sie das Gefühl, angekommen zu sein, auch wenn es ihr widerstrebte, sich das einzugestehen. Ihre alte Arbeit fehlte ihr kein bisschen. Ihr kleines Appartement fehlte ihr nicht, und die Großstadt fehlte ihr auch nicht. Ihre Freunde und ihre Eltern fehlten ihr, aber die waren, wie Jenny betont hatte, nur eine Flugstunde entfernt.

Doch ihr Vertrag lief in weniger als drei Monaten aus, und die Uhr tickte. Wahrscheinlich war es das Beste, dann wieder zu gehen. Aber egal wie, es war nicht ihre Entscheidung, ob sie blieb oder nicht. Die Entscheidung lag bei James und Liz, und James würde sich garantiert nicht darum reißen, sie noch länger zu beschäftigen. Selbst Wochen später wollte sie immer noch im Erdboden versinken, wenn sie daran dachte, was in der Jagdhütte vorgefallen war. Und dennoch deprimierte es sie, dass ihre Zeit hier in absehbarer Zeit beendet sein würde. Andererseits, wenn sie in pragmatischer Stimmung war, sagte sie sich, dass sie sich einfach wieder ein ähnliches Projekt suchen könnte.

»Wir fahren zum Pub«, sagte Jenny. Die Journalisten waren vor einer Stunde abgereist, und Kate saß schon wieder an ihrem Schreibtisch. Es wurde allmählich dunkel, und sie war hundemüde, aber sie musste noch einen Fotografen anheuern, der Werbefotos machte, jetzt wo das Haus fertig war, außerdem musste die Webseite auf den neuesten Stand gebracht werden.

»Ich kann nicht«, sagte sie.

»Ach, komm schon«, sagte Jenny. »Wenn hier einer einen Drink verdient hat, dann du. Du hast das wirklich ganz fantastisch organisiert. Ich bin mir regelrecht überflüssig vorgekommen.«

Kate schaute ihre Freundin an. »Unsinn, du warst großartig. Du warst den ganzen Tag im Einsatz, und heute morgen hast du sogar Angus in der Teestube unter die Arme gegriffen.«

»Er hätte das wunderbar alleine hingekriegt, ich hab mich

halt ein bisschen nützlich gemacht. Aber wenn du nicht mit in den Pub fährst, bleibe ich auch hier und leiste dir Gesellschaft«, sagte Jenny.

»Nein, geh nur. Bitte. Du hast es verdient. Genieß den Rest deines kurzen Urlaubs.«

Plötzlich stand James in der Tür. »Seid ihr zwei so weit?«

Jenny drehte sich zu James um, dann beugte sie sich zu Kate vor und flüsterte verschwörerisch: »Ich genieße meinen Kurzurlaub sehr.«

Kate schluckte. »Na dann amüsiert euch schön, ihr zwei«, krächzte sie. Bis später.« Sie winkte ihnen zum Abschied und machte sich wieder an die Arbeit. Zehn Minuten später merkte sie jedoch, dass sie die ganze Zeit nur auf den Bildschirm gestarrt hatte und sich einfach nicht konzentrieren konnte.

Sie knallte den Laptop unnötig heftig zu und lehnte sich in ihrem Schreibtischstuhl zurück. »Ach, verdammt«, murmelte sie, während sie die Tür abschloss und den Schlüssel einsteckte. Sie brauchte frische Luft, um wieder einen klaren Kopf zu bekommen.

Dekomprimieren. Das Wort hatte sie mal in einer Frauenzeitschrift gelesen, und es passte jetzt genau. Sie war die ganze Zeit dermaßen im Stress gewesen, dass sie gar nicht gemerkt hatte, wie ausgebrannt sie war. Ein Spaziergang würde ihr besser tun als ein Drink im Pub. Vielleicht.

Kate atmete tief die saubere Luft der Highlands ein, als sie ohne bestimmtes Ziel losmarschierte. Sie war entschlossen, einfach in Bewegung zu bleiben und sich das Oberstübchen gründlich durchpusten zu lassen, nachdem sie so lange so eingespannt war. Sie hatte das Bedürfnis sich irgendwie frei zu fühlen und fing an zu rennen. In ihren engen Jeans, dem

T-Shirt und den knöchelhohen Stiefeln kam sie sich albern vor. Sie war keine Läuferin. Laufen war James' Ding. Sie merkte, dass ihre Gedanken immer wieder zu James zurückkehrten. Was war bloß los mit ihr?

»Krieg dich ein«, ermahnte sie sich selbst, als sie die kleine Kirche am Dorfrand erreichte. Keuchend lehnte sie sich gegen das Schild der Church of Scotland mit der Aufschrift »Invermoray Kirk«. Nach einer Weile setzte sie sich in der Nähe auf den Boden, lehnte sich mit dem Rücken an einen mit Efeu überwucherten Grabstein und atmete tief ein und aus, bis ihr Puls sich beruhigt hatte.

Die Kirche war aus dem gleichen grauen Stein gemauert wie der Rest des Dorfs und stammte vermutlich aus derselben Zeit. Späte georgianische Ära? Frühe viktorianische? Die Gräber im hinteren Teil des Friedhofs wirkten ziemlich neu, aber gleich in ihrer Nähe gab es ein Grab aus der Mitte des zwanzigsten Jahrhunderts.

Kate fuhr mit den Fingern über das weiche Gras, während die Wolken sich über die Berge schoben. Wenn es hier oben regnete, dann schüttete es wie aus Eimern, egal, ob Leute wie sie noch einen Abendspaziergang machten. Aber sie wollte noch ein bisschen hier sitzen bleiben und die frische Luft genießen. Es gab nicht viele Grabmale wie das, an dem sie lehnte, es war aufwendiger gestaltet als die einfachen Grabsteine rundherum und auch als die drei oder vier etwas auffälligeren Grabstätten.

Geistesabwesend fuhr Kate mit dem Zeigefinger über die Buchstaben und Ziffern, die in Erinnerung an jemanden, der vor langer Zeit gestorben war, in den Stein gemeißelt worden waren. Sie dachte an den heftigen schottischen Regen, der über die Jahre die scharfen Kanten des Steins abgerundet hatte, an den Schnee, der ihn in den harten Wintern bedeckt hatte und der im Frühling geschmolzen war, an das Efeu, das das Grabmal langsam aber sicher einhüllte und wohl hin und wieder vom Friedhofsgärtner zurückgeschnitten werden musste. Ein gründlicher Schnitt würde bald wieder nötig sein, denn von der Inschrift war nicht mehr viel zu sehen.

Kate stellte sich vor, dass sie vielleicht auch irgendwann einmal an so einem friedlichen Ort begraben werden würde, und die Vorstellung hatte etwas Beruhigendes. Doch nach einer Weile riss sie sich von dem Gedanken los und nahm die Buchstaben, die sie so geistesabwesend befühlt hatte, genauer in Augenschein. Sie las den Namen McLay und war wie elektrisiert. Sie versuchte das Geburtsjahr zu entziffern. 1919 vielleicht? Sie konnte es nicht erkennen. Aber auf jeden Fall irgendwas mit neunzehn. Dann las sie das Todesdatum. Irgendwas im September 1940. Aufgeregt begann sie, das Efeu abzureißen, Ranke um Ranke, bis sie den Vornamen freigelegt hatte. Aber die Buchstaben waren verwittert, und so sehr sie sich auch bemühte, sie konnte nur einen Teil davon entziffern. Der erste Vorname des Verstorbenen enthielt jedenfalls ein »S«, und einer seiner beiden weiteren Vornamen schien mit einem »A« anzufangen.

Kapitel 29

1940

Sie glaubte, dass es ihr gelungen war, unbemerkt aus dem Haus zu entwischen. Die Offiziere lagen alle im Bett, alle Zimmer waren vorschriftsmäßig verdunkelt. Aber noch mehr fürchtete sie sich, von ihren Eltern gesehen zu werden, die ja nun wieder da waren, und jetzt, wo auch noch Henry bei ihnen wohnte, musste sie höllisch aufpassen, wenn sie sich vom Haus entfernte und am Seeufer entlangschlich.

Deswegen hatte sie sich in der Nacht, nachdem die Nachricht von Douglas' Tod eingetroffen war, nicht hinausgetraut, und auch jetzt war sie ganz besonders vorsichtig gewesen. Wenn sie erwischt würde, wäre es um sie geschehen. Sie schluckte, als ihr bewusst wurde, dass es vor allem um Matthew geschehen wäre – man würde ihn abführen, vor das Kriegsgericht stellen und ins Gefängnis werfen. Andererseits, jetzt wo die Luftschlacht am Himmel über England tobte und es viel zu wenige Piloten gab, wie Henry beim Abendessen berichtet hatte, könnte es auch sein, dass man Matthew zwingen würde, wieder zu fliegen. Sie fragte sich, was eine schlimmere Strafe für ihn wäre. Wahrscheinlich würde er das Gefängnis vorziehen. Er wollte nicht mehr kämpfen, nicht mehr töten. Er versteckte sich vor dem Krieg, und in gewisser Weise tat sie das jetzt auch. Sie würden sich gemeinsam verstecken, dachte sie, und sei es nur für kurze Zeit.

Constance klopfte an die Tür, dreimal kurz, zweimal lang,

ihr geheimes Zeichen. Dann trat sie ein. Matthew war dabei, das Feuer zu schüren. Er drehte sich zu ihr um, sein dunkles Haar fiel ihm in die Stirn, und er schob es mit einer Hand zurück. »Ich dachte schon, Sie kommen gar nicht mehr«, sagte er lächelnd.

»Es wird immer schwieriger, unbemerkt aus dem Haus zu kommen«, sagte sie. »Ich habe mir solche Sorgen um Sie gemacht.«

»Es geht mir schon viel besser«, sagte er. »Die Pillen wirken Wunder. Ich habe sogar ein paar Kleider und Laken gewaschen. Ich habe im Schuppen eine alte Zinkwanne gefunden und etwas Wasser gekocht. Habe mir fast die Hände verbrannt, als ich die Wanne nach draußen getragen habe, aber die Laken sehen aus wie neu.« Er schien mächtig stolz auf sich zu sein, und Constance musste lächeln.

»Ich wollte eigentlich frisches Bettzeug mitbringen«, sagte sie, »aber ich wusste nicht, wie ich ein so großes Bündel aus dem Haus schaffen sollte.«

»Ist nicht nötig«, sagte er und streckte sich. »Ich könnte mich glatt an dieses Leben gewöhnen. Ich kann mich hier draußen ganz gut selbst versorgen.«

»Ach ja?«, fragte Constance, während sie ein paar Konservendosen und andere Lebensmittel auf den Küchentisch stellte. »Dann brauchen Sie das hier also nicht?«

»Doch, doch, so war das nicht gemeint«, sagte er. »Ich würde verhungern, wenn Sie nicht wären.« Er schluckte. »Ich wäre jetzt tot, wenn Sie nicht gewesen wären.«

»Darüber wollen wir lieber nicht reden«, sagte sie und schüttelte den Kopf. Sie wollte nichts mehr von Tod und Sterben hören. Sie öffnete den Mund, um ihm von Douglas zu erzählen, aber als sie die Laken betrachtete, die er zum Trocknen über die Stuhllehnen gehängt hatte, und die Decken, die zum Lüften an dem alten Wäschetrockner hingen, den er von der Decke heruntergelassen hatte, überlegte sie es sich anders.

Hier war alles ganz anders. Das hier war ein Ort des Friedens. Hier war es still und heimelig. Hier bei Matthew fühlte sie sich … Constance wusste selbst nicht genau, wie sie es beschreiben sollte, aber es war ein ganz neues, wunderschönes Gefühl, ganz anders als alles, was sie im großen Haus empfand. Wenn ihr tagsüber der Lärm und das Treiben, Henrys Avancen und die Trauer um Douglas zu viel wurden, zählte sie die Stunden, bis sie endlich wieder zur Jagdhütte gehen konnte.

Am Morgen hatte Henry sie mit einem hoffnungsvollen Gesichtsausdruck gefragt, ob sie mit ihm Karten spielen wolle, und sie hatten sich auf den Rasen gesetzt. Ein paar Offiziere hatten sich zu ihnen gesellt, und sie hatten gespielt, bis der Gong das Mittagessen angekündigt hatte. Immer wieder hatte Constance sich dabei ertappt, wie sie sehnsüchtig in Richtung See geblickt hatte. Henry, die Augen gegen das helle Sonnenlicht zusammengekniffen, hatte sie, nachdem die Offiziere gegangen waren, gefragt, wonach sie Ausschau hielt. Zu ihrem Entsetzen wäre ihr um ein Haar Matthews Name herausgerutscht.

»Nichts«, hatte sie stattdessen gestammelt. »Ich genieße nur den Ausblick auf den See.«

»Douglas und ich sind letzten Sommer mal bis ans andere Ufer geschwommen«, sagte Henry. Ihr war fast das Herz stehen geblieben.

»Bitte, sprich nicht über Douglas«, sagte sie leise.

Plötzlich ganz ernst, legte er ihr eine Hand aufs Knie. »Tut mir leid«, sagte er. »Wirklich.«

Sie nickte und betrachtete durch einen Tränenschleier ihre Karten, konnte sich jedoch auf einmal nicht mehr erinnern, welches Spiel sie überhaupt spielten. Irritiert betrachtete sie Henrys Hand, die immer noch auf ihrem Knie lag. Irgendwann hatte er den Wink verstanden und die Hand weggenommen, aber die ganze Situation hatte sie noch einmal in ihren negativen Gefühlen für ihn bestätigt. Er hatte sich für sein Verhalten auf ihrem Geburtstag entschuldigt. Aber die Entschuldigung würde nie aufwiegen, was er an jenem Abend getan hatte.

Constance hatte keine Lust, über all das mit Matthew zu sprechen. Sie wollte ihm nichts von Henry und seinen aufdringlichen Händen erzählen und davon, dass Henry ihr richtig Angst gemacht hatte. Sie wollte ihm auch nichts von Douglas erzählen, davon, dass sein Flugzeug in Flammen aufgegangen war, und dass sie seinen letzten Brief gelesen hatte, wenige Minuten bevor sie das Telegramm geöffnet hatte, das noch nicht einmal an sie adressiert gewesen war. Wenn sie es laut aussprach, würde ihr sein Tod nur erneut bewusst werden, es würde sie am Boden zerstören, und dann würde sie nicht länger so tun können, als hätte sie hier in der Hütte mit Matthew ein anderes, schönes Leben.

Sie wusste, dass das, was sie mit Matthew hatte, sowieso bald enden würde. Wie es enden würde, überforderte ihre Vorstellungskraft, aber sie wusste, dass sie Matthew liebte. Was sie hier erlebten, war kostbar, vor allem jetzt, in Kriegszeiten, ganz egal, wie es angefangen hatte und wie es enden würde. Und das wollte sie sich nicht nehmen lassen. Sie wollte die Gedanken an Tod und Sterben, die ihre Tage im großen Haus überschatteten, hier nicht haben. Die Invaliden oben im Haus erinnerten sie nur allzu lebhaft daran, wie der Sensenmann überall im Land wütete. Und auch daran, dass Matthew um ein Haar gestorben wäre. Es gab einfach zu viel Tod in der Welt. Sie hatte immer geglaubt, sie sei immun gegen die Schrecken des Krieges, aber inzwischen hatte das Grauen sie eingeholt.

Was gäbe sie nicht darum, dass Douglas heimkehrte, dass er nur vermisst war und lebte. Matthew hatte seine Krankheit überlebt, und am selben Tag hatte sie erfahren, dass Douglas gefallen war. Das Leben war so flüchtig. Matthew hielt sich selbst für einen Feigling, aber Constance sah das mittlerweile anders. Er war dem Tod entkommen, indem er sich aus seinem abgestürzten Flugzeug befreit hatte. Er hatte seine Krankheit überlebt. Aber was, wenn er einen Rückfall erlitt?

»Alles in Ordnung?«, fragte Matthew.

Sie sah ihn ausdruckslos an. »Ja.« Sie nickte. »Tut mir leid.«

»Wirklich alles in Ordnung?«, fragte er noch einmal. »Sie waren einen Moment lang ganz woanders.« Er schaute sie fragend an.

»Ja, wirklich«, sagte sie.

»Entschuldigung«, sagte er. »Ich wollte nicht …«

»Sie haben mir Angst gemacht«, sagte sie.

»Wie meinen Sie das?«, fragte er verwirrt.

»Ich dachte, Sie würden sterben.«

»Aber nein«, sagte er sanft. Er streckte eine Hand nach ihrem Gesicht aus, doch sie wandte sich ab, so sehr sie sich auch nach seiner Berührung sehnte. Was auch immer zwischen ihnen war, es war grausam. Und es blieb unausgesprochen.

»Ich finde, Sie sollten sich stellen«, sagte sie.

»Wie bitte?« Offenbar konnte er nicht glauben, dass sie

nach allem, worüber sie gesprochen hatte, einen solchen Vorschlag machte.

»Ich konnte Ihnen nicht helfen«, sagte sie. »Ich wusste nicht, was ich tun sollte. Ich wusste nicht, an wen ich mich wenden sollte. Um ein Haar hätte ich jemandem von Ihnen erzählt und ihn angefleht herzukommen, um Sie zu retten.«

Er erbleichte und senkte den Blick.

»Aber wen auch immer ich um Hilfe gebeten hätte, derjenige hätte sofort gewusst, dass Sie nicht hier sein dürften«, fuhr sie fort. »Er hätte Fragen gestellt, Fragen, die ich nicht hätte beantworten können, weil ich Ihnen versprochen habe, Sie nicht zu verraten. Ich wusste nicht, wie ich Sie retten sollte«, sagte sie. »Ich habe verzweifelt gehofft, dass die Pillen wirken, aber wenn sie nicht geholfen hätten, dann wäre ich schuld an Ihrem Tod gewesen. Ich hätte es mir nie verziehen, wenn ich keine Hilfe geholt hätte.«

»Ich bin froh, dass Sie es nicht getan haben«, sagte Matthew.

»Und wenn Sie gestorben wären?«, entgegnete sie verärgert.

»Bin ich aber nicht.«

»Darum geht es nicht.« Sie war wirklich aufgebracht. »Ich hatte richtig Angst.«

Er machte einen Schritt auf sie zu.

»Wenn Sie sich gleich gestellt hätten, dann würden wir uns jetzt nicht in dieser misslichen Lage befinden.«

»Wir? *Sie* befinden sich doch in keiner misslichen Lage!«, erwiderte er so heftig, dass sie erschrak. »Sie sind doch nicht …« Er schien seine Worte sorgfältig zu wählen. »Sie können gehen, wohin Sie wollen«, sagte er dann etwas ruhiger. »Sie brauchen nicht herzukommen, Sie brauchen sich nicht um mich zu kümmern. Niemand verlangt von Ihnen, dass Sie mir Lebensmittel und Medikamente bringen. Sie sind mir nichts schuldig. Ganz im Gegenteil. Ich bin Ihnen alles schuldig. Sie haben mir jetzt schon zum zweiten Mal das Leben gerettet. Ich stehe tief in Ihrer Schuld.«

Tränen liefen ihr über die Wangen, und sie wischte sie fort.

»Nicht weinen. Ach, Constance, bitte, weinen Sie nicht«, sagte er.

»Ich weine gar nicht«, flunkerte sie, dann fügte sie leise hinzu: »Ich hätte Sie ertrinken lassen sollen.«

»Das ist aber nicht sehr nett«, sagte er lächelnd. »Und ich wäre auch nicht ertrunken«, fügte er selbstbewusst hinzu.

»Doch, das wären Sie. Sie konnten sich überhaupt nicht allein aus Ihrer Lederjacke befreien, wenn ich mich recht erinnere.«

Er lachte. »Stimmt auch wieder.«

»Ganz zu schweigen von Ihren Stiefeln. Also erzählen Sie mir nichts.«

»Ja, ja, Sie haben recht, das war ein aussichtsloser Kampf.«

»Also, ich habe Sie gerettet, während ich selbst mit meinem blöden bodenlangen Ballkleid gekämpft habe, aber haben Sie mich deswegen etwa fluchen hören? Nein, haben Sie nicht, weil ich nicht halb so viel gejammert habe wie Sie, das heißt, eigentlich habe ich überhaupt nicht geklagt, weil –«

Weiter kam sie nicht, denn plötzlich machte er einen Schritt auf sie zu, und ehe sie wusste, wie ihr geschah, legte er ihr einen Arm um die Taille, zog sie an sich und küsste sie.

Kapitel 30

So hatte sie noch nie jemand geküsst. In London, wo sie manchmal Tanztees veranstaltet hatten, war es vorgekommen – wenn ihre Mutter gerade anderweitig beschäftigt gewesen war –, dass einer von den jungen Männern ihr einen scheuen Kuss gestohlen hatte. Es war aber immer eher unbeholfen gewesen, und sie hatte es nie genossen. Aber seit sie hier in den Highlands festsaßen, war überhaupt nichts mehr passiert. Bis auf die Sache mit Henry, natürlich, aber der hatte sie gegen ihren Willen bedrängt. Inzwischen war ihr klar, dass sie sich trotz des Mangels an geeigneten Heiratskandidaten hier in der Gegend nie gewünscht hatte, von Henry geküsst zu werden. Jedenfalls nicht so. Aber das jetzt mit Matthew war ganz anders. Sie schmiegte sich an seine Brust, seine Hand in ihrem Nacken hielt sie zärtlich, während er sie küsste. Dass sie das Küssen so sehr genoss, verwirrte Constance. So etwas hatte sie noch nie erlebt. Und dass sie auch noch an andere Dinge dachte, verwirrte sie noch mehr. Ihr ganzer Körper bebte vor Erregung, und seine Berührungen weckten ein nie gekanntes Verlangen in ihr. Ganz langsam lösten sie sich voneinander.

Er schaute ihr in die Augen. Sie wollte nichts lieber, als ihn wieder an sich zu ziehen, seine Lippen an ihrem Mund zu spüren, aber sie war wie gelähmt.

Matthew lächelte schüchtern. »War das … war das in Ordnung?«

Constance nickte. »Ja.« Sie legte ihm die Hände auf die Brust und wartete, auch wenn sie nicht so recht wusste, worauf.

»Ach, Constance«, flüsterte er. »Als ich abgestürzt bin, dachte ich, mein Leben wäre vorbei, dabei hat es in dem Moment überhaupt erst angefangen. Ich möchte nie mehr ohne dich sein. Und doch weiß ich ganz genau, dass dieses Versteckspiel schon bald …« Er ließ den Blick durch den Raum wandern. »Dass diese falsche Hoffnung, der ich mich gerade hingebe, schon bald ein jähes Ende finden wird. Ich kann nicht ewig hierbleiben, so sehr ich dich auch liebe. Irgendwann wird dich jemand dabei erwischen, wie du dich hierher schleichst, oder deine Eltern werden anfangen sich zu fragen, wohin du Abend für Abend verschwindest, und damit das nicht passiert, damit du nicht in Schwierigkeiten gerätst …« Er streichelte ihren Hals. »Constance, so schwer es mir auch fällt, aber ich werde schon sehr bald von hier fortgehen müssen.«

Irgendwo tief in ihrem Innern hatte sie mit so etwas gerechnet. Sie schloss die Augen. Die Menschen, die sie am meisten liebte, verließen sie. Sie wusste, dass er recht hatte, aber sie hatte keine Angst davor, mit ihm zusammen erwischt zu werden, sie hatte nur Angst davor, jemanden aus Versehen zu Matthew zu führen und ihn damit in große Schwierigkeiten zu bringen. Indem sie ihn hier versteckte, brachte sie ihn in Gefahr.

»Ich weiß«, sagte sie traurig. »Die Gefahr, dass man dich hier entdeckt, wird mit jedem Tag größer. Jedes Mal, wenn ich mich aus dem Haus schleiche, habe ich Angst, gesehen zu werden. Jedes Mal, wenn ich hier an die Tür klopfe, frage ich mich ängstlich, ob du noch da bist. Ich weiß, dass du irgendwohin musst, wo du sicherer bist als hier. So kannst du auf Dauer nicht leben. Das Leben ist sowieso schon zu kurz.« Sie schob alle Gedanken an Douglas' Tod beiseite und konzentrierte sich auf Matthews Gesicht. »Das Leben ist viel zu flüchtig. Du stehst für das ein, woran du glaubst, du hast dich entschlossen, nicht mehr zu kämpfen. Ich habe meinen Platz in der Welt noch nicht gefunden. Aber ich habe dich gefunden, dich und deine Warmherzigkeit und deine Güte und ...« Sie wollte nicht sagen *deine Verletzlichkeit*, obwohl sie sie so deutlich spürte. »Ich habe mich in dich verliebt«, fuhr sie mutig fort. »Ich liebe dich, und ich will nicht, dass du mich von dir wegstößt, nur weil du mich bald verlassen musst. Ich möchte, dass wir uns lieben, hier und jetzt, weil es vielleicht das Einzige ist, was uns vergönnt sein wird.«

Er fuhr sich mit der Hand durchs Haar, sagte jedoch nichts. Sein Schweigen dauerte nur wenige Sekunden, aber für Constance fühlte es sich an wie eine halbe Ewigkeit, sie fürchtete, dass sie zu viel von sich preisgegeben hatte, und wartete nervös auf seine Reaktion. Dann beugte er sich vor und küsste sie. Es war halbdunkel im Zimmer, das Feuer knisterte im Kamin, und sie begehrte ihn. Sie begehrte ihn so sehr, wie sie noch nie in ihrem Leben irgendetwas begehrt hatte.

Matthew sagte fragend ihren Namen, als sie begann, sein Hemd aufzuknöpfen. Sie kam sich mutig vor, aber nicht mutig genug, ihm in die Augen zu sehen. Er ließ die Arme hängen, doch sein Atem wurde schwerer, als sie ihm das Hemd auszog. Sie legte die Hände auf seine Brust, seine Haut fühlte sich warm an.

Er wirkte unsicher. »Constance, das können wir nicht tun. Ich möchte nicht, dass du es hinterher bereust.«

»Ich werde es nicht bereuen. Ich verspreche dir, dass ich es nicht bereuen werde.« Sie zog ihn an sich und küsste ihn leidenschaftlich, bis er stöhnte. Er kämpfte gegen seine innere Stimme an, doch schließlich gab er seinen Widerstand auf, hob sie hoch und trug sie zum Sofa.

Ein wohliger Schauder durchfuhr sie, als sie seine Fingerspitzen auf der Haut spürte. Er schaute ihr unverwandt in die Augen, bis auf den kurzen Moment, den er brauchte, um in dem Dämmerlicht die Knöpfe an ihrer Bluse zu finden. Einen nach dem anderen öffnete er die Knöpfe, zog ihr behutsam Bluse und Rock aus, bis sie nur noch ihre Unterwäsche anhatte.

Constance schaute ihm aufmerksam und erwartungsvoll zu, als er seine Hose auszog und dann wieder zu ihr aufs Sofa kam. In seinem Blick lagen Liebe und Zärtlichkeit. Mit zitternden Händen, plötzlich ganz aufgeregt, fing sie an, sich aus ihrem Unterkleid zu befreien, dann spürte sie seine Hände, seine Finger, die über ihre Arme glitten, als er ihr half, das Unterkleid auszuziehen, und es auf den Boden warf. Als nächstes löste er ihre Strümpfe vom Strumpfgürtel. Er küsste ihren Nacken, bedeckte ihre Brust und ihre Schultern mit Küssen, bis sein Mund ihre Lippen fand, dabei flüsterte er die ganze Zeit liebevolle Worte, versicherte ihr, dass er versuchen würde, ihr nicht wehzutun, dass er sie immer und ewig lieben würde. Als sie schließlich beide nackt waren, umschlang sie seinen Körper mit den Beinen, gab sich der Liebe hin und vergaß die Welt um sie beide herum, vergaß den Krieg, der draußen wütete, vergaß Douglas' Tod. Als es zu dämmern begann, schloss sie die Augen und kämpfte gegen die Panik an, die sich ihrer bemächtigte, wenn sie daran dachte, dass auch Matthew sie bald verlassen würde.

Kapitel 31

Sie schliefen eng umschlungen auf dem Sofa, sein Kopf lag auf ihrer Brust. Constance wachte zuerst auf. Sie schaute zum Kamin hinüber, wo die letzten rot glühenden Scheite noch einen Rest Wärme abgaben. Das Gewicht seines warmen Körpers gab ihr ein Gefühl der Geborgenheit. Eine Hand lag in seiner, und mit der anderen schob sie ihm das dunkle Haar aus dem Gesicht. »Ich liebe dich«, flüsterte sie und lachte leise über den Wahnsinn der vergangenen Stunden.

Matthew wachte auf, seufzte verschlafen und stützte sich auf einen Ellbogen auf. Er blinzelte, dann lächelte er sie liebevoll an.

Sie erwiderte sein Lächeln und biss sich auf die Lippen, um ein Lachen zu unterdrücken. Sie musste vollkommen verrückt geworden sein.

»Ich dachte, ich hätte alles nur geträumt«, sagte er. »Du und ich, die Hütte, alles. Als ich die Augen aufgemacht habe, dachte ich im ersten entsetzlichen Moment, ich wäre wieder auf dem Militärstützpunkt und wartete auf den nächsten Einsatz in der Hölle.«

Er küsste sie zärtlich, dann stand er vom Sofa auf. Sie schaute ihm zu, wie er seine Hose vom Boden aufhob und sie anzog. Dann gähnte sie und streckte sich. Sie fragte sich, wie spät es wohl war. Hatten sie nur ein paar Stunden lang geschlafen oder die ganze Nacht?

Ganz langsam sickerte die schreckliche Erinnerung an Douglas' Tod wieder in ihr Bewusstsein und drohte sie in den Abgrund zu ziehen. »O Gott«, flüsterte sie.

»Was hast du gesagt?«, fragte Matthew. Dann sah er ihre Tränen. »Was ist passiert? Warum weinst du?«

Er setzte sich auf die Sofakante, zog sie an sich und küsste sie auf den Kopf. »Was ist los, Constance? Liegt es an mir? O Gott, bereust du es …«

»Nein«, sagte sie und schaute ihn an. »Nein. Ich bereue überhaupt nichts. Es ist nur … Ich habe schlimme Nachrichten erhalten, und ich glaube nicht …« Sie begann zu schluchzen, und er streichelte ihre Haare.

»Du musst es mir nicht erzählen, wenn du nicht möchtest, aber es heißt, dass ich ein guter Zuhörer bin.«

Sie weinte an seiner Brust, und als sie sich einigermaßen beruhigt hatte, erzählte sie ihm von Douglas und wie sie von seinem Tod erfahren hatte. Matthew hielt sie die ganze Zeit fest in den Armen. Sie gab Henrys Bericht von dem Abschuss wieder, und ohne dass sie wusste, warum, erzählte sie Matthew auch, was Henry ihr an dem Abend angetan hatte, als die Spitfire vor ihren Augen in den See gestürzt war. Sie spürte, wie Matthew zusammenzuckte, als sie ihm beschrieb, wie Henry ihr Kleid hochgeschoben hatte.

»*Was* hat er getan?«, schrie er beinahe.

»Aber es ist vorbei«, sagte sie hastig. »Er wird es nie wieder tun. Das werde ich nicht zulassen. Aber es war sehr unangenehm, mit ihm auf dem Rasen Karten zu spielen, während ich die ganze Zeit auf heißen Kohlen saß, weil ich zu dir wollte.«

»Er ist immer noch hier?«, fragte Matthew entgeistert. »Henry ist immer noch im Haus?«

»Ja«, sagte sie mit einem Seufzer. »Mein Vater hat ihm angeboten, sich hier zu erholen. Er wohnt in Douglas' Zimmer und er … Ach, ich weiß auch nicht … Er sagt, mit seinem steifen Bein kann er die lange Zugfahrt in den Süden nicht auf sich nehmen.«

In Matthews Miene lagen Entsetzen und Abscheu. »Wenn der Mann dich noch einmal anrührt, Constance, schlag ich ihn tot.«

Constance lachte. »Das ist sehr galant von dir, aber er wird mich nicht mehr anfassen. Und er kann mich jetzt sowieso nicht mehr verletzen. Ich glaube, er bereut sein Verhalten, aber der Schaden ist angerichtet, und nichts, was er tut, kann mich dazu bewegen, ihn wieder wie früher zu mögen.«

»Du hast ihn gemocht?«, fragte Matthew. »Sehr?«

»Ja, ich habe ich ziemlich gemocht«, sagte sie. »Aber das ist vorbei.«

Sie hielten einander, und Constance schmiegte sich an Matthews Brust. Seinen Atem und seinen Herzschlag zu spüren beruhigte sie.

»Das mit deinem Bruder tut mir schrecklich leid«, sagte er. »Du hast gar nichts davon erwähnt.«

»Weil ich es nicht wollte. Ich wollte es nicht laut aussprechen.«

Matthew schwieg einen Moment. »Ich …«

Sie hob den Kopf. »Ja?«

»Ich habe ein schlechtes Gewissen. Dein Bruder ist gerade gestorben, und du bist zu mir gekommen, und ich habe mit dir geschlafen …« Er schaute sie gequält an. »Aber … Gott, Constance, es tut mir so leid. Ich hätte mich beherrschen müssen. Du warst so traurig, und ich hätte es merken sollen. Ich hätte merken sollen, dass dich irgendetwas furchtbar bedrückte. Ich mache mir solche Vorwürfe.«

»Nein«, sagte sie, »das brauchst du nicht. Sag so etwas nicht. Das klingt ja so, als hätte ich es nicht auch gewollt. Aber ich wollte es. Der Tod meines Bruders hatte nichts damit zu tun. Ich habe mich die ganze Zeit danach gesehnt, dass wir uns lieben. Bitte, rede nicht so, als hätte ich keinen eigenen Willen.«

Er atmete tief aus und nickte. Doch sie merkte ihm seine Unsicherheit an.

»Bitte, glaub mir«, sagte er nachdrücklich, »dass ich dich niemals verletzen würde.«

»Das weiß ich doch«, sagte sie und küsste ihn auf den Mund, um ihn zum Schweigen zu bringen.

Eine Weile lagen sie eng umschlungen da, bis Constance sich widerstrebend aus seinen Armen löste und aufstand. Sie ging zum Fenster und hob die Verdunkelungsblende an. »Du liebe Güte«, sagte sie, als die Sonnenstrahlen auf ihr Gesicht fielen. »Ich bin schon viel zu lange hier. Man wird mich vermissen.«

Matthew sammelte eilig ihre Kleider ein und half ihr, sich anzuziehen.

»Wann kommst du wieder?«, fragte er.

»Sobald ich kann. Hast du noch genug zu essen?«

»Reichlich.«

Sie wollte loslaufen, doch er hielt sie am Handgelenk fest. »Ich liebe dich«, sagte er, dann verfinsterte sich seine Miene. »Ich liebe dich, Constance, und ich mache mir Sorgen um dich. Solange dieser Mann bei euch im Haus ist. Es ärgert mich, dass ich dich von hier aus nicht beschützen kann. Aber sollte er noch einmal versuchen … Wenn ich zum Haus kommen soll …«

»Nein!«, rief sie aus. »Nein, das darfst du nicht! Bitte, versprich mir, dass du nicht zum Haus kommst.«

»Also gut«, sagte er widerstrebend. »Aber ein Wort von dir genügt.«

Sie schmiegte sich in seine Arme und küsste ihn. »Mach dir keine Sorgen. Ich wünschte, ich hätte gar nichts von der Sache erzählt. Bitte, denk einfach nicht mehr daran.«

Sein Magen knurrte, und sie musste lachen. »Du solltest lieber etwas essen«, zog sie ihn auf. »Ich bin wieder da, ehe du dich versiehst.«

Sie löste sich von ihm und machte sich auf den Weg. Während sie durch den Wald lief, konnte sie gar nicht aufhören daran zu denken, wie sie einander geliebt hatten, wie er sie in den Armen gehalten und geküsst hatte, und die ganze Zeit lag ein Lächeln auf ihrem Gesicht. Eigentlich hätte sie sich schämen müssen, aber stattdessen war sie überglücklich.

Dann fiel ihr Henry wieder ein, und der Gedanke, dass er sich immer noch im Haus aufhielt, beunruhigte sie erneut. Matthew hatte recht, sie musste sich vor ihm in acht nehmen. Die Katze lässt das Mausen nicht, dachte sie. Dass Matthew gesagt hatte, er würde sie beschützen, falls Henry es noch einmal wagte, sie anzurühren, ließ sie vor Wonne erschaudern. Nicht bei der Vorstellung, dass er Henry tatsächlich zusammenschlug, sondern bei dem Gedanken, dass er sie so sehr liebte, dass er sich ihretwegen sogar mit jemandem prügeln würde. Sie fragte sich, ob es unrecht war, dass sie das so erregte. Andererseits, wenn Henry tatsächlich noch einmal Annäherungsversuche machte, konnte Matthew sowieso nichts machen, schließlich saß er in der Jagdhütte fest.

Kapitel 32

2020

Kate verließ den Friedhof und ging langsam zum Haus zurück. Im Abendlicht schimmerte die Heidelandschaft, wo sich das Gras in satten Grün- und Gelbtönen mit den violetten Erikablüten mischte.

Aber von all dem nahm sie nichts wahr. Ihre Gedanken kreisten um das Grab, das sie entdeckt hatte. Es machte die Geschichte über die Enterbung noch verwirrender. Constance und Douglas waren laut Familienbibel Anfang des zwanzigsten Jahrhunderts geboren und dann enterbt worden. Aber irgendetwas sagte Kate, dass einer von den beiden in dem Grab dort lag. Sie spürte es einfach.

Und wenn sie mit ihrer Vermutung richtiglag, wieso war dann eins der Geschwister hier begraben, nur wenige Minuten vom Anwesen entfernt? Waren die beiden enterbt worden, aber dennoch in der Gegend geblieben? Das erschien ihr merkwürdig. Eins der Geschwister McLay war im September 1940 gestorben und lag hier begraben. Aber was war mit dem anderen passiert? Das Haus war still, als Kate eintrat. Vermutlich waren sie alle noch im Pub. Sie dachte an die Familienbibel in der Bibliothek, an Constances durchgestrichenen Namen. Sie blieb vor dem Bild von der jungen Frau in dem silbergrauen Kleid stehen und betrachtete den reparierten Riss, den man nur erkennen konnte, wenn man ganz genau hinsah.

Plötzlich wollte sie unbedingt mit James reden. Sie wollte seine Meinung zu der ganzen Sache hören. Aber nach zwei extrem anstrengenden Tagen amüsierte er sich mit Liz und Jenny und Angus im Pub. Kate lächelte. James hatte sich einen vergnüglichen Abend verdient. Ebenso wie sie hatte er in letzter Zeit wirklich hart gearbeitet.

Kate schob die Gedanken an das Grab beiseite und ging ins Büro, um sich noch einmal anzusehen, wie viele Buchungen inzwischen eingegangen waren. Sie hatten eine Anfrage von einer Kanadierin gehabt, die die Jagdhütte für sich und ihren körperlich behinderten Mann über den Sommer mieten wollte. Sie meinte, die vielen Treppen im großen Haus würden für ihren Mann eine zu große Hürde sein, und sie wollte noch mehr Fotos von der Hütte sehen, ehe sie fest buchte. Kate hatte ein paar Fotos, die sie mit ihrem Handy aufgenommen hatte – James hatte mit großem Aufwand die Treppe weiß gestrichen und eine dicke Kordel als Handlauf an der Wand angebracht und Kunstdrucke von Hirschen aufgehängt, und sie hatte das alles fotografiert. Sie zählte die Treppenstufen, dann schickte sie die Fotos per E-Mail an die Frau.

Dann begann sie, ihre Fotos vom Handy auf die Webseite von Invermoray House und auf die Webseiten der verschieden Vermietungsagenturen hochzuladen, mit denen sie zusammenarbeiteten. Die Fotos mussten genügen, bis sie endlich diesen schwer erreichbaren professionellen Fotografen zu fassen bekam. Während das Programm die Fotos hochlud, kam die Buchungsbestätigung von der Kanadierin herein. Kate hätte vor Freude Luftsprünge machen können. Die erste feste Buchung war unter Dach und Fach. Jetzt wollte sie erst recht mit James reden. Sie nahm ihr Handy, um ihm eine Textnachricht zu schicken, überlegte es sich jedoch anders. Sollte er seinen Abend in Ruhe genießen. Das konnte alles bis zum nächsten Morgen warten.

Kate war voller freudiger Energie, als sie sich ins Bett legte. Ihr taten alle Knochen weh, ihr brannten die Augen, aber sie war zufrieden und glücklich darüber, wie gut in den letzten Tagen alles gelaufen war. Sie wusste gar nicht, worüber sie sich mehr freute, über die tollen Presseartikel, die demnächst in den Sonntagsbeilagen erscheinen würden und die Online-Versionen der Zeitungen, die in den kommenden Wochen ins Netz gestellt würden, oder über die erste feste Buchung der Jagdhütte. Kate hörte, wie Liz nach Hause kam und irgendwas zu Whisky murmelte, sie habe James und Jenny aus Versehen ausgesperrt. Dann war zu hören, wie Liz die Treppe geräuschvoll hinunter stapfte und dann wieder nach oben kam und in ihr Zimmer ging. Kate lauschte auf Geräusche von den anderen beiden, denn schließlich teilte sie sich das Bett mit Jenny.

Irgendwie musste sie eingeschlafen sein, obwohl sie eigentlich Angst gehabt hatte, vor lauter Aufregung keinen Schlaf zu finden. Sie hörte Lachen auf der Treppe und schaute im Dunkeln nach ihrem Handy, um zu sehen, wie spät es war. Zwei Uhr. Vielleicht hatten sie nach der Sperrstunde noch hinter verschlossenen Türen bei Angus weitergefeiert. Kate war fast ein bisschen neidisch. Andererseits, wenn sie daran dachte, was das letzte Mal passiert war, nachdem sie Alkohol getrunken hatte, war es vielleicht ganz gut, dass sie nicht mitgegangen war.

Sie hörte im Flur James' tiefe Stimme etwas sagen, über das Jenny sich kaputtlachte. Er flüsterte ihr zu, sie solle leise sein, dann kicherten sie beide beschwipst. Kate setzte sich auf und lächelte über das Gekicher im Flur. Sie wartete darauf, dass die Tür aufging, und Jenny hereingewankt kam und ihr von dem Abend im Pub berichtete.

Doch nein. Auf einmal war es im Flur ganz still. Was machten die beiden da draußen, wenn sie nicht redeten? Kates Gedanken rasten.

O Gott, dachte sie, und ihr drehte sich der Magen um. *Wieso sind die so still? Wieso reden die nicht mehr? Küssen die sich etwa?*

Ihr rutschte das Herz in die Hose, als ihr klar wurde, dass Jenny in dieser Nacht nicht bei ihr im Zimmer schlafen würde. Sie hörte James' Zimmertür zuschlagen.

Kapitel 33

1940

»Wo warst du?«, fragte Henry.

Constance blieb wie angewurzelt in der Eingangshalle stehen. Vor Angst bekam sie Herzklopfen. Die Standuhr schlug zehn. Womit sollte sie erklären, dass sie den ganzen Vormittag weg gewesen war?

»Ach, Henry«, sagte sie, »guten Morgen! Wie geht es dir heute?«

Im Kamin prasselte ein Feuer, aber die Angst ließ Constance frösteln.

Henry sah sich nervös um. »Ich habe dich überall gesucht. Du warst nicht in deinem Zimmer.«

Sie verschränkte die Arme vor der Brust. »Du warst in meinem Zimmer?«

»Natürlich«, sagte er. »Aber ich habe zuerst angeklopft. Du hast nicht in deinem Bett geschlafen.«

»Selbstverständlich habe ich in meinem Bett geschlafen«, entgegnete sie. »Ich habe es gleich nach dem Aufstehen gemacht. Mrs. Campbell hat im Moment schon genug zu tun, auch ohne dass sie hinter mir herräumt und sauber macht. Hast du dein Bett heute morgen gemacht?«

»Ich … nein …«, antwortete er, als wäre sie verrückt geworden. Dann änderte sich sein Ton. »Das hier ist kein Internat, Herrgott noch mal, und du hast meine Frage nicht beantwortet.«

»Nein.« Sie seufzte. »Das habe ich nicht. Und ich wüsste auch nicht, warum ich das tun sollte.«

Als Henry antwortete, klang er etwas freundlicher. »Du lässt mich gar nicht zu Wort kommen.«

Anstatt zu antworten wartete Constance ab. Sie sehnte sich nach einem heißen Bad, und anschließend würde sie nachsehen, ob die Krankenschwestern Hilfe brauchten. Allerdings würde sie aufpassen müssen, dass ihre Eltern nichts davon mitbekamen, falls sie den Krankenschwestern zur Hand ging. Gott, allmählich hatte sie es satt, alles heimlich zu tun. Am Abend, sobald es dunkel war, würde sie zu Matthew zurückkehren und ihm in die Arme sinken. Bei dem Gedanken umspielte ein Lächeln ihre Lippen, und erst als Henry ihren Namen sagte, merkte sie, dass er immer noch vor ihr stand und dass sie von dem, was er gesagt hatte, kein Wort mitbekommen hatte.

»Herrgott noch mal, Henry«, fauchte sie, »was willst du von mir?«

»Komm mit«, sagte er. »Du wirst seit über einer Stunde gesucht.«

»Und warum?«, fragte sie gereizt, ging jedoch mit. Er legte ihr eine Hand auf den Arm, und sie musste sich beherrschen, um sie nicht abzuschütteln.

Er öffnete die Tür zum kleinen Salon und ging voraus. »Ich habe sie endlich gefunden«, verkündete er wichtigtuerisch und blieb so stehen, dass er ihr die Sicht verstellte.

»Henry«, sagte sie hinter ihm und verdrehte die Augen, »was soll das Theater?«

Henry trat aus dem Weg, dabei zog er plötzlich das eine Bein nach, was er auf dem Weg hierher nicht getan hatte. Dann fiel Constance auf, dass er seinen neuen Gehstock gar nicht benutzt hatte, der lehnte im Salon an einem Sofa. Auf dem Sofa saß ihr Vater. Er hatte Tränen in den Augen, was sie bei ihm noch nie erlebt hatte. Bei ihrer Mutter ja – viel häufiger als nötig. Aber bei ihrem Vater? Niemals. Mrs. Campbell und Mrs. Fraser standen an der Terrassentür. Constance wunderte sich über die Anwesenheit der beiden Frauen. Normalerweise hielten ihre Eltern Distanz zum Personal.

»Was ist los?«, fragte Constance.

Dann sah sie den Briefbogen, den ihr Vater in den zitternden Händen hielt, und glaubte zu wissen, was passiert war. »Es ist der Brief, mit dem wir gerechnet hatten, oder? Wegen Douglas?«

Ihr Vater nickte, dann lächelte er sie an und wischte sich mit dem Handrücken die Tränen fort.

»Wo ist Mutter?«, fragte Constance. »Hast du den Brief gelesen?«, fragte sie. »Warum ist Mutter nicht hier?«

»Sie sucht dich«, antwortete ihr Vater. »Wo bist du gewesen?«

»Ich …«, setzte sie an.

»Egal«, sagte ihr Vater. »Jetzt bist du ja hier. Im Moment«, fuhr er lächelnd fort, »spielt nichts eine Rolle. Hitler könnte uns in Grund und Boden bomben, es würde keine Rolle spielen.«

»Wovon redest du, Vater?«, fragte Constance vollkommen verwirrt.

Ihr Vater schaute über ihre Schulter hinweg.

Sie fuhr herum und schnappte nach Luft. Sie schlug sich die Hände vor den Mund, und so sehr sie es versuchte, sie brachte kein Wort heraus. Wie gelähmt starrte sie den Mann an, der zur Tür hereinkam, auf ihre Mutter gestützt, einen Arm in einer Schlinge, eine tiefe Schnittwunde im Gesicht, die mit mehreren Stichen genäht worden war.

Dann krächzte der Mann mühsam: »Hallo, Küken.«

»Douglas? Douglas!« Constance brach in Tränen aus und stürzte auf ihn zu. »Douglas«, brachte sie zwischen Schluchzern hervor. »Du lebst ja! Du lebst!«

Er zog sie mit seinem gesunden Arm an sich. »So gerade noch«, sagte er. Sie lehnte sich zurück und betrachtete sein Gesicht. Er war da. Er war tatsächlich da.

»Das war wirklich knapp, das kannst du mir glauben«, sagte er und hielt sich an ihr fest. Dann richtete er sich auf. »Bin immer noch ein bisschen wackelig auf den Beinen.«

»Lass deinen Bruder sich hinsetzen«, sagte Henry.

»Natürlich«, sagte Constance und führte ihn zum Sofa. »Wieso läufst du überhaupt herum? Du solltest dich ausruhen.«

»Ich habe dich gesucht. Ich habe ungefähr eine Stunde auf dich gewartet, bin auf dem Sofa immer wieder eingenickt, während die anderen dich gesucht haben. Als dich niemand finden konnte, habe ich mich schließlich selbst auf die Suche gemacht.« Er lächelte. »Aua. Es tut weh, wenn ich lächle. Im Moment tut eigentlich alles weh. Aber ich bleibe jetzt erst einmal zu Hause, und in ein paar Wochen wird es mir schon wieder besser gehen.«

»Aber ...«, Constance hatte aufgehört zu weinen, aber sie war immer noch verwirrt, »wie kann es sein, dass du lebst? Henry hat doch gesagt ...«

Henry lächelte seinen Freund an. »Ich habe mich geirrt«, sagte er. »Was für ein Glück.«

»Ich bin mit dem Fallschirm abgesprungen«, sagte Douglas. »Meinen Vogel hatte es übel erwischt, der Motor brannte, ich hatte keine Zeit. Aber leider war ich schon ein bisschen zu nah am Boden.« Er hob seinen verbundenen Arm.

»Man hat uns mitgeteilt, du würdest vermisst und wärst vermutlich tot«, sagte Constance ungläubig.

Er lächelte und zuckte zusammen, als es wieder schmerzte. »Ich war nur ein paar Tage vermisst. Eine hübsche Bauersfrau hat mich bei sich aufgenommen. Ich war ganz benebelt, aber sie hat meine Wunden versorgt. Sie hatte die Spit in den Berg krachen hören, muss ein ordentliches Spektakel gewesen sein. Dann hat sie mich landen sehen, total in die Fallschirmseide verheddert, und ist rausgelaufen, um nach mir zu sehen. Sie hat mir das Leben gerettet, ohne sie wäre ich da am Fuß der Berge gestorben. Sie hat mich ins Haus geschleppt und mir ein paar Schluck Whisky gegen die Schmerzen eingeflößt, dann bin ich ohnmächtig geworden. Aber nicht vom Alkohol. Ich habe Höllenqualen gelitten. Sie sagt, ich wäre in einem Schockzustand gewesen und hätte die ganze Zeit vor mich hingeredet, deswegen war sie froh, dass ich umgekippt bin. Während ich bewusstlos war, hat sie mir den Arm geschient, dann hat sie mich Tag und Nacht gepflegt, bis ich wieder halbwegs bei Kräften war. Es gab weit und breit kein Telefon, mit dem ich mich bei meiner Einheit hätte melden können, also ist sie schließlich gestern Früh auf ihrem kleinen Karrengaul zur Post geritten, um Hilfe zu rufen. Einen halben Tag hat sie dafür gebraucht. Sie hätte das alles nicht zu tun brauchen. Sie kannte mich ja überhaupt nicht. Aber sie hat mich trotzdem bei sich aufgenommen. Eine gute Frau. Ihr Mann ist im Krieg«, fügte er leise hinzu. »Ich würde gern noch mal zu ihr fahren und mich bei ihr für alles bedanken.«

»Kein Telefon?«, fragte Henry. »Ziemlich merkwürdig.«

»Nein, überhaupt nicht«, sagte Douglas. »Nicht jeder kann sich eins leisten, weißt du. Und auf dem platten Land gibt es nicht mal Telefonleitungen.«

»Da hast du ja echt Pech gehabt«, meinte Henry.

»Nein, ich hatte Glück«, sagte Douglas. »Dem Himmel sei Dank für die Barmherzigkeit fremder Menschen.«

»Großer Gott, Douglas, du kannst dich glücklich schätzen, dass du noch lebst«, warf Mrs. McLay ein.

»Das tue ich«, sagte er. »Ich verdanke dieser wundervollen Frau mein Leben.« Ein Lächeln huschte über sein Gesicht, und Constance fragte sich, ob er sich wohl in die Bauersfrau verliebt hatte. Douglas hatte noch nie über eine Frau gesprochen, obwohl es im Lauf der Jahre bestimmt welche gegeben hatte.

Douglas und Matthew waren die ganze Zeit in ähnlichen Situationen gewesen, und so wie die Flugzeuge der Air Force Tag für Tag abgeschossen wurden, gab es bestimmt überall auf den britischen Inseln Leute, die verunglückte Piloten bei sich aufnahmen. Beide Männer waren verwundet worden, Douglas körperlich und Matthew seelisch. Und Douglas hatte sich entschieden, zu seiner Einheit zurückzukehren, während Matthew dazu nicht in der Lage war. Dem Himmel sei Dank für die Barmherzigkeit fremder Menschen, hatte Douglas gesagt. Sie musste dafür sorgen, dass Matthew in Sicherheit war, so wie diese Bauersfrau Douglas beschützt hatte. Constance empfand tiefe Dankbarkeit gegenüber dieser Frau, die sie nie kennenlernen würde, Dankbarkeit dafür, dass sie Douglas gerettet und soweit gesund gepflegt hatte, bis er in der Lage gewesen war, sein Leben wieder selbst in die Hand zu nehmen. Und bis Matthew soweit war, würde sie das gleiche für ihn tun. Auch wenn er das Gegenteil behauptete, sie war jetzt für Matthew verantwortlich.

Kapitel 34

2020

Kate bekam beim Frühstück keinen Bissen herunter. Sie war schlecht gelaunt, und sie wusste auch genau, warum. Jenny und James. Das wurmte sie. Das ging ihr gegen den Strich. Aber vor allem ärgerte sie sich über sich selbst, weil es sie wurmte. Es dürfte ihr eigentlich nichts ausmachen, dass die beiden die Nacht zusammen verbracht hatten. Aber es fuchste sie. Und zwar gewaltig. Jenny war irgendwann am frühen Morgen zu ihr ins Bett gekrochen, vermutlich, um eine peinliche Begegnung zu vermeiden, wenn Liz und Kate aufstanden. Aber Kate war hellwach gewesen, sie hatte mit dem Rücken zur Tür gelegen und genau gespürt, wie die Matratze unter ihr nachgegeben hatte, als Jenny ins Bett gekommen und prompt eingeschlafen war. Kate hatte gespürt, wie ihr die Tränen kamen, und sie hatte sie weggeblinzelt und die Augen geschlossen. Aber an Schlaf war nicht zu denken gewesen.

Jenny, ihre beste Freundin. Und James. Bisher war Kate sich nicht über ihre Gefühle für ihn im Klaren gewesen, aber das hatte sich jetzt geändert. Sie mochte ihn. Sie mochte ihn wirklich sehr, und jetzt hatten er und Jenny … Kate wollte es sich nicht vorstellen. Sie hätte heulen können. Sie war selbst schuld. Jenny hatte sie gefragt, wie sie zu James stand, und sie hatte behauptet, sie könne ihn nicht ausstehen. Warum hatte sie das getan? Sie hatte ihn Jenny madig machen wollen, stattdessen hatte sie ihr praktisch grünes Licht gegeben, mit James anzubandeln. Sie hätte Jenny gegenüber ehrlich sein sollen. Das war die Strafe für ihre Flunkerei. Sie war hier so glücklich gewesen, mit James, Liz und Angus … und James war ihr genauso ans Herz gewachsen wie das Haus.

Obwohl sie in der Nacht in der Jagdhütte um ein Haar zusammen im Bett gelandet wären, empfand James anscheinend nichts für sie. Warum sonst hätte er so mir nichts, dir nichts mit Jenny geschlafen? Klar, jeder Idiot konnte sehen, dass Jenny umwerfend aussah, aber trotzdem …

Kate trank langsam ihren Kaffee und starrte aus dem Fenster. Jetzt war sie richtig froh, dass ihre Zeit hier bald zu Ende sein würde. Sie wünschte, sie wäre schon um, und sie schwor sich, bei ihrem nächsten Job darauf zu achten, dass kein Mann unter fünfzig in ihrer Nähe sein würde. Das brachte nur Ärger. Wie sollte sie sich jetzt noch auf ihre Arbeit konzentrieren?

»Na, was steht denn heute an?«, fragte Jenny gut gelaunt, als sie die Küche betrat.

»Äh«, sagte Kate und stellte ihre Kaffeetasse in die Spülmaschine. »Ich dachte … arbeiten. Es ist verdammt viel zu tun. Ich muss mich immer noch um diesen Fotografen kümmern. Der Typ scheint mir so unzuverlässig zu sein, dass ich schon überlege, nach einem anderen zu suchen.«

Jenny nahm nie ein Blatt vor den Mund. »Darum kann James sich doch kümmern. Ich fahre morgen nach Hause, lass uns noch was Nettes machen«, sagte sie.

»Ich kann nicht. Echt nicht.«

Whisky trottete herein, gefolgt von James, der verschlafen gähnte, die Haare auf Sturm. Kate spürte, wie sich ihr Magen zusammenzog, als er sie anlächelte. Sie musste sich abwenden, um ihre Gefühle nicht zu verraten.

»Morgen«, sagte er.

»Hi«, sagte Kate. Sie wusste nicht, was für verliebte Blicke die beiden sich hinter ihrem Rücken zuwarfen, und sie wollte es auch nicht wissen. »Okay«, sagte sie geschäftsmäßig, »die Arbeit wartet. Hab einen schönen Tag, Jenny.«

Sie rauschte aus der Küche und ging den Flur hinunter. Tränen brannten ihr in den Augen, und sie ballte die Fäuste, um sich zu beruhigen, doch es funktionierte nicht. Sie hörte die beiden in der Küche reden.

»Sie hat dich also hängen lassen«, sagte James.

»Schon in Ordnung«, sagte Jenny, wie immer loyal. Kate hörte, wie eine Schranktür geöffnet und wieder geschlossen wurde. »Sie hat einfach viel um die Ohren.«

»Brauchst du vielleicht jemanden, der dich heute ein bisschen rumführt?«, fragte James.

Kate hätte schreien können. Sie konnte sich das nicht länger anhören und zwang sich, nach draußen zu gehen. Vor der Bürotür angekommen, stellte sie fest, dass sie vergessen hatte, die Schlüssel vom Tisch in der Eingangshalle zu nehmen. »Verdammter Mist!«, fluchte sie.

Sie lehnte sich an die Tür, unfähig, ihre Gefühle in den Griff zu bekommen. Als die Stalltür gegenüber dem Büro zuknallte, zuckte sie vor Schreck zusammen.

Sie ging hin und öffnete die Tür.

»Hallo?«, rief sie in das leere Gebäude hinein. Der Raum war gerammelt voll mit Kisten und alten Möbeln. Sie wollte die Tür gerade wieder zumachen und den Schlüssel holen gehen, als sie ein Schlurfen hörte.

Liz streckte den Kopf aus einer der alten Pferdeboxen am Ende der Halle heraus. »Guten Morgen«, sagte sie. »Das waren zwei großartige Tage, Kate! Das haben Sie richtig toll hingekriegt!«

»Danke«, sagte Kate, das Lob richtete sie ein bisschen auf. »Was machen Sie hier?«

Liz machte eine ausladende Geste. »Ich bin schon seit Stunden auf den Beinen. Seitdem ich diesen netten Journalisten so viel über die Geschichte unseres Hauses erzählt habe, bin ich richtig auf den Geschmack gekommen. Und ich dachte, ich gehe diesen alten Krempel hier mal durch, vielleicht finde ich ja ein paar brauchbare Requisiten.«

»Requisiten?«, fragte Kate.

»Na ja«, sagte Liz und sah sich um. »Für zukünftige Gäste. Um meine Geschichten zu untermalen.«

»Ah, verstehe.« Auf die Idee, dass Liz den Gästen regelmäßig etwas über die Geschichte von House Invermoray erzählen könnte, war Kate noch gar nicht gekommen. Das würde allerdings ziemlich viel Arbeit bedeuten, und das sagte sie ihr.

»Aber gestern waren die Leute total begeistert«, entgegnete Liz stolz.

»Stimmt«, sagte Kate.

»Und mir hat es Spaß gemacht«, sagte Liz mit einem forschenden Blick.

»Na dann«, sagte Kate. »Dann machen Sie mal. Wonach suchen Sie denn gerade?«

»Nach einem Stethoskop.«

Kate schluckte. Sie musste sich verhört haben. »Wie bitte?«

»Im Krieg hat das Haus als Krankenhaus gedient. Man findet immer mal wieder irgendwelchen Kleinkram, der an diese Zeit erinnert – Gasmasken, leere Verbandskästen, solche Sachen –, und ich meine mich zu erinnern, dass ich ein Stethoskop gesehen habe. Mein Mann konnte nie etwas wegwerfen, die ganze Familie war so. Weiß der Teufel, warum sie ein olles Stethoskop aufgehoben haben«, sagte sie, während sie in einem Karton herumkramte. »Aha! Zum Glück für mich haben sie es nicht weggeworfen! Mal sehen, was könnte ich denn noch gebrauchen. Ach, sehen Sie mal hier diese schönen Bilder!«

Als Kate zu Liz hinüberging, stolperte sie über eine Plastikkiste voller Krimskrams. »Ein Krankenhaus, sagten Sie?«, fragte Kate. Es fiel ihr schwer, sich vorzustellen, dass das Haus mal etwas anderes gewesen war als ein großes, gemütliches Wohnhaus.

»Mhm. Das haben wir lange nicht gewusst. Diese nette Frau in der Bücherei, Kirsty, hat's mir irgendwann erzählt. Heimatkunde ist ihre große Leidenschaft. Hier gibt's leider keine Aufzeichnungen darüber, aber das wundert mich eigentlich nicht. Die liegen vermutlich beim Roten Kreuz, oder wer auch immer das Krankenhaus betrieben hat. Aber was interessiert mich alter Papierkram, wenn ich so ein tolles Stethoskop und so schöne Bilder habe?«

Liz und Kate beugten sich über einen Karton voller alter Schwarz-Weiß-Fotos. Die meisten waren vergilbt und an den Rändern eingerissen, und der Geruch, der dem Karton entstieg, war feucht und modrig. Es gab einige Fotografien von hübschen Krankenschwestern und auch welche von gut gelaunten Soldaten in Liegestühlen auf dem Rasen. Ein sehr gut aussehender junger Mann lachte eine junge Frau an. Auf der Rückseite des Fotos stand mit Bleistift geschrieben: *September 1940.*

»So eine Uniform ist doch wirklich fesch, nicht wahr?«, sagte Liz.

Kate beugte sich dichter über das Foto. »Ach, das ist doch Constance, oder?«

»Constance McLay?«, fragte Liz und kniff die Augen zusammen. »Ja. Ja, Sie haben recht.«

»Ein echtes Foto von ihr.« Kate strahlte. Bisher hatte sie nur die Porträts gesehen, und obwohl Constance darauf sehr hübsch aussah, war der Künstler ihr nicht wirklich gerecht geworden. »Sie war ja eine echte Schönheit«, sagte Kate. Sie betrachtete den Mann neben ihr. Das Foto war zwar klein, aber man konnte erkennen, dass er eine lange Schnittwunde an der Wange hatte, die frisch genäht war. Sie sah genauer hin. »Das ist doch Douglas«, sagte sie dann. »Er sieht ein bisschen lädiert aus.«

»Ja, stimmt. Aber wie schön, ein Foto von den Geschwistern zu haben.«

Kate nickte. Dann fiel ihr etwas ein. »Haben im Krieg noch andere McLays hier in der Gegend gewohnt?«

Liz zuckte die Achseln. »Ich glaube nicht. Ich glaube, es waren nur die vier. So ist es ja gekommen, dass mein Mann das Anwesen geerbt hat. Er war der einzige übrig gebliebene Kandidat in der Familie. Wobei das natürlich in den Achtzigerjahren war. Warum fragen Sie?«

Kate runzelte die Stirn. »Wissen Sie, was aus Constance und Douglas geworden ist?«

»Sie wurden enterbt«, sagte Liz und sah sich weitere Fotos von Soldaten und Pflegern und Krankenschwestern an.

»Ja, das weiß ich. Aber mich würde interessieren, was danach aus ihnen geworden ist.«

Liz überlegte. »Hm, keine Ahnung. Ich nehme an, sie sind weggezogen. Es muss ja irgendeinen Skandal gegeben haben, dass die Eltern so weit gegangen sind, sie zu enterben. Würden Sie dann nicht möglichst weit weggehen und nie wieder zurückkommen?«

»Doch, ich glaube schon.«

Liz kramte weiter in Kisten und Kartons herum, aber Kates

Gedanken rasten. Constance und Douglas hatten also beide im September 1940 noch gelebt, wenn man diesem Foto glaubte. Wieso war dann eins der Geschwister im selben Monat auf dem Dorffriedhof begraben worden? Und wer war es, der Bruder oder die Schwester?

Kapitel 35

Am Nachmittag stand Kate auf der Treppe und betrachtete die Porträts der Geschwister. Douglas sah wirklich gut aus. Kate fragte sich, ob es sein Gesicht oder seine Uniform war, was den Charme des Bildes ausmachte. Dieses Porträt war offensichtlich angefertigt worden, bevor Douglas sich die hässliche Wunde im Gesicht zugezogen hatte, die auf dem Foto zu sehen war. Oder der Künstler hatte die Narbe absichtlich weggelassen. Irgendetwas an Douglas erinnerte Kate an James; eine Familienähnlichkeit in den lächelnden Augen. Kate stellte sich James in einer Kampfpilotenuniform vor, schob das Bild jedoch schuldbewusst wieder weg.

Sie musste an Jenny und James denken, und schon war ihre gute Laune wieder verflogen. Wenn man's genau nahm, hatte Kate die beiden zusammengebracht. Sie war wirklich selber schuld. Was, wenn sie in der Nacht in der Jagdhütte mit James geschlafen hätte? Wäre es ein One-Night-Stand geblieben, heißer Sex vor dem flackernden Feuer in dem Bewusstsein, dass es eine einmalige Sache bleiben würde? Oder wäre es der Anfang von etwas gewesen, das vorsichtig angefangen und mit der Zeit an Substanz gewonnen hätte, wäre es der Beginn einer ernsthaften Beziehung gewesen? Sie würde es nie erfahren. So sehr die Erkenntnis schmerzte, dass zwischen ihr und James nichts mehr passieren würde, entschloss sie sich, nach vorn zu blicken und die Sache einfach zu vergessen. Wenn

James und Jenny sich auf eine Fernbeziehung einließen, dann würde Kate sich wohl oder übel daran gewöhnen müssen, auch wenn es ihr widerstrebte. Jenny hatte es verdient, glücklich zu sein. Und James ebenfalls. Und wenn Kate sich verletzt fühlte, dann hatte sie das ganz allein sich selbst zuzuschreiben.

Hinter ihr räusperte sich jemand, und Kate drehte sich um. Angus stand in der Eingangshalle.

»Sind sie noch nicht zurück?«, fragte er. »Ich meine Jenny und James.« Seine Worte trafen Kate bis ins Mark, denn so wie er das sagte, klang es, als wären die beiden bereits ein Paar.

»Zurück? Nein. Noch nicht. Wo sind sie denn überhaupt?«, fragte sie betont lässig in der Hoffnung, dass ihre Stimme sie nicht verriet.

»Wir«, korrigierte Angus. »Wir waren gemeinsam unterwegs. Ich bin mit meinem eigenen Wagen gefahren, und wir haben uns vor Ort getroffen. Sie müssen zurück einen Umweg gefahren sein. Du bist bestimmt ganz stolz auf uns, wenn du hörst, wo wir waren: Wir sind zum Loch Ness gefahren, und wir haben uns Notizen gemacht.«

Kate lächelte. »Warum?«

»Wir haben Pläne. Für das Ungeheuer.«

Kate hob eine Braue. »Du meinst unser Fantasieungeheuer?«

»Pff, mit der Haltung wirst du nie reich.«

Kate lachte, doch sie spürte, dass sich Kopfschmerzen anbahnten, und sie war in keiner Verfassung, sich mit neuen Plänen auseinanderzusetzen, egal, wie lukrativ sie sein mochten.

»Ich lasse mir das alles von James morgen früh erzählen«, sagte sie. »Ich wollte mich gerade ein bisschen hinlegen. Ich hab letzte Nacht kaum ein Auge zugetan.«

»Du wurdest vermisst, gestern Abend. Wir haben uns

prächtig amüsiert, aber es hätte mehr Spaß gemacht, die Bar mit dir zusammen zu plündern. Da waren wir uns alle einig.«

Kate drückte ihm den Arm. »Danke, Angus«, sagte sie und ging mit einem etwas besseren Gefühl ins Bett.

»Kate, mach die Augen auf«, sagte Jenny sanft. »Geht es dir gut? Du hast geschlafen wie ein Stein.«

Kate setzte sich mit einem Ruck auf und rieb sich die Augen. »Ja, alles gut«, sagte sie verschlafen. Aber sie fühlte sich wie benommen und hatte einen unglaublichen Durst.

»Ich wollte mich nur verabschieden, Süße. Mein Flug geht in ein paar Stunden.«

»Was? Wie spät ist es?«

»Sieben Uhr Früh.«

Kate schnappte nach Luft. Sie hatte tatsächlich von gestern Nachmittag bis zum frühen Morgen durchgeschlafen.

»Tut mir leid, ich …«

»Schsch«, machte Jenny. »Alles gut. Ich wollte dich nicht wecken. James meinte, du müsstest dich ausruhen.«

»O Gott, ich …«

»Hör zu«, sagte Jenny mit anzüglich funkelnden Augen. »Ich wurde *sehr* gut versorgt. Und, ich will ja nichts überstürzen, aber es kann gut sein, dass ich schon ganz bald wieder hier bin, wenn du nichts dagegen hast.«

»Wirklich?«, entfuhr es Kate schärfer als beabsichtigt. »Wieso?«

Jenny klimperte kokett mit den Wimpern und schaute auf ihre Armbanduhr. »Ich muss los. Ich schick dir ne SMS mit allen schlüpfrigen Details.«

»Soll ich dich fahren?« Kate hatte noch ihre Sachen vom Vortag an. »Ich müsste mich nur eben duschen.«

»Nicht nötig.« Jenny schüttelte den Kopf. »Ist schon alles organisiert.« Sie umarmten einander.

»Guten Flug. Hab dich lieb.«

»Ich dich auch, Süße.« Beim Hinausgehen warf Jenny Kate einen Luftkuss zu.

Dann war sie weg. Aber sie hatte ja gesagt, dass sie bald wiederkommen würde. Kate versuchte, sich für ihre Freundin zu freuen. Sie hatte einen guten Mann verdient. Und James war ein guter Typ. Kate hörte seinen Land Rover wegfahren. Sie fragte sich, ob er ihr den Koffer tragen würde, ob sie Pläne für Jennys nächsten Besuch machen würden. Ob sie sich zum Abschied küssen würden. Klar würden sie sich küssen. Kate stieg aus dem Bett und schleppte sich ins Bad.

»Also«, sagte James, als er am Nachmittag ins Büro kam, »wir haben uns seit gestern Nachmittag nicht gesehen. Soll das ein Versteckspiel werden?«

Allein seine Stimme zu hören tat weh. Kate zuckte mit den Schultern und schrieb weiter an ihrer E-Mail. Sie hatte einen anderen Fotografen kontaktiert und versuchte gerade, ihn für den nächsten Tag zu buchen, nachdem der erste sich in Bezug auf einen baldigen Termin sehr bedeckt gehalten hatte. Das Wetter sollte schön bleiben, und bei Sonnenschein sah alles einladender aus.

»Nein«, sagte sie. »Das ist kein Versteckspiel. Ich hab die ganze Zeit hier gearbeitet.«

»Alles in Ordnung?«, fragte er.

»Klar. Wieso?«

»Ich weiß nicht … Es ist nur …«

Kate hörte auf zu tippen und wartete darauf, dass er seinen Satz beendete, doch er wechselte das Thema.

»Jenny ist nett, oder?«

»Ja«, sagte Kate und schluckte.

»Schön, dass sie herkommen konnte.«

»Mhm.« Kate tippte weiter.

»Ich bin fix und fertig«, sagte er. »Ich hab die letzten Nächte verdammt wenig geschlafen.«

Kate hörte wieder auf zu tippen und sah ihn mit steinerner Miene an.

»Jenny und ich …«, setzte er an.

Aber Kate schob ihren Stuhl zurück und hätte James fast gerammt, sodass er erschrocken aufschrie.

»Ich brauch einen Kaffee«, sagte sie und stürmte aus dem Büro.

»Hat James Ihnen schon die großartigen Neuigkeiten verraten?«, fragte Liz Kate am nächsten Abend beim Essen. James war unterwegs. Vermutlich trauerte er Jenny nach und war zum Pub gefahren, um sich mit einer Pie und einem Bier zu trösten. Kate hatte gekocht. Eigentlich hatten es köstliche Chicken-Burger werden sollen, aber die Dinger sahen aus wie bleiche Kartoffeln. Liz knabberte mit Todesverachtung an einem Burger, wofür Kate ihr im Stillen dankte.

»Welche Neuigkeiten?«, fragte Kate und stellte eine kleine Schale selbst gemachte Knoblauch-Mayonnaise auf den Tisch, die halbwegs genießbar aussah.

»Wir kriegen Besuch«, sagte Liz triumphierend. »Und zwar von einem Fernsehteam.«

Kate war gerade dabei, eine Flasche Weißwein zu entkorken. Sie hielt inne. »Ein Fernsehteam?«, wiederholte sie.

Liz nickte und nahm sich eine Portion Salat. Kate entging nicht, dass sie den Burger wieder auf ihren Teller gelegt hatte.

»Das sind ja wirklich großartige Neuigkeiten. Wie hat James das denn hingekriegt?« Es wurmte Kate, dass James vorgeprescht war und das Fernsehen eingeladen und ihr nicht einmal etwas davon erzählt hatte.

»Ein alter Schulfreund von James dreht gerade hier in der Gegend einen Dokumentarfilm über schottische Mythen und Legenden. Die filmen am Loch Ness, also ist James hingefahren und hat ihm gesteckt, dass wir hier auch ein Ungeheuer haben. Und jetzt kommen sie her und wollen sich hier ein bisschen umsehen. Vielleicht sogar im See.«

»*Im* See?«, fragte Kate.

»Scheint so.« Liz nickte. »Soweit ich weiß, war die Rede von so einer Unterwasserkamera.«

»Also, das ist ja …« Kate wusste selbst nicht recht, was es war. Fantastisch? Aber sie würden natürlich nichts finden, und am Ende würden sie alle dastehen wie Idioten. Andererseits war noch nie ein Beweis dafür gefunden worden, dass das Ungeheuer von Loch Ness existierte, und das hatte dem Touristenandrang keinen Abbruch getan. Und wenn die eine Doku über Mythen und Legenden drehten, konnte es auch ein Durchbruch werden, wenn sie in Invermoray House filmten. »Das ist fantastisch«, sagte sie. »Das könnte uns echt groß rausbringen.«

»Dachte ich's mir, dass Sie sich freuen würden«, sagte Liz. »Sie kommen schon morgen. James meinte, es ist besser, wenn sie kommen, bevor unsere ersten Urlaubsgäste eintreffen.«

»Morgen? Also, das ist … ja ziemlich plötzlich. Aber toll«, sagte Kate. Sie fragte sich, was in aller Welt sie im See zu finden hofften. Aus unerfindlichen Gründen war sie auf einmal nervös.

Als sie am nächsten Morgen ins Büro kam und James ganz entspannt am Schreibtisch sitzen sah, wusste sie nicht, ob sie sich bei ihm beschweren sollte, weil er die Fernsehleute eingeladen hatte, ohne sie darüber zu informieren, oder ob sie ihm zu so einem gewagten Schritt gratulieren sollte.

»Hi«, sagte er, als sie mit zwei Henkeltassen Kaffee eintrat. Kate gewöhnte sich allmählich an die Tatsache, dass sie und James nie etwas anderes sein würden als Arbeitgeber und Angestellte, und als sie seine Tasse auf seinen mit Papierkram übersäten Schreibtisch stellte, empfand sie erstaunlicherweise Wohlwollen für ihn.

»So früh schon auf den Beinen?«, bemerkte er, als er dankbar seine Tasse nahm.

»Viel zu tun heute. Ein Filmteam hat sich angemeldet.« Kate schenkte ihm einen vielsagenden Blick.

»Ja, ich weiß. Ich kann's selbst noch kaum glauben.«

»Mal dran gedacht, mich zu informieren?«, fragte Kate.

»Ist es dir etwa nicht recht?«, fragte er, offensichtlich enttäuscht. »Ich dachte, du wärst begeistert.«

»Ich hab's von Liz erfahren«, sagte Kate. »Wäre es zu viel verlangt gewesen, mich persönlich ins Bild zu setzen?«

»Schlimm?«, fragte er.

»Nein, aber eine kleine Vorwarnung hätte nicht geschadet.«

Er lehnte sich zurück und schaute sie an. »Geht es jetzt um dieses Fernsehteam oder geht's um was anderes?«

Kate lief rot an. »Was meinst du?«

»Du bist so komisch zu mir, seit die Journalisten hier waren. Seit Jenny abgereist ist. Was ist los?«

»Nichts«, sagte Kate, setzte sich an ihren Schreibtisch und klappte ihren Laptop auf.

»Ich hab dir Arbeit abgenommen«, sagte er, verschränkte

die Arme vor der Brust und sah sie direkt an. »Ich hab zufällig in den Lokalnachrichten gesehen, dass ein alter Schulfreund hier in der Nähe für eine Doku dreht. Also hab ich ihm eine E-Mail geschickt und von dem Ungeheuer in Loch Invermoray erzählt und ihn gefragt, ob er Zeit und Lust hat, mal vorbeizukommen. Eigentlich hab ich gar nicht mit einer Antwort gerechnet, aber er meinte, lass uns mal auf ein Bier treffen. Und er würde sich gern mal hier umsehen und vielleicht ein bisschen filmen. Falls was Interessantes dabei rumkommt, nimmt er es in seine Doku auf, die Anfang nächsten Jahres auf BBC läuft. War das falsch? Ich dachte, dass wir genau das wollten, so viel Werbung wie möglich. Wo ist das Problem?«

Kate seufzte, dann rang sie sich ein Lächeln ab. »Überhaupt kein Problem. Ehrlich. Ich wünschte nur, du hättest es mir selbst erzählt, anstatt es deiner Mutter zu überlassen.«

»Tut mir leid, Kate. Es ging alles total schnell. Außerdem hast du dich in den letzten Tagen ziemlich rargemacht, und ich dachte, du brauchst ein bisschen Ruhe nach dem Stress mit den Journalisten. Also hab ich einfach die Initiative ergriffen. Falls du dich noch weiter darüber streiten willst, müssen wir das auf heute Nachmittag verschieben, denn wir haben Buchungsanfragen ohne Ende, und ich muss aufpassen, dass ich nicht den Überblick verliere.« Er konzentrierte sich wieder auf seinen Laptop, und damit war das Gespräch beendet.

Liz, James und Kate standen auf den Stufen vor der Haustür, als der Van des Fernsehteams vorfuhr. James strahlte, er freute sich, seinen alten Freund wiederzusehen. Kate wartete neugierig ab und rechnete im Grunde damit, dass sich das Team am Ende dagegen entscheiden würde zu filmen. Bei Fernsehleuten konnte man nie wissen.

Als die Besucher aus dem Wagen stiegen, war Kate überrascht, wie wenige es waren. Sie hatte keine Ahnung, welche Aufgabe die einzelnen Teammitglieder hatten, und nahm sich vor, sie selbst entscheiden zu lassen, was sie sich ansehen und was sie filmen wollten.

James und sein Freund umarmten einander zur Begrüßung. »Mann, ist das lange her«, sagte der Freund, »Mindestens fünf Jahre«, sagte James. »Wessen Hochzeit war das noch? Dans? Ich kann mich nicht erinnern.« Sie kamen auf Kate und Liz zu.

»Mum, ich weiß nicht, ob du dich an ihn erinnerst, Kate, das ist mein alter, cleverer Freund Guy Cameron.«

»Hi«, sagte Kate. Die Begeisterung der beiden brachte sie zum Lachen.

»Hi«, sagte Guy und schüttelte ihr mit einem warmen Lächeln die Hand. »Freut mich, Sie kennenzulernen. Hallo Liz.« Er umarmte James' Mutter. »Erinnern Sie sich noch an mich?«

»Aber sicher«, sagte Liz. »Sie haben immer am Ende des Schuljahrs den Preis in Geschichte abgesahnt.«

Guy grinste und stellte seine Leute vor, die zum Gruß winkten, während sie Gerätschaften aus dem Van luden. Kate staunte über puschelige Mikrofone an Teleskopstangen und alles mögliche Zeugs, von dem sie nicht wusste, welchem Zweck es diente. Kate konnte nicht verstehen, worüber James und Guy sich unterhielten, doch dann antwortete Guy auf eine Frage mit einem strahlenden Lächeln: »Es ist jetzt jeden Tag so weit. Sie liegt mir in den Ohren, ich soll gefälligst nach Hause kommen.« Er lachte. »Noch zwei Tage, dann geht's zurück nach Dorset und dann werde ich Vater. Ich kann's noch gar nicht glauben.«

»Dann genieß die Ruhe und den Frieden, solange du's noch kannst«, sagte James, als sie auf den Sofas Platz nahmen.

Während Liz Getränke holte, blieb Kate bei den Männern sitzen und lauschte ihrem Gespräch. Hin und wieder klärte einer der beiden sie über einen alten Freund auf oder über einen Schulstreich, mit dem sie sich Ärger eingehandelt hatten. Bei einer Geschichte, in der es um jede Menge Rollen Klopapier, einen Papierkorb und eine Fechtmaske ging, blickte sie irgendwann überhaupt nicht mehr durch, aber das machte ihr nichts aus. James war bester Dinge, und Kate musste lächeln. So glücklich hatte sie ihn in all den Monaten, die sie jetzt hier war, noch nie erlebt.

»Deswegen dachte ich, wir könnten hier auch ein bisschen filmen«, sagte Guy gerade, und Kate, die mit ihren Gedanken weit weg gewesen war, spitzte die Ohren. »In der Einleitung der Doku will ich ein bisschen was Allgemeines über Legenden und Ungeheuer und Selkies erzählen, und Invermoray mit seinem See und den Bergen am Horizont bietet dafür einen schönen Hintergrund. Und dann können wir noch ein bisschen mit dem Echolot rumspielen. Wir haben ein Schlauchboot, von dem aus wir es zu Wasser lassen können. Unser Boot ist ziemlich klein, aber wenn du selbst eins hast, kannst du neben uns herfahren.«

James schüttelte den Kopf. »Es gab hier mal eins, aber das war nicht mehr zu gebrauchen. Ich hab's letzten Monat zu Brennholz verarbeitet.«

Guy schüttelte lachend den Kopf. »Du hast aus einem Boot Brennholz gemacht? Ich werd nicht mehr! Das ist eine Sünde! Aber egal. Wir sehen einfach mal, ob wir mit dem Echolot was finden können.«

»Und wonach genau wollen Sie suchen?«, fragte Kate. »Was sieht man denn mit so einem Echolot? Also, ich meine, woran erkennt man, was ein Ungeheuer ist und was nicht?«

»Also, eigentlich wollen wir nur ein bisschen mit dem Ding rumspielen. Um ein paar Szenen mit technischem Gerät zu haben, während ich rede und rede«, sagte Guy. »Falls wir dabei was finden, super. Aber ehrlich gesagt, rechnen wir eigentlich nie damit, dass wir was Besonderes entdecken. Es geht hauptsächlich um die Stimmung, und wir kriegen eine Vorstellung davon, wie es auf dem Grund von so einem Loch aussieht.«

»Wollen Sie denn auch unter Wasser mit der Kamera filmen?«, fragte Kate.

»Das entscheiden wir spontan. Falls wir irgendwas halbwegs Interessantes vor die Linse kriegen, zum Beispiel einen Fischschwarm, wäre das schön, das gibt gute Bilder. Zehn Sekunden mit Off-Text machen sich immer gut in einer Doku.«

»Zehn Sekunden?«, fragte Kate. »Mehr nicht?«

»Das reicht jedenfalls an Unterwasserbildern«, sagte Guy. »James hat mir erzählt, was mit dem Haus geplant ist, und dass Sie sich große Hoffnungen machen, deswegen dachten wir, wenn wir hier drehen und man das Haus die ganze Zeit im Hintergrund sieht, hilft das vielleicht ein bisschen. Falls die Aufnahmen nicht rausgeschnitten werden«, fügte er hinzu. »Auf das, was am Schneidetisch geschieht, hab ich leider keinen Einfluss.«

Dann erzählte er ihnen, was er bisher über Ungeheuer und Legenden rund um schottische Seen dokumentiert hatte, und James und Kate hörten ihm fasziniert zu.

Liz kam mit den Getränken, und Kate zog sich zurück, um die beiden Freunde noch ein bisschen plaudern zu lassen. Sie ging im Wintergarten an den Tischen vorbei, die Angus für die Journalisten aufgebaut hatte, und schaute durchs Fenster zu, wie der Kameramann seine Ausrüstung zusammenbaute.

Wenige Minuten später sah sie, wie Guy die Stufen hinuntersprang und sich zu seinen Leuten gesellte.

James kam in den Wintergarten. »Ziemlich aufregend, was?« Er strahlte wie ein kleiner Junge.

Kate nickte.

»Schon mal so was erlebt?«, fragte er.

»Nein. Wir lassen sie einfach machen, oder?«, fragte sie.

»In dem Schlauchboot fahren der Echolotspezialist, ein Kameramann und Guy mit, damit ist es schon ziemlich voll, und aus versicherungstechnischen Gründen dürfen wir nicht mitfahren, sagt Guy. Aber wir können ja vom Ufer aus zusehen, wenn sie das Echolot zu Wasser lassen«, meinte James. »Guy sagt, sie haben einen Monitor im Schlauchboot und einen am Ufer, wo man verfolgen kann, was es entdeckt.«

»Super. Aber ich hab keine Ahnung, wie Bilder von einem Echolot aussehen«, sagte Kate.

Draußen winkte Guy zum Zeichen, dass es losging. James schaute Kate mit leuchtenden Augen an. »Gleich werden wir es rausfinden«, sagte er.

Kapitel 36

1940

Als Constance wieder zu Matthew zurückkehrte, fand sie ihn tief im Wald vor. Er stand mit nacktem Oberkörper mitten im Bach.

Als die Sonne unterging, hatte sie es endlich geschafft, sich aus dem Haus zu schleichen. Nach dem Abendessen hatte Douglas sich auf eins der Sofas gelegt, um ein bisschen zu schlafen, ihr Vater war in seine Zeitung vertieft, und ihre Mutter hatte sich an den Schreibtisch gesetzt, um einige Briefe zu beantworten. Als Constance angekündigt hatte, sie wolle noch einen kurzen Abendspaziergang machen, hatten ihre Eltern nicht einmal aufgeblickt. Henry hatte sie den ganzen Nachmittag nicht gesehen.

Matthew hörte sie nicht rufen, weil das Wasser zu laut plätscherte. Sie winkte ihm vom Ufer aus zu. Das Licht der Abendsonne blendete sie immer wieder, wenn es durch die Zweige der hohen Kiefern fiel, die sich sanft in der Brise wiegten. Matthew hob einen Arm und winkte zurück. Es kam ihr alles so unwirklich vor, so als lebte sie hier im Wald ein zweites Leben. Wenn sie bei Matthew war, fühlte sie sich zwischen zwei Welten hin- und hergerissen. Sie begriff selbst nicht, was sie hier machte, aber sie wünschte, es würde nie zu Ende gehen. *Hoffentlich passiert ihm nichts, hoffentlich überlebt er*, dachte sie. *Er ist kein Feigling, nur dabei sich zu erholen, zu heilen.*

»Was machst du da?«, rief sie, als sie sah, wie er die Hände ins Wasser tauchte.

»Forellen kitzeln«, rief er. »Das heißt ich versuch's, aber ich bin zu langsam. Sie kommen zwar zu mir, aber sie schwimmen zu schnell wieder weg.«

Constance lachte. Sie setzte sich an den Uferrand, streifte ihre Schuhe ab und zog ihre Strümpfe aus. Dann hob sie ihren Rock hoch, damit er nicht nass wurde, und watete in den Bach, wobei sie vorsichtig auf die glatten, vom Wasser rundgewaschenen Steine trat.

»Ah, Gott sei Dank«, rief Matthew. »Komm her und rette mich! Ich weiß nicht, was ich hier mache.«

»Nein, so weit traue ich mich nicht rein. Ich sehe lieber von hier aus zu, wie du unser Abendessen aus dem Wasser kitzelst.«

»Die mögen mich nicht. Die halten keine Sekunde lang still.«

»Dann musst du dich eben noch ein bisschen mehr anstrengen«, sagte sie.

»Ach, Constance, sag mir, was ich machen soll«, flehte er sie an.

»Du musst warten«, sagte sie. »Du musst Geduld haben und sie bezirzen. Lass sie zwischen deine Hände schwimmen und streichle sie ganz sanft mit den Fingerspitzen, erst vom Schwanz bis zum Kopf und dann am Bauch. Bis sie sich kaum noch bewegen.«

Matthew ließ die Arme hängen. »Ich komme mir albern vor«, sagte er lächelnd.

»Du schaffst das schon«, sagte sie, während sie im kalten Wasser auf den Steinen balancierte. »Du musst nur Geduld haben.«

Constance drehte sich um, weil sie meinte, ein Geräusch

gehört zu haben. Aber so tief im Wald ging normalerweise niemand spazieren, und die Soldaten waren sowieso nicht kräftig genug oder zu invalid, um so weit zu laufen. Und in Anbetracht der Sicherheitsbestimmungen, die seit dem Krieg in den Highlands herrschten, dürfte eigentlich niemand hier vorbeikommen.

»Ich hab eine!«, rief Matthew aufgeregt. »Und jetzt?«

»Schrei nicht so laut. Mach es, wie ich es dir erklärt habe, ganz langsam und vorsichtig. Und wenn du beim Kopf ankommst, pack zu und hol sie aus dem Wasser.«

Lächelnd und mit angehaltenem Atem schaute sie ihm zu.

Dann, als er eine zappelnde Forelle hochhob, rief sie: »Du hast es geschafft!«

Er lachte. »Ich kann es nicht fassen. Ich hab's tatsächlich geschafft. Unglaublich!«

»Wirf sie ans Ufer«, befahl sie ihm, während sie zu der Stelle zurückwatete, wo sie ihre Schuhe und Strümpfe abgelegt hatte.

Der Fisch landete neben ihr. So wie der Jäger es ihr gezeigt hatte, als sie noch ein Kind gewesen war, hob sie die Forelle auf und schlug sie mit dem Kopf auf einen Stein. Dann drehte sie sich zu Matthew um und rief ihm zu, er solle weitermachen, doch er sah sie nur entsetzt an.

»Du hast sie erschlagen«, sagte er.

»Ja, das ist das Humanste«, sagte sie. »Besser als sie langsam sterben zu lassen.«

Er schüttelte ungläubig den Kopf, dann hielt er die Hände wieder ins Wasser. Als sie zur Jagdhütte zurückkehrten, hatten sie genug Forellen für ein Abendessen.

Constance setzte sich vor den offenen Kamin und zog ihre nackten Beine unter sich. Während Matthew die Forellen auf

Scheite legte, die sie in Wasser eingeweicht hatten, um zu verhindern, dass sich Flammen bildeten, berichtete sie ihm von Douglas' unerwarteter Heimkehr.

»Ach, Constance, das ist ja wunderbar. Ich freue mich so sehr für dich. Und natürlich für deinen Bruder. Was für ein Glückspilz er ist.« Sie umarmten sich, und sie konnte gar nicht aufhören zu lächeln.

»Wie geht es ihm denn?«, fragte Matthew.

»Er ist guter Dinge«, sagte sie. »Aber er muss sich natürlich erst einmal erholen. Er hat einen gebrochenen Arm, und am Oberkörper hat er Verbrennungen, er wird also eine Weile nicht fliegen können.«

»Ich kann mir nicht vorstellen, mit einer brennenden Maschine abzustürzen. Schrecklich. Gut, dass er sich jetzt erholen kann.«

Mit kleinen Stöcken lösten sie Stücke aus den gebratenen Forellen, die sie mit den Händen aßen.

»Du bist und bleibst mir ein Rätsel«, sagte Matthew kauend.

»Ich?«, fragte sie. »Warum?«

»Du bist die mutigste Frau, der ich je begegnet bin. Du schwimmst mitten in den See hinaus, um mich zu retten, du weißt, wie man Forellen kitzelt. So jemand wie du ist mir noch nie begegnet.«

»Ich betrachte das als Kompliment«, sagte sie und aß noch ein Stück Forelle.

»Ich bitte darum«, sagte er grinsend und küsste sie auf den Mund. »Und was macht Henry?«, fragte er, plötzlich ernst. »Ich mache mir schon ein bisschen Sorgen um dich, weißt du. Ich komme mir so hilflos vor, hier draußen. Ich weiß nicht, was ich tun würde, wenn er dir noch einmal zu nahe käme.«

»Mach dir wegen Henry keine Gedanken«, sagte sie, um ihn zu beruhigen. »Ich glaube, tief im Innern ist er harmlos.« Allerdings war sie sich selbst nicht ganz sicher, ob sie das wirklich glaubte.

»Ich hoffe, du hast recht«, sagte Matthew.

Schweigend aßen sie weiter, während das Feuer leise knisterte und der Wind durch die dünnen Fensterscheiben pfiff.

»Zieh meinen Pullover über, wenn du zurückgehst, sonst frierst du noch in deiner dünnen Bluse«, sagte Matthew.

»Am liebsten würde ich gar nicht mehr zurückgehen«, seufzte sie. »Am liebsten würde ich für immer hier bei dir bleiben.«

Er lächelte wehmütig und nahm sie in die Arme. »Ach, wenn das nur möglich wäre«, sagte er.

»Hallo, Küken«, sagte Douglas verschlafen, als Constance am nächsten Nachmittag mit einer Tasse Tee und seiner frisch gebügelten Uniform in sein Zimmer kam. Er wollte sich im Bett aufsetzen, was ihm jedoch mit dem Arm in der Schlinge schwerfiel.

»Komm, ich helfe dir«, sagte Constance, stellte den Tee auf seinem Nachttisch ab und legte die Uniform auf das Bett. Dann half sie ihm, sich aufzusetzen und schüttelte sein Kopfkissen auf.

Er lachte. »Fängst du auch schon damit an?«

»Womit?«

»So ein Gewese um mich zu machen. Hat Mutter dich etwa geschickt, um nach mir zu sehen? Das ist jetzt schon die dritte Tasse Tee in drei Stunden.«

»Wirklich? Nein, niemand hat mich geschickt. Aber Mrs. Campbell hatte deine Sachen gebügelt, und da dachte ich, wenn ich sie dir schon bringe, kann ich dir auch gleich eine Tasse Tee mitbringen.«

Douglas warf einen Blick auf seine Armbanduhr. »Viel lieber hätte ich einen Brandy.«

»Kommt nicht in Frage. Ich laufe jetzt nicht noch mal nach unten«, sagte Constance mit einem Lächeln.

»Du bist vielleicht eine Krankenschwester«, sagte Douglas und nahm Tasse und Untertasse von ihr entgegen. Eine Weile saßen sie schweigend da, während Douglas an seinem Tee nippte.

»Wie war es eigentlich, vom Himmel zu fallen?«, fragte Constance schließlich.

Er zuckte die Achseln. »Die erklären einem genau, was man zu erwarten hat. Es klingt alles ziemlich einleuchtend, vor allem, wenn man das Fallschirmspringen trainiert. Dann passiert es plötzlich, und du musst erst mal den Schreck überwinden, dass du getroffen wurdest und kapieren, dass du den Vogel nicht mehr landen kannst. Dann kommt die Panik und zugleich die Erleichterung, lebend rauszukommen, wenn man merkt, dass man die Handgriffe wie im Schlaf beherrscht. Aber es ist wirklich furchtbar. Eine Erfahrung, die man nicht zweimal machen möchte. Und doch wird es wahrscheinlich wieder passieren. Immerhin weiß ich beim nächsten Mal, was auf mich zukommt. Ich habe so oft gesehen, wie Kameraden abgeschossen wurden. Hinterher haben wir uns in der Offiziersmesse immer volllaufen lassen wie die Idioten und den Piloten zu Ehren Lieder gesungen und die Namen derer, die nicht zurückkamen, von der Tafel gewischt. Wir haben überhaupt nichts verstanden, *wollten* nichts verstehen und vor allem nicht länger als ein paar Minuten im nüchternen Zustand darüber nachdenken. Und dann machst du einfach weiter oder versuchst es zumindest. Um ein Haar wäre ich einer von denen gewesen, denen zu Ehren sie besoffen ein paar Lieder singen und deren Namen sie dann von der Tafel wischen … Und dann … nichts. Absolut nichts. Weg. Vergessen.« Er holte tief Luft. »Als ich bei … ihr in dem kleinen Bauernhaus war, ist mir klar geworden, dass ich nichts getan habe in meinem Leben. Ich bin nichts. Mein Leben hat überhaupt keine Bedeutung.«

»Ach, Douglas, natürlich hast du etwas …«

»Nein, Küken. Hab ich nicht.«

»Hast du Angst davor, noch mal in ein Flugzeug zu steigen?«

Er überlegte. »Nein, ich glaube nicht. Das ist bestimmt so ähnlich, wie wenn man vom Pferd fällt. Ich werde einfach wieder ins Cockpit klettern und das Beste hoffen.«

Er trank einen Schluck Tee.

»Henry sagt, er hat dein Flugzeug wie einen Feuerball abstürzen sehen. Etwas Grauenvolleres kann ich mir nicht vorstellen«, sagte Constance.

Douglas lächelte schief. »Es hätte schlimmer kommen können«, sagte er ernst. »Ich habe überlebt. Was ich hauptsächlich ihr zu verdanken habe.«

»Wie ist sie?«, fragte Constance.

»Wunderbar«, sagte er einfach.

»Wirst du sie besuchen, wenn es dir wieder besser geht? Oder wenn der Krieg vorbei ist?«

»Geht leider nicht. Sie ist verheiratet. Vielleicht schreibe ich ihr einen Brief und bedanke mich bei ihr und belasse es dabei. Aber auch da bin ich mir nicht so sicher, ob ich damit mehr Schaden anrichten würde, als Gutes zu tun.«

»Aber liebst du sie?«, bohrte Constance nach. Sie wollte

ihm so gern von Matthew erzählen, wollte ihm sagen, wie verliebt sie war. Das Geheimnis drohte aus ihr herauszusprudeln. Doch sie riss sich zusammen.

Douglas nickte. »Ja, ich glaube, ich liebe sie. Du kennst mich ja wirklich gut. Ich selbst habe es erst gemerkt, als es längst um mich geschehen war. Aber sie hatte nur Augen für ihren Mann, und er fehlte ihr fürchterlich. Sie hat mir ein Foto von ihm gezeigt, er sah gut aus in seiner Matrosenuniform. Erstaunlich, dass er sich zum Kriegsdienst gemeldet hat, obwohl er als Bauer gut hätte zu Hause bleiben können. Sehr nobel von ihm. Natürlich habe ich ihn zum Teufel gewünscht. Ich war ja nur ein paar Tage dort, aber sie ist die wunderbarste Frau, der ich je begegnet bin. Liebevoll, bescheiden, fürsorglich, interessant. Und sie ist sehr hübsch. Eine natürliche Schönheit. Und dann dieses Lächeln …« Er legte den Kopf zurück und schaute unglücklich an die Decke. »Ach, Constance. Verlieb dich niemals in jemanden, den du nicht haben kannst. Das bringt nur Probleme.«

»Ja, da hast du recht«, flüsterte sie.

Es war schon dunkel, als Constance an dem Abend zur Jagdhütte kam. Matthew hatte gerade einen Topf Wasser auf den Herd gesetzt, und Constance brachte frische Lebensmittel mit. Er hatte sein Hemd ausgezogen und über einen Küchenstuhl gehängt und war gerade dabei, eine Messerklinge auf ihre Schärfe zu überprüfen. Er blickte auf, als sie eintrat, und lächelte.

»Meine Eltern machen ein Riesentheater um Douglas, und so konnte ich mich ein bisschen früher wegschleichen«, sagte sie und ließ sich von ihm umarmen. »Ich bin so glücklich«, flüsterte sie, als sie sich an ihn schmiegte.

Matthew küsste sie auf den Kopf. »Ich auch«, sagte er. Das Wissen darum, dass ihre Liebe nicht von Dauer sein konnte, blieb unausgesprochen.

»Was machst du da?«, fragte sie.

»Ich will mich rasieren. Ich mache das im Moment nur alle paar Tage und eher schlecht als recht. Aber jetzt habe ich einen Spiegel gefunden.«

Constance streichelte ihm das stoppelige Kinn. »Aber mit den Stoppeln siehst du ein bisschen aus wie ein Waldschrat, so als würdest du hierhergehören. Mir gefällt es.«

»Mir nicht«, sagte er, gab ihr noch einen Kuss und nahm den Topf mit dem Wasser vom Herd. »Die Stoppeln kommen weg. Willst du zusehen, wie ich mich verstümmele?«

»Soll ich dich rasieren?«, fragte sie.

Sie setzten sich an den Küchentisch, vor sich den Topf mit dem Wasser und das Seifenstück, das sie ein paar Tage zuvor mitgebracht hatte. Sie schaute zu, wie er sich das Kinn einseifte und sich danach die Hände in dem warmen Wasser abspülte.

Dann legte er den Kopf in den Nacken und fragte gespielt ängstlich: »Hast du das überhaupt schon mal gemacht?«

Sie schüttelte den Kopf. »Kann doch nicht so schwer sein.«

Er hielt ihr Handgelenk fest, als sie das Messer auf seine Wange zubewegte. »Moment mal«, sagte er lachend. »Es gibt eine Methode.«

Sie verdrehte die Augen. »Ich habe meinem Vater und meinem Bruder hundertmal beim Rasieren zugesehen. Rauf, runter, rauf, runter, richtig?«

»Nein!«, sagte er entsetzt. »Immer in dieselbe Richtung. Immer nach unten. Gott, ich hätte mich nie darauf einlassen dürfen.« Er ließ ihr Handgelenk los.

»Sei still jetzt«, sagte sie und rückte mit ihrem Stuhl näher an ihn heran. Sie schob ihre Knie zwischen seine und beugte sich vor.

»Schön langsam«, sagte er und lehnte sich noch ein bisschen weiter zurück.

»Also wirklich, willst du jetzt rasiert werden oder nicht?«, fragte Constance.

Er murmelte etwas, das sie nicht verstand, aber an dem Funkeln in seinen Augen sah sie, dass er sich amüsierte. Sie begann, ihn sanft zu rasieren, und sein Atem beruhigte sich. Constance empfand eine tiefe innere Ruhe und eine intensive Nähe, und jedes Mal, wenn ihre Blicke sich begegneten, lächelte er sie kurz an, bevor er wieder ein ernstes Gesicht aufsetzte.

»Hör auf damit«, sagte sie lachend. »Du lenkst mich ab!«

»Ich mach doch gar nichts«, sagte er, dann machte er den Mund zu und ließ sie die restlichen Stoppel entfernen. Er legte die Hände auf ihre Schenkel und streichelte sie zärtlich mit den Fingerspitzen. Sie schob seine Hände weg und schimpfte: »Willst du, dass ich dir das Gesicht zerschneide? Wenn ja, dann mach nur so weiter.«

»Also gut, ein paar Minuten kann ich mich noch beherrschen«, sagte er schelmisch.

»So. Fertig.« Sie lehnte sich zurück, um ihr Werk zu begutachten, dann reichte sie ihm das Handtuch, damit er sich den restlichen Schaum abwischen konnte. Er fuhr sich prüfend mit den Fingern übers Kinn. »Fühlt sich glatt an. Sieht es auch glatt aus?«

»Ja, ich finde, das habe ich richtig gut hingekriegt«, sagte Constance stolz. Sie lehnte sich gegen den harten, hölzernen Stuhlrücken, ließ ihre Beine jedoch zwischen seinen. Er faltete das Handtuch, legte es auf den Tisch und schaute sie ganz entspannt an.

Sie schluckte, und ihr Atem, der so ruhig gewesen war, während sie ihn rasiert hatte, ging immer schneller. Er beugte sich vor und küsste sie, zärtlich und liebevoll. Sie saßen ziemlich unbequem auf den harten Stühlen. Nach einer Weile spürte Constance, wie er die Arme um sie legte und sie hochhob. Sie lachte beglückt und wickelte ihre Beine um seine Taille. Vor dem Kamin legte er sie auf den Boden, und sie zog ihn auf sich, wollte ihre Lippen nicht von den seinen lösen. Doch er stützte sich auf und betrachtete sie eingehend. Langsam fuhr er mit den Händen über ihre Beine, bis er die Stelle fand, wo ihre Strümpfe am Strumpfgürtel befestigt waren. Sie spürte, wie er die Klemmen öffnete und ihr die seidenen Strümpfe einen nach dem anderen ganz langsam auszog.

Sie setzte sich auf und half ihm fieberhaft, sich aus seiner Hose zu befreien. Während sie sich vor dem warmen Feuer liebten, dachte sie, wie schwer die Zeit für sie beide werden würde, wenn es so weit war und er fortmusste, fragte sich, ob sie ihn jemals wiedersehen würde, ob er je eine Möglichkeit finden würde, nach dem Krieg Kontakt zu ihr aufzunehmen. Sie dachte daran, wie sehr sie ihn liebte, sie dachte an jene schicksalhafte Nacht, als er in den See gestürzt war, sie dachte daran, wie er ihr ins Ohr geflüstert hatte, dass er sie liebte, und dann dachte sie an gar nichts mehr.

Später, als sie wieder angezogen waren, legte er nachdenklich ein dickes Scheit ins Feuer. Constance verlor sich ganz in dem wohligen Gefühl, Matthew zu lieben und von ihm geliebt zu werden. Dennoch war ihr ganz dunkel bewusst, dass der Krieg alles überschattete. Bisher hatte der Krieg kaum Auswirkungen auf ihr Leben gehabt, nicht einmal die Tatsache, dass in ihrem Haus ein Genesungsheim eingerichtet worden war. Douglas war lebend heimgekehrt, und so hatte Hitler kein Leid über sie gebracht. Jedenfalls noch nicht.

Matthew setzte sich hinter sie, und sie schmiegte sich an ihn und spürte seine Wärme durch den Stoff ihrer Kleidung. Plötzlich spürte sie, wie sein Körper ganz leicht zu beben begann.

Sie drehte sich um.

»Was ist los?«, fragte sie, als sie sah, dass er sich Tränen von den Wangen wischte.

»Tut mir leid«, sagte er. »Das ist nicht besonders männlich, hier zu sitzen und …« Er beendete seinen Satz nicht mit »zu weinen«, aber genau das tat er.

Sie nahm seine Hände, kniete sich vor ihn hin und sah ihn eindringlich an. »Was ist los?«, fragte sie noch einmal. »Bitte, sag es mir.«

»Ach, Constance«, sagte er, »wenn ich es dir sage, willst du mich bestimmt nie wiedersehen. Es wird deine Meinung über mich verändern, und dann ist alles vorbei, selbst wenn ich nicht erwischt werde.«

Sie wartete, und als er stumm blieb, fragte sie. »Warum ist dann alles vorbei?« Ihre Augen füllten sich mit Tränen, als kalte Angst sie packte.

»Weine nicht«, sagte er. »Bitte, weine nicht. Ich liebe dich, das weißt du und … Gott, dieser schreckliche Krieg«, sagte er und legte den Kopf in die Hände. »Er zwingt uns, Dinge zu tun, die wir nicht tun wollen. Er zwingt uns zu kämpfen, obwohl wir es gar nicht wollen.« Er schaute sie an. »Ich habe Angst, und ich bin ein Feigling. Reicht das nicht?«

»Indem du aufgibst, schützt du dich«, sagte sie. »Keine Angst zu haben ist nicht normal, da bin ich mir ganz sicher.«

»Ich wurde zum Kriegsdienst gezwungen, weißt du«, sagte er düster. »Ich war bei den Air Cadets in Cambridge.« Dann starrte er schweigend ins Feuer.

»Also bist du zur Air Force gegangen«, sagte sie.

»Ja. Ich musste. Also, irgendwas musste ich machen. Ich wollte auf keinen Fall Fußsoldat werden. Das Fliegen hat mir immer Freude gemacht. Das konnte ich gut. Eigentlich muss man ein Feigling sein, um Kampfpilot zu werden. Man tötet aus der Ferne, man braucht seinem Feind nicht in die Augen zu sehen und sitzt schön geschützt im Cockpit. Und ehrlich gesagt, anfangs hatte ich auch großen Spaß. Konnte es jeden Tag kaum erwarten, ins Flugzeug zu steigen. Über die Konsequenzen habe ich gar nicht nachgedacht und auch nicht darüber, wofür ich eigentlich kämpfte. Hatte nicht mal das Gefühl, überhaupt zu kämpfen. Ich bin kein Kämpfer. Ich habe einfach meine Pflicht getan, und anfangs habe ich das alles richtig genossen. Aber dann habe ich angefangen, andere Flugzeuge abzuschießen. Ich war sehr gut darin. Zielgenau. Und sie fielen vom Himmel, eins nach dem anderen. Komisch«, sagte er und schaute sie kurz an, bevor er sich wieder dem Feuer zuwandte. »Ich habe gar nicht daran gedacht, dass in jedem Flugzeug ein Mann saß. Ich habe nur die Flugzeuge gesehen. Ich habe einfach nur Flugzeuge abgeschossen. Natürlich wusste ich, dass sie von Piloten geflogen wurden, aber die waren gesichtslos, irgendwie nicht real. Keiner von ihnen hatte eine Geschichte, eine Frau, Kinder.« Er warf ein Stückchen Kleinholz ins Feuer, und sie sahen zu, wie es sich entzündete.

Sie nahm seine Hand. »Es ist alles gut«, sagte sie. »Du musstest schlimme Dinge tun, um Hitler daran zu hindern, noch viel schlimmere Dinge zu tun.«

Es dauerte eine Weile, bis er antwortete. »Es ist überhaupt nichts gut. Ich dürfte nicht hier sein. Du dürftest nicht hier sein. Ich habe Schreckliches von dir verlangt. Ich habe dich gebeten, mir zu helfen, und …«

»Und ich habe mich in dich verliebt«, sagte sie.

»Trotzdem bedrückt es mich, dass ich dir das angetan habe.«

»Du hast mir überhaupt nichts angetan«, sagte sie eindringlich. »Meinst du nicht, ich kann selbst entscheiden, was ich tue? Ich möchte bei dir sein, jetzt, hier und auch später.«

»Constance«, sagte er gequält. »Es wird kein Später geben.«

»Was soll das heißen?«, fragte sie ängstlich.

»Man wird mich für viele Jahre ins Gefängnis stecken. Bis der Krieg zu Ende ist, falls er je endet, bis ich aus dem Gefängnis komme, hast du dich längst in jemanden verliebt, der dich mehr verdient hat als ich …«

»Sag das nicht«, fiel sie ihm ins Wort. »Du kannst doch nicht erst zu mir sagen, dass du mich liebst, und mich dann wegschicken.«

»Ich schicke dich nicht weg, Constance. Aber ich weiß, dass ich dich gehen lassen muss. Wenn nicht heute, dann eben morgen oder übermorgen. Aber das kann so nicht weitergehen. Ich kann mich nicht ewig verstecken. Und ich kann auch nicht fliehen. Ich habe über das alles nachgedacht, und ich weiß nicht, was mir blüht, wenn ich mich stelle, aber ich weiß jetzt, dass ich es tun muss. Ich weiß nicht, ob es mich von dem reinwäscht, was ich getan habe – davon, dass ich so viele Männer getötet habe. Aber wenn ich Buße tun will, muss ich irgendwo anfangen.«

Constance war fassungslos. »Du willst aufgeben? Du willst dich stellen?«

Er hatte Tränen in den Augen. War es normal, dass Liebe einem gleichermaßen Glück und Unglück bescherte?

»Ich will dich nicht verlieren, aber wenn du dich wirklich stellen willst, dann begleite ich dich. Dann machen wir es zusammen.«

»Nein«, widersprach er heftig. »Du darfst nicht einmal in meiner Nähe sein, wenn es soweit ist. Du darfst nicht mit mir zusammen gesehen werden.«

»Aber warum nicht?«

Matthew wollte etwas antworten, wurde jedoch von einem Geräusch unterbrochen, das von draußen kam. Sie drehten sich beide um und erstarrten vor Schreck, als sie Henry in der Tür stehen sahen.

Kapitel 37

2020

»Okay, sind wir soweit?«, sagte Guy in sein Funkgerät. »Dann wollen wir mal sehen, was da unten los ist.«

Die Teammitglieder am Ufer wirkten ziemlich gelangweilt, so als hätten sie das schon öfter durchexerziert und keine Lust mehr, an Seeufern herumzustehen und nach märchenhaften Seeungeheuern zu suchen. Liz, James und Kate drängten sich mit den anderen um einen kleinen Klapptisch, auf dem ein Laptop aufgebaut war. Zunächst war auf dem Bildschirm nichts zu sehen, und Kates Blick wanderte zu Guy Cameron in dem kleinen orangefarbenen Schlauchboot mitten auf dem See. Er unterhielt sich gerade angeregt mit seinem Kameramann. Das Laub der Bäume um den See herum war bereits dabei, sich gelb und leuchtendorange zu färben; irgendwie war es Herbst geworden, ohne dass sie es bemerkt hatte, dachte Kate.

Das Echolot wurde zu Wasser gelassen. Kate hatte erwartet, dass es ein Piepen von sich geben würde, so wie man es von U-Booten aus dem Kino kannte. Aber Martin, der Aufnahmeleiter, erklärte ihr, es handle sich um ein anderes System. Niemand rechnete damit, dass sofort etwas auf dem Bildschirm auftauchte, und man konnte vom Ufer aus nicht hören, was Guy in die Kamera sagte, doch Martin hörte über Kopfhörer mit, und hin und wieder sagte Guy irgendetwas in sein Funkgerät, wovon Kate jedoch nichts verstand.

Sie langweilte sich, und ihre Gedanken drifteten zu den Gästen aus Kanada, die in ein paar Tagen ankommen würden. Sie nahm sich vor, den Leuten zur Begrüßung einen Korb mit Spezialitäten aus der Gegend hinzustellen. Angus würde eine Pie vorbereiten für den ersten Abend, die brauchten sie dann nur im Ofen aufzuwärmen.

»Was war das?«, fragte James plötzlich und packte Kate am Arm. Sie erschrak und schaute auf den Bildschirm.

»Hä?«, fragte sie.

»Du hast nicht aufgepasst«, sagte er. »Da war was Riesiges.«

»Wie? Was denn?«

»Keine Ahnung. Was war das?«, fragte James den Aufnahmeleiter, der Guy gerade anwies, sich das noch einmal anzusehen.

»Wir haben es gesehen«, war Guys quäkende Stimme aus dem Funkgerät zu hören.

»Wahnsinn«, sagte Liz. »Das war ja riesengroß.«

Kate schaute in die schockierten Gesichter der anderen. Was hatten sie gesehen?

»Es hat sich nicht bewegt«, sagte Guy.

»Was meinst du damit?«, fragte James, und als ihm klar wurde, dass Guy ihn nicht hören konnte, fragte er Martin: »Was meint er?«

Der Mann zuckte die Achseln. »Das werden wir gleich erfahren.«

»James«, fragte Guy, »kann es sein, dass hier mal ein Boot untergegangen ist?«

»Nicht dass ich wüsste«, sagte James, und Martin gab die Information an Guy weiter.

Das Echolot näherte sich wieder dem Gegenstand im Wasser, der auf dem Bildschirm wie ein dicker schwarzer Klumpen aussah.

Alle hielten den Atem an. James nahm Kates Hand, ihrer beider Nerven waren bis zum Zerreißen gespannt. Kate war sich nicht sicher, ob James überhaupt merkte, dass er ihre Hand hielt. Liz schaute die beiden ganz kurz an und konzentrierte sich dann wieder auf den Bildschirm.

»Es bewegt sich wirklich nicht«, hörten sie Guy sagen.

»Das wissen wir«, sagte James ungehalten. Dann wandte er sich an Martin: »Sagen Sie ihm, das haben wir kapiert, und fragen Sie ihn, was das bedeutet.«

Der Aufnahmeleiter stutzte kurz über James' Befehlston, gab die Frage jedoch weiter.

»Ich bin mir nicht sicher. Der Techniker auch nicht. Es hat eine ganz merkwürdige Form«, sagte Guy. »Wir werden es eine Weile beobachten und dann den Rest des Seegrunds absuchen.«

»Nein, nicht!«, schrie James fast. »Bleibt bei dem Ding. Was, wenn es sich doch bewegt, und es euch entgeht?«

Martin warf James einen durchdringenden Blick zu, und James verstummte. Er hielt immer noch Kates Hand. Zwanzig Minuten später legte das Schlauchboot am Ufer an, und Guy stieg aus.

»Das war sehr interessant«, sagte er und rieb sich die Hände.

»Und jetzt?«, fragte James. Dann wurde ihm plötzlich bewusst, dass er Kates Hand hielt, und er ließ sie los. »Sorry«, murmelte er.

»Kein Problem«, sagte Kate. Sie fühlte sich seltsam alleingelassen, als sie seine warme Hand nicht mehr spürte.

»Ich weiß nicht«, sagte Guy zu James. »Moment.« Er ging zu Martin, und die beiden berieten sich leise, wobei sie immer wieder auf den See zeigten und auf ihre Armbanduhren schauten.

»Okay, wir haben einen Plan«, sagte Guy dann. »Morgen drehen wir im Eilean Donan Castle, aber übermorgen können wir uns eine oder zwei Stunden freischaufeln und noch mal herkommen.«

»Und dann?«, fragte Kate.

»Wir haben für übermorgen eine Unterwasserkamera samt Operator gebucht. Wir müssen noch ein paar andere Sachen filmen, und wenn Sie nichts dagegen haben, könnten wir auch hier ein paar Unterwasseraufnahmen machen.«

»Wow«, murmelte Liz.

»Genau.« Guy schenkte ihnen ein aufmunterndes Lächeln. »Dann werden wir genau wissen, was sich da unten befindet.«

Kate saß auf dem Bootssteg und betrachtete das Haus, während die Sonne hinter den Bergen unterging. Sie hatte sich eine Tasse Kaffee mitgenommen und sich unterwegs die Hände daran gewärmt, aber bis sie am Steg angekommen war, war der Kaffee fast kalt gewesen. Sie hatte Schuhe und Strümpfe ausgezogen und ließ die Füße vom Steg baumeln, auch wenn sie nicht bis ins kalte Wasser reichten.

Sie lächelte, als sie James mit einer Flasche Weißwein und zwei Gläsern auf sich zukommen sah. Er hob die Flasche zum Gruß, und sie rückte ein bisschen zur Seite, um Platz für ihn zu machen.

Er setzte sich neben sie, gab ihr ein Glas, schraubte die Flasche auf und schenkte ein. »Es ist nur ein günstiger, aber guter Pinot aus dem Supermarkt«, sagte er.

Kate stellte ihre Henkeltasse hinter sich auf dem Steg ab. Sie war froh, dass James Weißwein mitgebracht hatte und keinen roten. Nach dem schrecklichen Abend in der Jagdhütte hatte sie immer noch eine Aversion gegen Rotwein.

Sie tranken ihren Wein und betrachteten das Haus auf der anderen Seite des Sees. Sie wussten beide nicht so recht, was sie sagen sollten, und genossen das Schweigen, während das Wasser leise ans Ufer plätscherte.

»Was hast du gedacht, als du das Bild von dem Echolot gesehen hast?«, fragte Kate nach einer Weile.

James zuckte die Achseln. »Darüber denke ich nach, seit Guy mit seinen Leuten abgefahren ist. Und … also, ich weiß einfach nicht, was ich denken soll.« Er trank einen Schluck Wein.

»Ich auch nicht«, sagte sie wahrheitsgemäß. Nachdem das Fernsehteam abgereist war, hatte Kate noch keine Gelegenheit gehabt, mit James oder Liz über die Sache mit dem Ungeheuer zu sprechen, war sich jedoch sicher, dass die beiden den ganzen Nachmittag über nichts anderes geredet hatten. Kate hatte währenddessen die Jagdhütte für die Gäste aus Kanada vorbereitet und bei Morven den Korb mit den Willkommensgeschenken bestellt.

»Ehrlich gesagt, mache ich mir ein bisschen Sorgen«, sagte James.

»Sorgen? Warum?«

»Lach mich nicht aus. Aber was ist, wenn wir etwas in seiner Ruhe stören, das sich seit Hunderten von Jahren auf dem Grund des Sees befindet? Ich hatte gar nicht damit gerechnet, dass die da unten was finden, aber als ich dieses … Ding … auf dem Bildschirm gesehen hab … Also, offensichtlich ist da unten tatsächlich irgendwas … Und jetzt hab ich irgendwie das Gefühl, das die ganze Sache ein bisschen aus dem Ruder gelaufen ist.«

Kate blies ihre Backen auf. Er hatte nicht ganz unrecht, so verrückt es auch alles klingen mochte.

»Es ist bestimmt kein Ungeheuer«, sagte sie halbherzig.

James nickte, wirkte jedoch nicht überzeugt. »Ich hab mit Angus und Jenny zusammen die Loch-Ness-Bootstour gemacht. Der Typ, der das Boot gefahren hat, meinte, so tief, wie der See ist, kann es durchaus sein, dass es da unten was gibt, das nie entdeckt wird. Aber wenn da unten ein Ungeheuer lebte, dann müsste es sich irgendwann vermehrt haben, denn so lange kann kein einzelnes Lebewesen leben. Angeblich wurden im Loch Ness mit Echolotgeräten mindestens drei Lebewesen entdeckt, die größer sind als der große weiße Hai«, sagte James. »Also, unser Loch ist nicht ganz so tief, und vielleicht sind die Bedingungen hier ganz anders, aber …« Er ließ den Satz unbeendet.

»Und was willst du mir damit sagen?«, fragte Kate vorsichtig.

»Der Typ bietet Bootstouren an für Leute, die hoffen, das Ungeheuer von Loch Ness zu Gesicht zu bekommen«, sagte James. »Aber er meinte, was auch immer da unten in dem See haust, es sind mehrere Exemplare, und er hofft inständig, dass die Biester nie gefunden werden. Die sollten in Ruhe gelassen werden, findet er. Und ich kann verstehen, was er meint.«

Er rieb sich das Kinn. »Ich bin mein Leben lang immer nur für mich selbst verantwortlich gewesen«, sagte er, »und für sonst niemanden. Also, außerhalb der Arbeit, meine ich. Ohne dass ich es mir bewusst gemacht habe, war ich total wütend auf meine Mutter, als sie dich hinter meinem Rücken angeheuert hat, und ich war wütend auf dich, weil du hier hergekommen bist, obwohl du überhaupt nichts dafür konntest, dass hier so ein Chaos herrschte. Aber meine Mutter hat mir heute erzählt, es sei ihr gar nicht darum gegangen, dass ich das Haus rette, erst recht nicht ohne Hilfe. Nach dem Tod meines Vaters wollte sie mich einfach hier haben, um nicht allein zu sein.« Er runzelte die Stirn. »Im Nachhinein glaube ich, sie wollte mich auch von meiner Ex weglotsen. Jedenfalls habe ich erst vor Kurzem angefangen, etwas für dieses Haus zu empfinden, der Wunsch, es für zukünftige Generationen zu erhalten, ist ganz neu. Letztes Jahr um diese Zeit, ach was, noch vor einem halben Jahr, war es mir schnuppe, was aus dem Haus und dem See wird, und jetzt auf einmal fühle ich mich für all das hier verantwortlich. Und deswegen frage ich mich, so verrückt es auch klingen mag: Wenn wir das, was da unten im See ist, nicht beschützen, wer wird es dann tun?«

Kate nippte nachdenklich an ihrem Wein und schaute zu den Bergen hinüber, die sich dunkel am Horizont abzeichneten. Sie erwärmte sich langsam für James, oder besser gesagt, sie hatte sich längst für ihn erwärmt. Nur hatte sie gar nicht mitbekommen, wie das passiert war. Jenny war ein echter Glückspilz.

»Guy scheint ein netter Kerl zu sein«, sagte sie nach einer Weile. »Wir könnten ihn doch einfach bitten, es für sich zu behalten, falls er da unten was findet.«

»Bist du verrückt? Der Mann arbeitet beim Fernsehen. Falls er da unten was findet, ist das die Entdeckung seines Lebens. Das würde bedeuten, von ihm zu verlangen, er soll die Sensation des Jahrhunderts für sich behalten. Ganz zu schweigen von seinen Leuten. Ich glaube, es ist sowieso zu spät«, sagte James. »Er hat diese Kamera samt Operator gebucht und seinen Zeitplan so getaktet, dass er hier filmen kann. Ich kann ihm jetzt schlecht sagen, tut mir leid, wir haben's uns anders überlegt, oder?«

»Das wäre ganz schlechter Stil«, stimmte Kate ihm zu. »Aber wenn du es wirklich nicht möchtest …«

James seufzte. »Hoffen wir einfach, dass das Ding, das wir auf dem Bildschirm gesehen haben, sich verkrümelt, bevor die mit der Unterwasserkamera da runtergehen.«

Kate spürte, dass ihm überhaupt nicht wohl war bei der Sache. Sie blieben noch eine ganze Weile auf dem Steg sitzen und diskutierten die Möglichkeit, im großen Haus Hochzeiten auszurichten. Sie nahmen sich vor, sich als frisch verlobtes Paar auszugeben und sich andere Häuser anzusehen, um eine Vorstellung von solchen Dingen zu bekommen und in Erfahrung zu bringen, zu welchen Preisen andere Häuser Hochzeitspakete anboten und welche Extras sie offerierten. Kate schlug vor, sie sollten zum Spaß jeder seine Traumhochzeit beschreiben und ausrechnen, wie viel Geld sie dafür würden veranschlagen müssen.

James lachte. »Ich bin ein Mann. Ich hab keine Vorstellung von einer Traumhochzeit.«

»Aber du hast dir doch bestimmt schon mal Gedanken darüber gemacht, dir vorgestellt, wie es wäre, wenn du heiraten würdest, oder?«

»Na ja …« Er grinste schief, was Kate sofort neugierig machte. Er wurde ein bisschen ernster. »Ich stelle mir eher ein Gefühl vor. Das Gefühl zu lieben und geliebt zu werden, zu wissen, dass man genau der oder die Richtige für den anderen ist, dass es genau der richtige Zeitpunkt ist. Der Ort spielt glaube ich keine Rolle für mich.« Er wirkte plötzlich verlegen, so als hätte er ihr einen Blick in seine Seele gewährt und als bereute er es.

Kate fand, dass er das sehr schön ausgedrückt hatte. »Das gefällt mir«, sagte sie.

»Hast du denn eine Vorstellung von deiner Traumhochzeit?«, fragte er und schaute sie an.

»Eigentlich nicht«, erwiderte sie nachdenklich. Sie hatte das Gefühl, alles, was sie jetzt noch sagen konnte, würde unweigerlich hohl klingen. »Oder vielleicht doch. Ich glaube, das geht den meisten Frauen so.«

»Dann erzähl mal«, sagte er und schenkte Wein nach.

Sie überlegte und sagte dann scherzhaft: »Also ein Haus wie Invermoray wäre schon mal nicht schlecht. Aber ich würde nicht drinnen feiern wollen. Und auch nicht in einem Festzelt. Ich hab noch nie verstanden, warum Leute ein tolles Haus mieten und dann davor auf dem Rasen ein Festzelt aufbauen.«

»Also, nicht im Haus und nicht vor dem Haus. Wo denn dann?«

Sie schaute sich um. »Hier. Hier wäre es perfekt. Wenn wir Gästen die Option anbieten könnten, sich am Ufer oder hier auf dem Steg das Ja-Wort zu geben, ich glaube, das wäre der Knaller.«

»Würde dir das gefallen?«, fragte er sanft.

»Dass ihr mit so einem Knaller richtig Kohle verdienen würdet? Na klar. Deswegen bin ich doch hier«, wich Kate der Frage geschickt aus.

Er schaute sie mit schmalen Augen an, als wüsste er nicht, was er mit ihrem offensichtlichen Ausweichmanöver anfangen sollte.

Plötzlich war Kate nervös. »Ich glaube eigentlich nicht, dass ich mal heiraten werde«, antwortete sie, diesmal etwas ernster.

»Und warum nicht, bitte?«

Wie sollte sie einen Mann kennenlernen und sich auf eine feste Beziehung einlassen, wenn sie beruflich nicht zu Potte kam und von einem Ort zum anderen zog wie eine Nomadin, zumindest in den kommenden Jahren? »Du bist ja ganz schön neugierig. Weil es sich bisher nicht ergeben hat«, antwortete sie erneut ausweichend.

»Ich würde sagen, du hast einfach noch nicht den Richtigen gefunden«, sagte er und schaute ihr in die Augen.

Er beugte sich vor. Sie hielt den Atem an und lehnte sich ein bisschen zurück. Wieso wollte er sie küssen, nachdem er etwas mit Jenny angefangen hatte? Aber das wollte er gar nicht. Er nahm nur ihre Kaffeetasse, die hinter ihr stand, und richtete sich wieder auf. Er wirkte verlegen. Das war zu viel für Kate und sie wandte den Blick ab.

»Kate …«, setzte James an, aber in dem Augenblick klingelte Kates Handy in ihrer Hosentasche.

Sie nahm das Handy heraus. »Das ist Jenny«, sagte sie und nahm das Gespräch an. Der Empfang war schlecht, wie immer hier draußen, aber Kate hörte, dass das am anderen Ende nicht Jenny war, sondern deren Mutter.

»Hallo, Christina«, sagte Kate. Sie wusste sofort, dass irgendetwas nicht stimmte. Aus welchem Grund sollte Christina sonst das Handy ihrer Tochter benutzen, um Kate anzurufen? »Was ist passiert?«

Christina sagte etwas.

»Nein«, stöhnte Kate, während sie weiter zuhörte. »*Nein!* Wann?«

James sah Kate fragend an.

Jenny war auf einem Mietfahrrad von einem Auto angefahren worden. Tränen liefen Kate über die Wangen. Ihre beste Freundin lag im Krankenhaus und rang um ihr Leben.

»Ich komme«, sagte Kate und sprang auf. »Ich kann heute Abend da sein.«

Das Handy immer noch am Ohr, lief Kate los. James war

ebenfalls aufgesprungen und versuchte sie einzuholen. Sie hörte seine Schritte auf dem Kiesweg knirschen.

Kate wusste nicht, ob Jennys Mutter sie angerufen hatte in der Hoffnung, dass sie nach London kommen würde, oder weil sie wusste, dass Kate es würde wissen wollen, dass ihrer besten Freundin etwas Schlimmes zugestoßen war. In dem Augenblick wurde ihr bewusst, dass sie Jenny bei ihrem Besuch eine ganz schlechte Freundin gewesen war. Sie wusste nicht, was sich zwischen Jenny und James abgespielt hatte, aber sie musste ihr Herz öffnen und sich für die beiden freuen, wenn Jenny überlebte. Kate blieb stehen. Wenn James etwas an Jenny lag, dann musste er erfahren, was geschehen war. »Jenny ist von einem Auto angefahren worden«, sagte sie zu ihm.

»Verdammt«, sagte James entsetzt.

»Ich muss zu ihr«, sagte sie. »Geht das?« Er war schließlich ihr Arbeitgeber, und sie hoffte inständig, dass er ihr so kurzfristig freigab. Aber wenn nicht, würde sie trotzdem nach London fliegen.

»Natürlich«, sagte er ohne zu zögern. »Ich fahr dich zum Flughafen. Pack schnell ein paar Sachen.«

Kate rannte auf ihr Zimmer, stopfte hastig das Nötigste in ihre Reisetasche und lief wieder nach unten. James hatte bereits seinen Wagen geholt und wartete mit laufendem Motor vor der Tür. Er fuhr mit Vollgas über die gewundene Landstraße, vorbei an Bergen und Schlossruinen, von denen Kate nichts mitbekam. Sie war blind für die herrliche Landschaft, für das satte Grün der Wiesen und das leuchtende Violett des Heidekrauts, für die Bäche, die im Licht der Abendsonne glitzerten. Sie konnte nur an Jenny denken.

Am Flughafen buchte James einen Flug für sie und gab sich überhaupt sehr fürsorglich.

Sie durchliefen die umständlichen, bei Flugreisen üblichen Formalitäten weitgehend schweigend. Vor lauter Angst um Jenny bekam Kate gar nicht mit, dass James sich nicht am Gate von ihr verabschiedete, sondern mit ihr durch die Passkontrolle ging und sich im Wartebereich neben sie setzte. Sie wünschte, sie wäre nicht so weit weg von zu Hause, auch wenn sie derzeit gar nicht richtig wusste, wo sie eigentlich zu Hause war. Sie hatte das Gefühl, zwischen ihrem alten Leben und dem Leben, das ihr neues hätte sein können, gestrandet zu sein.

Erst als auf dem Monitor die Ankündigung »*boarding*« blinkte, schaute sie James an, der immer noch neben ihr saß. Zwischen seinen Füßen stand eine kleine Reisetasche, und er wirkte genauso besorgt wie Kate.

»Kommst du mit?«, fragte sie verblüfft.

»Na klar.«

»Nach London? Um Jenny zu besuchen?« Kate war total perplex.

»Ja.«

»Hast du denn deinen Pass dabei?«, fragte sie etwas dümmlich.

»Was glaubst du wohl, wie ich durch die Sicherheitskontrolle gekommen bin?«

»Ach so.« Kate wusste nicht, was sie sagen sollte. Er flog mit ihr nach London, um Jenny zu besuchen. Er mochte sie. Offenbar mochte er sie *sehr*.

»Das ist echt lieb von dir«, sagte Kate, obwohl ihr zum heulen zumute war. Sie raffte sich auf und folgte James ins Flugzeug.

Kate stand vollkommen neben sich, aber James war einfach wunderbar. Am Flughafen Gatwick manövrierte er sie beide durch die Passkontrolle, und er hatte sogar schon ein Taxi bestellt, das sie abholte. Zu Kates Überraschung erwartete sie in der Ankunftshalle ein Mann im Anzug, der ein Schild mit der Aufschrift James Langley hochhielt.

Das Taxi brachte sie zum St. Thomas Krankenhaus in Westminster. Als sie ausstiegen, wurden sie von den hellen Londoner Straßenlaternen und dem gleißenden Licht der Krankenhausfenster geblendet. Kate hatte sich so sehr an das Fehlen von Lichtverschmutzung in den Highlands gewöhnt, dass das nächtliche London ihr viel zu grell erschien. Wie schnell man vergessen konnte. Sie holte tief Luft.

»Jenny schafft das«, sagte James, nahm Kates Hand und drückte sie ganz fest, als sie das Krankenhaus betraten. »Ganz bestimmt.«

Kate war sich nicht sicher, wen er zu überzeugen versuchte.

James ließ sich von Kate Jennys Nachnamen sagen und trat an den Empfangstresen, um sich zu erkundigen, auf welchem Zimmer sie lag.

Jenny war von der Notaufnahme in die akutmedizinische Abteilung verlegt worden. James und Kate eilten durch lange Flure, bis sie die Station fanden. Die Schwester am Tresen erklärte ihnen, es seien bereits zwei Besucher bei Jenny, und sie müssten warten.

Kate hatte sich mittlerweile etwas gefangen. »Wir sind extra aus Inverness hergeflogen. Ich bin ihre beste Freundin«, erklärte sie der Schwester. »Und das ist ihr … Freund«, sagte sie. »Ist ihre Mutter bei ihr? Wenn ja, können Sie sie vielleicht holen?«

»Aber die Besuchszeit ist gleich zu Ende …«, setzte die Schwester an, schien sich jedoch dann zu sagen, dass es zwecklos war, sich mit den beiden anzulegen. »Okay, ich hole die Mutter.«

James hielt immer noch Kates Hand. Weil ihr das Jenny gegenüber illoyal vorkam, zog sie ihre Hand langsam weg.

Christina, eine kleine Frau mit einer lockigen Mähne, kam den Flur herunter. »Ach, Kate, dass ihr extra hergekommen seid…«

»Ist sie wach?«, fragte James. »Wie geht es ihr?«

»Sie schläft fast die ganze Zeit, aber die Ärzte sagen, das liegt in erster Linie an den starken Schmerzmitteln. Zum Glück hat sie sich nicht den Kopf verletzt. Die Ärzte meinen, sie braucht vor allem ein paar Tage Ruhe. Sie hat richtig viel Glück gehabt. Sie hat einen Riesenschreck bekommen und jede Menge Blutergüsse und einen doppelten Beinbruch. Gleich soll das Bein eingegipst werden.«

Vor Erleichterung brach Kate in Tränen aus.

James legte ihr eine Hand auf die Schulter. »Können wir zu ihr?«, fragte er.

Christina nickte. »Sie erlauben nur zwei Besucher gleichzeitig, aber wenn ich hier draußen bleibe, kann einer von euch beiden rein. Das letzte Bett rechts.«

»Geh du, Kate«, sagte James. »Ich warte hier draußen.«

»Wer sind Sie eigentlich?«, wollte Christina von James wissen.

Als Kate die Zimmertür öffnete, hörte sie, wie James sich vorstellte und Christina sagte: »Ah, ja, Sie hat von Ihnen gesprochen.«

Kate unterdrückte das Gefühl der Reue, Jenny und James zusammengebracht zu haben, und konzentrierte sich auf die Dankbarkeit, dass ihre wunderbare, lustige, kluge Freundin wieder gesund werden würde.

Jenny lag schlafend in ihrem Bett, bleicher als Kate sie je gesehen hatte. Jemand hatte ihr das Haar notdürftig mit einer Spange hochgesteckt. Trotzdem sah sie großartig aus. Kate war klar, dass sie James auch kurz ins Zimmer lassen musste, wo er schon extra aus Schottland hergeflogen war, aber zuerst wollte sie ein paar Minuten mit ihrer Freundin haben. Sie setzte sich in einen der beiden Plastikstühle neben dem Bett. Ein blauer Vorhang schirmte sie gegen die anderen im Raum ab.

Jenny stöhnte und öffnete die Augen. »Ach, Kate«, sagte sie erschöpft. »Dass du hergekommen bist …«

Kate nahm Jennys Hand, die schlaff auf der Bettdecke lag. »War doch klar, dass ich herkomme«, sagte sie mit Tränen in den Augen. »Ich hab mir solche Sorgen gemacht, als deine Mutter mir erzählt hat, dass du angefahren wurdest … Ich dachte, du könntest sterben.«

»Du bist und bleibst eine Dramaqueen«, sagte Jenny leise, dann fielen ihr die Augen wieder zu.

»Ich bin so froh, dass es nicht so schlimm ist«, sagte Kate.

»Ich auch«, sagte Jenny und leckte sich die Lippen. Dann öffnete sie die Augen und schaute sich um. Kate nahm das mit Wasser gefüllte Glas vom Nachttisch, hielt es Jenny hin und ließ sie durch den Papierstrohhalm trinken.

»Hast du große Schmerzen?«, fragte Kate.

»Es geht«, antwortete Jenny und ließ den Kopf wieder auf ihr Kissen sinken. »Obwohl sie mir Schmerzmittel gegeben haben.« Es dauerte ein paar Sekunden, bis sie wieder sprechen konnte. »Aber wenn ein netter Mann sich um einen kümmert, vergisst man alle Schmerzen.« Sie schaute über Kates Schulter, und Kate drehe sich um in der Erwartung, James zu sehen.

»Angus!«, rief Kate aus.

»Hallo, Kate«, sagte er lächelnd. »Wie geht's?«

»Gut«, erwiderte Kate und schaute Jenny verdattert an.

Jenny lächelte verlegen und lief rot an.

»Aber …?« Kate war sprachlos.

Angus rettete die Situation. »Ich bin ein großer Fan von deiner Freundin.«

Jenny lächelte, und diesmal lief Angus rot an.

»Wie bist du so schnell hergekommen?«, fragte Kate.

»Ich war schon hier«, sagte er. »Ein paar Stunden, nachdem Jenny aus Invermoray abgereist ist, bin ich ihr hinterhergeflogen.«

»Nein«, sagte Kate. »Das glaub ich dir nicht.«

»Doch. Ich bin manchmal ein bisschen impulsiv.« Er schaute Jenny schüchtern an. »Als wir an dem Abend im Pub gefeiert haben, hat's zwischen Jenny und mir mächtig gefunkt. Ich hab ihr erzählt, dass ich noch nie in London war, und sie hat gemeint, dann soll ich doch einfach mit ihr fliegen. Wir haben uns … äh …«, er schaute Jenny hilfesuchend an.

»Wir sind zusammen«, sagte Jenny genauso schüchtern.

Kate bekam den Mund nicht mehr zu. »Ich werd nicht mehr …«

»Toll, oder?«, sagte Jenny lächelnd, obwohl ihr die Augen schon wieder zugefallen waren.

»Aber – James?«, stammelte Kate.

»Was ist mit ihm?«, fragte Jenny, ohne die Augen zu öffnen.

In Angus' Gegenwart wollte Kate nichts davon erwähnen, dass Jenny in der besagten Nacht mit James in dessen Zimmer verschwunden und erst in den frühen Morgenstunden zu Kate ins Bett gekrochen war.

»Er ist hier«, war das einzige Unverfängliche, was Kate einfiel.

»Echt?«, fragte Angus. »Er ist mit dir gekommen? Super. Ist er draußen im Flur? Ich geh ihn mal eben begrüßen.«

Kate nickte. Dann wurde sie plötzlich ganz nervös und fürchtete, dass die Situation da draußen ziemlich peinlich werden konnte, wenn die beiden Männer merkten, dass sie beide auf Jenny standen. Angus beugte sich übers Bett und küsste Jenny auf den Mund. Jenny hob mühsam eine Hand, berührte zärtlich seine Wange und ließ die Hand wieder kraftlos fallen. Angus verschwand durch den Vorhang, dann waren die beiden Freundinnen allein.

»Was mach ich denn jetzt mit James?«, fragte Kate hastig, ehe jemand kam und sie hören konnte.

»Wie meinst du das?«, fragte Jenny.

»Er ist extra deinetwegen mitgekommen!«

»Was?«

»Er ist hierhergeflogen, um dich zu sehen.«

»Aber warum?« Jenny wirkte völlig verwirrt.

»Weil er auf dich steht.«

Jenny schüttelte den Kopf. »Quatsch, er steht auf dich.«

»Was?«, fragte Kate. »Aber du bist doch mit ihm in sein Zimmer gegangen. Habt ihr miteinander geschlafen?« Es war eine Frage, auf die sie eigentlich keine Antwort hatte haben wollen, aber jetzt musste sie es wissen.

»Nein! Natürlich nicht. Wir sind noch in sein Zimmer gegangen, weil wir ziemlich betrunken waren, und wenn er nicht so steif ist, kann er echt lustig sein. Wir haben noch ein paar Absacker getrunken, und ich hab seinem Hund die Ohren gekrault. Wir haben noch ziemlich lange gequatscht, und das Einzige, worüber er reden wollte, warst du, das schwör ich dir.«

Kate fiel die Kinnlade herunter, und sie brachte nur ein »Was?« heraus.

»Ich hab mich drauf eingelassen«, sagte Jenny und suchte mit schmerzverzerrtem Gesicht eine bequemere Position.

»Nicht sprechen«, sagte Kate. »Du musst dich ausruhen.«

»Nein«, stöhnte Jenny. »Es geht schon. Er hat mich mit Fragen gelöchert, kaum dass wir allein waren, Fragen, die er vor Angus und Liz nicht stellen wollte, um sich nicht zu verraten, nehm ich an, und die er auch nicht gestellt hätte, wenn er nüchtern gewesen wäre. Wir waren echt ziemlich angesäuselt.«

»Was für Fragen?«, wollte Kate wissen.

»Das Übliche. Wie lange du schon solo bist, auf was für Männer du so stehst, ob du dir vorstellen könntest, aus London wegzuziehen und so weiter. Irgendwann fing es an langweilig zu werden. Ich dachte, wenn der bis über beide Ohren in dich verknallt ist, wieso fragt er dich das alles nicht gleich selbst? Ich hab die ganze Zeit versucht, ihn über Angus auszuquetschen, aber darauf hat er sich kein bisschen eingelassen. Dann hab ich versucht, das Thema zu wechseln und ihn auf das Buch angesprochen, das auf seinem Nachttisch lag, irgendein Thriller. Aber als ich ihm erzählt hab, welches Buch ich grade las, hat er sofort gesagt, ›Das hat Kate auch vor Kurzem gelesen‹, schon waren wir wieder bei seinem Lieblingsthema.«

Kate, die die Luft angehalten hatte, atmete tief aus. Sie lächelte.

»Wusste ich's doch«, sagte Jenny erschöpft. »Dein Gesicht sagt alles. Du bist auch in ihn verknallt.«

Kate stöhnte auf und schlug sich die Hände vors Gesicht.

»Wieso hast du mir gesagt, du könntest ihn nicht ausstehen?«, fragte Jenny.

»Weil ich verunsichert war. Weil er mein Chef ist«, sagte Kate durch ihre Finger hindurch.

»Na und?« Sie schaute Kate verständnislos an.

»Ach, Jenny, erinnere dich doch mal an das Theater mit diesem Barbesitzer, das dazu geführt hat, dass ich meinen alten Job aufgeben musste. Dabei war es nicht mal meine Schuld. Ich hab überhaupt erst mitgekriegt, was er vorhatte, als er anfing, mich zu begrapschen, und da war es zu spät. Aber da hab ich kapiert, wie gefährlich es ist, im Job was mit einem Mann anzufangen, erst recht, wenn er der Auftraggeber ist. So schwer es mir auch fiel, mich zurückzuhalten, aber mit James anzubandeln, schien mir einfach undenkbar.«

»Du hast recht«, sagte Jenny, schloss die Augen und legte den Kopf aufs Kissen. »Da stirbst du lieber einsam und allein.«

»Eine Beziehung mit dem Chef… das gehört sich nicht«, sagte Kate.

»Ich glaube wirklich nicht, dass James das interessiert, Kate.«

»Wie meinst du das?«

»Ich wusste nicht, was du für ihn empfindest«, sagte Jenny und machte die Augen wieder auf, »sonst hätte ich es ihm nie erzählt.«

»Was hättest du ihm nicht erzählt?«, fragte Kate mit finsterer Miene, obwohl sie zu wissen glaubte, was Jenny ihr antworten würde.

»Er hat mich gefragt, ob du dich in Schottland wohlfühlst, und ich hab ihm gesagt, er soll dich selber fragen. Aber er wollte auch wissen, ob der Job in Invermoray dir besser gefiel als dein letzter Job, und ich hab irgendwas gesagt von wegen *Hier wird sie wenigstens nicht von Widerlingen in dunklen Hinterhöfen betatscht*, und als er mich verständnislos angesehen hat, da hab ich ihm erzählt, was dir passiert ist.«

»Herrgott noch mal, Jenny!«, entfuhr es Kate lauter als beabsichtigt.

»Er hat sich total aufgeregt«, stellte Jenny klar. »Ich hab ihm gesagt, dass es nicht deine Schuld war, dass du diesem Idioten überhaupt keine Veranlassung gegeben hast, sich so zu verhalten. Und daraufhin hat er was richtig Feministisches gesagt, er meinte nämlich, dass so ein notgeiler Mistkerl ganz leicht die Karriere einer Frau ruinieren kann.«

Sofort begannen Kates Gedanken zu rasen. Was konnte James damit gemeint haben? Den Abend mit ihr in der Jagdhütte? Oder war das auf diesen Barbesitzer bezogen, der sie begrapscht hatte? Was meinte er mit Karriere ruinieren? Hatte er vor, sie zu feuern? Normalerweise war sie nicht leicht zu verunsichern, aber jetzt geriet sie in Panik. War James noch weiter von ihr weg, als sie angenommen hatte? Ihr schwirrte der Schädel.

Jennys Augen weiteten sich, als James den Vorhang auseinanderschob.

Er lächelte Jenny freundlich an und legte Kate eine Hand auf die Schulter. Kate zuckte zusammen. »Ich hab gerade mit Angus gesprochen«, sagte er kopfschüttelnd. »Ihr Heimlichtuer. Ich hab überhaupt nichts mitgekriegt. Wie geht's dir, Jenny?«

Jenny schaute erst Kate, dann James, dann wieder Kate an und hob entschuldigend die Schultern.

James und Kate hatten in einem preiswerten kleinen Hotel in der Nähe des Krankenhauses Zimmer reserviert, und da es, als sie dort eintrafen, für ein Abendessen schon viel zu spät war, wünschten sie einander eine gute Nacht und trennten sich. Kate lag die ganze Nacht wach, so sehr beschäftigten sie die Gedanken an James und an Jenny und Angus. Angus machte sich schreckliche Vorwürfe, denn die beiden waren mit Mietfahrrädern unterwegs gewesen, weil Jenny ihm ihre Lieblingsorte in London hatte zeigen wollen. Und dabei war sie von einem Auto angefahren worden. Obwohl Kate überglücklich war, dass Jenny den Unfall ohne größeren Schaden überlebt hatte, fand sie keinen Schlaf. Jenny hatte James erzählt, warum Kate ihren letzten Job hingeschmissen hatte. Was, wenn James insgeheim glaubte, Kate hätte diesen Barbesitzer zu seinem Verhalten animiert? Was, wenn er glaubte, Kate hätte die Angewohnheit, ihre Arbeitgeber anzubaggern? Die Nacht in der Jagdhütte … Kate hätte schreien können.

Am nächsten Nachmittag besuchte Kate Jenny zu Hause. Sie war am Morgen entlassen worden. Angus hatte sich in ihrer Wohnung einquartiert, und er umsorgte sie wie eine Mutter. Mit ihrem Gipsbein konnte Jenny sich nicht viel bewegen. Angus machte Tee für alle und servierte Kekse, die er am Morgen gebacken hatte. Man merkte den beiden deutlich an, wie verliebt sie waren. Kate freute sich riesig für ihre Freundin.

James hatte für den Abend Rückflüge gebucht, und Kate verschlief den ganzen Flug. Als sie bei der Landung aufwachte, merkte sie, dass sie im Schlaf gegen James gesunken war und er ihr fürsorglich einen Arm um die Schultern gelegt hatte. Sie fühlte sich sicher und geborgen. Und dann war da noch ein Gefühl, das sie sich jedoch nicht eingestehen konnte. Sie gab sich einen Ruck und setzte sich auf.

Er öffnete die Augen, als der Pilot die Passagiere verabschiedete. Kate mied den Blickkontakt zu James, die Situation war ihr allzu peinlich.

»Sorry«, sagte er und rieb sich die Augen. Dann zog er den Arm von ihren Schultern und löste seinen Sicherheitsgurt.

Konnte es sein, dass Jenny mit ihrer Vermutung richtig lag?, fragte sich Kate. Mochte er sie genauso wie sie ihn mochte? Und wenn ja, war es in Ordnung, ihren Gefühlen nachzugeben? Sie lebten zusammen und arbeiteten zusammen. Vorerst. Wenn die McLays ihren Vertrag nicht verlängerten, würde Kate bald abreisen und sich einen neuen Job suchen müssen, und dann würde sie James vermutlich nie wiedersehen. Bei dem Gedanken wurde ihr beinahe übel. Aber wenn sie weiterhin auf Invermoray House arbeitete, was durchaus denkbar war, jetzt, wo immer mehr Buchungen hereinkamen, denn dann würden die McLays es sich leisten können, sie weiterhin zu bezahlen – dann wäre sich auf eine Beziehung mit ihrem Chef einzulassen auf jeden Fall das Allerschlimmste, was sie tun konnte.

Und dann war da ja noch der rosa Elefant im Raum. James wusste jetzt, warum sie ihren letzten Job hingeworfen hatte, und sie wollte aus seinem Mund hören, was er darüber dachte, sie wollte ihm selbst erzählen, was sich genau abgespielt hatte. Im Auto auf dem Weg nach Invermoray sah sie ihn von der Seite an. Woran mochte er gerade denken? Während sie durch die heidekrautlila Landschaft fuhren, vermieden sie es tunlichst, über das Verhältnis zwischen ihnen, über Angus' überraschenden Besuch in London und vor allem über die Unterwasserkamera zu reden, die die Fernsehleute in die Tiefen des Sees schicken wollten.

Kapitel 38

1940

Henrys Blicke schossen zwischen Constance und Matthew, die vor dem Kamin auf dem Boden saßen, hin und her, während die beiden ihn entsetzt anstarrten.

Matthew rappelte sich auf und stieß dabei die Whiskyflasche um, sodass die braune Flüssigkeit zwischen den Bodendielen versickerte. Constance trat sich beim Aufstehen auf den Rocksaum und stolperte vorwärts.

»Henry!«, rief sie aus.

Henry sagte nichts. Er starrte die beiden nur stumm an und versuchte zu begreifen.

»Henry …«, sagte Matthew durch die zusammengebissenen Zähne. Constance spürte, dass Matthew sich beherrschen musste, jetzt wo er endlich den Mann vor sich sah, der sie an ihrem Geburtstag so geängstigt hatte.

»Wer ist das?«, herrschte Henry Constance an und zeigte mit dem Finger auf Matthew.

»Das ist …« Verzweifelt schaute sie den Mann an, den sie liebte, in der Hoffnung, dass ihm eine Antwort einfiel, mit der Henry sich zufriedengeben würde.

Matthew machte mit entschlossener Miene einen Schritt auf Henry zu. »Matthew«, sagte er. »Freut mich, Sie kennenzulernen.«

Zögernd schüttelte Henry die ihm dargebotene Hand, die gute Erziehung saß zu tief.

Constance leckte sich die plötzlich ganz trockenen Lippen und kämpfte gegen ihre Panik an.

Henry sah sich im Zimmer um, betrachtete die ausgelaufene Whiskyflasche. Constance hob die Flasche auf, stellte sie auf den Kaminsims und wischte sich die Hand an ihrem Kleid ab.

Die Eingangstür stand immer noch weit offen, und Henry streckte die Hand danach aus, als wollte er sie schließen, überlegte es sich jedoch im letzten Moment anders.

»Entschuldigung«, sagte er stirnrunzelnd. »Aber wer sind Sie?«

»Matthew«, antwortete dieser finster. »Das habe ich Ihnen doch schon gesagt.« Er wirkte angespannt und wachsam.

Henry nickte langsam und musterte sein Gegenüber von oben bis unten. »Matthew. Und weiter?«

»Ich bin ein Freund von Constance«, antwortete Matthew ausweichend.

»Nach dem zu urteilen, wie ich Sie beide vorgefunden habe, in trauter Zweisamkeit vor dem Feuer, würde ich vermuten, dass Sie mehr sind als Freunde. Oder irre ich mich?«

Constance hatte endlich ihre Stimme wiedergefunden und hoffte, dass sie das Rauschen in ihren Ohren übertönte: »Du irrst dich,« sagte sie ein bisschen zu laut.

»Hier schleichst du dich also jeden Tag hin, stimmt's?« sagte Henry.

Matthew und Constance sahen einander unsicher an.

»Du bist ja so still, Constance«, sagte Henry. »Hat's dir die Sprache verschlagen?« Er legte den Kopf schief und sah sie erwartungsvoll an.

»Ich bringe ihm das Lesen bei«, sagte Constance, inspiriert durch die Bücher, die auf dem niedrigen Tisch lagen.

»Sie können nicht lesen?«, fragte Henry Matthew misstrauisch.

»Nein«, antwortete Matthew tonlos. Henry hob die Bücher eins nach dem anderen hoch, las die in Gold geprägten Titel und nickte.

»Das ist aber ziemlich anspruchsvolle Literatur für den Anfang. *Große Erwartungen*? Ein Roman, in dem keine einzige Figur die Person ist, die sie zu sein scheint«, bemerkte er mit vielsagendem Blick.

»Vielleicht werden einige der Figuren einfach missverstanden«, entgegnete Matthew. »Magwitch zum Beispiel ist doch eher ein Opfer der Umstände als ein echter Verbrecher.«

Henry nickte langsam. »Eine kluge Beobachtung für einen Analphabeten.«

Constance hätte am liebsten Matthews Hand gehalten, war jedoch entschlossen, Henrys Misstrauen keine zusätzliche Nahrung zu bieten.

»Wo kommen Sie denn her, Matthew ohne Nachnamen? Aus der Gegend hier sind Sie schon mal nicht. Sie reden, als wären Sie einer von uns, und doch behaupten Sie, Sie könnten nicht lesen ... was ich Ihnen nicht abkaufe. Soll ich Ihnen verraten, was ich vermute?«

Matthew und Constance sahen Henry stumm an. »Ich vermute, dass unsere kleine Constance sich hier mit Ihnen auf widerliche Spielchen einlässt. Sie schleicht sich im Schutz der Dunkelheit hierher, um es mit Ihnen zu treiben, einem Mann, der seine Identität verschleiert. Welche Sorte Frau Constance ist, ist mir jetzt nur zu klar«, sagte er voller Verachtung. »Aber wer sind Sie? Seit wann sind Sie hier? Nicht erst seit heute, das ist offensichtlich, dafür seid ihr zwei euch viel zu vertraut. Also, wer sind Sie?«

Keiner der beiden sagte etwas. Der Wind fegte durch die offene Tür ins Haus und fachte das Feuer an, sodass Funken aus dem Kamin stoben und auf den Holzboden fielen, wo sie verglühten und schwarze Punkte hinterließen. Constance wollte die Tür zumachen.

»Lass sie offen«, befahl ihr Henry. »Ich bleibe nicht.«

»Wo willst du denn hin?«, fragte Constance.

»Zurück zum Haus«, erwiderte Henry vielsagend und ging zur Tür.

Matthew stellte sich ihm in den Weg. Er überragte Henry um Haupteslänge, was diesen jedoch nicht zu beeindrucken schien.

»Gehen Sie mir aus dem Weg«, sagte Henry.

»Nein«, antwortete Matthew.

Henry lachte. »Was erlauben Sie sich?«

»Was haben Sie vor?«, fragte Matthew. »Was werden Sie tun, wenn Sie im Haus eintreffen?«

»Ich denke, es wird Zeit, dass deine Eltern erfahren, was für eine Sorte Mädchen sie großgezogen haben, findest du nicht?«, sagte Henry zu Constance. »Eine, die sich nachts aus dem Haus schleicht und es mit einem dahergelaufenen Fremden treibt.«

»Nein«, sagte Matthew. »Das hat nichts mit ihr zu tun. Es ist nicht ihre Schuld. Halten Sie sie da raus.«

»Warum?«, fragte Henry mit schmalen Augen. Er verschränkte die Arme vor der Brust. »Also gut. Spielen wir das mal kurz durch. Angenommen, ich verrate den McLays nicht, wo ihre süße kleine Tochter ihre Nächte verbringt. Was sage ich ihnen stattdessen? Irgendetwas muss ich ihnen schließlich erzählen. Das ist meine Pflicht. Ich bin Gast in ihrem Haus, während Sie eigentlich gar nicht hier sein dürften, wenn ich nicht irre.«

Matthew und Constance sahen einander angstvoll an. Er schüttelte den Kopf. »Es ist vorbei«, sagte er zu ihr.

»Nein«, entgegnete sie und machte einen Schritt auf Henry zu. »Er ist einer von euch«, sagte sie. »Er ist Pilot, und er ist vor ein paar Wochen abgestürzt und hier im See gelandet. Er war verletzt und verängstigt, und ich habe ihn hier versteckt. Das gleiche hätte ich für dich getan. Eine andere Frau hat das gleiche für Douglas getan! Matthew war verletzt und verwirrt, aber jetzt geht es ihm wieder gut, und er wird sich stellen. Du brauchst also *niemandem* irgendetwas zu erzählen!«, sagte sie nachdrücklich.

Henry sah sie misstrauisch an.

»Wann?«, fragte er Matthew.

»Wann was?«

»Wann sind Sie abgestürzt?«

»Ich habe die Tage seitdem nicht gezählt«, erwiderte Matthew.

»Aber Sie wissen doch, in welcher Nacht sie geflogen sind, Sie wissen ...«

»Nein, ich erinnere mich nicht, und es würde auch keine Rolle spielen, wenn ich es wüsste.«

Henry nickte, wirkte jedoch nicht überzeugt. »Dann kommen Sie mit mir.«

»Warum?«, fragte Matthew.

»Wenn Sie zu Ihrem Geschwader zurückkehren wollen, dann kommen Sie mit mir zum Haus. Dort können wir telefonieren. Sie können schon morgen wieder fliegen.«

Constance ergriff das Wort. »Das geht nicht«, sagte sie.

Henry hob die Brauen. »Ach? Und warum nicht?«

»Weil er Angst hat. Er braucht noch Zeit.« Ihre Worte klangen selbst in ihren eigenen Ohren wenig überzeugend.

Matthew schloss die Augen und ließ den Kopf hängen.

»Mehr Zeit?«, fragte Henry ungläubig. »Sie haben also Angst, was?«, schnaubte er verächtlich. »Was sind Sie für ein Mann? Egal. Sie haben sich also ohne Erlaubnis von der Truppe entfernt. Und jetzt erwarten Sie von mir, dass ich vor solcher Feigheit die Augen verschließe? Ich wurde kürzlich abgeschossen. Ich habe mir das Bein gebrochen und …«

»Wo ist überhaupt dein Gehstock?«, fragte Constance.

»Im Haus.«

»Wenn du ohne deinen Stock quer durch den Wald gelaufen bist, dann bist du wohl auch längst wieder tauglich für den Einsatz, oder?«, fragte sie.

»Hier geht es nicht um mich!«, schrie Henry sie an. »Es geht um ihn. Wieso verteidigst du einen Mann, den du gerade erst kennengelernt hast? Das ergibt alles keinen Sinn, Constance. Du bringst dich in Gefahr. Er könnte sonst wer sein. Und deine Eltern haben ein Recht zu erfahren, was für einen Mann du hier versteckst. Und Sie«, sagte er zu Matthew, »Sie landen sowieso im Gefängnis. Ein Pilot, der sich weigert zu fliegen. So eine Feigheit ist mir noch nicht untergekommen. Und jetzt lassen Sie mich vorbei.«

Matthew nahm resigniert seinen Arm vom Türrahmen weg und ließ Henry gehen.

»Warum lässt du ihn gehen?«, rief Constance entsetzt aus und stürzte zur Tür, um Henry zu folgen. »Er wird dich verraten!«

»Ich kann ihn doch nicht gefangen halten«, sagte Matthew, hielt Constance fest und zog sie an sich. »Lass ihn. Es ist vorbei, Constance. Es ist wirklich vorbei. Ich weiß nicht, ob ich erleichtert sein oder Angst haben soll.«

»Nein«, sagte sie und riss sich los. »Du musst fliehen. Du

musst … ich weiß nicht, was du tun musst, aber du kannst nicht zulassen, dass man dich abholt und vors Kriegsgericht stellt. Ich liebe dich. Du bist ein anständiger Mann, das weiß ich ganz genau.«

»Nein«, entgegnete er und schaute ihr in die Augen. »Das bin ich nicht. Bevor … bevor Henry kam, habe ich versucht, dir etwas zu sagen.«

»Was denn?«, fragte sie verwirrt.

»Constance.« Er nahm ihre Hände. »Was ich dir jetzt sagen werde, tut mir so schrecklich leid. Es tut mir unendlich leid, dass ich es dir so lange verheimlicht habe. Ich hätte es dir von Anfang an sagen sollen, ich habe viel zu lange damit gewartet. Aber ich liebe dich. Ich werde dich immer lieben, und ich möchte, dass du alles erfährst. Und wenn du dich dann entschließt, zu Henry zu gehen und mich mit ihm gemeinsam anzuzeigen, werde ich dich nicht aufhalten.«

»Dich anzeigen?«

Matthew nickte. »Man wird früher oder später herausfinden, wer ich bin, und dann wird man die Polizei informieren.«

»Ich dachte, als Erstes würde dein Geschwader informiert«, sagte sie verständnislos.

Er holte tief Luft, schaute sie mit tränennassen Augen an und sagte ihr das Schlimmste, was sie je gehört hatte.

Kapitel 39

2020

Kate saß in einiger Entfernung von den Fernsehleuten auf dem feuchten Kies am Seeufer. Sie wünschte, sie hätte sich eine Decke mitgebracht, während sie spürte, wie die Feuchtigkeit durch ihre Jeans drang. Sie sah, wie Guy sich zum Filmen bereit machte. Er warf einen kurzen Blick in seine Notizen und schien seinen Text vor einer imaginären Kamera zu üben, während die echte Kamera eingestellt wurde. Der Aufnahmeleiter richtete einen provisorischen Bereich am Ufer ein.

James setzte sich neben Kate. Auch ihm fiel zu spät auf, wie feucht der Kies war. Aber er blieb sitzen.

»Wie hast du dich entschieden?«, fragte Kate.

»Ich konnte nicht von ihm verlangen, die Kamera nicht zu Wasser zu lassen. Ich konnte ihm nicht sagen, ich hätte es mir anders überlegt. Ich wäre mir vorgekommen wie ein Idiot.« Er hob einen flachen Stein auf und ließ ihn über das Wasser hüpfen.

»Willst du es denn nicht wissen?«, fragte Kate. Dunkle Wolken zogen über ihnen auf. »Also, was da unten ist …« Sie zuckte die Achseln. Sie hatte keine Vorstellung davon, was es sein konnte.

»Okay«, sagte Guy. »Es geht los. Kommt her, ihr könnt mit mir zusammen am Bildschirm verfolgen, was da unten passiert.«

Liz kam mit einem Tablett mit Tee für alle.

Kate hatte geglaubt, sie würde sich freuen, dass es endlich passierte, stattdessen war sie so nervös, dass ihre Hände zitterten. Inzwischen ging es ihr eher wie James; falls da unten tatsächlich irgendetwas hauste, wollte sie es lieber nicht wissen. Und sie wollte auch nicht, dass irgendjemand sonst davon erfuhr.

»Hoffentlich hat es sich versteckt«, flüsterte sie, als Guy mit dem Schlauchboot auf den See hinausfuhr, so weit, dass man den Außenbordmotor kaum noch hören konnte.

James schaute sie an; er wirkte angespannt. Kate nahm seine Hand, so wie er noch vor wenigen Tagen ihre genommen hatte.

Als das Boot die Mitte des Sees erreicht hatte, gab Guy über Funk durch, dass die mit einem Kabel verbundene Kamera jetzt zu Wasser gelassen würde. Sie schauten vom Ufer aus zu, wie sie, nachdem der Bootsmotor abgestellt war, im Wasser verschwand.

»Wir fahren erst einmal ein bisschen durchs Wasser und sehen nach, ob das Ding noch da ist«, sagte Guy. »Das machte es spannender für die Zuschauer, wenn es erst nach ein paar Sekunden auftaucht. Also wenn es noch da ist.«

»Er redet, als würde er glauben, dass es real ist«, sagte Kate mit einem gezwungenen Lachen.

»Wenn das Ding, das wir vorgestern auf dem Monitor hatten, tatsächlich ein Ungeheuer war, dann hat es sich längst verkrümelt«, sagte der Aufnahmeleiter. »Bisher ist doch noch kein einziges Ungeheuer entdeckt worden. Oder hat vielleicht mal jemand das Ungeheuer von Loch Ness aus dem Wasser gezerrt und es der Welt präsentiert?« Dann konzentrierte er sich wieder auf den Bildschirm. James unterdrückte ein Lachen und sah Kate an. Nach Martins ernüchterndem Kommentar fühlte sie sich ein bisschen erleichtert.

Kates Herz raste, ganz im Gegensatz zu der Kamera, die sich im Zeitlupentempo durch das dunkle Wasser bewegte. Sie schien tiefer getaucht zu sein, als Kate erwartet hatte. Man konnte sogar den Grund des Sees erkennen.

»Irgendwann«, sagte Martin, »haben sie mal Loch Ness mit 'ner Unterwasserkamera abgesucht, und dabei haben sie ein Filmmodell von dem Ungeheuer entdeckt. Die haben bestimmt im ersten Moment gedacht, sie hätten die Entdeckung des Jahrhunderts gemacht. Es sah aus wie Nessie, langer Hals und alles.«

»Ach«, murmelte Kate geistesabwesend.

James' Blick war auf den Bildschirm fixiert.

Plötzlich erfasste die Kamera etwas – etwas Riesiges, das reglos auf dem Grund des Sees lag.

»Super«, sagte Martin aufgeregt. »Da haben wir was.« Er funkte Guy an. »Schickt die Kamera ein bisschen tiefer runter! Ein bisschen näher an das Ding ran!«

»Was kann das sein?«, fragte Kate.

Guy hatte anscheinend sein Funkgerät ausgeschaltet und sprach ziemlich aufgeregt in die Kamera. Dann klickte Martins Funkgerät, und sie hörten Guy verwundert sagen: »Es ist ein Flugzeug!«

Kate atmete erleichtert auf. »Was?«

Die Kamera näherte sich dem Flugzeug von hinten. Ein Flügel fehlte, was erklärte, warum man es anhand der Aufnahmen des Echolots leicht für ein seltsam geformtes Ungeheuer hatte halten können, dachte Kate.

Um das Flugzeug herum war alles Mögliche an Unterwasserleben zu sehen. Schwärme kleiner Fische schwammen ein und aus. Die Instrumente im Cockpit waren bis zur Unkenntlichkeit verrostet. Die Glashaube über dem Pilotensitz war verschwunden.

Guy redete die ganze Zeit und so schnell, dass Kate Mühe hatte, alles zu verstehen, was er sagte. »Es ist aus dem Krieg«, sagte er begeistert. »Ich glaub's einfach nicht! Der reine Wahnsinn!« Er schaltete das Funkgerät wieder aus und sprach in die Kamera.

Martin wandte sich Kate und James zu, während er mit großen Augen über seine Kopfhörer verfolgte, was Guy sagte. »Der Hammer«, murmelte er.

»Was denn?«, fragte James.

»Was denn?«, fragte Kate.

Martin lächelte. »Das ist zu schön, um wahr zu sein«, sagte er.

»Aber was denn?«, fragten James und Kate wie aus einem Mund.

»Nein, nein«, sagte Martin strahlend. »Das Vergnügen überlasse ich Guy.«

Kate hätte platzen können vor Neugier, während sie warteten, bis Guy seine Ansprache beendete, die Unterwasserkamera wieder auftauchte und ins Boot gehievt wurde und das Boot sich auf den Rückweg machte.

Erwartungsvoll liefen sie ans Ufer.

»Super!«, rief Martin Guy entgegen. »Das war fantastisch!«

Guy hatte es so eilig, dass er schon aus dem Boot sprang, bevor es angelegt hatte, und ans Ufer watete.

»Habt ihr das gesehen?«, rief er aufgeregt.

»Ja, aber wir wissen nicht, was es ist!«, rief Kate.

»Ein Flugzeug!«, antwortete Guy.

»Ja«, sagte James, »aber was für eins?«

»Ein Kampfflugzeug«, sagte Guy und schaute nach unten, als hätte er gerade erst gemerkt, dass er nasse Füße hatte.

»Eine Spitfire?«, fragte Kate. Es war der einzige Name eines Kampfflugzeugs, den sie kannte.

»Nein, ich glaube nicht.«

»Eine Hurricane?«, fragte James.

»Nein«, antwortete Guy ungehalten. »Ich muss mir die Aufnahmen erst noch genauer ansehen. Die Heckmarkierungen sind längst weg, aber die Form lässt mich was ganz anderes vermuten.«

»Und zwar?«, fragte Kate.

»Ich glaube, es ist eine Messerschmitt. Ein deutsches Flugzeug.«

Kapitel 40

1940

Constance schaute Matthew entgeistert an. Sie brauchte ein paar Sekunden, um zu begreifen, was er ihr gerade gesagt hatte. »Du bist *Deutscher?*«, fragte sie. »Aber das kann nicht sein. Dein Englisch … du bist Engländer.«

»Nein. Jedenfalls nicht ganz«, sagte er leise.

»Ich verstehe das nicht«, sagte Constance. »Ich habe dich doch abstürzen sehen. Ich habe gesehen, wie deine Spitfire im See untergegangen ist.«

Er schüttelte den Kopf. »Nein. Ich hätte liebend gern eine Spitfire geflogen«, sagte er wehmütig, »die sind viel schneller als unsere Messerschmitt 109«.

Constance war fassungslos. »Aber … ich …«, ihre Gedanken rasten. »Du kannst gar kein Deutscher sein. Du sprichst Englisch wie ein Einheimischer.«

»Mein Vater ist Deutscher«, sagte Matthew. »Meine Mutter war aus Cambridge. Die beiden haben sich in Cambridge kennengelernt und dort geheiratet, und dann kam ich. Ich ging noch zur Schule, da ist meine Mutter gestorben, und da ist mein Vater mit mir nach Deutschland gezogen. Er sagt, er hat es in England nicht mehr ausgehalten, nachdem Deutschland durch den Vertrag von Versailles total ruiniert worden war. Mein Vater fand entsetzlich, was passiert war, was der Kaiser im Weltkrieg verbrochen hat, was die Deutschen angerichtet hatten, aber nach den Reparationszahlungen, die Deutschland zur Strafe auferlegt wurden, hat er England nur noch gehasst, dieses Land, das er so lange als seine Heimat betrachtet hatte. Deswegen ist er mit mir zurück nach Deutschland gezogen.« Er schaute Constance unsicher an.

»Ich bin in England geboren und aufgewachsen«, sagte er flehentlich. »Ich habe mit meiner Mutter Englisch und mit meinem Vater Deutsch gesprochen. Ich fühle mich als Engländer. Aber auch als Deutscher. Als Jugendlicher bin ich nach Deutschland gegangen, dann bin ich zum Studieren nach Cambridge zurückgekommen. Als ich in Deutschland lebte, hat mir England gefehlt, und in England hat mir Deutschland gefehlt. Aber während meines Studiums habe ich mich gefunden. Ich bin zu den Air Cadets gegangen, dachte, ich hätte meine Berufung gefunden. Es sah so aus, als würde es wieder Krieg geben, und ich muss zu meiner Schande gestehen, dass ich das sehr aufregend fand. Ich würde fliegen, und zwar nicht nur zum Spaß. Aber ich habe einen deutschen Vater und einen deutschen Familiennamen, und mein Vater, der den Weltkrieg miterlebt hatte, wusste, dass ich hier nicht sicher sein würde. Man hätte mich womöglich interniert. Also hat er mich nach Deutschland zurückbeordert und mich dazu überredet, zur Luftwaffe zu gehen. Es ging alles so schnell, dass ich keine Zeit hatte, mir zu überlegen, auf welcher Seite ich stehen wollte. Ich bin Pilot, kein Soldat. Ich habe dir gesagt, dass ich nicht mehr kämpfen will, und das ist die Wahrheit. Ich habe dir gesagt, dass ich nicht mehr töten will, dass ich keinen Piloten mehr vom Himmel schießen will, und auch das ist die Wahrheit. Jedes Mal, wenn ich einen Bomber oder ein Jagdflugzeug getroffen habe, habe ich gebetet, dass der Pilot heil nach unten kommt. Das waren alles Männer in meinem Alter, Männer, die womöglich bei Vorlesungen in Cambridge neben mir gesessen hatten, mit denen ich womöglich Cricket gespielt hatte, die womöglich mit mir zusammen in der Ausbildung gewesen waren, bevor ich nach Deutschland zurückgekehrt war.« Er schluckte. »Männer, an deren Seite ich geflogen wäre, wenn alles anders gewesen wäre.«

Constance betrachtete den Mann, in den sie sich verliebt hatte, seine gutmütigen grünen Augen, seinen gequälten Gesichtsausdruck. Ihr blutete das Herz, wie sie nicht geglaubt hatte, dass es noch einmal würde bluten können, und doch konnte sie nicht anders, als zu sagen: »Ich kenne dich nicht.«

»Bitte«, flehte er sie an. »Sag das nicht. Natürlich kennst du mich. Alles, was ich dir gesagt habe, ist die Wahrheit. Ich habe dich mit keinem Wort angelogen, Constance. Ich will mit diesem Krieg nichts mehr zu tun haben. Einem Krieg, den die Nazis vermutlich gewinnen werden.«

Constance schnappte nach Luft. »Sag das nicht!«

»Lieber würde ich bis zum Ende des Kriegs ins Gefängnis gehen, als weiter für Hitler zu fliegen.«

Constance wich vor ihm zurück und ließ sich in einen Sessel sinken, als ihre Beine unter ihr nachgaben.

»Ich hätte längst gehen sollen«, sagte er. »Ich hätte mich den Briten ausliefern sollen, anstatt zu warten, bis mein vorgesetzter Offizier sich dermaßen daneben benommen hat, dass mir die Hand ausgerutscht ist. Aber ich hatte Angst, Constance. Wenn ich ins Gefängnis komme, werden mich alle anderen Insassen für einen Verräter halten. Es wäre ein Wunder, wenn sie mich nicht totschlagen würden.«

Er schaute sie erwartungsvoll an, wartete darauf, dass sie etwas sagte. Aber sie konnte nicht.

»Ich hätte nicht hierbleiben und dich da mit hineinziehen dürfen«, sagte er. »Ich hätte längst fortgehen sollen. Aber ich bin geblieben. Aus Angst. Und deinetwegen. Das war egoistisch von mir, aber ich habe mich in dich verliebt und in alles, was du und dieses kleine Haus für mich bedeuten. Und wenn dieser Mann jetzt allen von uns erzählt, wird das Konsequenzen für dich haben, über die ich nicht einmal nachzudenken wage. Du glaubst gar nicht, was für Vorwürfe ich mir mache, Constance. Und wie sehr ich dich liebe.«

Constance blinzelte ein paar Tränen fort. Der Schock über Matthews wahre Identität saß so tief, dass sie es nicht schaffte, sich aus dem Sessel zu hieven und in seine Arme zu werfen. Sie war hin- und hergerissen. Sie liebte ihn. Aber er hatte ihr die Wahrheit vorenthalten und sie etwas glauben lassen, was nicht stimmte.

»Warum hast du mir das alles nicht längst gesagt?«, flüsterte sie.

Er ließ den Kopf hängen. »Weil ich nicht wollte, dass du mich so ansiehst, wie du es jetzt tust.«

»Du hast mich getäuscht«, sagte Constance. »Du hast mich die ganze Zeit angelogen.«

»Nein!«, entgegnete er nachdrücklich und hob den Kopf. »Ich habe dich nicht angelogen. Ich habe dir die Wahrheit vorenthalten, das stimmt, aber ich habe dich nicht angelogen.«

»Und diese Geschichte mit deinem Vorgesetzten«, fragte sie, »ist die wirklich passiert?«

»Ja. Mein Gott, ja. Alles, was ich dir erzählt habe, ist wahr. Ich fürchte mich zu Tode vor dem, was mir jetzt bevorsteht, aber das spielt alles keine Rolle, wenn …«

»Wenn was?«, fragte sie und sah ihm in die Augen.

»Nichts spielt mehr eine Rolle, wenn ich dich verliere. Wenn dich zu verlieren die Strafe dafür ist, dass ich dir die Wahrheit vorenthalten habe, dann habe ich nichts anderes verdient.«

Constance betrachtete ihre Finger, die sich in die Sessellehnen krallten. Der Schock war einfach zu groß.

»Sag doch etwas, Constance. Bitte«, flehte er sie an.

Langsam, mit zitternden Knien stand sie auf und ging zur Tür. Sie öffnete den Mund, aber kein Wort kam heraus.

Matthew schloss die Augen, als Constance an ihm vorbeiging. »Ich liebe dich, und ich habe dich verloren«, murmelte er. »Es tut mir so leid.«

Constance konnte nicht antworten. Sie hatte das Gefühl, an dem Kloß in ihrem Hals zu ersticken.

»Leb wohl, Constance«, sagte Matthew mit Tränen in den Augen.

»Ich weiß nicht, was ich sagen soll. Ich weiß nicht, was ich denken soll. Ich habe dich geliebt.« Sie schaute in Richtung des Sees, der jedoch im Dunkeln jenseits der Bäume nicht zu sehen war. »Ich muss Henry aufhalten«, sagte sie dann. »Er wird alle im Haus aufwecken. Er wird nichts richtig erklären. Ich muss …« Sie holte tief Luft und riss sich mühsam zusammen. »Ich muss ihnen erklären, wie es sich aus deiner Sicht darstellt. Aber mir bleibt nicht viel Zeit.«

»Wirst du … wirst du ihnen sagen, dass ich Deutscher bin?«

»Du bist zur Hälfte Engländer«, sagte Constance. »Sie werden …«

»Sie werden an mir ein Exempel statuieren«, sagte er mit zusammengebissenen Zähnen. »Ich mag vielleicht zur Hälfte Engländer sein, aber in diesem Krieg bin ich Deutscher, sonst nichts. Ich bin aus Deutschland gekommen, um englische Piloten vom Himmel zu schießen. Dieser Henry und all die Offiziere, die bei euch einquartiert wurden, weil ein Pilot der deutschen Luftwaffe sie abgeschossen hat, sie werden mich umbringen, falls sie mich kriegen.«

»Ich glaube nicht, dass Douglas so denkt«, sagte Constance. »Er wird dich nicht verurteilen. Er wird dir helfen. Er war schon immer die Stimme der Vernunft in unserer Familie. Meine Eltern halten große Stücke auf seine Meinung. Sie werden auf ihn hören.« Ohne auf seine Antwort zu warten, lief sie los.

»Constance«, rief er ihr nach. »Constance, komm zurück! Warte!«

Doch sie war schon weg und lief durch den dunklen Wald. Sie rannte auf direktem Weg zum See hinunter, ohne sich wie sonst im Schutz der Bäume zu bewegen. Diese Zeit war vorbei. Invermoray House erhob sich düster am anderen Ufer, kaum ein Lichtstreifen fiel durch die abgedunkelten Fenster.

Wenige Minuten später näherte sie sich dem Ufer. Es war eine der mondhellsten Nächte, die sie seit Langem erlebt hatte. Keuchend blieb sie einen Moment lang stehen. Zwei Männer standen auf dem Bootssteg. Erst auf den zweiten Blick sah sie, dass einer davon Henry war, und dass er den anderen regelrecht anschrie. An der Armschlinge erkannte Constance, dass es sich bei dem anderen um Douglas handelte. Sie schöpfte neue Hoffnung. Douglas würde wissen, was zu tun war.

»Was hat das zu bedeuten?«, fragte Douglas, als sie auf den Steg lief. »Hat Henry den Verstand verloren? Er behauptet, du würdest einen Piloten in der Jagdhütte verstecken. Stimmt das, Constance?«

Henry trat zur Seite. In seinem Gesicht spiegelten sich Schock und Enttäuschung, als er Constance entgegensah.

»Douglas«, sagte Constance und atmete tief durch, um ihre Fassung wiederzugewinnen. »Er ist abgestürzt. Es ging ihm nicht gut, und er brauchte meine Hilfe. Und ich habe ihm geholfen, so wie die Bauersfrau dir geholfen hat. Er wurde vor ein paar Wochen abgeschossen. Aber jetzt wird er sich stellen.«

»Du hättest es mir mitteilen müssen, Constance. Aber egal«, sagte er und legte ihr eine Hand auf die Schulter. »Wir werden das Problem schon lösen.«

»Da gibt's nichts zu lösen«, fauchte Henry. »Der Mann ist ein Feigling. Wir müssen ihn melden.«

»Übertreib's nicht, Henry. Wir werden ihm die Chance geben, sich selbst zu stellen«, sagte Douglas. »Und wir werden mit ihm reden. Das ist das mindeste, was wir tun können.«

Douglas blickte auf, als Matthew hinter Constance aus dem Schutz der Bäume trat. Beim Anblick der drei auf dem Steg verlangsamte er seine Schritte. Constance bekam Herzklopfen. Sollte sie ihm verzeihen? Sie liebte ihn. Aber sie fühlte sich verraten. Es war zu spät, um herauszufinden, was sie wirklich für ihn empfand. Trotz allem musste sie sich für ihn einsetzen und Henry daran hindern, etwas Übereiltes zu tun. Sie fragte sich, wozu ein verschmähter Mann wohl fähig war. Henry konnte ein paar von den genesenen Offizieren erzählen, Matthew sei ein Feigling, und sie gegen ihn aufhetzen. Was undenkbar wäre, wenn sie seine wahre Natur kennen würden.

»Ah«, sagte Douglas zu Matthew. »Ich habe gehört, Sie wurden abgeschossen und wollen sich bei Ihrem Geschwader melden, ist das richtig?«

»Ja«, sagte Matthew. Er wirkte ratlos und schien bereit, Douglas die Führung zu überlassen, während er Henry, dessen Augen vor Hass funkelten, misstrauisch beäugte.

»Gut. Kommen Sie mit uns ins Haus. Wir werden unseren Eltern Bescheid sagen, dann können wir telefonieren …«, dann unterbrach er sich und musterte Matthew eingehend. »Wir kennen uns doch, oder?«, sagte er zu Matthew.

Kapitel 41

2020

»Ein deutsches Kampfflugzeug? Und wo ist der Pilot geblieben?«, fragte Kate, als sie ins Haus gingen. Es war ziemlich frisch geworden, und James hatte ihr galant seine Jacke über die Schultern gelegt, die nach seinem Rasierwasser und nach Rauch vom Kaminfeuer in der Eingangshalle roch, wo sie häufig an der Garderobe hing.

»Mit dem Fallschirm abgesprungen vermutlich«, meinte James.

»Kann gut sein«, sagte Guy.

Kate schüttelte sich. »Könnte es sein, dass er mit dem Flugzeug in den See gestürzt ist? War das womöglich der Pilot, der hier ertrunken ist?«, fragte Kate James.

»Wir müssen mal in den Aufzeichnungen nachsehen, wann er aufgegriffen wurde. Falls er überlebt hat«, sagte James.

»Es gibt Listen mit bestätigten Abschüssen. Das hat die Royal Air Force ziemlich genau dokumentiert. Jedes Flugzeug, das die vom Himmel geholt haben, wurde auf einer Strichliste festgehalten. Ich kann mal ein bisschen nachforschen, was die Gegend hier betrifft, wenn ihr nichts findet«, erbot sich Guy. »Aber ich vermute, dass es reicht, mal einen Blick ins örtliche Archiv zu werfen, da findet ihr bestimmt eine spannende Geschichte über einen feindlichen Piloten, der gefangen genommen wurde.«

Kate nickte. Sie fand das alles äußerst merkwürdig. Mithilfe der Filmaufnahmen vom See hatten sie eigentlich nur ihre Geschichte über das Ungeheuer von Loch Invermoray ein bisschen aufpeppen wollen. Stattdessen war auf einmal die Rede von einem abgestürzten deutschen Kampfflugzeug und einem vermissten Piloten.

»Ich brauche einen Drink«, sagte Kate, stand auf und mixte sich einen Gin Tonic. Es gab keine Eiswürfel, aber das war ihr egal.

James sah Kate mit hochgezogenen Brauen an und schüttelte den Kopf, als sie fragend auf die Dekanter zeigte. Guy warf einen Blick auf das Display seines Handys und sprang ganz plötzlich auf.

»Mist, ich muss los«, sagte er. So aufgeregt hatte Kate ihn noch nicht erlebt. Er schaute sich um, als könnte jeden Moment ein Auto in den Salon gefahren kommen, um ihn abzuholen.

»Was ist los?«, fragte James.

»Melissa«, sagte Guy. »Sie ist im Krankenhaus. Die Wehen haben eingesetzt. Ich muss los. Sie bringt mich um.«

»Die hat im Moment für so was keine Zeit«, sagte James. »Buch schon mal einen Flug, ich bringe dich zum Flughafen. Ich nehme an, deine Leute sind dabei, einzupacken?«

Höflich, wie er war, wandte Guy sich an Kate, um sich zu verabschieden. Sie lachte. »Alles gut, beeilen Sie sich!«

»Ja, ja«, sagte Guy und rannte hinter James her nach draußen.

Kate saß im Büro an ihrem Rechner, als Angus den Kopf zur Tür hereinstreckte.

»Ah, schon zurück?«, rief sie aus. »Das ging aber schnell.«

»Ja«, sagte er. »Der Flug ist der Hammer. Alles Geschäftsleute im Flieger – und ich, ein verliebter Schotte auf dem Rückweg von einem Besuch bei seiner Freundin«, fügte er augenzwinkernd hinzu.

Kate merkte ihm an, dass er sich an das Wort »Freundin« noch gewöhnen musste, schließlich waren sie erst seit ein paar Tagen zusammen. »Wie geht's ihr denn?«

»Besser. Ihre Mutter bleibt noch ein paar Tage bei ihr. Ich musste leider zurückkommen, weil ich hier ein paar Sachen regeln muss, und Morven macht mir jetzt schon die Hölle heiß, weil ich sie im Pub alleingelassen hab. Ich hab sie gefragt: *Was würdest du denn tun, wenn ich plötzlich tot umfallen würde?* Dann müsste sie den ganzen Laden nämlich allein schmeißen. Aber davon wollte sie natürlich nichts wissen.«

Kate lächelte.

»Ich hab Liz draußen getroffen, sie war auf dem Weg zur Jagdhütte. Sie hat mir erzählt, dass hier mächtig was los war. Ein deutsches Kampfflugzeug und kein Ungeheuer.« Er schenkte ihr einen vielsagenden Blick. »Kann immer noch sein, dass da unten was ist, das da nicht sein dürfte. Irgendwas muss doch dran sein an all den Geschichten von Ungeheuern, die Schafe auf den Weiden reißen.«

»Ach, Angus«, sagte Kate lachend. »Ich will nichts mehr von einem Ungeheuer hören. Hat uns nur Ärger eingebracht.« Sie schüttelte den Kopf.

»Ach, ich weiß nicht«, sagte Angus. »Ich würde es nicht als Ärger bezeichnen. Immerhin wurde ein altes Geheimnis endlich gelüftet.«

»Welches Geheimnis denn?«, fragte Kate. »Von uns wusste niemand etwas von einem Flugzeug im See.«

»Ich meine den ertrunkenen Piloten«, sagte Angus stirnrunzelnd. »Muss doch wohl der gewesen sein.«

»Ja, daran hab ich auch gedacht«, sagte Kate langsam. »Aber wenn dein Großvater gewusst hat, dass der Mann im See ertrunken ist, hat er auch was von einem Flugzeug im See erwähnt?«

»Nein«, sagte Angus. »Hat er nicht. Sein Vater hat hier oben als Gärtner gearbeitet, und er selbst war damals noch zu jung, um Soldat zu werden. Aber inzwischen ist er dement, und ich glaub nicht, dass er sich heute noch an irgendwas von damals erinnert. Wir waren noch ziemlich klein, als er uns die Geschichte von dem Ertrunkenen erzählt hat. Kann gut sein, dass nichts davon stimmt, dass er sich das alles ausgedacht hat, um uns Kinder vom See fernzuhalten.«

»Oder es stimmt alles«, sagte Kate. »Auf jeden Fall liegt ein Flugzeug in dem See.«

James war unterwegs, Guy zum Flughafen zu bringen, und Liz war in der Jagdhütte, um die kanadischen Gäste in Empfang zu nehmen.

»Ich bin gleich wieder da«, sagte Kate mit einem Blick auf ihre Armbanduhr. »Ich will mir nur kurz was ansehen.«

Wenige Minuten später stand Kate auf der Treppe und betrachtete das Porträt von Constance. Seitdem sie von dem Riss in dem Gemälde wusste, konnte sie nichts anderes mehr sehen. Sie nahm ihren Autoschlüssel vom Tisch in der Eingangshalle und lief nach draußen.

Im Dorf angekommen sah Kate eine große Gruppe Urlauber aus einem Reisebus steigen und auf das Invermoray Arms zugehen. Sie lächelte. Sie konnte sich gut vorstellen, warum Morven Angus die Hölle heiß gemacht hatte. Kate und James waren noch gar nicht dazu gekommen, das Thema Teestube zu besprechen – sie waren viel zu sehr damit beschäftigt gewesen, die Frage der Unterbringung der Gäste zu klären. Trotzdem musste die Sache mit der Teestube angepackt werden; andererseits nahm die Organisation der Unterbringung so viel von Kates Zeit in Anspruch, dass sie die Teestube James und Liz würde überlassen müssen. Sie selbst war ja höchstwahrscheinlich nur noch zwei Monate hier. Ihrer Abreise sah sie mit gemischten Gefühlen entgegen, aber darüber wollte sie jetzt nicht weiter nachdenken. Sie parkte ihren Wagen auf dem Marktplatz und ging entschlossen zur Bücherei.

Kirsty erzählte gerade einer Frau, die einen Bestseller unterm Arm hielt, was für großartige Buchverfilmungen es gab. Kate wartete geduldig, und nachdem die Frau gegangen war, sagte Kirsty begeistert: »Es klappt! Wir machen uns selbstständig! Wir gründen unseren Filmzirkel!« Sie strahlte Kate erwartungsvoll an. »Das heißt ja nicht, dass wir uns aus Brendas Lesezirkel komplett ausklinken, aber unseren Filmzirkel halten wir vorerst noch geheim. Nächsten Monat fangen wir an. Du machst doch mit, oder?«

»Zu den ersten beiden Treffen kann ich kommen«, sagte Kate. »Aber danach werde ich wohl nicht mehr hier sein.«

»Ach? Warum denn nicht?«

Kate murmelte etwas davon, dass ihr Vertrag auslief, und versuchte, das Gespräch in weniger aufgewühlte Gewässer zu lenken. »Hör mal, Kirsty«, sagte sie, »du hast doch neulich mal angedeutet, dass du viel mehr Quellen an der Hand hast als nur die Heimatkundeabteilung hier in der Bücherei, oder?«

»Allerdings«, antwortete Kirsty stolz. »Was brauchst du denn?«

»Ich bin auf der Suche nach alten Ausgaben der örtlichen Tageszeitung, genauer gesagt, nach den Ausgaben vom September 1940. Könntest du mir die besorgen?«

Kate linste zu den in Leder gebundenen Bänden des Zeitungsarchivs in der Ecke der Bücherei und hoffte, dass Kirsty sie nicht einfach zu dem Regal schicken und ihr sagen würde, sie könne selbstverständlich dort suchen.

»Sicher«, sagte Kirsty. »Ein bestimmtes Datum?«

Kate überlegte. Das Datum auf dem Grabstein war unleserlich gewesen. Und wenn das Datum auf dem Foto stimmte, hatten Constance und Douglas im September beide noch gelebt. »Könnten wir mit der letzten Septemberwoche anfangen und von da zurückgehen?«, fragte sie.

Kirsty machte ein paar Mausklicks und tippte auf ihrer Tastatur.

»Was machst du da?«, fragte Kate.

Kirsty drehte ihren altmodischen Monitor so, dass Kate das Bild sehen konnte.

»Ich suche im britischen Zeitungsarchiv«, sagte Kirsty, so als wäre Kate ein bisschen unterbelichtet. »Heutzutage geht so was online. Wonach genau suchst du denn?«

»Nach einem deutschen Kampfflugzeug, das abgestürzt ist. Und nach Berichten über jemanden, der ertrunken ist«, sagte Kate. »Ich möchte wissen, ob beides zur selben Zeit passiert ist.«

Eine Weile klickte Kirsty wortlos alle möglichen lokalen Blättchen und auch einige größere schottische Zeitungen an. Schlagzeilen und Fotos tauchten auf dem Bildschirm auf. Schließlich schaute sie Kate triumphierend an.

»Ich werd verrückt«, entfuhr es Kate, nachdem Kirsty einige einschlägige Schlagzeilen ausgewählt hatte. »Die zuerst«, sagte sie und zeigte auf eine Überschrift, die lautete:

MITTERNÄCHTLICHE VERHAFTUNG IN INVERMORAY HOUSE

Kapitel 42

1940

»Ich kenne Sie«, sagte Douglas etwas lauter. »Und Sie kennen mich. Das sehe ich Ihnen an. Helfen Sie mir auf die Sprünge.«

Matthew schloss die Augen und seufzte. »Wir waren zusammen an der Universität«, sagte er. »Ihr Name kam mir bekannt vor, als Constance ihn erwähnte, aber erst seit ich Sie gesehen habe, bin ich mir sicher.«

»Ja, jetzt erinnere ich mich auch. Die Universitätsschwadron«, rief Douglas erfreut aus. »Sie haben sich also auch zum Dienst gemeldet!«

Henry räusperte sich, so als würde das Gespräch die falsche Richtung nehmen.

»Ja«, sagte Matthew und schaute kurz zu Constance hinüber.

»Ich meine mich zu erinnern«, fuhr Douglas fort, »dass Sie nach Hause gefahren sind. Es hat für ziemliche Aufregung gesorgt, als wir davon gehört haben, weil das ja direkt zu Beginn des Kriegs war, und in Anbetracht Ihres Reiseziels haben wir uns gefragt, ob Sie etwas wussten, was wir nicht wussten. Ach …«, Douglas runzelte die Stirn und wurde ernst. »Berlin. Sie sind nach Berlin zurückgekehrt.« Plötzlich schien es ihm wie Schuppen von den Augen zu fallen.

»Was?«, rief Henry aus. »Was?«, rief er noch einmal lauter.

»Hamburg«, sagte Matthew leise. »Ich bin nach Hamburg gefahren.«

»Und dann sind Sie wieder zurückgekommen«, fragte Douglas unsicher, »um auf unserer Seite zu kämpfen?«

Matthew schloss kurz die Augen und schüttelte den Kopf. »Nein«, sagte er. »Ich habe mich bei der Luftwaffe gemeldet.«

Douglas atmete scharf ein. »Heiliger Strohsack.«

Henry stand das Entsetzen ins Gesicht geschrieben. Er öffnete den Mund, um etwas zu sagen, doch Constance kam ihm zuvor. »Douglas, Matthew braucht unsere Hilfe. Er will sich stellen und ...«

»Sie sind ein verdammter Nazi«, schrie Henry, der die Sprache wiedergefunden hatte.

»Nein, ich bin kein Nazi«, entgegnete Matthew ernst.

»Der Mann schießt unsere Flugzeuge ab, und wir sollen ihn am Leben lassen? Wir sollen ihn ausliefern?«, fuhr Henry fort. »Ich denke ja nicht daran. Dieser Nazi treibt es mit deiner Schwester!« Henry hob die Fäuste und ging auf Matthew los. Constance warf sich dazwischen, Henry erwischte sie seitlich, sodass sie stürzte. Sie schrie auf, als sie mit dem Bauch gegen einen Stegpfosten prallte. Sie versuchte sich festzuhalten, glitt jedoch ab und fiel ins Wasser, während Henry Matthew niederschlug.

Sie ruderte mit den Armen im kalten Wasser und suchte Boden unter den Füßen. Aber die Stelle war tiefer als gedacht, und sie ging kurz unter. Als sie wieder auftauchte, hörte sie Kampfgeräusche auf dem Steg. Ein stechender Schmerz in der Seite ließ sie befürchten, dass sie sich eine Rippe gebrochen hatte. Sie schrie nach Matthew, doch sie schluckte nur Wasser und ging wieder unter. Sie wollte Matthew zurufen, er solle weglaufen, sie wünschte, sie hätte Matthew zur Flucht verholfen, als Henry die Jagdhütte verlassen hatte. Sie begriff jetzt, dass sie ihm schon vor Tagen hätte helfen müssen zu fliehen.

Als Constance wieder aus dem Wasser auftauchte, sah sie, wie Henry in der dunklen Nachtluft auf Matthew einschlug, während Douglas versuchte, Henry mit seinem gesunden Arm von dem Mann wegzuziehen, den sie liebte. Sie bekam die Kante des Stegs zu fassen und versuchte, sich auf den Steg hochzuziehen, doch ihre Kraft reichte nicht aus.

Die drei Männer rangen miteinander. Matthews Kopf wurde von Henrys Schlägen nach hinten geworfen, und einmal begegneten sich ganz kurz ihre Blicke. Aber Constance konnte nicht helfen. Als Henry Matthew wieder einen kräftigen Schlag verpassen wollte, traf er beim Ausholen Douglas ins Gesicht. Douglas, der am Ende des Stegs stand, taumelte rückwärts, und die drei Männer, total ineinander verkeilt, fielen ins Wasser und begruben Constance unter sich.

Sie bekam Wasser in die Lunge, es brannte wie der Teufel, und sie stieß einen stummen Schrei aus, als das eisige, dunkle Wasser sie umfing. Sie ruderte wie wild mit den Armen, doch ihre Hände griffen ins Nichts. Die Männer waren verschwunden, sie war auf sich allein gestellt, und der See bestrafte sie für alles, was sie getan hatte, für die Avancen, die sie verschmäht, und für das Versprechen, das sie gehalten hatte.

Dann, plötzlich, packten zwei Hände ihr Kleid. Unter Wasser konnte sie nichts sehen, doch sie spürte, dass sie nach oben gezogen wurde. Im nächsten Augenblick kam sie an die Oberfläche. Sie hustete sich die Seele aus dem Leib, während sie von kräftigen Händen ans Ufer gezogen wurde. Wasser lief ihr aus dem Mund, und ihr war so schwindlig wie noch nie in ihrem Leben. Jemand hob sie hoch, und auf einmal lag sie auf dem Bauch, und jemand drückte ihr rhythmisch auf die

Rippen, bis sie alles Seewasser ausspuckte, das sie geschluckt hatte. Ihre Lunge brannte, sie rollte sich erschöpft auf den Rücken. Ihr Kopf lag auf den harten Kieselsteinen, das Atmen fiel ihr schwer, und sie konnte keinen klaren Gedanken fassen.

Matthew lag kraftlos neben ihr, seine Stirn war blutüberströmt, Blut lief ihm aus einem Auge und aus dem Mundwinkel.

Sie berührte sein Gesicht »Matthew?«, krächzte sie mühsam.

Er stöhnte und hustete und spuckte Blut. Dann zog er sie an sich und hielt sie fest in den Armen. »Du bist in Sicherheit. Ich bin bei dir.«

Sie setzten sich auf und hielten einander fest in den Armen, bis ihr Atem sich beruhigt hatte.

»Wo ist Henry?«, fragte sie schließlich.

»Weg«, sagte Matthew und küsste ihr Haar. »Er ist zum Haus gegangen. Es ist vorbei.«

Sie drückte sich von ihm weg und packte ihn verzweifelt am Kragen. »Lauf fort«, sagte sie. »Du kannst immer noch entkommen.«

Sie schaute über Matthews Schulter und sah Leute hintereinander durch das Tor laufen, durch das man vom Garten auf den Weg zum See gelangte.

»Nein«, sagte Matthew. »Es ist zu spät. Aber es ist in Ordnung so, Constance. Es wird alles gut werden.«

»Warum bist du nicht weggelaufen?«, fragte sie unter Tränen. »Du hattest doch alle Zeit der Welt. Warum bist du nicht weggelaufen?«

»Schsch«, machte er und streichelte ihr übers Haar. »Ich musste dich aus dem Wasser ziehen. Ich war mir sicher, dass du ertrunken warst, aber ich musste dich da rausholen.«

Sie schüttelte ihn am Hemdkragen. »Ach, Matthew! Lauf weg! Bitte, lauf weg!«

»Nein«, sagte er. Sie hörte die Stimmen näherkommen. »Wir haben nicht mehr viel Zeit.«

Sie ließ sich gegen ihn sinken, wollte ein letztes Mal seine Lippen an ihren nassen Haaren spüren. Sie schloss die Augen ganz fest und wartete in der Gewissheit, dass er in wenigen Minuten fort sein würde.

»Sie werden mich mitnehmen«, sagte er. »Aber ich komme zurück«, murmelte er in ihr Haar. »Egal, wie lange es dauert, ich komme zurück und hole dich.«

»Und ich warte auf dich«, schluchzte sie.

Plötzlich erstarrte er. »Großer Gott«, stieß er hervor und sprang auf. Constance tat es ihm nach.

»Was ist los?«, fragte sie.

Matthew packte ihr Handgelenk und schaute sie mit weit aufgerissenen Augen an, als die Leute auf sie zugelaufen kamen, angeführt von Henry. Dann schaute er in den tiefen, dunklen See und fragte: »Wo ist dein Bruder?«

Kapitel 43

2020

Kirsty und Kate hatten so lange auf den Bildschirm gestarrt, dass sie zusammenzuckten, als der Bildschirmschoner sich einschaltete und psychedelische Muster über den Monitor waberten.

»Verflucht«, murmelte Kate.

»Sorry«, sagte Kirsty und bewegte die Maus, um zu ihrer Bildschirmseite zurückzukehren. »Was glaubst du, was das alles zu bedeuten hat?«, murmelte sie.

Kate schüttelte den Kopf. »Ich hatte gehofft, dass ich mit meiner Vermutung falsch lag«, sagte sie nachdenklich, »aber ich glaube, Douglas McLay ist an dem Abend ertrunken, als der deutsche Pilot verhaftet wurde.«

Kirsty schüttelte sich. »Wie gruselig. Du meinst, das eine hängt mit dem anderen zusammen?«

»Tja, derselbe See, derselbe Abend. Es würde mich jedenfalls wundern, wenn es da *keinen* Zusammenhang gäbe. Aber ich fürchte, wir werden nie erfahren, wie es dazu kam, dass Douglas ertrunken ist.«

»Trotzdem tragisch«, sagte Kirsty.

»Stimmt.«

Kate ging zu ihrem Auto. Etwas störte sie immer noch an der Geschichte. Der deutsche Pilot war verhaftet worden, und Douglas war auf tragische Weise ums Leben gekommen. Ertrinken war eine schlimme Art zu sterben. Sie dachte über den jungen Mann nach, diesen gut aussehenden Kampfpiloten, dessen Porträt im Treppenhaus von Invermoray House hing und der auf dem Dorffriedhof begraben lag. Er war jedenfalls nicht enterbt worden, so wie Liz und James vermutet hatten. Er war gestorben. Und Constance? Die junge Frau, deren Porträt jemand zerschnitten hatte, deren Namen jemand aus der Familienbibel gestrichen hatte? Was war aus ihr geworden?

Am liebsten wäre Kate noch einmal in die Bücherei zurückgegangen, um im Zeitungsarchiv nach Constances Namen zu suchen, aber Kirsty hatte bereits das Licht ausgeschaltet und Feierabend gemacht. Als sie die Tür abschloss, sah sie Kate im Auto sitzen. Sie winkte ihr lachend zu und hob den Roman hoch, den sie in der Hand hielt, wie um Kate daran zu erinnern, dass sie ihn für den neuen Lesezirkel lesen sollte. Kate erwiderte das Lächeln und hob gedankenverloren die Hand zum Gruß. Sie wollte unbedingt wissen, was aus Constance geworden war, an etwas anderes konnte sie jetzt nicht denken.

Kapitel 44

1940

Man hatte ihr Matthew aus den Armen gerissen und zum Haus geschleift. Er hatte die Leute angefleht, ihn im See nach Douglas suchen zu lassen und ihm bei der Suche zu helfen, doch die Pfleger und ein einigermaßen kräftiger Offizier hatten sich die Gelegenheit nicht entgehen lassen wollen, einen Piloten der Luftwaffe abzuführen. Im Garten, im Schutz der Dunkelheit, hatten sie ihn zusammengeschlagen und anschließend ins Zimmer der Haushälterin geworfen, wo er bewusstlos auf dem Boden liegend auf sein Schicksal wartete.

Stunden später, bei Sonnenaufgang, war Douglas' Leiche auf der anderen Seite des Sees ans Ufer gespült worden. Man hatte seinen leblosen Körper ins Haus getragen, die Schlinge, die seinen verletzten Arm gehalten hatte, war am Grund des Sees geblieben. Mrs. McLays Aufschrei beim Anblick ihres toten Sohnes war durchs Haus geschallt, und Constance hatte sich in ihrem Zimmer, wo man sie eingesperrt hatte, auf den Boden geworfen und bitterlich um ihren Bruder geweint. Douglas' tropfnasse Leiche hatte man auf sein Bett gelegt.

Während der Totenmesse saß Constance fassungslos und mit trocken geweinten Augen in der Kirche und wollte nur, dass alles endlich vorbei war. Matthew war verhaftet worden, und sie hatte keine Ahnung, ob sie ihn jemals wiedersehen würde. Und ihr geliebter Bruder war tot. Und diesmal war er nicht einfach vermisst und für tot erklärt, sondern wirklich für immer von ihr gegangen.

Dass sie Matthew versteckt hatte, hatte letztlich zu Douglas' Tod geführt. Sie war schuld an Douglas' Tod, und das würde sie sich niemals verzeihen. Und sie würde Henry niemals verzeihen, was er getan hatte. Douglas war ertrunken, weil er versucht hatte, Matthew vor Henry zu beschützen.

Als beim Einsetzen der düsteren Orgelmusik die Trauergäste begannen, sich unruhig auf ihren Plätzen zu bewegen, ließen Constance und ihre Mutter ihren Tränen freien Lauf. Constance wollte die Hand ihrer Mutter nehmen, aber diese riss sie wütend weg. Constance trauerte um ihren geliebten Bruder und bei ihren Eltern, die kein Wort mehr mit ihr gesprochen hatten, seit seine Leiche am Seeufer gefunden worden war, fand sie keinen Trost.

Seit man ihr Matthew entrissen hatte, hatte sie kaum ein Wort gesprochen. Als Henry sie als Verräterin bezeichnet hatte, hatte man sie gemeinsam mit Matthew ins Haus geführt. Mit tränennassen Augen hatte sie von einem Fenster aus zugesehen, wie ihr Vater und einige Pfleger das Seeufer abgesucht hatten.

Sie konnte noch immer nicht begreifen, dass Douglas dort in dem Sarg in der Kirche lag, dass er sie nie wieder »Küken« nennen, nie wieder dazu ermutigen würde, in diesem Krieg etwas Sinnvolles zu tun.

Während der kleinen Trauerfeier im Haus wurde über Douglas getuschelt; die Gäste fragten sich, wie ein gesunder junger Mann sich das Leben nehmen konnte. Constance hätte schreien können, sie wollte ihnen allen sagen, dass ihr Bruder so etwas niemals getan hätte. Ihre Eltern wussten nicht, wie sie mit dem Gerücht umgehen sollten. Was war schlimmer? Die Vorstellung, dass ihr Sohn freiwillig ins Wasser gegangen war, oder die Tatsache, dass er ertrunken war, weil ihre Tochter einen Deutschen versteckt hatte, in den sie verliebt war?

Nachdem die letzten Gäste sich verabschiedet hatten, schloss Constance die schwere Eingangstür und drückte ihre Handflächen dagegen, als könnte sie damit die Welt ausschließen. Aber die Welt war längst über sie hereingebrochen.

Als sie nach oben in ihr Zimmer gehen wollte, rief ihr Vater sie zu sich. »Komm her!«, befahl er ihr, und sie wagte nicht, sich ihm zu widersetzen. Mit ausdrucksloser Miene ging sie zu ihm ins Arbeitszimmer.

Ihre Mutter stand hinter dem Schreibtisch ihres Vaters, die Hände auf der polierten Mahagoniplatte aufgestützt, ihr Vater saß steif auf dem Sofa. Das Porträt von Constance in ihrem silbergrauen Kleid stand in einer Ecke des Zimmers auf der Staffelei und wartete darauf, aufgehängt zu werden. Constance betrachtete die junge Frau auf dem Bild und erkannte sie kaum wieder. Nur wenige Wochen waren seit ihrem Geburtstag vergangen, doch sie fühlte sich, als wäre sie an dem Abend, als Matthew abgestürzt war, wiedergeboren worden – und als wäre sie an dem Morgen, als man Douglas tot aus dem See gezogen hatte, gestorben.

»Wir hatten abgemacht, dass du das übernimmst«, sagte ihre Mutter zu ihrem Vater, nachdem alle sekundenlang geschwiegen hatten.

Constance schaute ihre Eltern abwechselnd an.

Ihr Vater seufzte. »Du kannst nicht länger hierbleiben.«

»Wie bitte?«, fragte Constance schockiert. »Wie meinst du das? Wo soll ich denn hin?«

»Das ist nicht unsere Sorge«, erwiderte er knapp. »Du hast

unsere Familie zerstört. Wir betrachten dich nicht länger als Mitglied dieser Familie.«

Die Worte klangen wie auswendig gelernt, und Constance hatte Mühe, ihre Bedeutung zu erfassen.

»Für wie lange?«, fragte sie.

»Für immer«, sagte ihr Vater.

Ihre Mutter schwieg entschlossen, ihr Gesichtsausdruck war beinahe feindselig.

»Mutter?«, fragte Constance.

»Sprich sie nicht an«, sagte ihr Vater. »Sie hat gelobt, nie wieder mit dir zu reden.« Einen Moment lang drohte ihm die Stimme zu versagen. »Weißt du überhaupt, was du uns angetan hast? Dein Bruder ist tot!«, jammerte er.

»Es tut mir so leid«, sagte Constance. »Douglas wollte nur…«

»Wag es nicht, seinen Namen in den Mund zu nehmen!«, schrie ihr Vater. Er stand auf. »Geh. Pack deine Sachen und geh.«

»Jetzt gleich?«, fragte Constance zaghaft. »Ihr wollt, dass ich sofort gehe?«

Ihr Vater sah ihre Mutter fragend an. Mrs. McLay, die immer noch hinter dem Schreibtisch stand, nickte kaum merklich.

»Ja«, sagte ihr Vater.

»Aber, Vater…«

»Schweig«, sagte er. »Du bist nicht mehr meine Tochter. Ich habe keine Kinder mehr.«

Schockiert und verstört ging Constance zur Tür.

»Constance!«, rief ihr Vater.

»Ja?«, antwortete sie und drehte sich hoffnungsvoll um.

Einen Moment lang wirkte sein Blick gequält, dann sagte er: »Wag es nicht, jemals zurückzukommen.«

In der Eingangshalle blieb sie stehen, zitternd vor Angst und Fassungslosigkeit. Sie ließ sich auf die unterste Treppenstufe sinken, umklammerte mit einer Hand eine gedrechselte Strebe des Treppengeländers und knetete verzweifelt den Saum ihres schwarzen Kleids. Wenn sie lange genug wartete, würde ihr Vater vielleicht aus seinem Arbeitszimmer herauskommen. Er würde ihre Mutter zur Vernunft bringen – ihre Mutter war schon immer die stärkere der beiden gewesen, aber wenn er die ganze Tragweite ihrer Strafe begriff, wenn ihm klar wurde, dass sie ihre Tochter aus ihrem Leben verbannte, würde er sich ihr bestimmt widersetzen, und dann würden sie ihre Entscheidung rückgängig machen und Constance erlauben, in Invermoray House zu bleiben.

Aber je länger sie dort sitzen blieb, desto deutlicher wurde ihr bewusst, dass niemand kommen würde, um sie zum Bleiben aufzufordern – und dass sie auch nicht bleiben wollte. Ihre Eltern würden ihr niemals verzeihen. Und sie würde sich auch selbst niemals verzeihen. Und doch wusste sie tief im Innern, dass es richtig gewesen war, Matthew zu beschützen. Aber die Konsequenzen … ach, wenn sie geahnt hätte, welche Konsequenzen ihr Handeln nach sich ziehen würde.

Aus dem Arbeitszimmer hörte sie ihre Mutter kreischen: »Sie hat meinen Sohn ermordet! Meinen Douglas!«

»Leg das Messer weg, Augusta«, schrie ihr Vater. Selbst durch die geschlossene Tür hörte Constance das Geräusch, als das Messer in die Leinwand fuhr.

Constance stand auf, darauf gefasst, dass ihre Mutter aus dem Zimmer stürmen würde. Tief im Innern regte sich Angst in Constance; sie wollte nicht warten und erleben, was passierte, wenn ihre Mutter herauskam. Aber sie war auch mutig. Ihr Traum, aus Invermoray fortzugehen, war plötzlich in greifbare Nähe gerückt, wenn auch auf gewaltsame Weise. Sie dachte an den See, und sie spürte, wie sie ruhiger wurde. Bei dem Gedanken an den See fühlte sie sich Douglas und auch Matthew nah, obwohl beide so weit fort waren. Sie würde ans Seeufer gehen und auf das Wasser hinausschauen, und dann würde sie wissen, was zu tun war. Ohne einen Blick zurück und ohne irgendetwas mitzunehmen, öffnete Constance die Haustür und lief los.

Kapitel 45

2020

Im Büro ließ Kate sich in ihren Schreibtischstuhl fallen. Sie wollte James unbedingt erzählen, was sie in Erfahrung gebracht hatte. Und auch ihre Theorie zu Constances Schicksal wollte sie ihm unterbreiten, auch wenn er sich vermutlich viel mehr für ein deutsches Flugzeug im See interessierte als für Kates Vermutungen bezüglich einer jungen Frau, die vor vielen Jahren hier gelebt hatte.

Es schien ihr einfach zu viel des Zufalls, dass an ein und demselben Abend ein deutscher Pilot verhaftet worden und Douglas im See ertrunken und kurz darauf Constance enterbt worden war. Oder war sie auch ums Leben gekommen – ebenso wie Douglas? Während sie diesen Gedanken nachhing, fiel ihr Blick auf den Willkommenskorb.

Sie schlug sich mit der Hand an die Stirn. Der Korb sollte in der Jagdhütte stehen, nicht neben ihrem Schreibtisch, wo Whisky daran herumschnüffeln konnte. Sie musste ihn sofort dorthin bringen. Er war nicht schwer, nur ein bisschen unhandlich, und als sie damit aus der Tür trat, sah sie James auf das Büro zukommen, seine Autoschlüssel in der Hand.

Er strahlte sie an. »Guy hat seinen Flieger gekriegt«, sagte er. »Dass er in ein paar Stunden Vater ist – Wahnsinn. Das kommt einem so erwachsen vor …«

»Ist es ja auch«, sagte Kate, während sie die Bürotür abschloss. »Ich hoffe bloß, dass das Kind erst kommt, wenn er da ist.«

»Das würde nicht gut ankommen, wenn er die Geburt verpasst«, sagte James. »Oh Mann, ich finde Babys so niedlich. Du auch?«

»Ja«, sagte Kate. »Aber die werden zu Kindern und dann zu Jugendlichen, und dann machen sie Sachen, die dazu führen, dass sie enterbt werden«, fügte sie hinzu.

»Hm«, machte James. »Stimmt auch wieder. Was ist das?«, fragte er und zeigte auf den Korb.

»Ein Willkommenskorb. Der muss rüber in die Jagdhütte. Willst du mitkommen und unsere ersten zahlenden Gäste begrüßen?«

»Gern!«, sagte er.

Die neuen Lampen in der Hütte warfen ein warmes Licht in den Vorgarten. Wie die Hütte dort auf der Waldlichtung stand, wirkte sie noch gemütlicher, als Kate sie bisher gesehen hatte. Liz hatte den Garten sehr hübsch gestaltet, und James hatte Hütte und Garten mit einem niedrigen Lattenzaun eingefasst, der das Ganze gegen die wilde Natur abgrenzte.

Während der kurzen Fahrt hierher hatte Kate James berichtet, was sie und Kirsty in der Bücherei entdeckt hatten.

»Verdammt«, hatte James gesagt, »du glaubst also, dass Douglas sterben musste, weil dieser deutsche Pilot hier abgestürzt ist?«

Kate nickte stirnrunzelnd. »Ja. Ich kann mir einfach nicht vorstellen, dass das eine nichts mit dem anderen zu tun hat.«

Sie hielten auf der Lichtung, auf der ein kleiner Mietwagen stand, mit dem die kanadischen Gäste offenbar gekommen waren. James betrachtete die Hütte mit den erleuchteten Fenstern. »Sieht echt gemütlich aus«, sagte er. »Das muss selbst ich sagen.«

»Das habt ihr wirklich gut hingekriegt.«

Er legte eine Hand auf ihre. »*Wir* haben das gut hingekriegt.«

Plötzlich gab es so vieles, was Kate gern gesagt hätte, und so vieles, das sie für sich behielt. »Wir …«

»Ja?«, fragte er, seine Hand immer noch auf ihrer.

»Die Leute warten«, sagte Kate und zog vorsichtig ihre Hand unter seiner weg, auch wenn sie sich im Stillen dafür verfluchte. Wenn mit James irgendwas möglich war, dachte sie, dann wäre es längst passiert. Aber es schien ihr Schicksal zu sein, alles zu sabotieren, was in die Richtung ging.

Sie klopften an, und zu ihrer großen Überraschung machte Liz auf. Sie ließ sie eintreten, und die Kanadier begrüßten sie herzlich. Der Mann saß auf dem Sofa, und Kate fiel wieder ein, dass er irgendeine Behinderung hatte. Sie schüttelte beiden die Hand.

»Wir bringen Ihnen einen Willkommenskorb«, sagte Kate.

»Sie sind unsere ersten Feriengäste«, sagte Liz begeistert, wofür sie böse Blicke von Kate und James erntete. Sie hatten bereits den Korb im Büro stehen lassen und wollten sich nicht noch mehr als blutige Amateure outen.

»Das hatte ich mir schon gedacht«, sagte die Kanadierin freundlich. Sie war etwa Ende sechzig und schlank, sie hatte graumeliertes Haar und trug eine eckige Brille. »Ich bin Marianne, und das ist mein Mann Nicholas.«

Kate und James stellten sich vor, dann fragte James: »Wie sind Sie darauf gekommen, dass Sie unsere ersten Gäste sind?«

»Ach«, antwortete Marianne, »ich behalte das Haus schon seit einer ganzen Weile im Auge und verfolge im Internet, was sich hier so tut.«

»Wirklich?«, sagte Kate. »Warum?«

Marianne ging nicht gleich auf die Frage ein, sondern sagte: »Ah, in dem Korb ist ja auch eine kleine Flasche Whisky! Darf ich Ihnen gleich einen Schluck anbieten? Es könnte sein, dass Sie ihn brauchen werden.«

James und Kate schauten sich an.

»Okay«, sagte James unsicher.

Kate holte Gläser, und Liz ging mit, um tragen zu helfen. Die offene Küche war sehr gut ausgestattet, James hatte sogar eine Espressomaschine angeschafft. Kate war beeindruckt.

»Was hat das zu bedeuten?«, flüsterte Kate, als sie und Liz vor dem Küchenschrank standen. »Haben Sie eine Ahnung?«

»Nein«, flüsterte Liz. »Marianne wollte mir gerade erzählen, warum die beiden hier sind, da sind Sie reingeplatzt.«

Sie kehrten mit den Gläsern zu den anderen zurück, und Kate öffnete die Whiskyflasche. James war dabei, Feuerholz im Kamin aufzuschichten, nachdem Marianne und ihr Mann erklärt hatten, sie hätten keine Ahnung, wie man das machte.

»Wenn Sie möchten, kann ich jeden Abend vorbeikommen und Ihnen Feuer machen«, erbot sich James.

»Ach, das wäre sehr nett, vielen Dank«, sagte Marianne. »Ihre Mutter hat mir erzählt, dass Sie nach dem Tod ihres Vaters eher unfreiwillig die Verwaltung des Hauses übernommen haben. Das muss eine ziemliche Herausforderung sein.«

James warf Liz einen durchdringenden Blick zu, den sie jedoch ignorierte.

»Na ja, sagen wir mal, es ist mir ans Herz gewachsen«, erwiderte James. Er schaute Kate an. »Inzwischen möchte ich nirgendwo anders mehr wohnen.«

»Ach, wie schön. Es freut mich, dass das Haus an jemanden in der Familie gegangen ist, der es zu schätzen weiß, jemanden, der es liebt und nicht hasst. Dieses Haus hat so viel Hass erlebt.«

Kate hielt den Atem an. Marianne schien viel zu wissen. Kate wusste nicht recht, wie sie ihre Frage formulieren sollte, ohne unhöflich zu klingen, aber sie sprach sie trotzdem aus, während sie die Whiskygläser herumreichte. »Woher wissen Sie das?«

»Erschrecken Sie nicht, wenn ich das sage«, antwortete Marianne, »aber eigentlich hätte ich dieses Haus einmal erben sollen.«

Alle verstummten. Als James seine Stimme wiederfand, stieß er hervor: »Wie bitte?«

»Keine Sorge«, sagte Marianne. »Ich will es nicht haben, und auch ohne einen Anwalt zu konsultieren weiß ich, dass ich keinen rechtlichen Anspruch darauf hätte. Im Testament ist Ihr Vater als Erbe eingetragen, und ich freue mich sehr darüber, dass Sie es so gut in Schuss gehalten haben. Ich könnte es mir niemals leisten, ein solches Haus zu unterhalten, und ich wette, das neue Dach hat ein Vermögen gekostet.«

Kate schaute James an, aber der hatte nur Augen für Marianne. »Wer sind Sie?«, fragte er fast schon grob.

»Ach, entschuldigen Sie«, sagte Marianne. »Ich bin eine entfernte Cousine von Ihnen, genau weiß ich nicht, wie man den Verwandtschaftsgrad bezeichnet. Ich bin die Tochter von Constance.«

»O mein Gott«, stammelte Kate. Sie war verblüfft und zugleich beglückt, weil sie gleich erfahren würde, was aus Constance geworden war. »Wirklich?«

»Was?«, entfuhr es James noch einmal. »Wie kann das sein? Ich habe noch nie von Ihnen gehört!«

Kate sah ihm an, dass er kurz davor stand unhöflich zu werden. »Schon in Ordnung«, sagte sie und legte ihm eine Hand auf den Arm. »Sie sagt doch, sie ist nicht hier, um euch das Haus wegzunehmen.«

Marianne lachte. »Nein, nein«, sagte sie. »Wirklich nicht. Ich habe lange überlegt, ob ich Sie anrufen oder Ihnen schreiben soll oder was auch immer. Aber ich habe es nicht fertiggebracht. Nicht, solange meine Mutter noch lebte. Sie hat viele Jahre sehr darunter gelitten, dass sie das Haus hatte verlassen müssen, und so habe ich es vor mir hergeschoben und am Ende die Gelegenheit verpasst, Ihren Vater kennenzulernen. Dass ich den Wunsch hatte, ihn kennenzulernen, kam mir meiner Mutter gegenüber illoyal vor, verstehen Sie. Bis zu ihrem Tod hatte ich keine Beziehung zum schottischen Teil unserer Familie. Und erst jetzt im Alter habe ich den Mut aufgebracht, herzukommen und das Haus zu besuchen, das ihr so viel Glück und so viel Unglück gebracht hat. Und irgendwie hege ich die Hoffnung, dass ich, nachdem ich meiner Familie wenigstens einmal vor meinem Tod begegnet bin, dieses Kapitel unserer Familiengeschichte abschließen kann.«

»Zur Hölle«, sagte James und ließ sich in einen Sessel sinken. »Jetzt brauche ich den Whisky wirklich.«

Kate reichte ihm ein Glas, und er trank einen kräftigen Schluck. Sie setzte sich auf die Sessellehne und fragte ungläubig: »Und Sie sind wirklich Constances Tochter?«

Marianne nickte. »Wir sind schon seit einer ganzen Weile in Schottland«, sagte ihr Mann. »Wir haben uns die Highlands angesehen, wir waren in Edinburgh. Wir sind schon ordentlich rumgekommen, und wir genießen unsere Reise sehr. Unsere Freunde halten uns für verrückt. Die fliegen neuerdings dauernd nach Florida, aber wir mussten einfach herkommen. Es war vielleicht unsere letzte Chance, schließlich sind wir nicht mehr die Jüngsten. Noch komme ich ganz gut zurecht, aber wenn man erst mal im Rollstuhl sitzt, werden solche Reisen beschwerlich.«

Marianne nahm liebevoll Nicholas' Hand und schaute sich um. »Ursprünglich wollten wir auf unserer Reise einfach mal kurz hier vorbeifahren, uns das Haus und die Jagdhütte ansehen, und vielleicht, wenn ich mich traute, mal an die Tür des Herrenhauses klopfen, in dem meine Mutter aufgewachsen ist, und mich vorstellen. Alles, was hier vorgefallen ist, ist so lange her, dass ich dachte, wir würden uns vielleicht alle blendend verstehen, und wir könnten hier ein bisschen Urlaub machen, ohne irgendjemanden zu stören.«

James öffnete den Mund wie ein Karpfen und machte ihn wieder zu. Liz lächelte, als würde sie nicht so ganz verstehen, was sich abspielte, und Kate nippte an ihrem Whisky. Das Feuer prasselte im Kamin, und keiner wusste etwas zu sagen.

»Es sieht ganz anders aus hier, als ich es mir vorgestellt hatte«, sagte Marianne in die Stille hinein.

»Wo?«, fragte Kate.

»In der Jagdhütte. Einerseits sieht alles genauso aus, wie meine Mutter es mir immer beschrieben hat, aber andererseits sieht ja alles im wirklichen Leben anders aus, nicht wahr?«

»Ja«, sagte Kate. Sie wunderte sich, dass Constance ihrer Tochter von einer Hütte erzählt hatte, die tief im Wald stand. Doch dann fiel der Groschen. »Ihre Mutter ist hier gewesen, stimmt's?«

»Ja.« Marianne nickte.

»Zusammen mit dem Piloten?«, fragte Kate vorsichtig. »Mit dem deutschen Piloten?«

»Moment. Was?« James verschluckte sich an seinem Whisky. »Echt jetzt?«

Marianne lächelte traurig. »Ja. Sie hatte ihm versprochen, dafür zu sorgen, dass er hier in Sicherheit war, und sie hat ihr Versprechen gehalten – was allerdings am Ende viel Schaden angerichtet hat. Und am Ende ist er doch verhaftet worden. Die Nacht damals hat alles verändert. Für alle Beteiligten.«

»Was ist denn passiert?«, fragte Kate.

»Ihre Eltern haben sie verstoßen«, sagte Marianne. »Sie haben ihr die Schuld am Tod ihres Bruders gegeben. Obwohl es ein Unfall war. Es gab eine Prügelei auf dem Steg. Ein junger Offizier namens Henry, der sich bei ihr Hoffnungen gemacht hatte und es nicht verwinden konnte, dass sie ihr Glück mit einem anderen Mann gefunden hatte, und sei es noch so flüchtig, hat sich mit dem Piloten geprügelt, Douglas ist dazwischen gegangen und dabei ins Wasser gefallen.«

»Gott, wie schrecklich«, murmelte Liz.

»Douglas ist auf dem Friedhof hinter der Kirche begraben«, sagte Kate. »Ich habe den Grabstein gesehen.«

»Ich werde morgen ein paar Blumen auf sein Grab legen«, sagte Marianne. »Meine Mutter würde sich darüber freuen. Die beiden haben sich sehr nahegestanden. Sie hat immer gesagt, sie waren nicht nur Geschwister, sondern auch beste Freunde. Was für eine Schande, dass alles so enden musste.«

»Aber Ihre Mutter«, sagte Kate, die an die hübsche junge Frau in dem silbergrauen Kleid denken musste, deren Namen aus der Familienbibel getilgt worden war. »Was ist am Ende aus Constance geworden? Und was aus dem deutschen Piloten?«

Kapitel 46

Gloucestershire, Januar 1948

Matthew saß in einem rumpelnden Zug und hielt die Mappe mit seinen Papieren umklammert. Er gehörte zu den letzten Kriegsgefangenen, die in dem Monat freigelassen worden waren. Er staunte über das britische Verwaltungssystem, das es ermöglichte, einen deutschen Soldaten nach dem Ende des Kriegs noch drei Jahre lang in Kriegsgefangenschaft zu halten. Alle, mit denen er zu tun gehabt hatte, waren ihm geradezu feindselig begegnet. Seine deutschen Mitgefangenen hatten ihn wegen seines englischen Akzents schief angesehen, und dass er genau wie sie in Gefangenschaft war, hatte auch nichts daran geändert, egal, wie gut er Deutsch gesprochen oder wie begeistert er von Hamburg erzählt hatte. Irgendeiner murmelte immer *Er ist keiner von uns*, und prompt wurde er von allen gemieden. Auch die Wärter hatten die anderen Gefangenen besser behandelt als ihn. Und das alles nur wegen seines englischen Akzents. Aber anstatt ihn grün und blau zu prügeln, womit er gerechnet hatte, waren die Wärter der Meinung gewesen, dass er als Spion, für den sie ihn hielten, eine viel zu milde Strafe bekommen hatte. Die Einsamkeit war so schlimm gewesen, dass er manchmal geglaubt hatte, darüber den Verstand zu verlieren.

Während des Krieges hatte er Gefangene im Lager ein- und ausgehen sehen. Sie mussten tagsüber auf Bauernhöfen arbeiten, manche hatten sich verliebt, und alle waren an ihren Arbeitsstellen anständig behandelt und abends zurück ins Lager gebracht worden. Von einigen hatte er sogar gehört, dass sie nach einem Tag auf dem Feld mit den anderen Arbeitern zusammen noch auf ein Bier in den Pub gegangen waren. Aber als Deutscher, der akzentfrei Englisch sprach, waren ihm solche Privilegien nicht vergönnt gewesen, denn man hatte befürchtet, dass er fliehen und unbemerkt untertauchen könnte. Und insgeheim hatte er zugeben müssen, dass diese Befürchtungen durchaus berechtigt waren. Bei der geringsten Gelegenheit wäre er nach Schottland geflohen, zurück nach Invermoray. Andererseits verabscheute Constance ihn vermutlich von ganzem Herzen. Schließlich war er schuld am Tod ihres Bruders. Er hätte Briefe schreiben dürfen, aber er hatte nicht geglaubt, dass einer davon sie überhaupt erreichen würde, und wenn doch, hätten seine Briefe ihr vielleicht nur geschadet. Deshalb hatte er sich entschlossen, ihr lieber gar nicht erst zu schreiben.

Und so lag er abends in der Baracke im Bett und lauschte neidvoll den Geschichten, die die anderen Gefangenen sich von der Außenwelt erzählten. Jeden Tag dachte er an Constance, was viel mehr schmerzte, als er für möglich gehalten hatte, und abends schlief er verzweifelt und einsam ein, nur um am nächsten Morgen einen neuen Tag zu beginnen, der genauso verlief wie der vorige.

Dann schließlich war der Tag gekommen, an dem man ihnen mitgeteilt hatte, dass das Lager aufgelöst wurde; dass sie nicht länger als Kriegsgefangene galten, sondern als ausländische Bürger, und die Freiheit hatten, in England zu bleiben und dort zu arbeiten oder sogar auch zu heiraten. Die meisten ehemaligen Gefangenen dankten dem Himmel, dass England Männern eine neue Heimat anbot, die einmal als Feinde gekommen waren, und auch Matthew hatte sich die Papiere besorgt, die ihn zum Bleiben berechtigten, und hatte sich acht Jahre, nachdem er Constance zuletzt gesehen hatte, auf den Weg nach Schottland gemacht, um die Frau zu suchen, die er liebte.

Glasgow, Februar 1948

Constance faltete die Zeitung und legte sie auf den Tisch im Schwesternzimmer, damit eine ihrer Freundinnen sie später noch lesen konnte. Zehntausend deutsche Kriegsgefangene, fast die letzten, die freigelassen worden waren, hatten sich entschieden, sich in England niederzulassen, hatte sie der Zeitung entnommen. Sie konnte es nicht glauben, dass es so lange gedauert hatte, diejenigen, die gehen wollten, nach Hause zu schicken, und diejenigen, die bleiben wollten, einzubürgern. Diese Männer hatten jetzt das Recht, in England zu leben, zu arbeiten und zu heiraten. Es waren so viele Jahre vergangen, seit sie Matthew zuletzt gesehen hatte, und sie war inzwischen nicht mehr dieselbe.

Sie wusste nicht, ob Matthew zu denen gehörte, die sich noch in Lagern befanden, oder ob er zu seinem Vater nach Hamburg zurückgekehrt war und seine kurze Affäre mit ihr längst vergessen hatte. Würden sie einander überhaupt wiedererkennen, wenn sie sich jetzt begegneten? Sie war inzwischen fast dreißig, und wenn sie so weitermachte wie bisher, würde sie schon bald zur Oberschwester befördert werden. Sie dachte an die Oberschwester in Invermoray House, die sie hatte aus dem Haus laufen sehen, als ihre Eltern sie verstoßen hatten, und ihr einen Zettel in die Hand gedrückt hatte mit einer Adresse, wo sie eine Ausbildung zur Krankenschwester hatte antreten können. Constance wünschte, sie wüsste den Namen der Schwester, dann hätte sie ihr einen Brief schreiben und sich dafür bedanken können, dass sie sie gerettet hatte.

Sie hatte sich sehr verändert seit damals in Invermoray. Nicht nur Matthew hatte sie stärker gemacht, auch die Tatsache, dass ihre Eltern sie verstoßen hatten, hatte sie stärker gemacht. Und dennoch sehnte sie sich immer noch nach dem einzigen Mann, den sie je geliebt hatte. Manchmal fragte sie sich, ob es alles nur ein Traum gewesen war. Aber er hatte ihr gesagt, dass er sie liebte, und er hatte ihr versprochen, dass er nach dem Krieg versuchen würde, sie zu finden. Allerdings wusste sie nicht, wie er das anstellen wollte, jetzt, wo sie nicht mehr in Invermoray war. Oder ob er sie überhaupt immer noch finden wollte.

Trotzdem fand sie, dass sie jetzt ein besserer Mensch war als sie es auf Invermoray gewesen war, dachte sie, während sie ihre gestärkte Schwesterntracht glatt strich und ihre Haube zurechtrückte. Aber ihr Herz war dasselbe geblieben. Während die Schwestern um sie herum sich in alle möglichen Ärzte verliebten, die kamen und gingen, wusste Constance, dass ihr Herz immer noch Matthew gehörte, dem Mann, den sie bis an ihr Lebensende lieben würde.

»Sie haben ja vielleicht Nerven«, sagte der alte Gärtner, der Matthew im Rosengarten vorfand, wo er stand und zum Haus hochschaute. Er war vom Dorf zu Fuß hergelaufen. Das Haus wirkte verändert, so als hätte sich seit dem Tag, als man ihn abgeführt hatte, niemand mehr darum gekümmert.

»Ich suche …«

»Ich kann mir schon denken, wen Sie suchen«, sagte der Gärtner grinsend. »Dieses Flittchen.«

Matthew fiel die Kinnlade herunter. So respektlos konnte der Gärtner doch unmöglich über Constance sprechen.

»Sie ist nicht hier«, fuhr der Gärtner fort. »Hier ist keiner mehr. Jedenfalls wohnt hier keiner mehr. Sie kommen und gehen. Meistens sind sie in ihrer Villa in London. Aber die Tochter, diese Schlampe, ist schon vor Jahren weggegangen, und zwar ohne ihre Eltern.«

Matthew biss die Zähne zusammen. »Und wo ist sie jetzt?«

Der Gärtner musterte ihn von oben bis unten. »Sie ist nach Glasgow gegangen, hat 'ne Ausbildung zur Krankenschwester gemacht. Das wurde zumindest damals hier unter den Schwestern gemunkelt. Aber das ist schon lange her. Ich weiß nicht, was aus ihr geworden ist.«

»Und wenn Sie es wüssten, würden Sie es mir nicht sagen, stimmt's?«

Der Gärtner zog seine Handschuhe aus, wischte sich die Stirn mit dem Handrücken und betrachtete Matthew etwas genauer. »Doch, doch, ich würd's Ihnen schon sagen«, knurrte er. »Ist ja nicht Ihre Schuld, dass Ihr Vater Deutscher ist.«

Matthew war schockiert.

»Ja, ja, wir haben alles über die Sache gehört«, sagte der Gärtner. »Ist auch nicht Ihre Schuld, dass Sie verloren haben. Ihr Deutschen seid ja sicher nicht alle schlecht. Wobei ich vermutlich anders reden würde, wenn ihr gewonnen hättet.« Er streifte sich die Handschuhe wieder über und nahm seine Arbeit wieder auf. »Versuchen Sie ihr Glück in Glasgow, Kumpel. Und ich an Ihrer Stelle würde hier nicht wieder herkommen.«

Constance half einer Mutter mit ihrem Neugeborenen die Stufen am Eingang des Entbindungsheims hinunter. Der

Vater wartete unten mit einem Kinderwagen, aber die Mutter wollte das Kind unbedingt in den Armen halten. Die junge Frau, die nach einer schwierigen Geburt noch wochenlang bettlägerig gewesen war, war ihr ans Herz gewachsen. Jetzt durften Mutter und Kind endlich nach Hause, und Constance freute sich, die drei in ihr neues Leben als Familie verabschieden zu können.

Nach dem verheerenden Bombenangriff der Luftwaffe auf Clydebank hatte sie das Angebot, als Hebamme zu arbeiten, nur zu gern angenommen. Sie hatte genug vom Tod gesehen. Jetzt widmete sie sich dem neuen Leben. Kürzlich hatte man ihr eine Versetzung in ein neues Mutter-und-Kind-Krankenhaus angeboten, doch irgendetwas hatte sie in Glasgow gehalten. Seit sie Invermoray verlassen hatte, war sie nur ein einziges Mal umgezogen.

Nachdem sie die junge Familie verabschiedet hatte, blieb sie noch einen Moment lang vor der Tür stehen und genoss die frische Luft. Ihre Schicht war fast zu Ende, und hinterher würde sie vielleicht mit ein paar anderen Schwestern losziehen und sehen, was es gerade im Kino gab. Bestimmt lief irgendein Film mit Ralph Richardson. Aber zuerst würde sie noch mal ein Schreiben ans Rote Kreuz aufsetzen. Sie hoffte inständig, dass sie diesmal eine positivere Antwort auf ihre Frage nach Matthews Verbleib erhalten würde als die letzte, die auch noch Monate gebraucht hatte, bis sie angekommen war. Sie musste ihn unbedingt finden, sie wollte wissen, ob er das Kriegsgefangenenlager überlebt hatte, ob er nach Deutschland zurückgekehrt war. Und dann würde sie ihn fragen, was er für sie empfand.

Plötzlich erschien ein Mann an der Straßenecke, um die die junge Familie verschwunden war. Er hielt einen Stadtplan in der Hand, schaute sich ratlos um und ging dann in die Richtung zurück, aus der er gekommen war. Constance blieb fast das Herz stehen. Sie hatte ihn gesehen. Matthew. Sie überlegte. War sie verrückt geworden? Sie ging bis zu der Ecke, dann fiel sie in einen Laufschritt. Leute starrten sie an, wunderten sich über die Krankenschwester, die die Straße entlangrannte. Ihre Haarklammern lösten sich, und ihre Haube fiel herunter, aber sie lief einfach weiter bis zur nächsten Straßenecke.

Jetzt begann auch der Mann zu laufen, offenbar wollte er den Bus erwischen, der gerade auf die Haltestelle zufuhr. Er warf einen kurzen Blick auf seinen Stadtplan und sah dann verwirrt zu dem Bus hoch. Gleich würde er einsteigen, dachte Constance. War es Matthew? In dem kurzen Moment, den sie ihn an der Ecke gesehen hatte, war sie sich ziemlich sicher gewesen. Er hatte etwas älter ausgesehen, das ja, aber doch wie Matthew.

Der Mann stellte einen Fuß auf die Stufe zur hinteren Tür des Busses und griff nach der Stange, um sich auf die Plattform zu ziehen. Jetzt oder nie. Gleich würde er weg sein. So laut sie konnte rief Constance seinen Namen, und der Mann drehte sich stirnrunzelnd um. Er nahm seinen Fuß von der Stufe. Constance schnappte nach Luft, als sie ihn von vorne sah. Alle Gefühle, die sie acht lange Jahre über unterdrückt hatte, überwältigten sie, und sie brach in Tränen aus. Aber selbst durch den Tränenschleier und trotz all der Passanten, die zwischen ihnen auf dem Gehweg umherwuselten, sah sie Matthew nach all den Jahren auf sich zulaufen.

Ihre Beine gaben unter ihr nach, sodass sie sich an einer kalten Hauswand abstützen musste. Tränen liefen ihr über die Wangen, und sie wollte sie mit dem Ärmel ihrer Tracht fortwischen. Aber da war Matthew auch schon bei ihr und trocknete ihr die Tränen mit dem Ärmel seiner zerschlissenen Jacke. Ohne auf die Menschen auf dem Gehweg um sie herum zu achten, nahm er Constance in die Arme und drückte sie an sich.

»Du bist zurückgekommen.« Sie musste an das letzte Mal denken, als sie Matthew gesehen hatte. Nachdem man sie am See auseinandergerissen hatte, hatte man sie auf ihr Zimmer geschickt, und von ihrem Fenster aus hatte sie zusehen müssen, wie man ihm zuerst Handschellen angelegt und ihn Stunden später abgeführt hatte. Dabei hatte er sich verzweifelt nach ihr umgesehen, doch er hatte sie nicht am Fenster entdeckt.

»Ich dachte schon, ich würde dich nie wiedersehen«, sagte sie.

»Ich weiß«, flüsterte er. »Ich weiß.« Er küsste sie auf den Kopf, so wie er es damals gemacht hatte. »Ich musste so lange warten, bis ich mich auf die Suche nach dir machen konnte, aber jetzt bin ich hier.« Er hielt sie ein Stück von sich weg und schaute ihr in die Augen, dann schmiegte sie sich wieder an ihn und murmelte seinen Namen. »Nichts wird uns je wieder auseinanderbringen, das schwöre ich«, sagte sie.

Epilog

2020

Wenn Constance nicht enterbt worden wäre, hätte James' Vater Invermoray House nicht geerbt. Dann hätte Kate James nicht kennengelernt, und Marianne, Constances Tochter, wäre jetzt die Hausherrin. Eine Entscheidung, ein Versprechen konnte sich auf Generationen von Nachkommen auswirken, konnte Menschen trennen und Jahre später andere Menschen zusammenbringen.

Marianne ließ sich von Liz herumführen und von ihrer Begeisterung anstecken. Vor dem Porträt der einundzwanzigjährigen Constance blieb sie stehen und fuhr vorsichtig mit den Fingern über die Stelle, wo der Riss repariert worden war. Liz hatte angeboten, das Bild von der Wand zu nehmen und es Marianne zu schenken, doch diese hatte abgelehnt. »Es gehört hierher, neben das Porträt von Douglas«, hatte sie gesagt, während sie das Bild ihres Onkels betrachtete, dieses feschen Kampfpiloten, der in der Nacht, als ihre Eltern auseinandergerissen und für fast zehn Jahre getrennt worden waren, einen so plötzlichen Tod gefunden hatte. »Ich habe genug Fotos von meiner Mutter, aber falls es irgendwelche von meinem Onkel gibt, könnten Sie mir wohl welche davon schicken?«

Liz versprach ihr, dass sie das tun würde. »Ich habe auch welche von Ihren Großeltern«, sagte sie, doch Marianne schüttelte den Kopf.

»Nein, danke. Meine Mutter hat ihren Eltern am Ende verziehen. Aber ich glaube nicht, dass ich das kann. Behalten Sie die Fotos.«

Liz berührte leicht Mariannes Arm, und Kate meinte zu sehen, dass sich zwischen den beiden Frauen eine Freundschaft anbahnte. Marianne wollte das Haus nicht haben, das hatte sie mehr als deutlich gemacht. Sie hatte gehört, wie ihr entfernter Verwandter James »zufällig« bemerkt hatte, dass die Reparatur des Dachs 50 000 Pfund verschlungen hatte, eine Summe, die er sogar ganz »beiläufig« in kanadische Dollar umgerechnet hatte – Kate vermutete allerdings, dass er den Kurs nach ihrer Rückkehr zum Haus extra nachgeschaut hatte. Sie lachte über Mariannes entsetzten Blick. James war ihr ja in mancher Hinsicht nach wie vor ein Rätsel, aber dann wieder war er so unglaublich durchschaubar.

Gegen Abend sah Kate James auf dem Steg stehen und zum Haus hochschauen, anstatt grüblerisch ins Wasser zu starren. Er wirkte so zufrieden und entspannt, wie sie ihn lange nicht erlebt hatte.

Diesmal ging Kate mit einer Flasche Wein zum See. Es war zu einer Art Ritual geworden, abends noch ein Gläschen Wein auf dem Steg zu trinken, solange die Abende noch lau waren. Aber das Wetter hatte sich geändert, und mit ihm sie beide. Wenn Kate nach London zurückging, würde ihr all das hier fehlen. Angus und der Yogakurs, die gemütlichen Abendessen mit Liz, die immer so tat, als schmeckte ihr, was Kate gekocht hatte, die Lesezirkel mit Morven und Kirsty. Und Jenny würde ihr fehlen, denn ihre verrückte Freundin hatte sich entschlossen, nach Invermoray zu ziehen und mit Angus zusammen den Pub zu führen, damit Morven mehr Zeit für ihre Kinder hatte.

Noch vor wenigen Monaten hatte Kate davon geträumt,

ein Nomadenleben zu führen. Doch inzwischen wusste sie, was sie wirklich wollte. Kate dachte an Constance, deren Leben erst wirklich angefangen hatte, nachdem sie aus Invermoray weggegangen war, und daran, dass ihr eigenes Leben eigentlich erst richtig angefangen hatte, als sie nach Invermoray gekommen war. Kate wollte einen festen Platz im Leben haben. Sie wollte hier sein, hier bei James, und sie wusste, dass sie die Mutige würde sein müssen, die das Gespräch auf das Thema brachte. Er wusste, warum sie ihren letzten Job geschmissen hatte, und Jenny hatte gesagt, dass er sie mochte, aber er selbst hatte sich noch mit keinem Wort dazu geäußert. Sie umklammerte die Weinflasche so fest, als wäre sie ein Schutzschild.

»Was muss ich tun, um dich zum Bleiben zu bewegen?«, fragte er, ohne sich umzudrehen, als Kate hinter ihm auf den Steg trat. Sie lächelte.

»Wir können uns jetzt leisten, dich zu bezahlen«, fuhr er fort. »Endlich kommt Geld rein. Hast du gesehen, wie viele Buchungen wir haben? Ich komme kaum mit. Ich muss höllisch aufpassen, dass ich keine Zimmer doppelt belege. Und ich glaube, wir haben die Woche um Weihnachten viel zu billig angeboten, die war nämlich innerhalb von Stunden ausgebucht, als ich sie freigegeben habe. Du siehst also, dass du bleiben musst, und sei es nur, um zu verhindern, dass ich alles durcheinanderbringe. Und sieh dir bloß unser Büro an – wir ertrinken geradezu in Papierkram.«

»Du willst mich bloß hierbehalten, damit jemand deine Aktenablage in Ordnung hält?«, fragte sie gespielt beleidigt und setzte sich neben ihn.

»Nein«, antwortete er. Lächelnd nahm er ihr die Flasche ab, um sie zu öffnen. Dann überlegte er es sich anders und stellte die Flasche neben sich ab. »Nein«, sagte er noch einmal, nahm ihr Gesicht zärtlich mit beiden Händen und schaute ihr in die Augen, als versuchte er darin zu ergründen, wie sie reagieren würde. »Ich wünsche mir, dass du bleibst, weil ich dich bei mir haben möchte. Ich wünsche mir, dass du bleibst, weil ich nicht möchte, dass du woanders lebst. Der Gedanke, dass du fortgehst, ist mir unerträglich. Ich dachte eigentlich, du wüsstest, was ich für dich empfinde, aber anscheinend habe ich es nicht deutlich genug gezeigt.«

»Jenny hat mir erzählt, was bei deinem letzten Job passiert ist«, fuhr er fort. »Warum du gekündigt hast. Ich möchte nicht so sein wie dieser Typ. Ich möchte dir nicht das Leben schwer machen, oder dich in Verlegenheit bringen, indem ich dich gegen deinen Willen anbaggere. Ich könnte es mir niemals verzeihen, wenn ich dir Avancen machte, obwohl du meine Gefühle gar nicht erwiderst. Ich werde es also nur dieses eine Mal sagen, und dann werde ich das Thema nie wieder anschneiden. Selbst wenn du meine Gefühle nicht erwiderst, bitte ich dich zu bleiben. Bitte, bleib und arbeite weiter mit mir und meiner Mutter zusammen. Ich verspreche dir, es wird sich nichts ändern zwischen uns. Ich verspreche dir, dich nicht in peinliche Situationen zu bringen. Und ich verspreche dir, dass ich nie wieder meine Gefühle für dich zur Sprache bringen werde.« Er holte tief Luft. »Ich glaube, du solltest mir jetzt sagen, was du denkst. Ich glaube, das ist jetzt der richtige Zeitpunkt, mich zum Schweigen zu bringen, ehe ich mich noch komplett zum Idioten …«

Kate ließ ihn nicht ausreden. Sie beugte sich vor, schlang ihm die Arme um den Hals und küsste ihn und ließ sich von ihm in die Arme schließen. Im Eifer des Gefechts stieß er die Weinflasche um, die ins Wasser fiel, aber das kümmerte sie beide nicht. Als sie sich voneinander lösten, lächelte er beglückt, dann lachte er ungläubig in sich hinein. »Gott sei Dank«, sagte er.

In den Tiefen des Sees gab es kein Ungeheuer, stattdessen lag dort ein deutsches Kampfflugzeug. Oben auf dem Steg saßen James und Kate händchenhaltend und eng aneinandergeschmiegt und redeten und küssten sich, bis die Sonne hinter den Bergen unterging und der Mond am Himmel aufstieg und sein silbriges Licht verbreitete. Schließlich stand James auf und half Kate auf die Beine. Kate nahm die unbenutzten Weingläser, und James legte ihr einen Arm um die Schultern, um sie zu wärmen, während sie durch die kühle Nachtluft um den See herumgingen. Am Tor zum Garten blieben sie stehen.

Nachdem James durch den schmalen Torbogen vorgegangen war, drehte Kate sich noch einmal um und betrachtete den See. Was hatte Angus auch noch gesagt? Falls es in dem See ein Ungeheuer gab, würde es denen, die es zu Gesicht bekamen, ein glückliches Leben bescheren. Vielleicht galt ja dasselbe für das Kampfflugzeug. Es hatte eine verbotene Liebe gestiftet und einem jungen Paar ein glückliches Leben beschert. Während sie die Wasseroberfläche betrachtete, meinte sie aus dem Augenwinkel zu sehen, wie etwas Großes sich im See bewegte und dann wieder untertauchte. *Ein glückliches Leben.* Kate wandte sich James zu, der auch auf den See hinausschaute. Auch er hatte es gesehen. Er lächelte sie an und nahm ihre Hand, und dann gingen sie zum Haus hinauf.

Danksagung

Zu meinem Glück wurde dieses Buch von zwei heldenhaften Frauen betreut. Zuallererst möchte ich Rachel Faulkner-Willcocks dafür danken, dass sie mir vertraut und dieses ganz und gar andere »Buch 2« Monate nach dem vereinbarten Abgabetermin noch angenommen hat. Danke für Ihren Enthusiasmus und Ihren unermüdlichen Einsatz, mit dem Sie dafür gesorgt haben, dass mein Erstlingswerk *Die Sternenbucht* auf Platz 1 der Amazon-Bestsellerliste gelandet ist! Zwei Wochen stand es da! Und monatelang unter den ersten 100! Unfassbar! Sie sind großartig.

Tilda McDonald, auch bekannt als die Kavallerie, Ihnen danke ich dafür, dass Sie dieses Manuskript so beherzt in Angriff genommen und alle Figuren noch ein bisschen sympathischer gemacht haben. Unter Ihrer Anleitung bin ich als Schriftstellerin gewachsen und habe in kürzester Zeit sehr viel gelernt. Dafür kann ich mich gar nicht oft genug bedanken und auch dafür, wie unglaublich nett Sie die ganze Zeit waren.

Meine großartige Agentin Becky Ritchie ist nicht nur in England, sondern auch in anderen Ländern unermüdlich für mich im Einsatz, und ich danke ihr dafür, dass sie im Hintergrund so vieles regelt, womit ich restlos überfordert wäre. Danke für die großen und die kleinen Entscheidungen und alles dazwischen. Tausend Dank auch an Alexandra McNicoll und ihr erstklassiges Team für die Vermarktung meiner Bücher in Übersee.

Meinem armen, leidgeprüften Ehemann Stephen, meinen Eltern und meinen Schwiegereltern bin ich zu großem Dank verpflichtet, weil sie nie klagen, wenn ich ihnen die Kinder und den Hund aufs Auge drücke, damit ich reisen, schreiben oder mit Stapeln von Büchern in der Sonne sitzen und für meine Romane recherchieren kann. Ich versichere euch hoch und heilig: Ich arbeite tatsächlich.

Meine hübschen, klugen, lustigen Töchter Emily und Alice: Ihr seid meine Allerbesten, und ich danke euch dafür, dass ihr es mit Fassung tragt, wenn eure Mummy mal wieder von der vielen Arbeit so benebelt ist, dass sie abends beim Vorlesen komische Sachen erzählt, weil ihre Augen nicht mehr richtig mitmachen.

Den PR-Leuten um Sabah und das Avon-Team danke ich ganz herzlich für ihre tatkräftige Unterstützung, und ganz besonders danke ich meiner großartigen Lektorin Helena Newton, deren Scharfsinn das Sahnehäubchen auf dem Kuchen ist.

Den Mitgliedern meiner Schreibgruppe, dem Write Club, danke ich für Tee, Mitgefühl und Kuchen einmal im Monat, ihr seid der Hammer.

Während ich das schreibe, stehe ich unter Schock, weil ich soeben für meinen Debütroman *Die Sternenbucht* den Joan Hessayon Award der Romantic Novelists' Association (RNA) erhalten habe. Seit ich mit dem Schreiben begonnen habe, passiert alles in schwindelerregendem Tempo, und all das verdanke ich der RNA und vor allem Alison May, ihrer Vorsitzenden und Leserin meines ersten Manuskripts; sie hat mich dazu ermutigt, meinen ersten Roman zu veröffentlichen, von